PETRA HAMMESFAHR

Die Frau, die Männer mochte

Das Buch

Als Rolf Wegener in einer Kleinstadt bei Köln die Ermittlungen im Fall Marisa Behrend aufnimmt, hat er das Kapitel Frauen abgeschlossen. Seine Ehe mit Ellen ist zerrüttet, die Beziehung zu seiner Mutter ist auch nach deren Tod von Schuldgefühlen geprägt. Mit 42 Jahren will der Kriminalhauptkommissar sich nur noch auf seinen Job konzentrieren und nicht mehr über sein Leben nachdenken. Doch das Schicksal von Marisa, die offensichtlich voller Geheimnisse steckte, lässt ihn nicht mehr los. Hätte er den Mord verhindern können, wenn er in jener Samstagnacht vor Pfingsten nicht an dem Restaurant im Wald vorbeigefahren wäre? Und hätte Marisa ihn dann glücklich machen können? Immer mehr wird Wegeners objektiver Blick getrübt, bis er nur noch einen Ausweg sieht …

Die Frau, die Männer mochte ist der erste Roman von Petra Hammesfahr und erscheint nun erstmalig nach 25 Jahren in neuer Auflage und um 100 Seiten erweitert.

Die Autorin

Petra Hammesfahr wurde mit ihrem Bestseller *Der stille Herr Genardy* bekannt. Seitdem erobern ihre Spannungsromane die Bestsellerlisten, werden mit Preisen ausgezeichnet und erfolgreich verfilmt, wie *Die Lüge* mit Natalia Wörner in der Hauptrolle. Zuletzt erschienen: *Die Frau, die Männer mochte, An einem Tag im November* und *Fremdes Leben.*

PETRA HAMMESFAHR

Die Frau, die Männer mochte

ROMAN

DIANA

Von Petra Hammesfahr sind im Diana Verlag erschienen:
Fremdes Leben
An einem Tag im November
Die Lüge
Die Frau, die Männer mochte

FSC
www.fsc.org
MIX
Papier aus verantwortungsvollen Quellen
FSC® C014496

Verlagsgruppe Random House FSC® N001967

4. Auflage
Überarbeitete Taschenbuchneuausgabe 10/2015

in der Verlagsgruppe Random House GmbH,
Neumarkter Str. 28, 81673 München
Der Roman erschien zuvor 1991 unter demselben Titel beim Verlag Bastei Lübbe, Köln.
Umschlaggestaltung: t.mutzenbach design, München
Umschlagmotiv: © Hayden Verry/Arcangel Images; shutterstock/Paul Aniszewski
Satz: Leingärtner, Nabburg
Druck und Bindung: GGP Media GmbH, Pößneck
Printed in Germany

ISBN 978-3-453-35845-4

www.diana-verlag.de
Dieses Buch ist auch als E-Book lieferbar.

1. Teil

Swetlana

Swetlana starb auf eine so grausame Weise wie vor ihr noch kein Mensch im Kreis Heimberg. Die junge Polin gehörte zu einer Gruppe von Erntehelfern, die jedes Frühjahr beim selben Landwirt antraten, um Spargel zu stechen und Erdbeeren zu pflücken. Swetlana arbeitete schon in der dritten Saison auf dem Gehöft nahe der kleinen Ortschaft Niederfelden. Der Landwirt war sehr zufrieden mit ihr, bezeichnete sie als fleißig und zuverlässig.

Am 21. Mai, das war der Dienstag nach Pfingsten, verließ Swetlana nach dem gemeinsamen Abendessen gegen zwanzig Uhr dreißig die Unterkunft, um in Niederfelden etwas zu *erledigen;* mit diesem Ausdruck erklärte sie einem Landsmann ihr Weggehen. Einkäufe oder ein Arztbesuch waren aufgrund der späten Stunde auszuschließen. Aber mehr konnte man in Niederfelden gar nicht *erledigen.*

Von dem Gehöft bis zum Ortsrand war es ein Fußmarsch von gut drei Kilometern. Das erste Viertel führte über einen asphaltierten Wirtschaftsweg, auf dem abends kein Verkehr herrschte, es sei denn, jemand fuhr vom Hof zur Landstraße, die wochentags um diese Zeit auch nicht mehr stark befahren war.

Zurück kam Swetlana nicht.

Nachdem man den folgenden Mittwoch und Donnerstag auf ein Zeichen von der jungen Erntehelferin gewartet hatte, meldete der Landwirt ihr Verschwinden am Freitag, den 24. Mai der Polizei in der nahe gelegenen Kreisstadt Heimberg. Es wurde eine Vermisstenanzeige aufgenommen; für weitere polizeiliche Maßnahmen gab es keine gesetzliche Handhabe. Swetlana war eine erwachsene Frau von vierundzwanzig Jahren. Es passte zwar nicht zu einer fleißigen und zuverlässigen Person, einfach zu verschwinden und sämtliche Habseligkeiten in der Unterkunft zurückzulassen. Aber ihren Pass schien sie immerhin mitgenommen zu haben, ebenso ihr Handy und die Geldbörse. In solch einem Fall wartete man üblicherweise einige Tage ab, ob die Vermisste wieder in ihrem Quartier auftauchte oder anderswo, zum Beispiel in ihrem Heimatort.

Am 27. Mai wurde Interpol informiert. Und tags darauf, am Dienstag, genau eine Woche nach Swetlanas Verschwinden, trainierte auf einem der Wirtschaftswege rund um Niederfelden ein Radsportler. Bei einem rasanten Überholmanöver drängte ein motorisierter Rüpel den Mann aus der Spur, sodass er bei seinem abrupten Ausweichmanöver einen neben dem Weg verlaufenden schadhaften Maschendrahtzaun durchbrach und auf das dahinterliegende Gelände geriet.

Bis vor drei Jahren war auf diesem Stück Land eine Forellenzucht betrieben worden. Nach dem Tod des Eigentümers hatte sich keiner mehr darum gekümmert. Vonseiten der Stadtwerke waren nur Wasser und Strom abgesperrt worden. Doch niemand hatte veranlasst, die Fischteiche zu leeren oder abzudecken. Der Radsportler stürzte mitsamt seinem Hightech-Gefährt in eine mehr als trübe Brühe. Swetlanas unbekleidete, aufgedunsene und von Verwesung bereits scheckige Leiche verfehlte er nur knapp.

Laut Obduktionsbefund war die junge Polin kurz nach ihrer letzten Mahlzeit – dem gemeinsamen Abendessen in der Unterkunft – ums Leben gekommen. Ihren Verletzungen nach zu urteilen, war sie angefahren worden, ob aus Versehen oder absichtlich, ließ sich nicht feststellen. Aber ihr rechter Unterschenkel und diverse Knochen des Gesichtsschädels dürften beim Zusammenstoß mit einem Pkw und dem Aufprall auf die Motorhaube gebrochen sein.

Als man sie aus dem Teich zog, war um ihren Hals noch das Abschleppseil gezurrt, mit dem der Täter sie anschließend hinter dem fahrenden Auto hergeschleift haben musste. Dabei waren höchstwahrscheinlich ihr Genick gebrochen und ihr Kehlkopf zerquetscht worden. Zudem hatte sie fünf Stichwunden im Unterleib und sieben im Oberkörper, von denen drei zum Tod geführt hätten, wäre Swetlana nicht bereits tot gewesen, als auf sie eingestochen wurde. »Overkill« nannten Kriminologen solch ein Tatgeschehen, bei dem der Täter eine ungeheure Wut am bereits toten oder sterbenden Opfer austobte.

»Hoffen wir, dass das eine persönliche Geschichte war und der Typ nur so ausgerastet ist, weil Swetlana ihn abservieren wollte«, sagte Oberkommissar Lothar Winkelmeier zu Rolf Wegener, dem Dezernatsleiter für Schwerkriminalität und Kapitaldelikte. »Wenn der Kerl nur Stress mit Mutti, Frauchen oder der Freundin hatte und sich auf eine so abscheuliche Weise an einer unbeteiligten Frau abreagieren musste, könnten wir ein echtes Problem bekommen.«

Ellen

Für Rolf Wegener war der Dienstag nach Pfingsten, an dem Swetlana die Unterkunft verließ und kurz darauf sterben musste, ein besonderer Tag gewesen: Sein 15. Hochzeitstag und gleichzeitig der Geburtstag seiner Frau, Ellen hieß sie und wurde achtunddreißig. Vor der Trauung hatten sie schon fast drei Jahre lang zusammengelebt. So kamen sie insgesamt auf beinahe achtzehn gemeinsame Jahre.

Ellen war vier Jahre jünger als Rolf Wegener und im Alter von wenigen Wochen ihrer drogensüchtigen Mutter weggenommen worden. Ihren Vater hatte sie nie kennengelernt, wusste nicht einmal seinen Namen. Als Baby hatte Ellen, bedingt durch die Abhängigkeit ihrer Mutter, gesundheitliche Probleme gehabt. Vermutlich hatte sich deshalb nie ein adoptionswilliges Paar für sie gefunden. Aufgewachsen war sie bei verschiedenen Pflegefamilien und in Kinderheimen. Dort hatte sie gelernt, für ihre Rechte zu kämpfen, sich nichts gefallen und von keinem die Butter vom Brot nehmen zu lassen, wie sie es ausdrückte.

Zum ersten Mal gesehen hatte Rolf Wegener sie an einem Samstagabend in einer verrufenen Spelunke, in die Ellen, wie er damals fand, überhaupt nicht hineinpasste. Sie war in der Woche zwanzig geworden, hatte den runden Geburtstag am Samstagabend feiern und etwas Außergewöhnliches erleben wollen, erzählte sie ihm später. Zu dem Erlebnis hatte er ihr verholfen.

Er nahm damals als junger Polizist im Wach- und Wechseldienst an einer Razzia teil, und Ellen konnte beziehungsweise wollte sich nicht ausweisen. Sie hatte ihren Ausweis sehr wohl dabei. Aber das erfuhr Rolf Wegener erst, als er sie gegen Morgen heimbrachte. Da war er ihr bereits mit Haut und Haaren verfallen.

Ellens Zuhause bestand zu der Zeit aus einem Zimmer in einer Wohngemeinschaft von acht jungen Leuten: drei Frauen, fünf Männer, die sich unentwegt die Köpfe über schwerwiegende Themen heiß redeten und über Gott und die Welt philosophierten. In den verlotterten Haufen passte Ellen seiner Meinung nach auch nicht hinein.

Ein ausnehmend hübscher Anblick war sie mit ihrem kastanienbraunen, schulterlangen Haar und dem dezenten Make-up, das ihr Gesicht an den richtigen Stellen betonte. Als schrill konnte man es wahrhaftig nicht bezeichnen. Schrill war damals nichts an Ellen. Es war alles perfekt und umgeben von einem betörenden Duft.

Sexuelle Erfahrungen mit Frauen hatte Rolf Wegener bis dahin noch nicht viele gesammelt. Allerdings hatte ihn Achim Schulte, der Nachbarssohn, mit dem er seit der gemeinsamen Schulzeit befreundet war, nur zwei Tage, vielmehr Nächte vor dieser Razzia für einen Abend mit auf eine verhängnisvolle Tour geschleppt.

Achim Schulte stand unmittelbar vor der Hochzeit und wollte seinen Abschied vom Junggesellendasein gebührend feiern, »noch mal richtig auf den Putz hauen«, wie er sagte. Zuerst waren sie in einer Bar gewesen, danach in einem Bordell. Für Rolf Wegener endete dieser Ausflug, der ihm von vorneherein nicht ganz geheuer gewesen war, in einer Blamage mit üblen Folgen. Er stellte sich so ungeschickt an, dass das Kondom platzte und die Frau, mit der er zusammen war, sich von einer Sekunde zur nächsten in eine Furie verwandelte. »Ich hoffe, du bist gesund!«, fauchte sie ihn an.

Selbstverständlich war er das.

Und bei der Razzia war er überzeugt, unverändert gesund zu sein, sonst hätte er sich bestimmt nicht auf Ellens Vorschlag einer Leibesvisitation eingelassen, um ihren Ausweis aufzuspüren. Erst drei Tage danach bekam er Ausfluss und verspürte ein Brennen beim Harnlassen. Er ging sofort zum Arzt, der einen Tripper diagnostizierte. Ellens Frauenarzt stellte bei ihr anschließend dieselbe Infektion fest, was Rolf Wegener entsetzlich leidtat. Natürlich wurden sie beide umgehend behandelt, und damit schien die Sache ausgestanden.

Für Rolf Wegener war Ellen die berühmt-berüchtigte Liebe auf den ersten Blick. Ihr sei es ebenso ergangen, behauptete sie in den ersten Jahren oft, deshalb habe sie das Spiel mit dem vermeintlich vergessenen Ausweis gespielt. Ellen wusste eben schon mit zwanzig Jahren ganz genau, was sie wollte und wie sie es erreichte. Was gut für ihn war, wusste sie auch, holte ihn raus aus Niederfelden, weg von seiner Mutter, unter deren Dach er noch lebte, als sie sich kennenlernten.

Ellen fand in der Kreisstadt Heimberg ein neues Domizil für sie beide: eine Zweizimmerwohnung im Erdgeschoss eines vierstöckigen Mietshauses am Stadtrand, ein Neubau zu der Zeit, gerade erst fertiggestellt. Alleine hätte Ellen sich die Wohnung nicht leisten können. Sie arbeitete in einem Maklerbüro und verdiente nicht schlecht. Aber sie legte großen Wert auf ihr Äußeres: schicke Klamotten, regelmäßige Friseurbesuche, Make-up, teure Cremes und dieses Wahnsinnsparfüm, das auch seinen Preis hatte.

Und er liebte sie ja hübsch und duftend. Er wollte gar nicht, dass sie auf etwas verzichten musste. Also mietete er die Wohnung und kam für die Einrichtung auf. Nur drei Monate nach besagter Razzia zogen sie ein, um festzustellen, ob sie auch im Alltag gut miteinander auskamen. Es war die pure Harmonie.

Wie hatte er Ellen geliebt, mehr als das, vergöttert und angebetet hatte er sie, sich für auserwählt gehalten und gedacht, sie sei genau die richtige Frau für ihn und die einzige, mit der er es bis ans Ende seiner Tage aushalten könne, bei der er all das fand, was er brauchte, um sich im sexten und siebten Himmel gleichzeitig zu wähnen. Er war restlos glücklich mit ihr.

Es gab nie einen Streit, nicht mal dezente Vorwürfe, wenn sein Dienstplan ihnen wieder einen Strich durchs Wochenende oder Feiertage machte. Geld war ebenso wenig ein Thema. Anfangs verdienten sie beide etwa gleich viel. Er zahlte für die Wohnung, notwendige Versicherungen und drei Jahre lang die Raten für die Möbel. Ellen bestritt den Haushalt und organisierte die gemeinsamen Freizeitaktivitäten. Am liebsten verbrachten sie beide ihre freien Stunden in trauter Zweisamkeit. Dazu gab es hin und wieder einen Kinobesuch oder ein Picknick, bei dem sie ihn mit den besten Häppchen verwöhnte. Waldspaziergänge standen bei Ellen ebenfalls hoch im Kurs, Liebe in freier Natur, damit es nur ja nicht eintönig wurde. Gegen eine Einladung aus seinem Kollegenkreis erhob sie zwar auch keine Einwände. Aber allzu häufig musste das nicht sein.

Auch sieben Jahre nach der Hochzeit hielt Rolf Wegener sich an Ellens Seite noch für so auserwählt wie am ersten Tag. In diesen Jahren war das Heimberger Polizeipräsidium mit der Hauptwache im Erdgeschoss, ein schmuckloser dreistöckiger Betonbau aus den Sechzigerjahren, für ihn ausschließlich sein Arbeitsplatz.

Er wechselte vom Wach- und Wechsel- in den Ermittlungsdienst, hatte zwar anfangs oft Bereitschaft, aber einigermaßen pünktlich Schluss. Wenn nichts dazwischenkam, war er vor Ellen zu Hause. Ihr Chef kannte keinen Feierabend und erwartete von seinen Mitarbeiterinnen dieselbe Einsatzbereitschaft, vor allem in den Abendstunden, wenn Berufstätige Wohnungen oder Häuser besichtigen wollten.

Es konnte durchaus neun Uhr werden, ehe Ellen endlich den Flur betrat und ihre Pumps von den Füßen streifte. Bis dahin hatte Rolf Wegener sich im Haushalt nützlich gemacht. Müll rausgebracht, Fußböden gewischt oder gesaugt, Fenster geputzt, Betten frisch bezogen, Wäsche gewaschen und gebügelt, was eben zu erledigen war. Nur kochen konnte er nicht. Aber wenn es bei Ellen zu spät wurde, um sich noch an den Herd zu stellen, besorgte sie das Abendessen auf dem Heimweg.

Kinder standen in diesen ersten sieben Jahren nicht zur Debatte. Die bekäme man später noch früh genug, sagte Ellen regelmäßig, wenn das Thema angeschnitten wurde, in der Regel von seiner Mutter. Die war für Ellen ohnehin ein rotes Tuch.

Ein monatlicher Pflichtbesuch in Niederfelden, im Höchstfall zwei Stunden, in denen sie sich bei Kaffee und einem Stück Torte die Fragen nach einem Enkelchen, das Jammern der miesepetrigen Alten und deren stete Vorwürfe der Vernachlässigung anhörte, reichten Ellen vollauf, wenn sie überhaupt mitfuhr. Das tat sie extrem selten, nahm lieber ein Bad in der Zeit und bereitete alles vor für den Moment, in dem Rolf wieder zur Tür hereinkam.

Im achten Ehejahr setzte Ellen dann die Pille ab. Sie hatte die Dreißig überschritten und genug von der Tretmühle. Dass sie unzufrieden mit ihrem Job war, sich ausgenutzt fühlte, hatte sie schon vorher häufig anklingen lassen. Nun sprach sie zusätzlich von ihrer biologischen Uhr, ließ sich bei der Hausverwaltung für eine größere Wohnung vormerken und studierte zudem die Angebotspalette ihres Arbeitgebers.

Drei Zimmer, Küche, Diele, Bad, Balkon oder Terrasse wollte sie mieten, sobald sich das freudige Ereignis ankündigen würde. Besser gleich vier Zimmer, damit sie nicht erneut umziehen müssten, wenn ein zweites Kind käme. Ellen fand zwei Kinder optimal, am besten schnell hintereinander, damit der Altersunterschied nicht zu groß war. Rolf Wegener dachte eher an ein eigenes Haus mit Garten in einem der umliegenden Dörfer, natürlich nicht in Niederfelden; es gab noch mehr und kinderfreundlichere Orte im Kreis Heimberg.

Dass Ellen nicht auf Anhieb schwanger wurde, wertete er nicht als Alarmzeichen. Nach all den Jahren, in denen sie ohne Unterbrechung Hormone zur Verhütung geschluckt hatte, musste ihr Körper sich wohl erst wieder an den Normalzustand gewöhnen. Ihr Gynäkologe sagte das auch.

Im zehnten Ehejahr wurde Ellen nervös. Sie schickte ihn zum Urologen, aber an ihm lag es nicht. Im elften Jahr schaute Ellen bereits jeder schwangeren Frau und jedem Kinderwagen auf der Straße mit Tränen in den Augen hinterher. Sie bekam abwechselnd Depressionen oder Wutausbrüche, wenn sich ihre Periode ankündigte, begann gegen Umweltverschmutzung, Massentierhaltung und die Pharmaindustrie zu lamentieren, irgendwer oder -was musste doch schuld daran sein, dass es partout nicht klappte.

Statt sich ebenfalls gründlich untersuchen zu lassen, wie ihr Gynäkologe es vorschlug, pilgerte Ellen von einem Heilpraktiker zum nächsten, gab ein Vermögen aus für Kräutertees, Bachblüten, Akupunktur, Antistress-CDs und dergleichen.

Sie war längst nicht mehr die Frau, in die Rolf Wegener sich bei einer Razzia in einer verrufenen Spelunke Hals über Kopf verliebt hatte. Unduldsam und ungerecht war sie geworden. Doch das war nicht von heute auf morgen geschehen. Es war kein Sturz aus dem siebten Himmel gewesen, sondern ein allmählicher Abstieg. Er hatte ausreichend Zeit bekommen, sich daran zu gewöhnen und es als Normalzustand zu betrachten. Er gewöhnte sich auch an das, was noch folgte.

Nichts konnte er Ellen mehr recht machen, im Bett schon gar nicht. Egal, was er tat oder sagte, es war alles falsch. Er nahm das hin, schraubte seine eigenen Wünsche und Bedürfnisse auf ein Minimum zurück, weil er Ellen unverändert liebte und wollte, dass sie glücklich oder wenigstens zufrieden war.

Er hätte sich vierteilen lassen, wenn das die einzige Möglichkeit gewesen wäre, ihr zu einer Schwangerschaft und einem gesunden Baby zu verhelfen. Dass er mit seiner Nachgiebigkeit, seiner Geduld, seinem Verständnis oder seiner Unfähigkeit, sich gegen Ellen zu behaupten, mehr und mehr an Boden verlor, wurde ihm nicht bewusst. Als Ellen nach zwölf Ehejahren ihren Traum vom eigenen Kind endgültig begraben musste, stand er längst im Nichts. Und dort stand er noch weitere drei Jahre lang, exakt bis zu dem verfluchten Dienstag nach Pfingsten, an dem eine polnische Erntehelferin auf grausame Weise getötet wurde.

Marisa

Vom letzten Mietshaus in der Feldstraße am südlichen Stadtrand von Heimberg, in dessen Erdgeschoss Rolf Wegener seit fast achtzehn Jahren eine Zweizimmerwohnung mit Ellen teilte, bis nach Niederfelden, dem Kaff, in dem er aufgewachsen war, waren es sieben Kilometer über die Landstraße. Zu einer Seite lagen Felder, zur anderen dehnte sich über einige Hektar ein Waldstück aus, das seit Jahren als Naherholungsgebiet bezeichnet wurde.

Auf halber Strecke schlängelte sich etwa fünfhundert Meter weit ein gut ausgebauter Zufahrtsweg zwischen Bäumen und Büschen durch bis zu einer kleinen Brücke. Darunter verlief ein Bach, der die halbe Zeit kein Wasser führte. Hinter der Brücke wurde der Weg schmaler und war für den Verkehr gesperrt, was aber kaum jemanden davon abhielt, mit Mofas und Motorrädern, sogar mit Pkws in den Wald hineinzufahren.

In Wegeners Kindheit hatte es kurz vor der Brücke ein Ausflugslokal gegeben, die *Waldschänke*. Später, in seiner Jugend, war aus dem netten, idyllisch gelegenen Lokal für Waldspaziergänger und Sonntagsausflügler bereits die verrufene Disko geworden, in der er Ellen kennengelernt – besser gesagt, zum ersten Mal gesehen hatte. Wirklich kennengelernt hatte er sie erst am Dienstag nach Pfingsten. Aber eigentlich hätte er vom ersten Moment an in eine bestimmte Richtung denken müssen.

Die Disko hieß immer noch *Waldschänke*, und die einsame Lage prädestinierte sie zu einem beliebten Treffpunkt für den

Abschaum der Gesellschaft. Es war ein Umschlagplatz für Drogen jeder Art, mit all den unangenehmen Begleiterscheinungen: Rauschgifthandel, Beschaffungskriminalität, Gelegenheitsprostitution. Ein paar Vergewaltigungen hatte es auch gegeben, von unzähligen Schlägereien und Messerstechereien ganz zu schweigen.

Die Razzia damals hatte dem wüsten Treiben ein Ende gesetzt und den Betreiber sowie einige seiner Stammgäste hinter Gitter gebracht. Wegen Steuerschulden fiel das Anwesen danach an die Stadt Heimberg, die nichts damit anzufangen wusste. Es meldeten sich wohl zu Anfang noch Kauf- oder Pachtinteressenten. Doch man wollte sich bei der Stadtverwaltung denselben Ärger nicht noch einmal einhandeln. Lieber ließ man das Gebäude verfallen.

Aber vor zehn Jahren war das Anwesen doch noch verkauft worden, an Marisa Behrend. Sie war noch keine dreißig, als sie nach Heimberg kam, beherrschte mehrere Sprachen, war sehr kultiviert, hatte genug Geld und, was noch wichtiger war, einen Fürsprecher im Heimberger Stadtrat, der sie mit den richtigen Leuten zusammenbrachte.

Der offiziellen Version zufolge hatte Marisa in der Hotelbranche gearbeitet. Auf zwei Jahre Ausbildung in Frankfurt war ein weiteres Jahr Ausbildung in Köln gefolgt. Danach hatte sie in Paris, Mailand, Madrid, zuletzt in Athen gearbeitet. Als sie sich danach sehnte, sesshaft zu werden, bot sich im beschaulichen Heimberg die Gelegenheit, mit dem Umbau der ehemaligen *Waldschänke* eine eigene Existenz aufzubauen.

In der Stadtverwaltung, beim Landratsamt und dem Landschaftsverband wurden einige Augen zugedrückt und Sondergenehmigungen erteilt. Marisa ließ das Gebäude von Grund auf sanieren. Das gesamte Innere wurde entkernt und entstand neu, außen wurde der schäbige Verputz durch rustikale Klinkersteine ersetzt und zwölf Monate später das *Waldschlösschen* eröffnet. Schänke konnte man es jetzt nicht mehr nennen. Jetzt war es ein exquisites Restaurant mit Bar.

Seitdem radelte Agnes Kalwin an sechs Tagen in der Woche morgens um acht Uhr von Heimberg hinaus zum *Waldschlösschen,* um die Räume im Erdgeschoss sauber zu machen. Das Gleiche tat sie anschließend auch in Marisas Wohnung. Nachmittags ging sie dann noch dem französischen Koch zur Hand, half ihm, die tägliche Lieferung des Delikatessenhändlers zu kontrollieren und im Kühlraum zu verstauen und den Dessertwagen vorzubereiten. Nach Hause fuhr Agnes Kalwin in der Regel erst wieder, wenn Bar und Restaurant um neunzehn Uhr abends geöffnet wurden.

Normalerweise fing sie also mit der Putzarbeit unten an, nur montags nicht. Montag war Ruhetag, da kam außer ihr niemand. Ab Mittag wurde das Restaurant gründlichst gereinigt. Beispielsweise wurde dann das komplette Silberbesteck poliert, dafür war an den anderen Tagen keine Zeit. Und diese Arbeit hatte Agnes Kalwin noch nie alleine erledigen müssen, obwohl ihr das nichts ausgemacht hätte, aber Marisa stand dabei immer an ihrer Seite.

Agnes war siebenundfünfzig Jahre alt und daran gewöhnt zu schuften. Im *Waldschlösschen* tat sie das gern, war rundum glücklich mit dieser Stelle und mehr noch mit ihrer Arbeitgeberin. Vom ersten Tag an hatte sie sich ausgezeichnet mit Marisa Behrend verstanden. Vorher hatte Agnes für andere Leute geputzt, da war sie noch verheiratet und für ihren Mann auch nicht mehr als eine Putzfrau gewesen, die ihren Lohn abzuliefern hatte, weil sie angeblich nicht mit Geld umgehen konnte.

Von alleine wäre sie nie auf die Idee gekommen, sich aus der Bevormundung zu befreien, auch nicht, als ihre Kinder längst auf eigenen Füßen standen. Sie hatte immer gedacht, sie käme allein nicht zurecht, sei mit jeder Art von Papierkram überfordert, ließe sich regelmäßig von Verkäufern, Vertretern und so weiter über den Tisch ziehen. Das war ihr jahrelang eingeredet worden. Marisa hatte sie vom Gegenteil überzeugt und ihr klargemacht, dass jeder Mensch die Verantwortung für das eigene Leben trug. Nur dank Marisas Unterstützung hatte Agnes es geschafft, ihren herrschsüchtigen Mann zu verlassen.

Für Marisa – selbstverständlich durfte Agnes ihre Arbeitgeberin seit Langem duzen – war sie keine »dumme Person«, bei der es sich nicht lohnte, ihr etwas zu erklären, wie ihr Mann stets behauptet hatte. Gut, sie war vielleicht ein wenig naiv und nicht sonderlich gebildet. Aber sie war eine der wenigen Personen im Kreis Heimberg, wahrscheinlich sogar die einzige, die vollständig mit Marisa Behrends bewegter Vergangenheit vertraut und sowohl in die pikanten als auch in die furchtbaren Details eingeweiht war.

Agnes wusste, dass Marisa ihr Geld zuletzt nicht in Athen, sondern in der Ägäis verdient hatte, auf Schiffen, als Hostess, wie Königin Silvia von Schweden, in ganz feiner Gesellschaft. Bis sie genug Geld beisammenhatte, um in Heimberg ein neues Leben zu beginnen.

Agnes war auch bekannt, dass Marisa nicht genau sagen konnte, von wem sie mit sechzehn schwanger geworden war. Vielleicht von irgendeinem Ekel, viel eher jedoch vom eigenen Bruder. Im Gegensatz zu den Freiern hatte der Bruder nämlich nie ein Kondom übergezogen.

Marisa war erst vierzehn gewesen, als der Widerling sie zum ersten Mal vergewaltigt hatte. Danach war das regelmäßig passiert. Und damit nicht genug. Beinahe täglich hatte ihr Bruder sie bei der Schule abgefangen und in Frankfurt auf den Babystrich geschickt. Sogar als sie hochschwanger gewesen war, hatte er sie noch an niederträchtige, perverse Kerle vermietet, denen so ein Babybauch erst den richtigen Kick gab.

Bei ihrer Mutter hatte Marisa keine Hilfe gefunden, die war machtlos gegenüber Mann und Sohn. Den Vater um Hilfe zu bitten verbot sich von selbst, der hätte wahrscheinlich mitgemacht.

Ganz auf sich allein gestellt war Marisa unmittelbar nach der Entbindung aus der Klinik verschwunden und untergetaucht. Dass sie ihr Baby zurückgelassen hatte, durfte man ihr nicht verübeln, fand Agnes. Welche Gefühle hätte sie denn haben sollen für ein Kind, das sie auf solch abscheuliche Weise empfangen hatte?

Aber ein paar Monate später hatte Marisa ihre Mutter angerufen und sich nach dem Jungen erkundigt. Als sie hörte, dass ihre Mutter das Baby aus der Klinik geholt hatte und sich um den kleinen Markus kümmerte, hatte Marisa Geld nach Hause geschickt, sooft sie etwas erübrigen konnte. Postlagernd, damit ihre Mutter es auch bekam und fürs Kind verwenden konnte, sonst hätte ihr Vater es garantiert versoffen, oder ihr Bruder hätte noch den letzten Pfennig verzockt.

»Ich wollte Markus nicht«, hatte sie Agnes Kalwin an einem Montagnachmittag beim Silberputzen erzählt. »Wenn ich nur an ihn dachte, sah ich meinen Bruder vor mir.«

So hatte Agnes sich vor zwei Jahren, als dieser junge Mann mit einem Koffer aufgetaucht war und nach *Mutti* gefragt hatte, denken können, wen sie vor sich hatte.

Zu dem Zeitpunkt war Markus Behrend zwanzig Jahre alt gewesen. Seine Oma war gestorben. Der Opa hatte sich schon vor Jahren totgesoffen. Markus wusste nicht, wohin; zum Onkel, der eigentlich sein Vater war – was der junge Mann allerdings nicht wusste –, wollte er nicht ziehen. Blieb nur *Mutti*.

Begeistert von seinem Erscheinen war Marisa verständlicherweise nicht, bot ihrem Sohn dennoch eine Ausbildung zum Koch an und stellte ein Gästebett ins Arbeitszimmer. Die Wohnung im ersten Stock, in der sie bis dahin alleine gelebt hatte, war zwar hundertvierzig Quadratmeter groß, hatte aber trotzdem nur drei Zimmer, Küche, Diele und ein Bad.

Marisa ließ umgehend das Dachgeschoss ausbauen. Nach Fertigstellung zog sie eine Etage höher und trat die über Restaurant und Bar gelegene Wohnung an ihren Sohn ab. Als erwachsener Mann, und das war er doch mit zwanzig, sollte er sein eigenes Reich haben, meinte Marisa. Sie legte ebenfalls großen Wert auf ihre Privatsphäre und eine gewisse Distanz.

Dass Marisa sich von den Umständen und den widerlichen Kerlen nicht hatte unterkriegen lassen, verdiente allen Respekt, fand Agnes Kalwin. Jede Chance, die sich ihr bot, mochte sie noch so winzig sein, hatte Marisa ergriffen und es mit eisernem Willen zu etwas gebracht.

Agnes Kalwin wäre nie der Gedanke gekommen, Marisa für ihren früheren Lebenswandel zu verurteilen – im Gegenteil. Wenn jemand eine abfällige Äußerung über diese Frau machte, vergaß Agnes Kalwin ihre Einfalt, nicht jedoch ihre Verschwiegenheit. Auf diese konnte man Hochhäuser bauen, die auch einem Erdbeben der Stärke zwölf standgehalten hätten.

Kurz vor ihrer Scheidung war sie von einer Nachbarin einmal folgendermaßen angesprochen worden: »Dein Mann hat behauptet, du putzt jetzt in dem Puff da draußen.«

Der Frau hatte sie aber ordentlich Kontra gegeben. Nur wegen der roten Leuchtschrift über dem Eingang durfte niemand eine so unverschämte Behauptung aufstellen. Das *Waldschlösschen* war ein Nobelrestaurant, in dem die oberen Zehntausend verkehrten, von denen es im Kreis Heimberg nur ein paar Hundert gab, aber das spielte ja keine Rolle.

Sogar der Landrat, der sympathische Doktor Reuther, von

dem es hieß, er wolle demnächst als Abgeordneter in den Bundestag nach Berlin, verkehrte bei Marisa. Seit seine Frau ihn mitsamt den beiden Kindern verlassen hatte, weil die Politik ihn so in Anspruch nahm, dass kaum Zeit für die Familie blieb, kam er regelmäßig. Obwohl er inständig hoffte, dass seine Frau sich bald mit seinem beruflichen Engagement arrangierte und zurückkehrte.

Agnes Kalwin wusste, dass Marisa insgeheim vom genauen Gegenteil träumte. Nämlich, dass er blieb und dass sich etwas Ernsthaftes zwischen ihnen beiden entwickeln könnte. Aber ein ambitionierter Politiker, der sich vorgenommen hatte, den Kreis Heimberg demnächst in Berlin zu vertreten, und eine Frau, die als blutjunges Mädchen in Frankfurt auf dem Babystrich angeschafft und nach der Geburt eines ungewollten Kindes in Köln für eine sogenannte Begleitagentur gearbeitet hatte, daraus konnte wohl auf Dauer nichts werden, obwohl Agnes Kalwin ihr das von ganzem Herzen gegönnt hätte.

Sie wurde gut behandelt und gut bezahlt, bekam täglich das Gefühl vermittelt, für Marisa nicht bloß Arbeitskraft, sondern eine Vertraute zu sein, mit der man auch über private und intime Dinge sprach. Es war ja sonst niemand da, dem Marisa ihr Herz hätte ausschütten können. Und Agnes Kalwin revanchierte sich für jede Wohltat und das uneingeschränkte Vertrauen auf ihre Weise, mit kleinen Gefallen, bedingungsloser Ergebenheit und – sehr zum späteren Leidwesen der Polizei – mit gründlicher Arbeit.

Rolf

Mit fünfunddreißig bekam Ellen starke Blutungen, die mit heftigen Krämpfen einhergingen und weder auf Bachblüten noch auf sonst etwas *Natürliches* ansprachen. Ihr Gynäkologe diagnostizierte Zysten in der Gebärmutter. Gezwungenermaßen ließ Ellen sich ins Kreiskrankenhaus einweisen. Dort hatte man kurz vorher einen jungen Frauenarzt eingestellt, der bereits einen ausgezeichneten Ruf genoss: Doktor Terbruck.

Doktor Terbruck entfernte zuerst nur die Zysten, erklärte Ellen jedoch anschließend, ihr Uterus müsse komplett entfernt werden, weil bei einer feingeweblichen Untersuchung Krebszellen nachgewiesen worden seien. Ellen heulte sich die Augen aus, umso mehr, als sie erfuhr, dass die Zysten nicht der Grund für ihre bisher ergebnislosen Bemühungen um eine Schwangerschaft gewesen waren. Diese Wucherungen hatten sich erst in letzter Zeit entwickelt. Ellens Eileiter dagegen waren seit fünfzehn Jahren verklebt. Eine Folge des Trippers, der nach der Razzia zuerst bei Rolf Wegener, dann bei ihr diagnostiziert worden war.

Im Grunde scheiterte ihre Ehe in den zehn Minuten, in denen Doktor Terbruck Ellen die Zusammenhänge erklärte und ihr empfahl, doch mal über eine Adoption nachzudenken.

Nach ihrer Entlassung aus dem Kreiskrankenhaus verwandelte Ellen sich binnen weniger Tage von einem immer noch hübschen Anblick in einen Feuermelder. Sie hörte einfach auf, eine Frau zu sein, die ein Mann gern anschaute.

Ihr schulterlanges, braunes Haar ließ sie auf Streichholzlänge kürzen und knallrot färben. All die schicken Sachen, für die sie ein Vermögen ausgegeben hatte, blieben im Schrank hängen. Plötzlich trug sie verschlissene alte Jeans, ausgeleierte Pullover oder sackartige T-Shirts, bei denen Rolf Wegener sich fragte, wo sie diese Klamotten herhatte. So was gab es doch in keinem Geschäft zu kaufen!

Sie fuhr sogar in diesem Aufzug zur Arbeit, benutzte ihr Parfüm nicht mehr, nicht mal mehr regelmäßig ein Deo. Ihr Makeup vertrocknete in den Tuben und Tiegeln. Lippenstift, Wimperntusche und Puderdose waren ebenso tabu. Ihr nacktes Gesicht brachte die Verkniffenheit auch besser zur Geltung.

Morgens und abends schmierte sie sich statt der angenehm duftenden und nur leicht seifig schmeckenden Creme aus einer Parfümerie ein widerlich fettiges Zeug aus einem Öko-Laden ins Gesicht. Das roch ranzig wie verdorbene Butter. Wenn Rolf Wegener es bloß roch, musste er an den säuerlichen Rosenkohl denken, den seine Mutter ihm einmal serviert hatte, nachdem der Topf zwei Tage im Kühlschrank gestanden hatte und der Inhalt schon dreimal aufgewärmt worden war.

In den ersten Wochen nach der Operation meinte er noch, gerade jetzt brauche Ellen die Bestätigung, eine begehrenswerte und attraktive Frau zu sein, die geliebt wurde. Wenn er sich zwingen musste, sie in die Arme zu nehmen, kaschierte er seinen Widerwillen oft mit einem Scherz: »Morgen früh kann ich mir die Butter aufs Brot sparen. Ich hab gerade wieder genug Fett abbekommen.«

Doch Ellen verstand keinen Spaß mehr, aus seinem Mund schon gar nicht. Es wurde von Woche zu Woche schlimmer mit ihr. Sie verlor ihren Job, weil man sie mit ihrem neuen Äußeren der Kundschaft nicht mehr zumuten konnte. Kaum war sie arbeitslos geworden, räumte sie ein gemeinsames Sparbuch mit einem Guthaben von 3000 Euro vollständig ab und kaufte sich einen gebrauchten Diesel.

Dass fortan das Haushaltsgeld von seinem Konto abging, verstand sich von selbst. Von ihrem Arbeitslosengeld konnte Ellen nur den persönlichen Bedarf und die nun zusätzlich durch ihre Rußschleuder verursachten Kosten bestreiten. Nachdem sie zweimal sein Gehaltskonto kräftig überzogen hatte, sah er sich gezwungen, ihr die Kontovollmacht zu entziehen, was ein Mordsspektakel zur Folge hatte. Doch über diesen Punkt ließ er nicht mit sich reden. Sie sagte ihm ja auch nicht, wofür sie das ganze Geld ausgegeben hatte.

Ihr zuvor nicht kanalisierter Groll gegen Umweltverschmutzung, Massentierhaltung, die Pharmaindustrie und so weiter steigerte sich zu einem stetigen Lamento für Naturschutz. Plötzlich waren ihr die Lebensräume von Kröten und anderem Getier wichtiger als ein sauberer Kühlschrank. Vorübergehend wurde sie Parteimitglied bei den *Grünen*, jedoch nicht lange. Sie hatte völlig den Sinn für das Erträgliche verloren, äußerte derart krude und radikale Ansichten, dass ihr schon bald der Austritt nahegelegt wurde, weil jeder einigermaßen vernünftig denkende Mensch entsetzt die Hände über dem Kopf zusammenschlug, wenn Ellen den Mund aufmachte.

Da ihr nach dem Rauswurf aus der Partei sonst niemand mehr zuhörte, hielt sie ihm Vorträge. Manchmal kam sie ihm vor wie ein Kind, das blindwütig um sich schlug und alle Welt gegen sich aufbrachte, weil es seinen Willen oder ein bestimmtes Spielzeug nicht bekommen hatte. Und wenn er so dachte, fühlte er sich auf der Stelle schäbig und schuldig bis unter die Haarwurzeln. Immerhin war er damals mit Achim Schulte im Bordell gewesen und hatte sich so ungeschickt angestellt, dass das Kondom platzte. Da konnte man vom Glück sagen, dass er sich nur mit einem Tripper infiziert hatte und nicht mit Aids, wie Ellen mehrfach verlauten ließ: »Du Mistkerl, ich könnte längst tot sein.«

Natürlich, das wusste er ebenso gut wie sie. Aber nicht nur aus dem Grund steckte er weiter ein, schluckte jede Beleidigung, jede Verweigerung, jede Zumutung.

Sich zu wehren war ihm schon in frühster Kindheit ausgetrieben worden. Wenn er einmal daran dachte, Ellen Kontra zu geben, schwebte ihm unweigerlich das wutverzerrte Gesicht seiner Mutter vor Augen, er hörte sie keifen: *»Du elender Mistkerl, wie oft soll ich dir noch sagen, dass man einem kleinen Mädchen nicht wehtun darf?«* Und der hölzerne Kochlöffel drosch auf ihn ein. Selbst nach fünfunddreißig Jahren spürte er ihn noch, diesen dumpfen Schmerz.

In solchen Momenten war er ein hilfloser Junge von sechs oder sieben Jahren. Wie oft hatte er beide Arme schützend über den Kopf gehoben, während seine Schwester sich daran ergötzte, wie er zu Boden ging, sich in eine Ecke duckte und wimmerte: »Ich hab ihr nichts getan, ehrlich nicht. Sie hat mir eine Seite aus dem Lesebuch gerissen und dabei geschrien.«

Seiner Schwester fielen immer neue Gemeinheiten ein, mit denen sie ihn ins Unrecht setzte und schikanierte. Mal schnitt sie ein Loch in seinen neuen Pullover, mal drückte sie eine Tube Kleber auf seiner guten Hose aus. Natürlich wurde anschließend er zur Rechenschaft gezogen.

»Kannst du nicht besser aufpassen, du Bastard? Weißt du, was die Hose gekostet hat? Glaubst du, ich schneide mir das Geld aus den Rippen?«

Den Bogen, den Opa Schulte ihm aus einem Stück Schnur und einer Weidengerte gebastelt hatte, hatte seine Schwester zerbrochen. Seinen Teddy, ein Geschenk von Oma, die leider viel zu früh gestorben war, hatte sie mit Kaffeesatz beschmiert. Und weil er sich das nicht hatte bieten lassen wollen, war er im Krankenhaus wieder aufgewacht. Als Sturz mit dem Fahrrad war das durchgegangen. Er hatte nie ein Fahrrad besessen.

Aber niemand hatte es in Zweifel gezogen, niemand hatte sich vorstellen können, dass *Mamas Sonnenschein,* dieses Engelchen mit dem herzförmigen Gesicht, den blauen Strahleaugen und den blonden Löckchen, das die gesamte Dorfbevölkerung in helles Entzücken versetzte, in Wahrheit ein widerliches, verschlagenes, heimtückisches Biest war.

Egal, was sie ihm antat, für ihn gab es keine Entschuldigung, nie Verständnis. Es gab nur dieses Gesetz: Ein elender Mistkerl oder Bastard, wie seine Mutter ihn auch oft nannte, durfte es einem kleinen Mädchen nicht heimzahlen. Auch dann nicht, wenn das kleine Mädchen ihn bis aufs Blut quälte, wie Ellen es nach der Entfernung ihrer Gebärmutter tat.

Fast ein volles Jahr lang machte Ellen ihm das Leben zur Hölle. Mehr als einmal musste er sich von ihr anhören, einer wie er sei auf dieser Welt so nützlich wie eine Blattlaus oder Mehltau. Tausendmal sagte er sich, Ellen brauche eben Zeit, um sich wieder zu fangen, ihre Enttäuschung zu überwinden und ihre Wut auf ihn. Das ginge nicht von heute auf morgen. Aber irgendwann würde sie sich darauf besinnen, dass sie doch zu zweit lange Zeit sehr glücklich und einander genug gewesen waren.

Als sie begann, eine Clique von jungen Leuten um sich zu scharen, die sich im Gegensatz zu den *Grünen* ihre menschenverachtenden Vorträge ohne Widerspruch anhörten, redete er sich ein, sie suche nur einen Ersatz für das unerfüllbare Mutterglück und werde bestimmt bald zu einer gemäßigten Einstellung finden.

Wenn er abends etwas Warmes essen wollte, musste er zusehen, wo er es herbekam. Aber das war kein Problem, nur zweihundert Meter die Feldstraße runter gab es einen Imbiss, das »Bistro«. Dort versorgte er sich regelmäßig mit fettigen Fritten und Schaschlik. Kein Wunder, dass sich bald Magenprobleme einstellten. Doch das lag wohl nicht ausschließlich an der Ernährung.

Oft genug zerbrach er sich bei seinen Mahlzeiten den Kopf, wie er Ellen helfen und seine Ehe wieder ins Lot bringen könnte. Seiner Meinung nach brauchte sie dringend eine Therapie. Aber wenn er nur eine Andeutung in die Richtung machte, kratzte sie ihm beinahe die Augen aus.

Was sie von ihm brauchte, waren keine Ratschläge, sondern Geld. Seit er ihr die Vollmacht für sein Konto entzogen hatte, lag sie ihm deswegen ständig in den Ohren. Das Haushaltsgeld, das er ihr immer noch regelmäßig gab, obwohl sie davon nur ihre Bürgerinitiative finanzierte, reichte nie. Manchmal fühlte er sich wie ein Automat, in den Ellen nur eine Karte stecken und auf die richtigen Tasten drücken musste, damit er ein paar Scheine ausspuckte.

Vielleicht hätte er ihr zu Anfang nicht so viel über seine Kindheit und Jugend erzählen dürfen. Damals hatte sie ihn systematisch aufgebaut, hatte ihm die Schuldgefühle, das permanent vorhandene schlechte Gewissen gegenüber seiner Mutter und das im Hinterkopf stets lauernde Bewusstsein seiner Minderwertigkeit ausgeredet. Genauso systematisch demolierte sie ihn nun wieder. Es kam ein Zeitpunkt, da überlegte er jeden Abend, seine Dienstwaffe diesmal nicht im Schreibtisch einzuschließen, wie er es normalerweise tat, ehe er nach Hause fuhr. Es gab doch kein Zuhause mehr.

Ellen

Vielleicht hätte Rolf Wegener seinem Leben tatsächlich ein Ende gesetzt, wäre er nicht in dieser privat für ihn so schlimmen Zeit beruflich vor eine neue Aufgabe gestellt worden. Weil ein älterer Kollege aus gesundheitlichen Gründen vorzeitig in den Ruhestand trat, wurde ihm die Leitung des 11. Kommissariats übertragen, damit verbunden war die Beförderung zum Ersten Kriminalhauptkommissar.

In seinem Alter – er war gerade erst vierzig geworden – war es ein Riesensprung auf der Karriereleiter, auf den er selbstverständlich für die Kollegen einen ausgeben musste. Das tat er ein paar Tage nach der offiziellen Ernennung. Natürlich nicht in der Wohnung, auch nicht im Bistro, sondern in einem guten Lokal. Aber er fuhr vorher nach Hause, um zu duschen und sich umzuziehen.

Ellen saß mit einem halben Dutzend Freaks im Wohnzimmer. Als er die Wohnung wieder verlassen wollte, kam sie in den Flur und erkundigte sich, für wen er sich dermaßen in Schale geworfen hätte. »Hast du dir eine Freundin zugelegt?«

Bis dahin hatte er ihr nichts von der Beförderung erzählt. Die Meldung im *Heimberger Anzeiger* hatte sie offenbar nicht gelesen. Es war auch nur eine Randnotiz gewesen. Und wie sie da vor ihm stand; in gammeligen Jeans und dem sackartigen T-Shirt, an den Füßen ein Paar ausgelatschte und fleckige Sportschuhe, auf den Schultern diesen Feuermelder, in Gesicht und Stimme das blanke Misstrauen, da wurde ihm mit einem Schlag bewusst, dass es ihn eigentlich nur noch am Rande interessierte, ob sie sich die Haare feuerrot, grasgrün oder violett färbte. Ihm war nur noch wichtig, durch sie nicht zum Gespött seiner Kollegen zu werden. Genau das sagte er ihr dann – mit exakt diesen Worten.

Wie es schien, erreichte er damit mehr als mit seiner Gutmütigkeit, Duldsamkeit, dem Verständnis und den Schuldgefühlen. Nur ein paar Tage später kaufte Ellen sich ein paar neue Hosen und Oberteile, die nicht wie Säcke an ihr hingen. Kurz darauf bekam ihr Haar seinen natürlichen Farbton zurück, sie begann auch wieder zu arbeiten, nahm eine Halbtagsstelle in dem Öko-Laden an, in dem sie die scheußliche Nachtcreme kaufte. Auch wenn sich sonst nicht viel veränderte, glaubte er, sie hätten das Schlimmste überstanden.

Das glaubte er sogar noch, als an einem elend heißen Augusttag im vergangenen Jahr ein Schlaganfall seine Mutter mit nur dreiundsechzig Jahren dahinraffte. Er atmete innerlich auf, weil er eine große Bürde losgeworden und nicht länger gezwungen war, jeden Samstag mit einem Kasten Mineralwasser und diversen Lebensmitteln nach Niederfelden zu fahren.

Mindestens dreimal die Woche hatte seine Mutter ihn im Präsidium oder auf dem Diensthandy angerufen, weil es ihr wieder mal so entsetzlich schlecht ging, dass sie ihr letztes Stündlein nahen fühlte. Wie oft hatte er gesagt: »Ich kann jetzt nicht weg, Mutter. Wenn es so schlimm ist, kann ich dir doch auch nicht helfen. Ich schicke dir einen Krankenwagen. Oder ruf dir ein Taxi.«

»Von meiner Rente? Wie stellst du dir das vor? Ich komme ja so kaum über die Runden. Ein Taxi kann ich mir nicht leisten. Wenn mein Sonnenschein noch da wäre, müsste ich nicht um jede Gefälligkeit betteln.«

Mit ihrem *Sonnenschein* hatte sie ihn jedes Mal in die Knie und ins Auto gezwungen. Seine Schwester war nur fünf Jahre alt geworden, selbstverständlich durch seine Schuld.

Und lange Zeit hatte Ellen gesagt: »Herrgott, Rolf, lass dich von der Alten doch nicht immerzu terrorisieren.« Das konnte Ellen ja auch längst viel besser.

Hatte er wirklich geglaubt, sie hätten das Schlimmste überstanden, als Ellen sich ein paar tragbare Klamotten kaufte, die feuerrote Bürste auf ihrem Kopf dunkelbraun färbte und wieder zu arbeiten begann? Natürlich hatte er. Ihn traf Ellens an Unverschämtheit kaum zu überbietender Vorschlag, sich zu trennen, vollkommen unvorbereitet.

Der Tod seiner Mutter machte ihn zum Besitzer einer Immobilie im Wert von rund zweihunderttausend Euro, schätzte Ellen und argumentierte mit den Erfahrungen, die sie seinerzeit im Maklerbüro gesammelt hatte. Da weder er noch sie in Niederfelden leben wollten, plädierte sie dafür, das Haus zu verkaufen. Ihr ehemaliger Chef würde es gern in seinen Angebotskatalog aufnehmen. Den Verkaufserlös wollte Ellen komplett. Sie fand, das wäre ein fairer Preis für die von ihm verschuldete Kinderlosigkeit.

»Du verdienst genug und bist nicht auf das Geld angewiesen, Rolf. Ich kann mir davon eine Existenz aufbauen, mir eine eigene Wohnung suchen und mich selbstständig machen. Wenn du mich dann zusätzlich mit fünfhundert Euro monatlich unterstützt, komme ich bestimmt zurecht. Das halte ich für die beste Lösung. Wir beide haben doch nichts mehr gemeinsam.«

Das sah er anders. Sie hatten gemeinsam eine traumhaft schöne Zeit gehabt. Immerhin fast elf unbeschwerte Jahre, wenn man die knapp drei vor der Hochzeit mitrechnete. Wenn Ellen die Scheidung eingereicht hätte, hätte er sie kaum aufhalten können. Aber scheiden lassen wollte sie sich nicht. Aus gutem Grund.

Er brauchte keinen Anwalt zu konsultieren, um zu wissen, dass Ellen bei einer Scheidung vom Haus seiner Mutter nicht mal ein Kellerloch zustand. Das Haus war Erbmasse und fiel nicht unter Zugewinn. Ohne Kinder würde ihn auch kein Amtsrichter dazu verdonnern, Ellen geraume Zeit oder sogar lebenslang ihren Unterhalt so zu finanzieren, wie es ihr vorschwebte.

Er sah nicht ein, das Haus zu verkaufen, nur damit Ellen den Erlös mit irgendwelchen Freaks verjubelte, so wie sie es mit dem Geld vom Sparbuch getan haben musste. Selbstständig machen? Als was denn? Wollte sie ihren eigenen Öko-Laden eröffnen oder eine Partei zum Schutz von Kröten gründen?

Es waren *sein* Haus und *seine* Entscheidung, seine Art von Rache, nur eine kleine Genugtuung, aber immerhin war es eine. Er entschied sich, das Haus für die eher symbolische Summe von hundert Euro monatlich an Achim Schulte zu vermieten. Sein Freund aus Kindertagen hätte gern mehr Platz für Frau und Kinder gehabt, wollte aber nicht weit von seinen Eltern wegziehen und konnte es sich nicht leisten, mehr auszugeben. Achim freute sich riesig über die großzügige Geste und konnte sein Glück kaum fassen.

Und Ellen … Sie tobte ein paar Tage lang, schimpfte ihn einen Egoisten, der nur für seinen eigenen Vorteil lebte. Aber sie kehrte schon bald zu den gewohnten und bewährten Gemeinheiten zurück, hoffte vermutlich, ihn auf die Weise mürbe zu machen.

Vermutlich wäre es noch geraume Zeit so weitergegangen, vielleicht hätte Ellen ihr Ziel auch irgendwann erreicht, hätte Rolf Wegener sich nicht am Dienstag nach Pfingsten, dem Tag, an dem Swetlana spätabends das Gehöft nahe Niederfelden verließ und nicht zurückkehrte, um halb vier am Nachmittag auf den Heimweg gemacht. Es war immerhin Ellens Geburtstag. Und ihr 15. Hochzeitstag, aber das spielte eigentlich keine Rolle mehr.

Er besorgte Blumen, nichts Pompöses, keine roten Rosen wie früher, nur einen bunten Frühlingsstrauß. Nicht, dass er sich irgendwelche Hoffnungen gemacht hätte. Er wusste nicht einmal, ob er Ellen noch liebte, fühlte sich ihr gegenüber nur immer noch schuldig und wollte nicht mit leeren Händen heimkommen. Im Grunde wollte er ihr nur zeigen, dass er sie noch nicht vollständig abgeschrieben hatte.

Ellens Rußschleuder auf dem Parkplatz neben dem Haus zeigte ihm, dass sie zu Hause war. Schon im Hausflur hörte er Gelächter aus seiner Wohnung und nahm an, dass sie mit ihrer Öko-Clique den Geburtstag feierte. Mit ihm rechnete sie kaum, bekam offenbar auch nicht mit, dass er die Wohnungstür aufschloss, weil sie gerade in dem Moment erneut lachte.

Als er den Flur betrat, sagte sie: »Im Ernst, wochenlang dachte ich, es wäre eine hartnäckige Blasenentzündung. Ich hab literweise Tee getrunken. Das bisschen Ausfluss zusätzlich, mein Gott, Ausfluss hatten wir damals ständig, irgendwelche Pilze, Darmkeime und der Pingpongeffekt. So war das eben in der WG. Wir haben uns immerzu gegenseitig angesteckt. Und zusätzlich sind wir Mädels abends und an den Wochenenden draußen auf die Pirsch gegangen. Hätte mich dieser Jungbulle nicht im Tumult einer Razzia in den Wald geschleppt, um nachzuschauen, ob ich meinen Ausweis eventuell im Unterhöschen versteckt habe, wäre ich vermutlich noch eine Weile mit den Beschwerden herumgelaufen. Er rannte natürlich bei den ersten Symptomen zum Urologen und blökte anschließend: ›Das tut mir furchtbar leid, du musst sofort zum Arzt gehen. Ich habe eine Gonorrhö, könnte sein, dass ich dich angesteckt habe.‹ In dem Glauben hab ich ihn gelassen.«

Er hörte das, verstand auch, was es bedeutete, konnte aber nicht sofort reagieren.

Sie saßen anscheinend nur zu dritt im Wohnzimmer, Ellen

und zwei Frauen, den Stimmen nach waren beiden nicht älter als zwanzig. »Du hast ihm wirklich nie gesagt, dass er sich bei dir infiziert hatte?«, fragte eine und kicherte dämlich.

»Bin ich verrückt?«, fragte Ellen. »Wohin, meinst du, hätte der mich letzten August geschickt, als seine Alte den Löffel abgab und ich ihm vorgerechnet habe, was es kostet, mich loszuwerden? In die Wüste hätte er mich befördert, Schätzchen. Er war damals kurz vor der Razzia im Puff gewesen, kam aber von selbst nicht auf die Idee, dass registrierte Huren in der Regel sauber sind. Von der Inkubationszeit her hätte es durchaus sein können, dass er sich bei der Nutte angesteckt hatte.«

»Findest du das fair?«, wollte die andere wissen.

»Fair?«, wiederholte Ellen schnippisch. »War es etwa fair von ihm, die Staatsmacht herauszukehren, um mich am nächsten Baum zu nageln? Nein, das war Nötigung. Ich war gerade mal zwanzig, wie hätte ich mich denn gegen ihn zur Wehr setzen sollen? Wenn ich ihn angezeigt hätte, glaubst du, seine Kollegen hätten mir geglaubt?«

»Entschuldige mal«, sagte daraufhin die, die vorhin gekichert hatte. »Du heiratest einen Bullen, der dich zum Sex gezwungen hat? Du solltest uns nicht für total blöd halten, Ellen. Er hat dich garantiert nicht in Handschellen aufs Standesamt geschleppt. Er hat dir gefallen, gib es zu – ist doch nichts dabei.«

»Ja, okay, er war ein heißer Typ«, räumte Ellen ein. »Hatte keine Erfahrung, wusste aber genau, worauf es ankam. Außerdem konnte er bügeln und putzen, kann er übrigens immer noch und tut das auch. Er war die Nadel im Heuhaufen, so was findet man nur, wenn man zufällig gepikst wird. Und dann hält man es schön fest.«

»Tolle Einstellung«, kommentierte eine der jungen Stimmen.

Was Ellen darauf antwortete, hörte Rolf Wegener nicht mehr. Aber sie hörte wahrscheinlich, wie er die Wohnungstür von außen wieder hinter sich zuzog. Er meinte, ihr Gesicht noch ganz kurz über der Scheibengardine am Küchenfenster zu sehen, als er zurück zum Parkplatz ging.

Wie oft er seitdem bedauert hatte, sich quergelegt zu haben, als Ellen die Trennung wollte, wusste er nicht. Vermutlich hätte er eine Weile der guten Zeit mit ihr nachgetrauert, wahrscheinlich auch dem Geld. Möglicherweise hätte es ihm jedes Mal einen Stich versetzt, wenn auf einem Kontoauszug die fünfhundert Euro Unterhalt für sie aufgetaucht wären. Aber er hätte nie erfahren, dass er vor achtzehn Jahren an eine Frau geraten war, die nur sich selbst und ihre Interessen kannte, die ihn schamlos ausgenutzt und auf infame Weise belogen hatte.

Er hätte ein paar Monate alleine leben, zu sich selbst finden und einen neuen Anfang suchen können mit einer anderen Frau, die ihm abends und am Wochenende an einem hübsch gedeckten Tisch ein Stück Fleisch, ein paar Kartoffeln, Nudeln oder Reis mit etwas Gemüse oder Salat servierte. Bei den Mahlzeiten war er nie anspruchsvoll gewesen. Etwas Romantik dazu – und sei es nur eine brennende Kerze, und er hätte sich gefühlt wie im Himmel.

Und noch viel wichtiger wäre es für ihn gewesen, eine Frau zu haben, die sich nachts im Bett an ihn kuschelte, wie Ellen es lange Jahre getan hatte. Die ihm sagte, dass sie ihn liebte und sich den ganzen Tag auf den Abend mit ihm gefreut habe.

Zu alt, um so eine Frau zu suchen, wäre er mit seinen mittlerweile zweiundvierzig Jahren bestimmt noch nicht gewesen. Darüber hinaus war er ein attraktiver Mann, eins fünfundachtzig groß, dunkelhaarig, schlank, fast hager. Sein Körper wirkte nicht nur durchtrainiert, er war es – den fetten Mahlzeiten zum Trotz. Sein Gesicht war vielleicht etwas zu blass, was der Bartschatten ab Mittag noch unterstrich.

Aber Chancen bei anderen Frauen hätte er garantiert gehabt,

suchte allerdings nicht danach, weil er sich nicht mehr für einen Mann hielt. Männer waren potent. Mit seinen Erfahrungen erwartete er auch nicht, dass es irgendwo eine Frau gäbe, die auf Dauer seine bescheidenen Träume, die Sehnsucht nach Liebe und persönlicher Anerkennung erfüllt hätte. Er kannte eben Marisa Behrend nicht. An dem verfluchten Dienstag nach Pfingsten lebte sie noch – Luftlinie nur vier Kilometer von ihm entfernt.

Rolf

Zur Eröffnung des *Waldschlösschens* hatte der *Heimberger Anzeiger* kräftig die Werbetrommel gerührt und halbseitig berichtet: »*Ehemalige Waldschänke in neuem Glanz.*« Den Artikel hatte Rolf Wegener damals gelesen, auch ein Foto von der neuen Besitzerin im Kreise ihrer kleinen Belegschaft gesehen. Das war neun Jahre her, für ihn in einem anderen Leben gewesen. Den Namen Marisa Behrend hatte er längst ebenso wieder vergessen wie ihr Gesicht.

Vom *Waldschlösschen* wusste er nicht mehr, als dass die Küche ausgezeichnet sein sollte und für Normalverdiener unerschwinglich war. Aber auch bei klammer Wirtschaftslage gab es immer noch genug Leute, die sich das leisten konnten – oder zumindest den Anschein erwecken wollten, sie könnten es. Das *Waldschlösschen* war sozusagen die Stammkneipe der Kölner Vorstadtprominenz und aller, die sich dazu zählten.

Der Chef der örtlichen Polizei, Kriminalrat Edgar Viehof, mit dem Rolf Wegener seit seiner Beförderung per Du war, verkehrte auch dort und schwärmte oft von der Atmosphäre und einer Weinkarte, bei der einem Kenner das Wasser im Mund zusammenlief. Über die Inhaberin verlor Viehof allerdings kaum ein Wort.

In den letzten Lebensjahren seiner Mutter war Rolf Wegener jeden Samstagvormittag auf der Landstraße an dem Zufahrtsweg vorbeigefahren, im Kofferraum den obligatorischen Kasten Mineralwasser und diverse andere Besorgungen. Vom *Waldschlöss-*

chen hatte er bei diesen Gelegenheiten nichts gesehen. Tagsüber fiel der Schriftzug über dem Eingang nicht auf, weil die Buchstaben nicht leuchteten. Erst abends erstrahlten sie in Weinrot.

Seit dem Tod seiner Mutter fuhr er nur noch in vierzehntägigem Rhythmus nach Niederfelden. Das Doppelgrab mit dem weißen Marmorblock am Kopfende besuchte er jeden zweiten Samstag oder Sonntag und grundsätzlich spätabends, am liebsten bei Dunkelheit, wenn sich sonst niemand mehr auf dem Friedhof aufhielt. Die Flämmchen in den meist roten Grablichtern hatten etwas Beruhigendes. Und die Stille ringsum tat ein Übriges, war Balsam für seine wunde Seele.

Zu tun gab es für ihn selten mehr, als auch so ein Lämpchen anzuzünden, wenn er daran gedacht hatte, eins mitzunehmen. Nötig war es im Prinzip nicht, Achim Schultes Frau kümmerte sich darum. Nach der Beerdigung seiner Mutter hatte er das Grab der Einfachheit halber mit einer Platte abdecken lassen. Da brauchte er nur hin und wieder mal drüberzuwischen.

Rechts unter der Platte lag die *miesepetrige Alte,* links der Mann, der nicht sein leiblicher Vater gewesen war, ihn aber als eigenen Sohn anerkannt und geliebt hatte, für knapp drei Jahre. An seinen Stiefvater erinnerte er sich kaum, auch nur vage an den Tag, an dem jemand mit der verheerenden Nachricht gekommen war und seine Mutter die ganze Straße zusammengebrüllt hatte. Tödlicher Arbeitsunfall. Mamas Sonnenschein, das verhätschelte, hinterhältige, heimtückische Biest, war noch ein Baby gewesen, gerade neun Monate alt.

Seine Schwester lag in der Mitte, direkt vor dem Engel, der aus dem Marmor geschlagen war. Über ihrem Namen war der Hinweis: »Unvergessen«, eingemeißelt. Jedes Mal, wenn er das las, sah er seine Mutter vor sich, wie sie sich mit schmerzverzerrter Miene im Dreck neben dem frischen Grab wälzte, als hätte sie entsetzliche Leibschmerzen.

»Steh doch auf, Mutter«, hatte er sie angefleht. Ein hilfloser Junge von sieben Jahren.

Mama hatte er sie nicht nennen dürfen. Er war doch nur ein Bastard, gezeugt von einem, der lieber einen Strick genommen hatte, statt sich seiner Verantwortung zu stellen und ihn aufzuziehen. Das hatte sie ihm immer vorgehalten. Und Opa Schulte hatte ihm mehr als einmal erzählt, sein leiblicher Vater sei ein melancholischer Typ gewesen und hätte panische Angst vor der Hochzeit mit diesem Besen gehabt. Aber sie hatte schnell einen Ersatz gefunden, nur fünf Monate später, ein paar Wochen vor seiner Geburt, den Mann geheiratet, der ihm dann seinen Namen gegeben hatte.

»Bitte, Mutter, steh doch auf.«

Sie hatte nur kurz zu ihm hochgeschaut mit Tränenspuren in den Rougeklecksen auf den Wangen und verquollenen, von Wimperntusche und Kajalstift verschmierten Augen. »Hau ab, du Bastard! Hier liegt mein Sonnenschein. Und du bist schuld.«

Das saß fest, damit musste man leben – wie mit Ellen – bis zu dem verfluchten Dienstag nach Pfingsten.

Nach dem 21. Mai war Ellen ein paar Tage lang vorsichtig, bis zum Wochenende fast schon nett zu ihm. Ein sicheres Zeichen, dass sie an dem Nachmittag aus dem Küchenfenster geschaut und gesehen hatte, wie er mit dem Blumenstrauß zurück zum Parkplatz gegangen war. Aber danach verging Tag um Tag. Er stellte sie weder zur Rede, noch machte er Anstalten, sie mitsamt ihren Klamotten auf die Straße zu werfen.

Er dachte nicht einmal daran, etwas in dieser Art zu tun, weil er speziell in den Tagen nach Pfingsten beruflich eine Menge um die Ohren und im Kopf tausend Dinge hatte, die ihm wichtiger waren als sein verkorkstes Privatleben. Man musste Prioritäten setzen, wenn man nicht wusste, was man sonst tun könnte.

In einem Fall, der seine Abteilung seit Mitte April beschäftigte, erzielten sie endlich den Durchbruch und konnten einen Erfolg verbuchen, mit dem schon keiner mehr gerechnet hatte. Doch darauf konnte er sich nicht lange ausruhen.

Als genau eine Woche nach ihrem Verschwinden Swetlanas Leiche aus einem der ehemaligen Forellenteiche gezogen wurde, stellte Rolf Wegener die nächste Soko zusammen. Bis Ende Juni arbeiteten die Leute unter seiner Leitung durch bis zur Erschöpfung, ohne den Ansatz einer brauchbaren Spur aufnehmen zu können.

Wiederholte Befragungen der anderen Erntehelfer brachten mehr Frust als wichtige Erkenntnisse. Die kriminaltechnischen Untersuchungen liefen allesamt ins Leere. Das Gelände der ehemaligen Forellenzucht war nicht der Tatort – logisch. Und der Täter hatte sich nach dem Ablegen der Leiche nicht damit aufgehalten, noch eine Zigarette zu rauchen oder einen anderen Beweis seiner Existenz zu hinterlassen.

Die Kleidung, die Swetlana getragen hatte, blieb verschwunden. Die eklige Brühe im Teich hatte sämtliche Spuren an der Leiche und am Abschleppseil beseitigt, auch DNA-Material. Das Seil war Massenware, die Stichverletzungen in Unterleib und Oberkörper von einem Messer mit einer etwa achtzehn Zentimeter langen, einseitig geschliffenen Klinge verursacht worden.

Wegener war täglich, auch an den Wochenenden von früh bis spät im Präsidium. Er fuhr nur nach Hause, um ein paar Stunden zu schlafen. Das tat er auf der Couch im Wohnzimmer, um jeder Auseinandersetzung mit Ellen aus dem Weg zu gehen und sich nicht unnötig mit ihrem Anblick zu quälen. Kurz duschen, frische Sachen anziehen, dann war er wieder weg. Deshalb bekam er in den Wochen nichts mit von Ellens Kampf für ein neues Projekt, den sie Anfang Juni aufnahm.

Es ging um ein Stück Brachland am westlichen Stadtrand. Dort sollten sich in einem ausgetrockneten Bachbett Kreuzkröten niedergelassen haben. Vor zwei Jahren war das Areal deswegen unter Naturschutz gestellt worden. Ausgerechnet in der kurzen Zeit, in der Ellen Parteimitglied bei den *Grünen* gewesen war. Aus dem Grund schrieb sie sich diesen Erfolg auf ihre Kappe.

Nun wurde das Brachland aber dringend gebraucht, um den Parkplatz eines stark frequentierten Einkaufszentrums zu erweitern und eine neue Zufahrt anzulegen. Die derzeitige lag unglücklich in einer Kurve. Da krachte es ständig, mehrfach hatte es schon Verletzte gegeben. Und Ellen regte sich auf, weil das ausgetrocknete Bachbett zubetoniert werden müsste.

Am letzten Juniwochenende, dem ersten nach fünf Wochen intensiver, aber ergebnisloser Arbeit am Fall Swetlana, das Rolf Wegener wieder zu Hause verbrachte, weil er eine Pause vom Frust im Präsidium brauchte, ging Ellen ihm damit auf die Nerven, glücklicherweise nur für kurze Zeit.

Am Freitagabend hatte er noch seine Ruhe, nur scheußliche Magenschmerzen, als er gegen neun Uhr abends in eine verlassene Wohnung kam. Ellen war in Sachen Kröten unterwegs. Den halben Samstag blieb er ebenfalls von ihren Ergüssen verschont. Sie musste arbeiten, war nach wie vor in dem Öko-Laden beschäftigt und verließ die Wohnung schon kurz nach sieben.

Er schlief bis um neun, ließ das Frühstück ausfallen, fuhr lieber zu einer Apotheke und besorgte sich Kautabletten für den Magen. Auf seinem Weg machte er ein paar Einkäufe, Pfefferminztee, ein Paket Zwieback und fünf Tetrapacks Vollmilch. Die trank er literweise, es war Balsam für die gereizte Magenschleimhaut. Ellen wusste das, kaufte trotzdem nur noch dieses Sojazeug, das er überhaupt nicht vertrug.

Um halb drei kam sie nach Hause, machte sich einen Tofu-Burger mit Sprossen, setzte sich mit ihrem Teller und dem *Heimberger Anzeiger* an den Küchentisch. Morgens hatte sie keine Zeit zum Lesen gehabt. Während er sich noch einen Tee aufbrühte und einen weiteren Zwieback aus der Packung nahm, vertiefte sie sich in einen Artikel mit Foto, auf dem der Bürgermeister und der Hauptinvestor des Einkaufszentrums bei einer Begehung des Brachlands abgelichtet waren. Und kaum hatte er sich zu ihr an den Tisch gesetzt, zeterte sie los, pochte mit den Fingerknöcheln auf die Platte und versprühte winzige Tröpfchen Speichel über seinen Zwieback.

»Das sage ich dir, wenn Holfert die Baugenehmigung bekommt, ist hier der Teufel los. Wir haben Amborg schon einen gepfefferten Brief geschrieben und eine Eingabe an den Landrat gemacht. Holfert kann sich Amborg in die Tasche stecken. Der denkt ja nur an die Gewerbesteuern und kriecht den Geschäftsleuten in den Arsch. Aber Reuther denkt anders, das muss er, wenn er als Abgeordneter nach Berlin will.«

Als ob sie und ihre Anhänger darauf einen Einfluss gehabt hätten. Lächerlich! Angewidert schob er den Zwieback zur Seite und begnügte sich mit dem Pfefferminztee. Was ging es ihn an, ob der Hauptinvestor eines umsatzstarken Einkaufszentrums (Holfert) sich den Bürgermeister (Amborg) in die Tasche steckte? Es war auch nicht sein Problem, was für den Landrat (Reuther) schwerer wog, die sichere Zufahrt zu einem Parkplatz oder ein paar Kröten.

Seine Probleme waren chronische Magenschmerzen, eine bestialisch umgebrachte junge Polin und Ellen. Er wusste wirklich nicht mehr, was er für sie empfand. Seine Mutter hatte er geliebt – irgendwie. Vielleicht waren es eher Schuldgefühle gewesen, weil er dafür verantwortlich war, dass sie etwas Unwiederbringliches verloren hatte. Und bis zu Ellens Geburtstag hatte er in der Überzeugung gelebt, mit ihr verhielte es sich mittlerweile ebenso, wenn nicht mehr Liebe, dann eben Schuld – die schweißte auch zusammen. Aber jetzt …

In den letzten Wochen, als er unzählige Überstunden gemacht und einen anderen Daseinszweck erfüllt hatte als den des Prügelknaben, Sündenbocks oder Geldautomaten, hatte er ein paarmal gedacht, Ellen habe sich an dem Dienstag nach Pfingsten nur aufgespielt, um den jungen Hühnern zu imponieren. Aber wie er sie nun vor Augen hatte, reichte ein einziger Blick von ihr, um ihm klarzumachen, dass er an dem Mainachmittag die wahre Ellen gehört hatte.

Bis zum frühen Samstagabend sprach Ellen keine drei Sätze mit ihm, die sie beide betroffen hätten. Sie schaute ihn auch nicht wirklich an. Wenn ihn mal ein Blick traf, ging der durch ihn hindurch, als wäre er aus Glas. Diese Blicke hätten sogar mühelos meterdicke Mauern durchdrungen, sagten deutlicher als jedes Wort: *Du Schlappschwanz, du Waschlappen, du bist ja nicht mal in der Lage, die Konsequenz zu ziehen, wenn du begriffen hast, dass du jahrelang verarscht worden bist. Also, was soll das hier noch? Gib mir, was ich haben will, dann bist du mich los.*

Er war erleichtert, als sie um sieben die Wohnung verließ, ohne großartig zu erklären, wohin sie ging oder wann sie zurückkäme. Er blieb zurück mit dem Fernseher, Günter Jauch und ein paar Kandidaten, die auf eine Million hofften. Das ließ sich per Knopfdruck abstellen. Eine Weile döste er auf der Couch vor sich hin. Die Magenschmerzen hatten nachgelassen, dafür war ihm jetzt übel, weil er den ganzen Tag nichts anderes als Milch, Pfefferminztee und Zwieback zu sich genommen hatte. Er bedauerte, vormittags nichts anderes für sich eingekauft zu haben.

Im Kühlschrank fand sich kein Scheibchen Wurst oder Käse, kein Toastbrot, keine Butter, keine Eier, stattdessen Tofu,

Sprossen, Körnerbrot und Halbfettmargarine. Ellens einziges Zugeständnis an frühere Ernährungsgewohnheiten war ein noch halb volles Glas mit Erdbeerkonfitüre, das vor sich hin gammelte. Auf Erdbeeren reagierte er ebenso allergisch wie auf Soja.

Nach einem weiteren Zwieback oder einem Körnerbrot mit Halbfettmargarine war ihm nicht. Und wozu gab es das Bistro?

Um zehn Uhr kehrte er zurück, aber nur bis zum Parkplatz. Er wollte noch nach Niederfelden. Letzten Winter hatte er bei seinen Touren zum Friedhof gelegentlich die Leuchtschrift über dem Eingang des *Waldschlösschens* verlockend rot durch die kahlen Baumkronen schimmern sehen, von der Straße aus betrachtet nicht größer als die Flämmchen der Grablichter. Es hatte etwas Magisches oder Anziehendes. Aber er war nie in Versuchung geraten, von der Landstraße abzubiegen und dort einzukehren.

An diesem Samstagabend schaute er nicht mal zur Seite. Bei den dicht belaubten Baumkronen hätte er ohnehin nichts gesehen. Und ihm schwebten auf der Hinfahrt der Marmorengel, Mamas Sonnenschein und Mutter mit verheulter Miene im Dreck vor Augen. Auf der Rückfahrt sah er stattdessen Ellens perfektes Gesicht vor sich – so jung, so kess und so gelassen inmitten der angesichts einer Razzia völlig konfusen Menge.

»Was machen wir nun, Hüter des Gesetzes?«

Was konnte er denn noch machen, außer sich mit der Dienstwaffe in den Wald verkrümeln und der Welt den Rücken kehren?

Den Gefallen wollte er Ellen nicht tun, ihr auf gar keinen Fall das Haus in Niederfelden hinterlassen. Sie hätte Achim Schulte doch sofort die Miete erhöht oder ihm gekündigt und einen Käufer gesucht. Die finanziellen Zuwendungen, die ihr als Witwe eines Beamten zugestanden hätten, gönnte er ihr ebenso wenig.

Wann Ellen in der Nacht zurückkam, registrierte er nicht. Er ging kurz nach zwölf ins Bett und sackte weg wie ein Stein, den man ins Wasser warf. Auch eine Art von Flucht, die er hervorragend beherrschte. Und nach einem Besuch auf dem Friedhof schlief er immer besonders tief und fest in der Gewissheit, dass jede Qual irgendwann ein Ende hatte.

Als er am Sonntagmorgen aufwachte, lag Ellen im zweiten Bett. Aber schon vor Mittag war sie wieder weg. Kurz darauf verließ er die Wohnung ebenfalls, um etwas in den Magen zu bekommen. Danach machte er einen Spaziergang – eigentlich hatte er laufen wollen. Aber den Vormittag über war es drückend heiß gewesen. Gegen Mittag hatte der Himmel sich bedeckt, es war so schwül geworden, dass ihm schon beim gemächlichen Schlendern der Schweiß aus allen Poren brach.

Den Nachmittag verbrachte er bei offener Balkontür auf der Couch, während im Fernseher die x-te Wiederholung einer amerikanischen Serie lief, in der ein Militäranwalt für Gerechtigkeit kämpfte, auch mal Kampfjets flog.

J. A. G. Im Auftrag der Ehre.

Seine Ehre war am Dienstag nach Pfingsten wie ein geprügelter Hund aus der Wohnung geschlichen und bisher nicht zurückgekommen.

Auch an dem Sonntagabend im Juni kam Ellen erst nach Hause, als er längst im Bett lag. Es ging auf Mitternacht zu. Fest eingeschlafen war er noch nicht. Es war zu stickig im Schlafzimmer. Das für den Abend angekündigte heftige Gewitter ließ sich Zeit mit der Entladung. Trotz weit geöffnetem Fenster kam nicht der geringste Lufthauch herein.

Im Halbdusel hörte er Ellen im Bad hantieren. Als sie ins Schlafzimmer kam, stach ihm der Geruch von verdorbenem Rosenkohl in die Nase. Die Übelkeit ergoss sich wie ein Kübel Unrat in seine Eingeweide. Er stürzte förmlich zum Klo und kotzte sich das letzte Glas Milch zum Abendessen sowie den Rest seiner Selbstachtung aus dem Leib.

Zu dem Zeitpunkt lebte Marisa Behrend noch.

Marisa

Das idyllisch im Wald gelegene Restaurant war an diesem letzten Sonntagabend im Juni sehr gut besucht, wie meist an den Wochenenden. Alle Tische im Speiseraum waren auf Wochen im Voraus reserviert und wurden grundsätzlich für den gesamten Abend vergeben. Für ein Menü mit mehreren Gängen brauchte man Zeit. Und niemand räumte fluchtartig seinen Platz, nachdem er seine Auswahl vom Dessertwagen verzehrt hatte.

Wer sich dienstags, mittwochs oder donnerstags spontan dazu entschloss, im *Waldschlösschen* zu speisen, hatte noch Aussicht auf einen freien Tisch im Restaurant. An einem Freitag-, Samstag- oder Sonntagabend sah das anders aus. Aber für kurz entschlossene Stammgäste wurde auch in der Bar eingedeckt – ausnahmsweise, hieß es immer, dabei war es längst die Regel.

Im Barbereich gab es nur vier Tische mit jeweils sechs Plätzen. Sie standen, anders als im Speiseraum, wo jeder sehen konnte, was den Nachbarn serviert wurde und welchen Wein sie sich leisteten, in Nischen, die durch lederbezogene Trennwände geschaffen worden waren. So genoss man eine intimere Atmosphäre, was für bestimmte Gespräche nützlich sein konnte.

Drei der vier Nischen waren schon besetzt, als um halb zehn noch ein einsamer Stammgast die Bar betrat: Doktor Walter Gilles, Marisa Behrends Hausarzt und langjähriger Liebhaber. Als solcher betrachtete er sich immer noch, obwohl sie das Verhältnis mit ihm nach einem unschönen Zwischenfall Anfang des Jahres beendet hatte. Doch das war nicht zum ersten Mal geschehen, bisher hatte Marisa sich noch jedes Mal nach einigen Wochen darauf besonnen, wem sie die gutbürgerliche Existenz in Heimberg verdankte.

Walter Gilles hatte vor zehn Jahren als Mitglied im Stadtrat ein gutes Wort für Marisa eingelegt und sie mit den richtigen Leuten bekannt gemacht, was zur Neueröffnung der ehemaligen *Waldschänke* geführt hatte. Wenn ihr das von alleine partout nicht wieder einfallen wollte, musste er sie eben dezent daran erinnern, notfalls auch an die Zeit, die sie angeblich im Kölner Hotelgewerbe tätig gewesen war. Da hatte er sie damals kennengelernt.

Gilles war ein geduldiger Mensch, fast zwanzig Jahre älter als Marisa, ledig, nachsichtig und tolerant. Wenn Marisa hin und wieder eine kleine Abwechslung – sprich: einen jüngeren Mann – brauchte, sollte sie sich den gönnen, deshalb musste sie ihn ja nicht völlig aus ihrem Leben ausklammern. Ein paar Wochen ohne sie waren kein Problem für ihn. Aber irgendwann hatte auch seine Geduld ein Ende. Und ein halbes Jahr war eine sehr lange Zeit. Das wollte er ihr an diesem Abend noch einmal eindringlich klarmachen, obwohl sie jeden derartigen Versuch in letzter Zeit abgeblockt hatte. Aber mit einem Stündchen in ihrem Schlafzimmer wäre er schon zufrieden gewesen.

Seinen Stammplatz, Tisch zwei, fand er besetzt von einem turtelnden Pärchen, das so etwas wie Verlobung feierte. An Tisch eins tranken drei Männer auf einen größeren Geschäftsabschluss. Gilles kannte keinen von ihnen. Zwei der vier Männer in der letzten Nische dagegen waren ihm bestens vertraut, Bürgermeister Amborg und Holfert, der Hauptinvestor des Einkaufszentrums am westlichen Stadtrand, der den Parkplatz erweitern und eine sichere Zufahrt anlegen lassen wollte, was durchaus im Sinne des gesamten Stadtrats war.

Völlig in trockenen Tüchern war das Projekt trotzdem noch

nicht. Es gab nun mal diese Landschaftsschutzverordnung und eine Handvoll Querköpfe, die sich Bürgerinitiative nannte und entschieden schlimmer war als die *Grünen*. Auch wenn man diese Leute nicht ernst nehmen könne, wie der Bürgermeister meinte, wurden sie allmählich zur Plage. Amborg hatte einen Brief dabei und reichte ihn herum.

Das sah Gilles, ehe er Platz nahm. Er musste mit Tisch drei vorliebnehmen und setzte sich in den äußeren Sessel vor der Trennwand, hinter der das Grüppchen um den Bürgermeister sich ereiferte. Wobei ihn das Gespräch nicht interessierte, ihm ging es nur darum, den Tresen vollständig im Blick zu haben.

Dass sowohl Gilles als auch die für die Bar zuständige Bedienung, Bettina Grassnitz, die sich nach seinen Wünschen erkundigte und ihm die Speisekarte brachte, dann Wortfetzen allgemeiner Empörung sowie den Ausdruck *Giftspritze* aufschnappten, war unvermeidlich.

Gilles lauschte nicht bewusst. Er beobachtete Marisa hinter dem Tresen und die beiden Männer, die auf Hockern davor saßen. Berufskollegen von ihm, beide waren im Kreiskrankenhaus beschäftigt, Professor Gustav Meersen, der Chefarzt der Chirurgie, und sein Schwiegersohn und Protegé Doktor Holger Terbruck als Facharzt der gynäkologischen Abteilung.

Terbruck flirtete ungeniert mit Marisa, ließ sich von ihr eine Schachtel Zigarillos reichen. In der Bar kümmerte sich niemand um das gesetzliche Rauchverbot. Der Bürgermeister und einer der anderen in der letzten Nische qualmten ebenfalls.

Terbruck grapschte nach Marisas Hand und hielt diese dann eine Weile fest. Was Gilles die Frage aufdrängte, ob der Gynäkologe in dieser Nacht der Auserwählte war. Vorstellen konnte er sich das nicht. Da wäre Terbruck kaum in Begleitung seines Schwiegervaters erschienen und hätte sich wohl auch nicht so offensichtlich an Marisa herangemacht.

Gilles schöpfte Hoffnung für sich. Es sah nicht danach aus, als spekuliere sonst jemand auf ein Schäferstündchen mit Marisa. Im Speiseraum saßen nur Paare. Die drei Geschäftsleute an Tisch eins waren bereits stark angeheitert. Und die vier hinter der Trennwand schienen an nichts anderem interessiert als einem großen Parkplatz mit sicherer Zufahrt.

Um halb elf stieß noch ein später Gast zu der Runde, Doktor Klaus Reuther, Landrat und oberster Dienstherr der Kreispolizei. Er wurde von Bürgermeister Amborg überschwenglich begrüßt und aufgefordert, sich zu ihnen zu setzen, was er vermutlich ohnehin getan hätte. Gilles kannte sich aus in der Politik und hätte geschworen, dass es kein zufälliges Zusammentreffen war. Reuther war ein Fuchs, hörte sich lieber erst mal in entspannter Atmosphäre an, wie die Dinge standen. In einer Bar war man nicht so leicht auf eine eindeutige Stellungnahme festzunageln wie bei einem offiziellen Gespräch.

Natürlich wurde der Landrat sogleich genötigt, den Brief zu lesen, über den sich zuvor alle aufgeregt hatten. Reuther gestand, ebenfalls einen erhalten zu haben, doch der sei in gemäßigtem Ton verfasst, eher so eine Art Bittschrift.

Der Bürgermeister bemühte sich, für Reuther noch eine Kleinigkeit aus der Küche zu ergattern. Ein Seeigelsüppchen oder ein Häppchen von der köstlichen Wachtelpastete. Marisa bedauerte, der Koch sei schon nach Hause gefahren. Eine halbe Stunde früher als üblich! Das konnte nur bedeuten: Sie hatte Pläne für die Nacht und wollte es nicht zu spät werden lassen, glaubte Gilles.

Um eine Kleinigkeit servieren zu lassen, brauchte man ja nicht unbedingt den Koch. Es waren garantiert noch Suppe und ein Rest Pastete übrig. Es hielten sich auch noch Leute in der Küche auf, die einen Teller füllen konnten. Notfalls hätte Marisa das selbst tun können. Aber sie sagte: »Ich kann Ihnen leider nur noch ein Dessert bieten, Herr Reuther«, und wies lächelnd zum Speiseraum hinüber, wo der Dessertwagen stand.

Reuther verzichtete dankend. Er wollte gar nichts essen, nur eine Schachtel Zigarillos und ein Glas – zwei offene Weinflaschen und eine Flasche eines französischen Edelwassers standen auf dem Tisch. Glas und Zigarillos brachte Marisa ihm dann persönlich, sie füllte sogar das Glas für ihn – mit dem Wasser.

In der nächsten halben Stunde leerte sich der Speiseraum vollständig. So war es meist an einem Sonntagabend. Einer machte den Anfang, und alle anderen besannen sich darauf, dass am nächsten Morgen eine arbeitsreiche Woche begann. Auch das turtelnde Pärchen und die drei stark angeheiterten Geschäftsleute beglichen ihre Zechen und traten den Heimweg an.

Nachdem sie draußen waren, ließ Marisa sich kurz von Bettina Grassnitz hinter dem Tresen vertreten, um im Büro mit den beiden Kellnern abzurechnen. In der Zeit fiel Landrat Reuther ein, dass ihm morgen ein anstrengender Tag bevorstand. Er verabschiedete sich von den vier Männern.

Als Marisa zurückkam, befanden sich auch Amborg, Holfert und die beiden anderen bereits im Aufbruch. Der Tisch war noch nicht abgeräumt, Marisa entschied trotzdem, Bettina könne Feierabend machen. Mit Gilles waren nur noch drei Gäste da.

Gilles wechselte an den Tresen, um ein Stündchen von Marisas Zeit zu erbetteln. Aber er biss wieder auf Granit. Ungeachtet der beiden Zuhörer gab sie ihm zu verstehen, dass die im Januar erfolgte Beendigung ihrer Beziehung eine endgültige sei. Nicht einmal die Erinnerung an seine Eigenschaft als Gönner, Mentor oder wie immer man es sonst nennen wollte, stimmte sie um.

»Willst du die Geschichte deiner Liebe und meines Undanks nicht endlich in den *Heimberger Anzeiger* setzen lassen, Walter?«, fragte sie. »Wenn du am Dienstagabend kommst, kannst du vielleicht den Chefredakteur persönlich dafür erwärmen. Er hat einen Tisch für zwei Personen reserviert. Ich lasse gerne noch einen dritten Stuhl dazustellen.«

Terbruck grinste unverschämt und schmachtete sie weiter an. Meersen wandte sich augenzwinkernd an Gilles und zitierte einen uralten Schlager. »Man müsste noch mal zwanzig sein, Herr Kollege. In unserem Alter wird es schwieriger.«

Terbruck war achtunddreißig, immerhin zwanzig Jahre jünger als Gilles. Und Terbrucks Frau befand sich derzeit auf einem Kongress, wie Gilles als Nächstes erfuhr.

»Meine Tochter kommt erst übermorgen zurück«, erklärte Meersen unaufgefordert. »Dann muss ich die Verantwortung für diesen Knaben wieder in kompetente Hände legen. Bis dahin ...«

Den Rest ließ Meersen offen.

Was er davon halten sollte, wusste Gilles nicht. Drückte der Alte etwa beide Augen zu und ließ seinen Schwiegersohn in ein fremdes Bett steigen? Oder legte er sich dazu? Unvorstellbar, dass Marisa sich darauf einlassen könnte!

Als Bettina Grassnitz mit ihrer Tasche zurück in die Bar kam und sich verabschiedete – sie verließ das Restaurant durch den Vordereingang –, schloss Gilles sich ihr an. Zahlen musste er im *Waldschlösschen* nie. Auf dem Parkplatz gab er Bettina ein großzügiges Trinkgeld und erkundigte sich, was zwischen Marisa und Terbruck vorgegangen sei, ob sie eine Menage à trois vereinbart hätten.

Das konnte die junge Kellnerin ihm nicht sagen, sie kannte nicht mal den Ausdruck, schaute ihn verwirrt an und fragte ihrerseits: »Eine was, bitte?«

»Vergessen Sie es«, sagte Gilles.

Als der Arzt und die Kellnerin in ihre Autos stiegen und hintereinander her zur Landstraße fuhren, wo sich ihre Wege trennten, war es ziemlich genau Mitternacht. Ab dem Zeitpunkt war Marisa Behrend allein mit Holger Terbruck und Gustav Meersen in der Bar. In der Küche hielten sich noch ihr Sohn Markus und dessen Freundin Ute Hanning auf.

Seit neun Monaten lebte Markus Behrend mit Ute Hanning zusammen in der großen Wohnung im ersten Stock. Ute war ein Jahr jünger als Marisas Sohn und als Hilfskraft in der Küche beschäftigt. Sie hatte zuvor ein vom Jugendamt vermitteltes möbliertes Zimmer in der Stadt bewohnt, von Sozialhilfe gelebt und im *Waldschlösschen* um eine Chance gebettelt.

»Sie werden es nicht bereuen, Frau Behrend.«

Marisa hatte sich erbarmt. Schließlich war sie auch einmal so jung gewesen und hatte in dem Alter verdammt hart ums tägliche Überleben kämpfen müssen. Bereut hatte sie ihren Entschluss, Ute Hanning einzustellen, allerdings schon oft.

Ute hatte umgehend damit begonnen, Markus den Kopf zu verdrehen. Keine drei Wochen hatte es gedauert, bis sie bei ihm eingezogen war. Seitdem gab es ständig Streit. Ute vertrat den Standpunkt, als Lebensgefährtin des zukünftigen Chefkochs – wovon Markus noch weit entfernt war, er hatte nicht mal seine Ausbildung abgeschlossen –, sei es unter ihrer Würde, niedere Dienste in der Küche zu verrichten.

Entschieden lieber hätte Ute in der Bar oder dem Speiseraum bedient und ihren Lohn durch üppige Trinkgelder aufgestockt. Doch als Bedienung mochte Marisa sie nicht einsetzen. Einmal abgesehen davon, dass die beiden Kellner und Bettina Grassnitz vollkommen ausreichten und ihre Sache gut machten, hatte Ute nicht die richtigen Manieren, vor allem nicht den richtigen Ton für den Umgang mit Gästen.

Um weiteren Ärger zu vermeiden, half Markus seiner Freundin

in dieser Nacht, Töpfe, Pfannen und Herde zu schrubben. Nachdem das getan war, ging er in den Barraum und wünschte seiner Mutter eine gute Nacht. Terbruck und Meersen saßen immer noch vor dem Tresen.

Derweil brachte Ute einen Beutel mit Küchenabfällen und Speiseresten zum Container, der von Büschen verdeckt hinter dem Parkplatz stand. Als sie die Hintertür öffnete, sah sie für den Bruchteil einer Sekunde ein Glutpünktchen aufleuchten – gute zwanzig Meter entfernt, etwa auf Höhe der kleinen Brücke.

Ehe Ute wieder hineinging und die Hintertür verriegelte, warf sie noch einen forschenden Blick in die Richtung. Zu erkennen war nichts, es war stockfinster dahinten. Es glühte auch nichts mehr. Aber Ute war sicher, dass jemand bei der Brücke stand und darauf wartete, dass im Erdgeschoss des *Waldschlösschens* die Lichter ausgingen. Jemand, für den sie in dem hellen Licht, das durch die Hintertür ins Freie fiel, gut zu sehen war.

Agnes

Jeden Morgen – außer dienstags, nach dem Ruhetag kam Agnes Kalwin erst am frühen Nachmittag, um dem Koch zur Hand zu gehen – brachte Marisa Behrends Putzfrau und Vertraute ein frisches Brötchen mit. Montags besorgte sie außerdem zwei Scheiben gekochten Schinken, obwohl sie zum Metzger einen Umweg radeln musste. Aber am Ruhetag machte sie das Frühstück für Marisa. Und den Schinken, das tägliche Brötchen natürlich ebenso, zahlte Agnes aus eigener Tasche, weil Marisa die Zahnarztrechnung einschließlich der Laborkosten übernommen hatte. Zwei Porzellankronen und eine Brücke im Unterkiefer; zwölfhundert Euro Zuzahlung, das hätte Agnes sich niemals leisten können.

Als sie an diesem Montagmorgen, es war der 1. Juli, beim *Waldschlösschen* ankam, war alles wie gewohnt. Im Vergleich zum Wochenende war es nur ungewöhnlich kühl, bloß zehn Grad. Gegen zwei in der Nacht war über Heimberg endlich das für den frühen Abend angekündigte heftige Gewitter mit wolkenbruchartigem Regen niedergegangen und hatte die Schwüle des Sonntags vertrieben. Der Wald sah aus wie frisch gewaschen. Vereinzelt tropfte es noch von den Bäumen; erst gegen vier Uhr in der Früh hatte es wieder aufgehört zu regnen.

An dem zweistöckigen Gebäude mit der rustikalen Klinkerfassade waren noch sämtliche Rollläden heruntergelassen, ebenso das Stahlgitter vor dem Eingang zum Restaurant. Auf dem Parkplatz standen Marisas silbergrauer Peugeot und der dunkelblaue Hyundai von Markus Behrend, den auch Ute Hanning benutzte.

Während Agnes Kalwin die letzten Meter zum seitlich an einer Giebelwand gelegenen Privateingang radelte, glitt am Schlafzimmerfenster im ersten Stock der Rollladen hoch. Normalerweise schliefen Markus und Ute am Ruhetag bis weit in den Tag hinein. Und eigentlich sollten sie am Nachmittag beim Großreinemachen helfen. Davor hatten sie sich an den letzten beiden Montagen allerdings gedrückt, waren am frühen Vormittag nach Köln gefahren, um sich Möbel anzuschauen. Komplett eingerichtet war die große Wohnung noch nicht. Marisa hatte ihre Möbel – mit Ausnahme der Küche – natürlich mitgenommen, als sie ins Dachgeschoss umgezogen war.

Die schwere Holztür mit Stahlkern war abgeschlossen wie jeden Morgen. Diese Tür sollte einem Einbruchsversuch, sogar einer Axt, mindestens zehn Minuten lang standhalten, garantierte der Hersteller. Die Fenster im Erdgeschoss und die Hintertür, die von der Küche ins Freie führte, waren ebenso sicher. Wenn man derart einsam wohnte, musste man an so etwas denken.

Nachdem sie ihr Rad abgestellt und die Tür aufgeschlossen hatte, zog Agnes den *Heimberger Anzeiger* aus dem Postkasten und stieg die beiden Treppen zum Dachgeschoss hinauf.

Die Wohnungstür war nur zugezogen. Sie machte Licht in der Diele, brachte ihre Tasche in die Küche, legte den Schinken in den Kühlschrank, die Brötchentüte und die Zeitung auf eine Anrichte. Anschließend ließ sie an den Fenstern – mit Ausnahme des Schlafzimmers selbstverständlich, um nichts in der Welt hätte sie Marisa um den wohlverdienten Schlaf gebracht –, die Rollläden hochfahren, das ging elektrisch und ganz leise, man hörte nur ein schwaches Surren. Im Wohnzimmer öffnete sie auch die Tür, die hinaus auf den überdachten Balkon führte.

Das sah Marisa nicht gern, zum einen wegen der Klimaanlage, mit der sogar bei brütender Hitze in der gesamten Wohnung angenehme Temperaturen herrschten. Da merkte man gar nicht, dass man unter dem Dach wohnte. Zum anderen hatte Marisa etwas gegen Insekten. Deshalb wurden in der Wohnung die Fenster ausschließlich zum Putzen geöffnet und die Balkontür nur, wenn Marisa sich ausnahmsweise mal nach draußen setzte. Dazu kam sie allerdings selten.

Aber was Marisa nicht sah, regte sie nicht auf. Agnes gönnte sich einige Minuten, in denen sie bewusst ein- und ausatmete, den Blick über die nahen Baumkronen schweifen ließ und sich vorstellte, wie all diese grünen Blätter, sauber gewaschen vom Regen, die Luft filterten, sodass man sie ganz rein in die Lungen bekam.

Ein vernehmliches Klopfen an der Wohnungstür zwang sie eilig zurück in die Diele. Ute stand im Treppenhaus und wollte Marisa sprechen. Zu so früher Stunde, es war gerade erst neun vorbei, empfand Agnes das als Unverschämtheit. Sie mochte Ute nicht, weil die junge Frau nichts als Ärger machte.

»Marisa schläft noch«, erklärte Agnes. »Was gibt's denn?«

Noch eine Fahrt nach Köln, weitere Möbel anschauen. Leider habe Markus am vergangenen Abend keine Gelegenheit gefunden, das mit seiner Mutter abzusprechen. Marisa habe mal wieder keine Zeit für ihn gehabt.

Für Agnes war der unterschwellige Vorwurf noch lange kein Grund, Marisa vorzeitig zu wecken, wie es Ute offenbar vorschwebte. Sie vermutete, dass Ute einen Vorschluss haben wollte, um endlich auch mal Möbel kaufen zu können, nur vom Anschauen wurde die Wohnung ja nicht voller. Dass sie dann beide wieder nicht beim Großreinemachen helfen konnten und für ihre Abwesenheit Marisas Segen brauchten – um den hatten sie sich in den letzten beiden Wochen auch nicht bemüht.

Agnes war es lieber, wenn Markus und Ute nicht dabei waren, dann gab es wenigstens keinen Krach.

»Ich werd's ausrichten, wenn Marisa aufsteht«, sagte sie, schloss die Wohnungstür wieder, zog ihren Kittel an und begann mit ihrer Arbeit.

In der Küche war noch nichts zu tun. Vor elf stand Marisa selten auf, wenn es nachts sehr spät für sie geworden war. Und das war es wohl, auf jeden Fall später als üblich. Im Wohnzimmer standen nämlich eine leere Weinflasche, zwei benutzte Gläser sowie ein Aschenbecher mit drei Zigarettenkippen und einem Zigarillostummel auf dem Couchtisch.

Ein vertrauter Anblick für Agnes Kalwin. In den letzten drei Monaten hatten die Zigarillos häufig beredtes Zeugnis abgelegt, dass Marisa in der Nacht nicht alleine gewesen war. Der nette Herr Landrat. Agnes wusste von keinem anderen, der Zigarillos rauchte und Marisa hätte überreden können, ihn mit in die Wohnung zu nehmen.

Aber wo der Doktor Reuther so an seiner Familie hing – vielleicht hatte er Marisa in der vergangenen Nacht bei einem Glas Wein erklärt, seine Frau kehre mit den Kindern in den nächsten Tagen zu ihm zurück, er könne dann nicht mehr kommen. Aus irgendeinem Grund musste Marisa ja drei Zigaretten geraucht haben. Das sprach für Nervosität und Traurigkeit. Normalerweise rauchte sie nur eine – zum Abschalten.

Arme Marisa. Sie war noch nie so heftig verliebt gewesen. Erst gestern Vormittag hatte sie gesagt: »Ach, Agnes, ich weiß, dass ich verrückt bin, mir Hoffnungen zu machen. Für ihn bin ich nur eine Ablenkung, etwas Entspannung und ein bisschen Trost. Selbst wenn seine Frau die Scheidung einreichen sollte, er wird nie über seinen Schatten springen und sich öffentlich zu mir bekennen. Wer bin ich denn?«

Seit Eröffnung des *Waldschlösschens* war Marisa für viele die Trösterin oder Eheberaterin gewesen, zudem hatte sie bis Anfang des Jahres auch ein Verhältnis mit Doktor Gilles gehabt. Bis der nette Herr Landrat Marisas Herz im Sturm eroberte, hatte Agnes des Öfteren Zigarren und viele Zigarettenkippen unterschiedlicher Marken im Aschenbecher oder – wenn Marisa den bereits ausgeleert hatte – im Mülleimer in der Küche entdeckt. Marisa rauchte seit Jahr und Tag die dünnen mit den weißen Filterstücken. Da unterschieden sich die anderen immer.

Wer die alle geraucht hatte? Da hätte Agnes raten müssen, aber wozu? Auch hoch angesehene Bürger hatten ihre Probleme. Und Marisa war eine sehr attraktive Frau, die noch nie wie eine Nonne gelebt hatte.

Agnes trug Gläser, Weinflasche und Aschenbecher in die Küche, stellte die leere Flasche ab, kippte den Aschenbecher im Mülleimer aus, reinigte ihn zuerst mit Küchenkrepp und spülte ihn anschließend ebenso gründlich von Hand wie die beiden Gläser. Nachdem sie die auch noch sorgfältig poliert hatte, holte sie erst mal das Insektenspray.

Einige Fliegen hatten die offene Balkontür genutzt und schwirrten durch die Diele, zwei dicke Brummer saßen auf der Schlafzimmertür. Sie drückte ein paarmal aufs Knöpfchen, nebelte die Biester ein und schaffte sie damit aus der Welt. Dann schloss sie die Balkontür wieder, fegte die Leichen auf ein Kehrblech und entsorgte auch sie im Mülleimer. Danach feuchtete sie ein Tuch an, wischte die weiße Ledercouch und die Tischplatte ab. Den Teppich wollte sie später saugen, um Marisa nicht durch den Lärm vorzeitig aus dem Reich der Träume zu holen.

Nachdem sie im Wohnzimmer aufgeräumt und geputzt hatte, begab sie sich ins Arbeitszimmer. In diesem Raum erledigte Marisa all das, woran sonst niemand seine Nase bekommen sollte. Der Computer im Büro unten war auch den Angestellten zugänglich. Deshalb verbuchte Marisa die täglichen Einnahmen an ihrem Laptop. Er stand auf dem Schreibtisch. Und in einem der Schubfächer befand sich eine kleine Stahlkassette, in der Bargeld aufbewahrt wurde. Es zahlten zwar viele Gäste mit Kreditkarte, aber selbstverständlich nicht alle.

Agnes wischte Staub, fegte das Parkett und putzte das Fenster. Bei der Gelegenheit kamen erneut zwei Schmeißfliegen von draußen hereingeschwirrt und fielen dem Insektenspray zum Opfer. Nachdem auch diese beiden im Mülleimer gelandet waren, nahm Agnes sich das Bad vor. Zwar wäre es sinnvoller gewesen, damit zu warten, bis Marisa geduscht hatte. Aber es störte Agnes nicht, danach noch einmal zu wischen. Wenn Marisa ins Bad ging, sollte das tipptopp sein.

Die Dusche war benutzt worden. An den Fliesen, den Wasserhähnen und der Schiebetür perlten noch vereinzelte Wassertröpfchen. Rund um die Abdeckplatte des Abflusses klebten auch Schaumreste und dunkle Haare, darunter ein paar kurze, krause, die nicht von einem Kopf stammten. Sozusagen als krönender Abschluss lag vor der Duschkabine ein feuchtes Frottiertuch auf dem Boden. Marisa hängte ihr Tuch immer über die Stange.

Agnes sah das alles mit einer gewissen Zufriedenheit. Dann hatten sie in der Nacht nicht nur geredet, der nette Herr Reuther war länger geblieben. Sie spülte Schaumreste und Schamhaare mit viel Wasser weg und polierte so lange mit einem Tuch, bis alles wie blankes Silber strahlte.

Über dem Wannenrand hing das beigefarbene Kleid, das Marisa am vergangenen Abend angezogen und die halbe Nacht getragen hatte. Agnes brachte es in die Küche, bürstete es gewohnheitsmäßig und sehr gründlich aus. Damit entfernte sie die meisten Fasern, die nicht zum Kleid gehörten.

Da sie es nicht in den Kleiderschrank hängen konnte, ohne Marisa zu stören, trug sie es hinaus auf den Balkon, wo es auslüften konnte. Danach musste sie zum dritten Mal das Insektenspray und das Kehrblech einsetzen. Ärgerlich, wahrscheinlich hatte Ute wieder einen offenen Beutel mit Speiseresten in den Container hinter dem Parkplatz geworfen.

Inzwischen war es halb elf. Im Schlafzimmer rührte sich noch nichts. Agnes schloss ihre Arbeit im Bad ab, indem sie den Wäschekorb und den kleinen Abfallbehälter heraushohlte. Dessen Inhalt kippte sie in den Müllbeutel des Kücheneimers, knotete diesen gewissenhaft zu und brachte ihn nach unten.

Auf einem Weg nahm sie den Wäschekorb und die leere Weinflasche mit, die gehörte zum Altglas in den Keller. Den Inhalt des Wäschekorbs, unter anderem das feuchte Frottiertuch, mit dem sich ihrer Überzeugung nach der nette Herr Landrat abgetrocknet hatte, stopfte sie in die Waschmaschine und nahm diese auch gleich in Betrieb.

Ehe sie wieder hinauf in die Wohnung stieg, holte sie aus dem Kühlraum des Restaurants noch zwei Salatblätter, eine Tomate und ein Stängelchen Petersilie und warf einen Blick auf die Reste des vergangenen Abends. Sie freute sich schon auf einen Teller Seeigelsuppe und ein Scheibchen von der köstlich aussehenden Pastete, die es später zu Mittag geben würde.

Als sie kurz darauf erneut die Diele betrat, war die Schlafzimmertür immer noch geschlossen. Doch allmählich wurde es Zeit, den Kaffee für Marisa aufzubrühen. Unten in der Bar stand ein Vollautomat, mit dem sich alles Mögliche zaubern ließ. Aber Marisa trank am liebsten Filterkaffee.

Während der durchlief, presste Agnes drei Orangen aus, füllte den Saft in ein Glas, schnitt das mitgebrachte Brötchen auf, bestrich beide Hälften mit Butter, belegte sie mit dem gekochten Schinken und diesen mit der in Scheiben geschnittenen Tomate. Damit das Brötchen nicht so nackt auf dem Teller lag, drapierte sie die Salatblätter und die Petersilie drum herum. Dann füllte sie den Kaffee in eine Thermoskanne, arrangierte alles auf einem Tablett, das man zu einem Tisch ausklappen konnte, klemmte sich die Zeitung unter einen Arm und ging zur Schlafzimmertür.

Marisa liebte es, im Bett zu frühstücken, und sie hatte doch sonst keinen, der sie ein bisschen verwöhnte. Agnes tat es gern. Marisa hatte doch auch schon so viel für sie getan. Sie auf eigene Beine gestellt, ihr zu Selbstbewusstsein und zu neuen Zähnen verholfen und sie damit in die Lage versetzt, sich zum Frühstück wieder Schwarzbrot zu genehmigen, das war ihr lieber als ein Brötchen.

Das Tablett auf der linken Hand balancierend, klopfte sie an, obwohl das im Grunde überflüssig war. Es hatte sich noch nie ein Mann in Marisas Schlafzimmer aufgehalten, wenn Agnes montags gekommen war, um mit ihrer Arbeit in der Wohnung zu beginnen. An den anderen Tagen, an denen sie unten im Restaurant anfing, auch nicht, da war sie absolut sicher. Sonst hätte sie wohl mal ein drittes Auto auf dem Parkplatz gesehen, vermutlich auch einen Mann, der hinausging. Die meisten Männer, die Marisa nachts aus der Bar mit hinauf in die Wohnung nahm, hätten zu viel riskiert, wenn sie bis zum Morgen geblieben wären. Trotzdem hätte Agnes niemals ohne Vorankündigung Marisas Schlafzimmer betreten, das gehörte sich einfach nicht.

Auf ihr erstes Klopfen erfolgte keine Reaktion. Sie klopfte noch einmal, etwas energischer, dabei rief sie auch: »Zeit zum Aufstehen, Marisa.«

Hinter der Tür blieb es still. Verwundert drückte sie mit der freien Hand die Klinke nieder und die Tür auf. Sehr kühle Luft wehte ihr entgegen. Nach zwei Stunden Arbeit in angenehm temperierten Räumen empfand Agnes die Luft im Schlafzimmer als unangenehm kalt. Die Klimaanlage in diesem Raum war extrem niedrig eingestellt.

Agnes kam nicht mehr dazu, sich darüber zu wundern. Es war dunkel im Zimmer, doch aus der Diele fiel genügend Licht auf das Bett. Und der Anblick, der sich ihr bot, ließ sie erstarren. Einen Fuß über die Schwelle zu setzen war ihr unmöglich.

»Marisa?«, murmelte sie fassungslos und glaubte, keinen Boden mehr unter den Füßen zu haben und in der Brust ein Stück Eis, aber kein Herz.

Das Frühstückstablett rutschte ihr seltsamerweise nicht aus der Hand. Irgendwie schaffte sie es damit zurück in die Küche, stellte es auf der Anrichte ab, legte die Zeitung dazu und ließ sich auf einen Stuhl sinken, weil sie meinte, ihre Beine würden jeden Moment den Dienst versagen. In ihrem Kopf war so ein merkwürdiges Summen und Brausen, das ihr nicht erlaubte, einen klaren Gedanken zu fassen. Sie legte beide Hände vor den Mund, als reiche eine nicht, um den Schrei zu unterdrücken, den sie gar nicht ausstoßen konnte.

Fast zehn Minuten lang saß sie da wie paralysiert, ehe ihr bewusst wurde, dass sie etwas tun musste. Nur was? An Marisas Bett gehen und sich davon überzeugen, dass der erste Eindruck sie nicht getrogen hatte? Wozu? Agnes wusste, dass ihre gute Zeit abgelaufen und Marisa tot war. Warum sollte sie sich noch zusätzlich Gewissheit verschaffen?

Die ganze Zeit hörte sie ihren geschiedenen Mann sagen, sie sei zu dämlich, um allein durchs Leben zu kommen. Ständig brauche sie einen, der für sie denke und ihr jede Entscheidung abnähme. Wahrscheinlich hatte er recht.

Mit der Erkenntnis gelang es ihr, wieder vom Stuhl aufzustehen, ins gegenüberliegende Arbeitszimmer zu gehen und sich wenigstens darum zu bemühen, dass jemand herkam, der tat, was sie nicht konnte.

2. Teil

Heimberger Klüngel

Agnes Kalwin war an diesem Montag die Erste, blieb aber nicht die Einzige, die in bester Absicht einen Fehler machte, den sie kurz darauf bitter bereute. In ihrer Not rief sie Marisa Behrends Hausarzt und ehemaligen Liebhaber zu Hilfe. Bei Doktor Gilles sei sie an der richtigen Adresse, glaubte sie.

Unter den gegebenen Umständen wäre es ihr am liebsten gewesen, der Arzt hätte Marisa etwas angezogen, einen Totenschein ausgestellt, einen Bestattungsunternehmer angerufen und bis zu dessen Eintreffen im Schlafzimmer ein bisschen aufgeräumt, zum Beispiel das Bett ordentlich gemacht.

Doch Gilles weigerte sich, etwas zu verändern, mit Ausnahme der Lichtverhältnisse. Er ließ die Rollläden vor beiden Fenstern hochfahren, um die Tote bei Tageslicht anzuschauen, zumindest Kopf, Hals, Brust und Leib. Um den Rücken nach Verletzungen absuchen zu können, hätte er die Leiche um- oder zumindest auf die Seite drehen müssen. Das tat er nicht. Stattdessen machte er Agnes Kalwin, die ihn unter Tränen anflehte, keinesfalls die Polizei zu rufen, unmissverständlich klar, dass es nicht anders ging.

Allerdings wählte Walter Gilles nicht den Notruf. Wozu einen unbedeutenden Beamten einweihen und veranlassen, dass zuerst ein Streifenwagen und danach ein Großaufgebot anrückte, womöglich mit der Presse im Schlepptau? Er kannte die richtigen Leute und legte keinen Wert darauf, dass zu viel Dreck aufgewühlt wurde. Es ging auch diskret.

Walter Gilles informierte den Chef der Heimberger Polizei, Kriminalrat Edgar Viehof, den er seit seiner Zeit im Heimberger Stadtrat kannte, mit dem er in den letzten zehn Jahren im *Waldschlösschen* schon mehr als ein Glas Wein getrunken hatte.

Gilles beschrieb die Fundsituation und bat eindringlich: »Schick um Himmels willen einen vertrauenswürdigen und verschwiegenen Mann, Edgar. Sonst bekommen wir einen Skandal, wie es in Heimberg noch keinen gegeben hat.«

So fiel die Wahl auf Rolf Wegener. Kurz vor zwölf zitierte Viehof ihn in sein Büro und setzte ihn ins Bild. Zu dem Zeitpunkt war Wegener immer noch speiübel.

Er hatte eine unruhige Nacht hinter sich. Nach der ersten Welle von Übelkeit gegen Mitternacht war er zwar eingeschlafen, kurz nach zwei jedoch aus einem wüsten Traum aufgeschreckt.

Er fuhr auf dem Rad seiner Mutter die Landstraße von Heimberg nach Niederfelden entlang, um seine Schwester zu suchen. Am Lenker baumelte ein Abschleppseil. Wenn er Mamas Sonnenschein gefunden hatte, wollte er sie am Rad festbinden, damit sie sich nicht von seiner Hand losreißen und er sie sicher nach Hause bringen konnte.

Seine Schwester entdeckte er nicht, stattdessen eine nackte Frau mit dunkelbraunem, schulterlangem Haar. Von Weitem sah sie aus wie Swetlana zu ihren Lebzeiten. Doch als er näher kam, erkannte er, dass es Ellen war. Die junge Ellen, die ihn bei der Razzia eingewickelt und mit einem Tripper infiziert hatte.

Er nahm das Abschleppseil und ließ es schwingen wie ein Lasso in einem Wildwestfilm. Es schwirrte über Ellens Kopf, die Schlinge glitt um ihren Hals und zog sich zusammen. Ellen kam zu Fall und rutschte neben dem Rad über den Straßenbelag, bis aus den Wolken ein gezackter, weiß glühender Dolch auf sie niederfuhr und sie in einen mit Brackwasser gefüllten Forellenteich schleuderte. Mit einem lauten Platschen verschwand Ellens Körper in der von Fäulnis ölig schimmernden Brühe.

Der auf den Blitz folgende Donnerschlag hatte ihn geweckt. Durch das offene Schlafzimmerfenster regnete es sturzbachartig herein und auf Ellens Bett. Sie wachte ebenfalls auf, sah ihn bereits auf der Bettkante sitzen und drehte sich nörgelnd auf die andere Seite, während er aufstand und das Fenster schloss.

Danach fühlte er sich in stickiger Luft und Mief gefangen, schaute den kreuz und quer zuckenden Blitzen und dem Wolkenbruch zu, um die Traumbilder abzuschütteln, bis sein Magen ihn zum zweiten Mal ins Bad trieb. Zur Ruhe gekommen war er in der Nacht nicht mehr.

Statt zum Dienst wäre er am Morgen besser zum Arzt gefahren und hätte sich ein Rezept für ein stärkeres Mittel als die frei verkäuflichen Kautabletten für seinen Magen besorgt. Aber etwas, vermutlich der merkwürdige Albtraum, drängte ihn, sich noch einmal mit der Ermittlungsakte »Swetlana« zu beschäftigen.

Inzwischen ermittelte auch die polnische Polizei. Es hatte sich vorige Woche ein dringender Tatverdacht gegen einen jungen Mann aus Swetlanas Heimatort ergeben, mit dem sie eine Zeit lang liiert gewesen war. Der junge Mann hatte sie Anfang Mai wiederholt angerufen und sollte Mitte Mai ebenfalls nach Deutschland gekommen sein, in einem geliehenen Auto und in der Hoffnung, die Beziehung hier wieder aufnehmen zu können.

Ob die polnischen Kollegen inzwischen Spuren an diesem Fahrzeug gefunden hatten, mit denen sich der bestialische Mord beweisen ließ, wusste Wegener nicht. Darüber konnte er sich auch nicht den Kopf zerbrechen. Er versuchte stattdessen über ein akzeptables Ende seiner Ehe nachzudenken. So konnte es schließlich nicht weitergehen, das hatte der Albtraum ihm deutlich vor Augen geführt.

Und da funkte Viehof ihm mit einem zweifelhaften Todesfall in der ehemaligen *Waldschänke* dazwischen. Ausgerechnet an dem Ort, wo es mit ihm und Ellen angefangen hatte. Wie sollte er da genügend Abstand finden, um seine Möglichkeiten einer Trennung distanziert zu betrachten und abzuwägen?

Von einem gewaltsamen Tod war nicht die Rede, erst recht nicht von Mord. Davon hatte auch Gilles nicht gesprochen. Höchstwahrscheinlich Herzversagen, wiederholte Viehof sichtlich erschüttert, was er von Marisa Behrends Hausarzt und abserviertem Liebhaber gehört hatte.

»Es ist nicht zu fassen«, sagte der Kriminalrat. »Marisa – ich meine, Frau Behrend – war noch keine vierzig.«

Gleich anschließend betonte Viehof, dass er Gilles seit Langem kannte und für einen verantwortungsbewussten Arzt hielt. Dann bat er: »Fahr mal hin und schau dir die Frau an, Rolf.«

»Allein?«, fragte Wegener verblüfft und alles andere als bereit, diesem Ansinnen nachzukommen. Zum einen: Was sollte er denn sehen, wenn ein Arzt sich seiner Sache nicht sicher war? Zum anderen: Es war nicht üblich, den Leiter des 11. Kommissariats als Vorhut loszuschicken. Wenn er an einen Tat- oder Fundort kam, dann als Letzter.

Zuerst kamen die uniformierten Kollegen. Die sperrten alles ab, forderten den Erkennungsdienst an und alarmierten das 11. Kommissariat. Daraufhin fuhren zwei Leute seiner Abteilung hinaus und riefen ihn dazu, wenn sie das für notwendig erachteten, was nicht immer der Fall war.

Viehofs Bitte drängte ihm zwangsläufig den Verdacht auf, dass bei *»Marisa – ich meine Frau Behrend«* nicht allzu viele Leute genauer hinschauen sollten.

»Tut mir leid, Edgar«, sagte er, als Viehof mit einem Nicken zu verstehen gab, dass er tatsächlich alleine zur ehemaligen *Wald-*

schänke fahren sollte. »Dafür bin ich nicht der richtige Mann. Das soll Reinarzt übernehmen.«

Kurt Reinarzt war Pathologe am Kreiskrankenhaus und somit eigentlich der Spezialist für nicht eindeutige Todesfälle. Allerdings bekam Reinarzt nicht häufig welche auf den Tisch, er war mehr mit Gewebeproben und Ähnlichem beschäftigt. Bei Bedarf stand er zwar als Polizeiarzt zur Verfügung, allerdings nur, um Alkoholsündern eine Blutprobe zu entnehmen und die Opfer von Schlägereien zu begutachten.

Für Verbrechensopfer war das Rechtsmedizinische Institut Köln zuständig. Weil aber von dort niemand gern über vierzig Kilometer Autobahn anreiste, nur um vorläufige Angaben zu Todeszeit und -ursache zu machen, übernahmen die erste Inaugenscheinnahme in der Regel die Kollegen vom Erkennungsdienst. Die mussten ohnehin raus, um Spuren zu sichern. Aber wenn es bei *»Marisa – ich meine Frau Behrend«* nichts zu sichern gab …

»Jetzt mach kein Drama daraus und tu mir den Gefallen, Rolf«, bat Viehof. »Das ist keine Sache für einen, dem der Kiefer runterklappt. Du weißt doch, wie Reinarzt ist. Die Fundsituation ist ziemlich …« Er unterbrach sich auf der Suche nach dem treffenden Ausdruck. »Delikat«, sagte er, als er das passende Wort gefunden hatte. »Frau Behrend war bei Doktor Gilles in Behandlung, er kennt ihre Krankengeschichte und ist sicher, dass es ein Unfall war. Wir müssen keinen unnötigen Wirbel veranstalten.«

Die Wortwahl verstärkte Wegeners Unbehagen und weckte seinen Argwohn. »Was denn nun?«, fragte er. »Herzversagen oder Unfall? Ist die Frau mit einem Fön in die Badewanne gestiegen oder aus Versehen in ein Messer gefallen?«

»Herrgott, nein«, brauste Viehof auf. »Gilles ist sicher, dass es ein natürlicher Tod war.«

Klar, dachte Wegener sarkastisch. Mit der entsprechenden Spitzfindigkeit konnte man sogar einen natürlichen Tod attestieren, wenn die Leiche eine Stichverletzung in der Brust hatte. Wem ein Messer ins Herz gerammt wurde, der war natürlich tot. Mit solch einer Erklärung hatte sich vor einigen Jahren mal ein Arzt aus der Affäre ziehen wollen, nachdem er einen Totenschein ausgestellt und der Bestattungsunternehmer anschließend die Stichwunde entdeckt hatte.

»Wenn es nichts zu verbergen gibt«, sagte er, »sehe ich keinen Grund, warum wir nicht offiziell ...«

»Herrgott«, wiederholte Viehof frustriert, kehrte den Chef heraus und machte der Debatte damit ein Ende. »Du fährst, und damit basta! Wenn du partout nicht alleine fahren willst, nimm von mir aus Pauli mit. Aber jetzt mach dich auf den Weg.«

Simon Pauli war ein fünfundzwanzigjähriger Frischling, der seit Jahresbeginn im Heimberger Präsidium *rotierte* und Anfang März im 11. Kommissariat gelandet war. Kommissar z. A. – zur Anstellung hieß das und bedeutete nichts anderes als Probezeit. Beamter war Simon Pauli noch nicht.

Ohne Zweifel war Pauli ein kluger Kopf, verstand eine Menge von Computern, hatte sich mit dieser Begabung und seinem aufgeschlossenen Wesen auch schon einige Freunde im Präsidium gemacht. Jedem bot er sofort das Du an. Gute Ideen hatte er auch. Trotzdem bezweifelte Wegener, dass Simon Pauli es in zwei Jahren ins Beamtenverhältnis schaffte.

In den letzten Wochen hatte er sich wiederholt gefragt, wie der Grünschnabel den Wach- und Wechseldienst und die zweite Fachprüfung für den Kriminaldienst bewältigt hatte. Zum einen gehörten wohl oder übel Verkehrsunfälle und Schlägereien dazu, bei denen häufig Blut floss, zum anderen waren einige Stunden in der Rechtsmedizin zu absolvieren. Wahrscheinlich war Pauli dort jedes Mal in die Knie gegangen. Wenn er Blut sah, wurde ihm nämlich schlecht. Das gab er auch freimütig zu.

Bei seinem ersten richtigen Einsatz an dem Forellenteich mit Swetlanas Leiche war Pauli prompt umgekippt. Als Wegener dazugekommen war, hatte der Notarzt, der eigentlich dem gestürzten Radsportler hätte helfen sollen, seinen Schock zu bewältigen, sich um den Frischling kümmern müssen.

Viehofs Vorschlag, ausgerechnet diese technisch hochbegabte Mimose mitzunehmen, besänftigte Wegeners Argwohn in keinster Weise. Im Gegenteil, es bestärkte ihn in der Annahme, dass hier etwas vertuscht werden sollte. Vielleicht Viehofs Besuche im *Waldschlösschen* und seine *flüchtige* Bekanntschaft mit *Marisa – ich meine Frau Behrend?*

Das hatte nicht geklungen, als hätte Viehof die Frau mit ihrem Nachnamen angesprochen. Das hatten andere Stammgäste wahrscheinlich ebenso wenig getan, und nun befürchtete der eine oder andere eventuell, jemand könne daraus seine Schlüsse ziehen …

Wegener wusste, dass der Kriminalrat mit der gesamten Lokalprominenz auf gutem Fuß stand. Manchmal mochte das nützlich sein. Wenn man zum Beispiel im *Heimberger Anzeiger* den siebten Bericht über einen Säugling platzieren wollte, den Mitte April ein Flaschensammler aus einem Mülleimer hinter dem Rathaus gezogen hatte, eingewickelt in Zeitungspapier.

»Ich dacht' zuerst, das wär' ein Fisch, weil's so stank. Mein Gott, hab ich einen Schrecken bekommen«, hatte der schockierte Mann erklärt.

Es war ein Junge gewesen, zu früh geboren, knappe zwei Kilo schwer, aber durchaus lebensfähig, wie die Obduktion ergeben hatte. Jemand hatte das Baby mit dem Köpfchen gegen eine Kante geschlagen. Wochenlang hatten Wegener und seine Leute nach der Mutter gesucht, ohne Erfolg.

Und dann hatte Simon Pauli eine seiner wirklich guten Ideen, für deren Umsetzung man einen weiteren Bericht im *Heimberger Anzeiger* brauchte. Diesmal mit einem retuschiertem Foto, auf dem natürlich nicht das tote Baby mit seinem deformierten Köpfchen zu sehen war, sondern Simon Paulis frisch geborene und deshalb etwas zerknautscht aussehende Nichte.

Und wenn der Journalist, den man deswegen ansprach, protestierte: »Das könnt ihr nicht machen, Leute. Ihr könnt doch nicht dreist behaupten, das sei eine Gesichtsrekonstruktion. Das ist Betrug. Wir sind eine seriöse Zeitung.« Dann rief Viehof mal eben den Chefredakteur an, und man bekam eine halbe Seite mit einer Schlagzeile, die auf viele Tränendrüsen drückte, zum Glück auch auf die richtigen.

Aber im Grunde hasste Wegener Seilschaften und Klüngel. Es lief letztendlich immer darauf hinaus, dass eine Hand die andere waschen musste. Nicht mit ihm. Da er praktisch gezwungen wurde, sich die Tote anzuschauen, wollte er ganz genau hinsehen und Simon Pauli bei der Gelegenheit etwas praktischen Anschauungsunterricht erteilen nach dem Motto: Vier Augen sehen mehr als zwei.

Marisa

Wenige Minuten später verließen Rolf Wegener und der Kommissar z. A. das Präsidium. Wegener informierte den Frischling in groben Zügen und erklärte ihm, das sei jetzt seine Chance zu beweisen, dass er nicht völlig ungeeignet für den gewählten Beruf war. Gemeinsam bestiegen sie einen zivilen Dienstwagen, den Viehof persönlich bestellt hatte. Sonst musste man in Heimberg auch als Kriminalbeamter häufig Streifenwagen nehmen. Davon standen der Fahrbereitschaft mehr zur Verfügung. Aber wenn man keinen unnötigen Wirbel wollte …

Wegener fuhr, weil er die Strecke kannte. Pauli kaute schon im Voraus nervös auf seiner Unterlippe. Eine Viertelstunde brauchte er, um das *Waldschlösschen* zum ersten Mal aus unmittelbarer Nähe zu sehen. Nicht mal bei seinen Dauerläufen in den letzten Jahren hatte er je diese Richtung eingeschlagen. Wer lief denn freiwillig vorbei an den trüben Erinnerungen?

Es ging nicht nur um Ellen. Lange bevor sie in sein Leben trat, als die *Waldschänke* noch keine miese Kaschemme, sondern ein nettes Ausflugslokal gewesen war, waren sie bei einem herbstlichen Wandertag mit Blättersammeln im zweiten Schuljahr mal mit der ganzen Klasse dort eingekehrt, um sich für den Rückweg zu stärken. Und ihm als Einzigem hatte die Mark für ein Bällchen Vanilleeis mit einem Klecks Sahne gefehlt.

Taschengeld hatte er mit sieben Jahren nicht bekommen, später auch nicht. Damit es nicht auffiel, hatte er sich im Klo verkrochen, während seine Mitschüler und Schülerinnen sich an Eis und Sahne oder sonst etwas labten. Einige hatten eine Cola mit Vanilleeis geschlürft. Das war damals der Renner gewesen, unbeschreiblich lecker und sehr abenteuerlich. Man musste ganz schnell durch einen Strohhalm trinken, weil es so schäumte.

Und anschließend die Frage der Lehrerin: »Wo warst du denn, Rolf? Wir haben schon nach dir gesucht. Wenn du noch etwas essen oder trinken möchtest, musst du dich jetzt aber beeilen.«

Daraufhin erklärte ausgerechnet sein Freund Achim Schulte: »Rolf hat kein Geld. Von seiner Mutter kriegt er nur Haue. In den Ferien hat sie ihn so schlimm verdroschen, dass er ins Krankenhaus musste. Deshalb versteckt er sich immer bei uns. Mein Opa sagt ihm jedes Mal, dass er gar kein böser Junge ist und seine Mutter ihn bloß nicht leiden kann, weil sein richtiger Vater sich aufgehängt hat.«

Gott, war das peinlich gewesen. Obwohl Achim, dieser gutmütige und einfältige Bursche, es bestimmt nicht böse gemeint hatte.

Und Jahre später traf er dort Ellen, mit ihrem Lächeln, dem Wahnsinnsparfüm und dem verruchten Angebot an den Hüter des Gesetzes, der sich als Nadel im Heuhaufen entpuppt hatte.

Obwohl der schmucke Klinkerbau absolut nichts mehr mit dem früheren Ausflugslokal oder der verrufenen Disko gemein hatte, war es für Wegener ein Trip in die Vergangenheit. Es sah wahrhaftig nicht so aus, als käme er an einen Tatort. Keine Uniform weit und breit, kein Flatterband zur Absperrung, vom Erkennungsdienst in der üblichen Besetzung ganz zu schweigen.

Im Erdgeschoss waren immer noch alle Rollläden unten, vor dem Eingang zu Restaurant und Bar unverändert das Stahlgitter herabgelassen. Die Leuchtröhren des Schriftzugs darüber waren hellgrau und unscheinbar im Tageslicht. Auf dem von Büschen gesäumten Parkplatz standen ein silbergrauer Peugeot und ein schwarzer Mercedes mit einem Äskulapstab an der Frontscheibe.

Neben dem Privateingang lehnte ein schwarzes Damenfahrrad an der Giebelwand. Das Rad seiner Mutter hatte fast genauso ausgesehen. Für einen Augenblick fühlte Wegener sich zurückversetzt in den Albtraum, in dem er auf so einem Gefährt unterwegs gewesen war und Ellen ein für eine fanatische Naturschützerin so überaus passendes Grab gefunden hatte. Dann sah er seine Mutter in den Sattel steigen, ihr *Sonnenschein* saß schon im Kindersitz hinten, mit Ringelsöckchen und weißen Sandalen an den Füßen und diesem Lächeln im herzförmigen Gesicht, das ihm sagen sollte: »Ich bekomme gleich ein Eis, ätsch, und du kriegst nix.«

Er schüttelte die Bilder und die Beklemmung ab und beeilte sich, den Hausflur zu betreten. Die schwere Tür stand einladend offen. Damit andere Hausbewohner nicht durchs Klingeln aufmerksam wurden, vermutete er im ersten Augenblick. Über der Gegensprechanlage waren zwei Klingelknöpfe angeordnet, auf den dazugehörigen Namensschildern stand beide Male »M. Behrend«, was ihn zu der Annahme verleitete, dass Marisa Behrend alleine auf zwei Etagen gelebt hatte. Doch den Irrtum erkannte er schnell.

Als sie die Wohnungstür im ersten Stock erreichten, hatte Pauli seine Unterlippe bereits blutig gebissen. »Pass bloß auf, dass du gleich nicht in einen Spiegel schaust«, mahnte Wegener ironisch und klopfte an die Tür. Daraufhin meldete sich aus dem Dachgeschoss eine sonore Männerstimme mit dem Hinweis, dass sie noch eine Treppe höher steigen müssten.

Marisa Behrends Arzt empfing sie auf dem letzten Treppenabsatz. Ein stattlicher Mann im selben Alter wie Viehof mit kräftigen Händen, kantigem Gesicht und stark ergrautem, aber noch sehr dichtem Haar. Die zur Begrüßung ausgestreckte Hand übersah Wegener geflissentlich, um keine Vertraulichkeit oder den Verdacht aufkommen zu lassen, er sei Viehofs treuer Vasall.

Gilles führte sie in die Diele und wiederholte, was Viehof bereits gesagt hatte. Wegener schaute sich währenddessen um. Eine Dreizimmerwohnung, große Räume trotz der Dachschrägen, elegant und teuer eingerichtet. Mit Ausnahme des Schlafzimmers, dessen Tür geschlossen war, konnte er alle Räume sowie das blitzblanke Bad einsehen.

In der Küche saß eine haltlos weinende ältere Frau in einem blau gemusterten Kittel am Tisch und drehte eine Dose Insektenspray in den Händen. Sie hob kurz den Kopf und stammelte beim Anblick von zwei fremden Männern: »Warum musste das denn sein? Warum haben Sie nicht einfach den Schein ausgestellt und den Friedberg gerufen?«

Die Fragen waren an den Arzt gerichtet und trugen nicht dazu bei, in Wegener Sympathie für das Häufchen Elend zu wecken. Wer Friedberg war, wusste er zur Genüge: Der Bestattungsunternehmer, den er letzten August damit beauftragt hatte, seine Mutter unter die Erde zu bringen.

»Nun beruhigen Sie sich, Frau Kalwin«, bat Gilles. »Die Herren tun nur ihre Pflicht. Ich habe Ihnen doch erklärt, dass es …«

»Ich will aber nicht, dass jeder sie begafft, so wie sie daliegt«, begehrte Agnes Kalwin auf und unterbrach Gilles damit. »Sie hätten wenigstens darauf bestehen können, dass eine Frau herkommt. Es gibt viele Frauen bei der Polizei, neulich habe ich im Fernsehen eine …«

Ihr Gejammer zerrte an Wegeners Nerven. »Wir sind in Heimberg und nicht im Fernsehen«, schnitt er ihr ungewollt grob das Wort ab und deutete fragend auf die geschlossene Tür.

Als Gilles nickte und Wegener zum Schlafzimmer ging, schlug Simon Pauli sich erwartungsgemäß seitwärts in die Küche mit dem Hinweis: »Ich versuche mal, die Frau zu beruhigen, damit Sie ihr gleich ein paar Fragen stellen können. Ich kann ihr bestimmt begreiflich machen, dass wir äußerst behutsam …«

»Nichts da«, befahl Wegener resolut. »Ich habe dir gesagt, warum ich dich mitgenommen habe. Also: Abmarsch.«

Pauli schaute betreten zu Boden und folgte ihm zögernd. Der Arzt war bereits im Schlafzimmer. Durch die offene Tür strömte unangenehm kalte Luft in die Diele. Das empfand Wegener nicht anders als Agnes Kalwin. Überhaupt erging es ihm in den ersten Minuten so, wie es zuvor Marisas Putzfrau und Vertrauter ergangen war. Was halfen feste Vorsätze und Entschlossenheit? Ihr Anblick traf ihn wie ein Schlag in die Magengrube.

Das Bett stand mit dem Kopfteil unter einer Dachschräge und mindestens zwei Meter von der Tür entfernt. Zur gegenüberliegenden Giebelwand mit den beiden Fenstern war noch einmal so viel Platz. Es war ein großes Zimmer, und es war ein breites Bett. Kopf- und Fußteil aus blank polierten Messingstäben, die strahlenförmig in je einem Bogen mündeten. Bis auf das Laken war es abgeräumt. Kissen und Decke lagen auf dem Parkettboden zusammen mit einem weißen Bademantel aus Frottee, einem Slip und einem Büstenhalter, ebenfalls weiß. Seide, soweit Wegener das beurteilen konnte, und etwas Spitze.

Die Frau auf dem dunkelblauen Satinlaken erinnerte ihn flüchtig an eine Zeichnung von Leonardo da Vinci. Ein nackter Körper in einem Kreis, vier Arme und vier Beine gespreizt, sodass Hände und Füße den Rand des Kreises berührten. Die Zeichnung stellte einen Mann dar. Auf dem Bett dagegen lag eine weibliche Schönheit voller Anmut.

Das Gesicht der Toten war den Fenstern zugewandt. Er sah nur ihren Hinterkopf und den Körper. Atemberaubende Beine, eine schmale Taille, die Hüften weich gerundet, der Leib dazwischen flach, schön geformte Brüste, nicht zu groß, nicht zu klein, genau richtig für sein Empfinden – wie bei Ellen.

Für einen Mann, der nicht mehr genau wusste, wann er das letzte Mal versucht hatte, mit seiner Frau zu schlafen, der mehr Sehnsucht in sich trug, als ein Mensch normalerweise aushalten konnte, lag Marisa Behrend da wie eine massive Erinnerung an längst vergangenes Glück. Die leibhaftige Versuchung, ein Fleisch gewordener Traum.

Dass um jedes ihrer Hand- und Fußgelenke ein schwarzes Seidenband geschlungen war, fiel ihm wegen des dunkelblauen Satinlakens erst auf, als er die Streifen an ihren Gelenken bemerkte. Die Bänder bildeten quasi eine Verlängerung ihrer Gliedmaßen, führten zu den äußeren Messingstäben an Kopf- und Fußteil. Ein fünftes, weißes Band, offenbar der Gürtel des Frotteebademantels, war um ihren Hals geschlungen und wurde teilweise von ihren Haaren verdeckt. Kastanienbraunes Haar, schulterlang – wie bei Ellen früher.

Von der Tür aus sah er auch etwas Spielzeug für Erwachsene auf dem Laken liegen. Es war aber nichts dabei, was ihn abgestoßen hätte. Zwei mit einer Schnur verbundene sogenannte Liebeskugeln. Ellen hatte auch welche, aus Plastik, elfenbeinfarben, gekauft vor langer, langer Zeit. Um die Muskulatur des Beckenbodens zu trainieren, hatte sie ihm damals erklärt. Hier waren die Kugeln golden und lagen etwa zehn Zentimeter von ihrer rechten Hüfte entfernt. Zwischen den gespreizten Schenkeln war zudem ein stattlicher Dildo auszumachen, fleischfarben.

Ellen besaß einen weniger voluminösen weißen aus Hartplastik. Sie hatte ihn sich ein gutes Jahr nach der Operation zugelegt, als sie meinte, man könne es ja mal wieder miteinander probieren. Nur um dann festzustellen, dass er ihr nicht mehr genügte. *»Bist du sicher, dass er drin ist, Rolf? Dann hast du wahr-*

scheinlich eine Erektionsstörung. Ich fühle überhaupt nichts.« Mit den Sätzen hatte es angefangen und dazu geführt, dass sich bei ihm schließlich gar nichts mehr tat.

Unwillkürlich wanderten seine Augen auf der Suche nach einer Fluchtmöglichkeit über die restliche Einrichtung. Ein sechstüriger Kleiderschrank, die gesamte Front war verspiegelt, sodass er das Bett und die Frau gleich zweimal sah. Ein Highboard mit sechs Schubfächern, eine Kommode mit großem Spiegel darüber, zwei Beistelltische links und rechts neben dem Bett – Glasplatten auf Messinggestellen. Auf beiden standen Lampen, auf dem zur Tür hin lag zudem eine zierliche Armbanduhr, auf dem anderen machte er eine aufgerissene Kondomhülle aus. Zwischen den Fenstern stand noch ein Korbsessel mit dicken Polstern, gerahmt von zwei üppigen Grünpflanzen.

Aber egal, wohin er schaute, das Bett dominierte. Viehofs Stimme zuckte ihm durchs Hirn. »Die Fundsituation ist ziemlich – delikat.« Das war sehr dezent ausgedrückt.

Simon Pauli, der widerstrebend und mit vor Anspannung erneut eingezogener Unterlippe gefolgt war, warf einen zaghaften Blick über Wegeners Schultern und vergaß auf der Stelle seine Scheu vor Toten. Er pfiff durch die Zähne und formulierte es anders: »Wow, das muss aber eine heiße Nacht gewesen sein.«

»Halt die Klappe«, verlangte Wegener unwillig und schickte den Grünschnabel nun doch lieber zu der enervierend weinenden Frau in die Küche, damit er dort für Ruhe sorgte. Er selbst brauchte jetzt unbedingt Ruhe, um sich auf den Arzt zu konzentrieren.

Gilles stand längst auf der Fensterseite neben dem Bett wie ein Wächter, der niemandem einen Blick in ihr Gesicht gestatten wollte. So kam es Wegener zumindest vor. Dabei wartete der Arzt nur darauf, dass er herüberkam, um mit eigenen Augen zu sehen, was ihm erklärt wurde.

Dass Gilles mit ihm sprach, hörte er. Er verstand sogar, dass der Arzt etwas über den Gürtel sagte. Doch es wurde überlagert von Viehofs Stimme. *Höchstwahrscheinlich Herzversagen oder ein Unfall.* Dieser Arzt musste eine merkwürdige Vorstellung von Unfällen haben.

Ein Unfall war, wenn ein siebenjähriger Junge von der Mutter den Auftrag erhielt, ihr in dem kleinen Laden schnell ein Päckchen Camelia zu besorgen. Wenn die fünfjährige Schwester des Jungen, Mamas Sonnenschein, das verschlagene, hinterhältige, heimtückische Biest, unbedingt mitgehen wollte. Wenn sie schrie und kreischte, mit den Füßen auf den Boden stampfte, um ihren Willen durchzusetzen. Wenn sie von Mama auch noch zwei Mark bekam und dem Jungen befohlen wurde: »Es ist mir egal, ob es viel länger dauert, wenn sie mitgeht. Du nimmst sie mit! Und wehe, du hältst sie nicht an der Hand. Pass bloß gut auf, sonst kannst du was erleben.«

Sie hatte sich von ihm nicht lange festhalten lassen, quer über die Straße laufen wollen, um einer Freundin, die sie auf der anderen Seite gesehen hatte, zu erzählen, was sie sich von den zwei Mark alles kaufen wollte: Salinos und Brausetütchen, Rahmbonbons und ein Vanilleeis mit Schokoladenüberzug.

Das wollte sie sofort essen, hatte sie ihm bereits erklärt, damit es nicht schmolz, während er noch mit hochrotem Gesicht um ein Päckchen Camelia bat. Mit sieben Jahren hatte er schon gewusst, was das war und wofür es gebraucht wurde. Das allein wäre ihm nicht peinlich gewesen, doch das mitleidige Lächeln der Ladenbesitzerin ließ ihn jedes Mal vor Scham stottern.

An dem bewussten Tag damals nicht. Er war nicht mehr bis zum Laden gekommen, weil Mamas Sonnenschein es nicht bis zur anderen Straßenseite geschafft hatte. Sie war regelrecht in den Lkw hineingerannt. Er sah das heute noch vor sich.

Der kleine Körper, der vor fünfunddreißig Jahren von den

mächtigen Reifen des mit Briketts voll beladenen Anhängers zerquetscht worden war, bot keine Vergleichsmöglichkeit mit der Frau auf dem Bett. Doch die Hand, die damals zusammen mit dem Zweimarkstück knapp neben einem Lkw-Reifen im Rinnstein aufgekommen war, hatte Ähnlichkeit mit den Händen auf dem Bett. Die Finger waren leicht gekrümmt, wirkten jedoch ganz locker und entspannt. Und auf eine endgültige Art kraftlos – ungefähr so, wie er sich in diesen Minuten fühlte.

Der Anblick von Swetlana mit ihren vierundzwanzig Jahren – in dem Alter war Ellen noch seine absolute Traumfrau gewesen – hatte ihn nicht in dieser Art berührt. Swetlanas Haar war kürzer und einen Ton dunkler gewesen, als Ellen es früher getragen hatte. Marisa Behrend dagegen sah aus wie die Frau, mit der er elf traumhaft schöne Jahre und danach die Hölle erlebt hatte.

Dass der Tod und die Kälte im Schlafzimmer ihre Haut bereits blaugrau marmoriert hatten, fiel, von der Tür aus betrachtet, nicht auf, weil er gegen das Sonnenlicht schauen musste, das aus den Fenstern in den Raum flutete.

Gilles

Der Arzt redete immer noch, energischer jetzt und mit einem verständnislosen, vielleicht auch spöttischen Unterton. Wegener meinte, Spott zu hören, und ging endlich die zwei Meter zum Bett, aber keinen Schritt weiter. Er wollte dem Geschwafel des Arztes ein Ende bereiten, ihn wegen der Fesselung und dem Gürtel zur Rede stellen und klarmachen, dass die besten Beziehungen in diesem Fall nichts nutzten. Von wegen Herzversagen oder Unfall! Selbst ein medizinisch völlig unbedarfter Laie hätte angesichts des Gürtels um ihren Hals nicht eine solch hirnrissige Behauptung aufgestellt. Nur brachte er kein Wort über die Lippen, als er die Fesseln an ihren Hand- und Fußgelenken aus der Nähe sah.

Eine doppelte Umwicklung, die Seide deckte etwa sechs Zentimeter Haut ab. Es sah so spielerisch aus. Verknotet waren die Bänder nur am Bettgestell, und straff gespannt waren sie nicht. Sie lagen in einem leichten Bogen zwischen ihren Gelenken und den Messingstäben auf dem Laken.

Marisa Behrend hatte offensichtlich nicht den geringsten Versuch unternommen, sich zu befreien, als es für sie kritisch geworden war. Hätte sie an den Fesseln gezerrt, hätten sich die Bänder um ihre Gelenke zusammenziehen müssen.

Unvorstellbar, dass sie sich überhaupt nicht gewehrt haben sollte. Es widersprach all seinen Erfahrungen. Sie schlugen doch alle um sich, mit den Händen, hölzernen Kochlöffeln, Worten. Sie logen, wenn sie den Mund aufmachten. Sie traten, kreischten und zerstörten alles, was einem lieb und teuer war. Segelschiffe aus Zeitungspapier, Schulbücher und Hefte, die Selbstachtung und die Substanz, die man für ein zufriedenes Leben brauchte. Diese Frau anscheinend nicht.

Nach dieser Erkenntnis schweiften seine Augen wieder ab, verfingen sich auf ihren Brüsten und zwischen ihren Schenkeln. Die Frau schlechthin. Der nackte Körper zwischen den Seidenbändern schien vollkommene Hingabe.

Früher hatten sie das manchmal so ähnlich gemacht, nicht mit Bändern, sondern mit Handschellen. Das hatte nicht so verführerisch, eher martialisch ausgesehen. Es war auch nicht seine Idee gewesen, Ellen hatte es vorgeschlagen, mal eine Abwechslung vom Kuschelsex der ersten Zeit. *»Sei kein Spielverderber, Rolf. Wenn du die Dinger schon mit nach Hause bringst …«*

Aber doch nicht für solch einen Zweck! Im ersten Moment war ihm das nicht recht gewesen. Er spürte den hölzernen Kochlöffel im Rücken und glaubte schon, unter solchen Voraussetzungen käme er zu gar nichts. Das erwies sich allerdings schnell als Irrtum, weil Ellen es sichtlich genoss, sich ihm völlig auszuliefern.

»Das hat nichts mit Gewalt zu tun, Rolf, nur mit Vertrauen.«

Ja, ausschließlich damit.

Unvermittelt stieg eine so entsetzliche Wut in ihm auf, wie er noch nie zuvor eine empfunden hatte, nicht mal an dem Dienstag nach Pfingsten, als er sich anhören musste, wie seine Liebe und Gutgläubigkeit ausgenutzt worden waren.

Welcher hirnlose Bastard hatte das Vertrauen dieser Frau missbrauchen und sie töten können?

»Herzversagen oder ein Unfall?«, fragte er, wollte es ironisch klingen lassen. Doch es hörte sich an, als hätte man seine Stimmbänder mit Tapetenkleister überzogen.

»Ja«, erklärte Gilles. »Wie ich eben schon sagte, Marisa klagte in letzter Zeit wiederholt über ein Engegefühl in der Brust, vermutlich die Vorboten eines Infarkts. Ich habe ihr dringend zu einem EKG geraten, wollte auch einen Termin beim Kardiologen für sie vereinbaren. Aber die Zeit wollte sie sich nicht nehmen. So, wie sich mir das hier darstellt, hat sie sich in der Nacht ...«

»Marisa«, wiederholte Wegener und unterbrach ihn damit. »Waren Sie so vertraut mit ihr?« War Viehof doch wohl auch gewesen.

Gilles nickte nur.

»Und was könnte *Marisa* in der Nacht getan haben?«, fragte Wegener. Seine Stimme klang immer noch wie eingekleistert und viel zynischer, als er wollte. »Sich eigenhändig ans Bett gebunden, den Gürtel um den Hals gelegt und sich mit dem Kram da so lange vergnügt, bis ihr Herz schlappmachte?«

»Natürlich nicht«, sagte Gilles, peinlich berührt von diesem Ton und der Ausdrucksweise. »Ich meine, nicht allein. Wenn ein Mensch mit einer Koronarerkrankung sich sexuell verausgabt, kann das zum Infarkt führen. Möglicherweise ist kurzfristig ein Sauerstoffmangel hinzugekommen – als sexuelles Stimulans, im gegenseitigen Einvernehmen. Aber sie ist nicht erwürgt worden.«

»Natürlich nicht«, stimmte Wegener ihm ironisch zu. »Erwürgt wird mit den Händen. Mit einer Schnur, einem Seil oder einem Gürtel wird man erdrosselt.«

Gilles schüttelte den Kopf, ob er damit widersprach oder die Ironie rügte, war nicht ersichtlich. Er griff nach einem Ende des Gürtels, die beide über Kreuz neben ihrer linken Schulter lagen. Es sah aus, als wolle er den Gürtel abziehen.

»Lassen Sie das«, wies Wegener ihn zurecht. »Hier wird nichts verändert.« Und als ihm einfiel, dass der Arzt schon reichlich Gelegenheit für Veränderungen gehabt hatte, verlangte er: »Kommen Sie raus hier.«

Er musste raus, das fühlte er – nicht mit dem Verstand, nur rein instinktiv. Raus aus diesem Schlafzimmer, raus aus dieser Wohnung, raus aus dem Gebäude, in dem er vor achtzehn Jahren schon einmal vergessen hatte, wie sich ein Polizist im Dienst verhielt. Die ehemalige *Waldschänke* und die damit verbundenen Erinnerungen hätte er vielleicht noch weggesteckt. Doch die Frau auf dem Bett war zu viel für ihn: Marisa Behrend, neununddreißig Jahre alt, nur ein Jahr älter als Ellen. Viel zu jung zum Sterben und viel zu schön.

Mit deutlichen Anzeichen von Nervosität folgte Walter Gilles dem Mann, den Edgar Viehof am Telefon als seinen besten bezeichnet hatte, in die Diele und weiter ins Arbeitszimmer. Dort zog der Arzt eine Packung filterloser Zigaretten aus der Brusttasche seines Hemdes und fragte kurz: »Was dagegen?«

Wegener schüttelte den Kopf. Auf dem Schreibtisch standen ein Laptop, ein Drucker, ein Telefon und ein Aschenbecher aus weißem Marmor. Ein weiteres Detail in einem vollkommenen Bild. Er zündete sich ebenfalls eine Zigarette an.

»Ich weiß nicht, wie viel Ihnen über derartige Praktiken bekannt ist«, nahm Gilles den Faden wieder auf.

»Genug«, sagte Wegener. »Und wie viel ist Ihnen bekannt über das Intimleben von Marisa Behrend? Da Sie so genau wissen, dass sie einverstanden war, sich die Luft abschnüren zu lassen, waren Sie ihr Beichtvater oder ihr Gynäkologe?«

»Ich bin Allgemeinmediziner«, erklärte Gilles. »Aber ich kenne Marisa seit zwanzig Jahren. Nicht nur als Patientin, auch als …«

Das war der Augenblick, in dem Wegener gern zugeschlagen hätte. Er spürte, wie seine Hände zuckten. »Als was?«, fragte er, weil Gilles nicht weitersprach.

Gilles senkte den Kopf, hob ihn sofort wieder, versuchte,

Wegeners Blick einzufangen und festzuhalten. Als ihm das nicht gelang, sagte er: »Marisa war eine lebenslustige und leidenschaftliche Frau. Ich hatte lange Jahre ein Verhältnis mit ihr, daher weiß ich, dass sie gewisse Praktiken schätzte. Die Seidenbänder und der Gürtel gehörten dazu. Aber sie hätte sich niemals auf ein so gewagtes Spiel eingelassen, wenn sie nicht genau gewusst hätte, dass ihr Partner die Grenze kennt und respektiert.«

Ein gewagtes Spiel, dachte Wegener. Mit ihrem Einverständnis! Natürlich, zu Anfang. Ellen war ja auch nicht nur einverstanden gewesen, sich Handschellen anlegen zu lassen – Ellen hatte es sogar gefordert. Ihre Füße hatte er allerdings nicht gefesselt, Ellen auch nirgendwo angebunden. Wo denn an einem Doppelbett mit Holzrahmen? Gewürgt hatte er sie natürlich auch nicht.

Sexuelles Stimulans. Manchen gab das einen besonderen Kick. Obwohl er mit solchen Spielarten nichts im Sinn hatte, wusste er darüber Bescheid. Es hatten sich bereits Idioten selber stranguliert oder von Prostituierten die Luftzufuhr drosseln lassen. Männer wohlgemerkt. Angeblich sollte es zu einer ordentlichen Erektion führen. Dass auch Frauen auf Atemnot beim Sex standen, hätte er nicht erwartet.

Marisa liebte es gewagt, dachte er.

Und Ellen liebte es gar nicht mehr.

Zum Teufel! Er musste seine Gedanken beisammenhalten. Ellen stand nicht zur Debatte. Jetzt ging es um die Frau auf dem Bett im Schlafzimmer dieser Wohnung und um das, was in der vergangenen Nacht mit ihr geschehen war.

»Ich hätte ohne Weiteres den Totenschein ausfüllen und als Todesursache Herzversagen infolge einer Koronarerkrankung eintragen können«, erklärte Gilles. »Ich hätte der armen Frau Kalwin nachgeben, das Bett herrichten und Marisa ein Nachthemd anziehen können. Halten Sie sich das bitte vor Augen, wenn Sie anfangen wollen, in Marisas Privatleben das Unterste nach oben zu kehren. Womöglich entspricht das, was Sie ausgraben, nicht dem Bild, das Sie sich von einer anständigen Frau machen. Aber Marisa genießt in Heimberg hohes Ansehen. Es dürfte vielen prominenten Bürgern nicht gefallen, wenn Sie das zerstören.«

»Welches Bild ich mir von anständigen Frauen mache, darauf kommen Sie in Ihrem schlimmsten Albtraum nicht«, erwiderte Wegener. »Und wenn Sie mir zu verstehen geben wollen, dass ich als Leiter der Abteilung Schwerkriminalität im Vergleich mit prominenten Bürgern ein kleines Licht bin, oder dass Kriminalrat Viehof mich jederzeit an die Leine legen kann, dann muss ich Sie enttäuschen. Viehof wird es nicht wagen, eine Mordermittlung zu behindern oder gar zu unterbinden.«

Gilles schüttelte erneut den Kopf. »Das erwarte ich auch nicht, Herr Wegener. Ich will hier weiß Gott nicht rein prophylaktisch jemanden verteidigen. Aber die Männer, mit denen Marisa verkehrte, haben sich im Allgemeinen gut unter Kontrolle.«

Die Männer! Es klang nach drei oder vier Dutzend und ging Wegener entschieden zu weit. »Wollen Sie damit andeuten, Marisa Behrend sei die Hure der hiesigen Prominenz gewesen?«, fragte er. »Haben Sie deshalb die Beziehung beendet?«

»Nein«, antwortete Gilles. »Marisa wollte die Trennung.«

»Darf ich den Grund für den Trennungswunsch erfahren?«

Der Miene des Arztes war zu entnehmen, dass ihn das nichts anging. Also fragte er noch: »Wer war Ihr Nachfolger?«

»Das weiß ich nicht«, antwortete Gilles.

»Woher wollen Sie dann wissen, dass *die Männer*, mit denen Marisa verkehrte, sich im Allgemeinen gut unter Kontrolle haben?«

Auch darauf blieb Gilles ihm die Antwort schuldig.

»Na schön«, sagte Wegener. »Die genaue Todesursache werden

wir bei der Autopsie erfahren. Aber wenn Sie so konkrete Vorstellungen haben, können Sie mir bestimmt noch zwei Fragen beantworten. Wann ist der Tod eingetreten? Und wo waren Sie um diese Zeit?«

Gilles schluckte trocken, bevor er erklärte: »Ich bin kein Forensiker. Die Leichenstarre ist normalerweise zwischen sechs bis zwölf Stunden voll ausgeprägt. Wärme beschleunigt, Kälte verlangsamt den Prozess. Das ist Lehrbuchweisheit, keine persönliche Erfahrung. Hier ist die Starre nur im Nacken und an den Gliedmaßen feststellbar, wozu die Klimaanlage ihren Teil beigetragen haben dürfte. Warum die so niedrig eingestellt ist, weiß ich nicht. Ich bezweifle allerdings, dass Marisa das getan hat.«

»Mit anderen Worten«, sagte Wegener, »wenn es nicht zum Liebesspiel gehörte, dass die Frau fror, während ihr die Luft abgeschnürt wurde, hat sich jemand an der Klimaanlage zu schaffen gemacht, der diese Lehrbuchweisheit kennt und hofft, den Todeszeitpunkt damit zu verschleiern.«

Gilles zuckte mit den Achseln.

»Damit ist meine zweite Frage noch nicht beantwortet«, sagte Wegener.

»Da ich den Todeszeitpunkt nicht kenne, kann ich diese Frage auch nicht korrekt beantworten«, erklärte Gilles. »Zuletzt lebend gesehen habe ich Marisa gestern Abend. Ich war von halb zehn bis kurz vor Mitternacht in der Bar unten. Die Kellnerin, Bettina Grassnitz, wird Ihnen bestätigen, dass wir gleichzeitig vom Parkplatz abgefahren sind.«

»Und Ihre Frau wird sicher bestätigen, dass Sie kurz nach Mitternacht heimgekommen sind und das Haus oder die Wohnung erst wieder heute Morgen verlassen haben«, meinte Wegener.

»Ich lebe alleine«, erwiderte Gilles.

»Danke«, sagte Wegener. »Das wär's fürs Erste.« Anschließend rief er zur Küche hinüber: »Simon, wir brauchen den Erkennungsdienst. Wimmer und Dahlen sollen herkommen.«

Kathi Wimmer und Manfred Dahlen waren kein Spurenvernichtungsteam, solche gab es auch. Aber die beiden gehörten definitiv nicht dazu. Wegener kannte beide seit Jahren und schätzte vor allem Kathi Wimmer. Sie war zehn Jahre älter als er und leistete nicht nur in ihrem Metier hervorragende Arbeit. Sie scheute auch nicht davor zurück, ihre Meinung zu Fragen der Rechtsmedizin zu äußern. Und meist lag Kathi richtig.

Simon Pauli verfügte noch nicht über ein Diensthandy, und sein eigenes wollte er offenbar nicht dienstlich benutzen. Er kam ins Arbeitszimmer. Wegener drückte ihm sein Handy in die Finger und verlangte: »Ruf auch im Krankenhaus an, die Pathologie. Doktor Reinarzt soll sich ebenfalls auf den Weg machen.«

Gilles bewegte unbehaglich die Schultern und erkundigte sich: »Halten Sie das wirklich für notwendig?«

»Ja«, sagte Wegener. »Bei nicht zweifelsfreier Todesursache ist eine Autopsie unumgänglich. Geben Sie meinem Kollegen Ihre Anschrift – wenn wir noch Fragen haben, melden wir uns.«

Spurensicherung

Nachdem Gilles die Wohnung verlassen hatte, hätte Wegener gern ein paar Minuten für sich allein gehabt, um festzustellen, ob er mit Erkennungsdienst und Polizeiarzt die richtige Entscheidung getroffen hatte. Er war sich seiner Sache alles andere als sicher. Wie hatte Gilles angesichts des Gürtels um ihren Hals die Behauptung aufstellen können, sie sei nicht erwürgt worden? Entweder war das an Dreistigkeit kaum zu überbieten, oder es entsprach den Tatsachen. Er hätte noch einmal ins Schlafzimmer gehen und tun müssen, wozu er sich im Beisein des Arztes nicht hatte überwinden können. Auf die Fensterseite des Bettes gehen, die Frau anfassen, sich ihren Hals und die Kehle genau anschauen. Aber er befürchtete, wieder nur neben dem Bett zu stehen und sie anzustarren wie ein liebeskranker Kater. Und er bekam weder Simon Pauli noch das Häufchen Elend im blau gemusterten Kittel aus der Wohnung.

Als er Agnes Kalwin heimschicken wollte, fing er sich den ersten irritierten Blick von Pauli und eine dezente Erinnerung an das übliche Prozedere ein. Die Frau war doch noch gar nicht richtig befragt worden. Bisher hatte Pauli von ihr nicht mehr in Erfahrung gebracht, als dass sich sonst niemand Haus aufhielt, den man befragen könnte, weil Markus Behrend und Ute Hanning gegen neun Uhr in der Früh nach Köln gefahren waren, um Möbel anzuschauen.

Aber den beiden könne in der Nacht auch nichts Außergewöhnliches oder Besorgniserregendes aufgefallen sein, meinte der Frischling. Sonst hätte die Freundin des Sohnes bestimmt darauf bestanden, in Marisa Behrends Schlafzimmer nach dem Rechten zu schauen, und nicht nur Bescheid gesagt, dass sie wegfahren wollten.

Markus! Das M. auf der zweiten Klingel. Es brachte Wegeners Gedanken erneut auf Abwege. Marisa hatte ein Kind geboren. Nie im Leben wäre er darauf gekommen, dass die Frau auf dem Bett einen bereits zweiundzwanzigjährigen Sohn haben könnte. Hatte sie ihren Sohn geliebt? Oder war der Junge für sie auch nur ein Bastard gewesen?

Ansonsten war es Pauli nur gelungen, Agnes Kalwin das Insektenspray abzunehmen, sie von der Jagd auf imaginäre Fliegen abzuhalten und sie einigermaßen zu beruhigen. Zwar weinte sie noch verhalten, war jedoch in der Lage, sinnvolle Auskünfte zu geben, als Wegener ihr die ersten Fragen stellte.

Mit ihren Antworten trieb sie ihn erneut zur Weißglut. Wenn sie nicht wie eine Jammergestalt auf der Kante des Stuhls gesessen hätte, vielleicht hätte er sie geschüttelt. Sie putzte sich mit einem zerknüllten Papiertuch die Nase, schaute ihn aus rot geweinten Augen ängstlich an und beteuerte schniefend: »Ich wusste doch nicht, dass ich nicht mit der Arbeit anfangen durfte.«

Natürlich nicht. Aber was sie angerichtet hatte! Jede Spur vernichtet, die es außerhalb des Schlafzimmers gegeben haben musste. Noch stand sie unter Schock und zählte bereitwillig auf, was sie alles beseitigt hatte. Nur der Müllbeutel ließ sich auf die Schnelle sicherstellen. Er scheuchte den Kommissar z. A. hinunter zum Container, ging selbst mit Agnes Kalwin in den Keller, um die Weinflasche zu retten. Mit etwas Glück hatte Marisas letzter Liebhaber das Einschenken übernommen.

Vier große Plastikkörbe randvoll mit Flaschen standen zur Auswahl. Sie waren nebeneinander an einer Wand aufgereiht und ausnahmslos mit Weinflaschen gefüllt. Weil der Weinhändler diese Flaschen wieder mitnahm, erklärte Agnes Kalwin. Auf Anhieb erinnerte sie sich nicht, auf welchem der Körbe sie die Flasche abgelegt hatte. Sie wusste auch nicht, ob es ein Roter oder ein Weißer gewesen war, hatte nicht aufs Etikett geachtet. Aber es musste eine von denen sein, die oben lagen.

»Ganz ruhig, Frau Kalwin«, sagte Wegener und wünschte sich, er selbst wäre ruhig gewesen. »Denken Sie nach.«

Minutenlang stand sie da, ließ den Blick über die Körbe wandern, brach wieder in Tränen aus. Erst als er Latexhandschuhe anzog und begann, die oben liegenden Flaschen anzuheben, um festzustellen, welche sich wegnehmen ließen, ohne andere in Bewegung zu versetzen, fiel ihr ein, dass der Bodensatz in den beiden gespülten Gläsern rot gewesen war. Danach deutete sie auf eine bestimmte Flasche.

»Ich glaube, es war die. Ja, ich bin sicher, die war's.«

Der Beschriftung nach ein italienischer Wein. *Brunello di Montalcino,* las Wegener. Er kannte sich nicht aus, wusste nur, dass es preislich gewaltige Unterschiede gab. Ein billiger Wein war es kaum gewesen. Viehof hatte doch oft von der Weinkarte geschwärmt. Und irgendein Fusel hätte gar nicht in die elegante Wohnung gepasst.

Als er die Flasche nahm, eilte Agnes Kalwin hinaus mit dem Hinweis: »Die Handtücher.« Er folgte ihr in einen weiteren Kellerraum, in dem eine Waschmaschine und ein Elektrotrockner standen.

Die Maschine hatte ihr Programm längst beendet. Agnes Kalwin zerrte nasse Frottiertücher aus der Trommel in einen Korb, alle weiß und auf sechzig Grad gewaschen. Welches davon vor der Dusche gelegen hatte, ließ sich nicht mehr feststellen.

»Lassen Sie alle im Korb«, sagte er. »Wir kümmern uns später darum.« Dann stieg er mit der Flasche in der Hand wieder hinauf in die Wohnung. Agnes Kalwin schlurfte mit hängenden Schultern hinter ihm her.

Das Intermezzo im Keller hatte lange genug gedauert, um das Eintreffen des Erkennungsdienstes zu verpassen. Simon Pauli war am Container entschieden schneller gewesen, hatte ja nur einen Beutel herausfischen müssen, der sich deutlich von denen aus der Restaurantküche unterschied. Er hatte Kathi Wimmer und Manfred Dahlen draußen in Empfang genommen und sich sofort etliche Asservatenbeutel zur sicheren Aufbewahrung von Beweismitteln aushändigen lassen.

Nun kniete der Frischling mitten in der Diele. Mit vorschriftsmäßig behandschuhten Fingern klaubte er einen aufgeweichten Zigarillostummel aus den Schalen der ausgepressten Orangen und tütete ihn gewissenhaft ein. Neben ihm auf dem Fußboden lagen schon ein halbes Dutzend Tüten, alle ordentlich beschriftet, in denen verstaut war, was Pauli sonst noch für wichtig hielt. Unter anderem hatte er drei Wattepads mit Spuren von Make-up und zwei Wattestäbchen mit dunkelbraunen Anhaftungen eingepackt, jedes Pad und jedes Stäbchen einzeln. Auch wenn er noch nicht die geringste praktische Erfahrung hatte, wie mit Beweisstücken zu verfahren war, wusste Simon Pauli es aus der Theorie.

Wegener ersparte sich den Hinweis, dass die Pads und Wattestäbchen, die vermutlich in einem Kaffeefilter gelandet waren und deshalb braune Anhaftungen aufwiesen, kaum etwas zur Aufklärung beitrugen. Er bugsierte Agnes Kalwin zurück in die Küche, stellte die Weinflasche ab und ging zum Schlafzimmer, um Dahlen und Kathi Wimmer zu begrüßen.

Er hatte sie ausdrücklich angefordert, doch kaum wurde er ihrer ansichtig, hätte er Kathi Wimmer am liebsten auf der Stelle wieder hinausgeworfen. Wie ihr Kollege mit einem weißen Schutzanzug bekleidet, betätigte sie auf der zur Tür liegenden Bettseite eine Digitalkamera. Sie klebte damit förmlich an der linken Hand der Toten, schoss mindestens drei Dutzend Aufnahmen, ehe sie sich dem von Haaren verdeckten Nacken und dem Gürtel widmete.

Anschließend bewegte sie sich vorgebeugt an dem nackten Körper entlang, um auch die Rippen, den Schoß und das linke Fußgelenk für die Nachwelt festzuhalten. Dass sie eine Frau war, machte es für Wegener nicht leichter. Denn wenn es kein Herzinfarkt, sondern ein Mord gewesen war, würden diese Aufnahmen später in einem Gerichtssaal herumgereicht, von einer schweißfeuchten Hand in die andere. Nur um der Gerechtigkeit willen, würden sie Marisa Behrends Wehrlosigkeit preisgeben und die Frau bloßstellen. Allein beim Gedanken daran spürte er ein Brennen im Magen. Das wieder und wieder aufzuckende Blitzlicht machte ihn ganz konfus. Aber noch war er größtenteils Polizist und Marisa Behrend tot. Irgendein elender Bastard hatte gegen das oberste Gebot verstoßen, das durfte nicht ungestraft bleiben.

Kathi Wimmer wechselte auf die andere Bettseite, wo Dahlen die Kondomhülle schon vom Tisch genommen hatte. Nun war er dabei, die Glasplatte einzustäuben, um Fingerabdrücke sichtbar zu machen. Es sah aber nicht so aus, als gäbe es welche. Kathi Wimmer arbeitete sich rechts an der Leiche wieder hinauf, Dahlen trat respektvoll zurück.

»Was hältst du davon, Kathi?«, fragte Wegener, nachdem er sich zweimal geräuspert hatte.

»Irre«, sagte sie, ohne ihre Arbeit zu unterbrechen. »Warum ist sonst keiner hier?«

»Chefsache«, sagte Wegener. »Viehof will keinen Wirbel. Der Hausarzt ist ein guter Bekannter von ihm und besteht darauf, dass es sich hier entweder um einen Infarkt oder einen *Verkehrsunfall* handelt. Sauerstoffentzug im gegenseitigen Einvernehmen mit nachfolgendem Herzversagen in Ekstase.«

»Gib noch eine Prise Koks dazu oder ein bisschen Ecstasy«, meinte Kathi, »dann schließe ich mich dieser Diagnose an.«

An Drogen hatte Wegener noch gar nicht gedacht, aber das war ein gutes Argument für die Anforderung des Pathologen, falls Viehof sich darüber aufregen sollte. »Sehe ich auch so«, behauptete er. »Ich habe Reinarzt verständigen lassen. Er müsste jeden Moment eintreffen.«

Kathi Wimmer richtete sich auf, nachdem sie auch noch die rechte Hand aus allen Perspektiven abgelichtet und ihren Kollegen beauftragt hatte: »Du kannst ihre Hände eintüten, Manfred.«

»Hat sie was unter den Nägeln?«, fragte Wegener.

Wegen der Fesselung hatte Kathi die Hände der Toten nicht angehoben und genauer untersucht. Sie zuckte mit den Achseln. »Sieht ganz danach aus. Aber bei dem roten Lack kann ich mich auch täuschen. Du willst es doch sicher genau wissen.«

Wegener nickte nur. Er musste sie nicht ausdrücklich bitten, auch das Material an der Leiche zu sichern, das unter anderen Voraussetzungen ein Rechtsmediziner entnommen hätte. Deshalb kam er normalerweise so gut mit Kathi aus. Sie wusste, was getan werden musste, und machte nicht viele Worte.

Bis zur Ankunft des Pathologen machte Kathi Wimmer weitere Aufnahmen, nach jedem Handgriff kam die Kamera zum Einsatz. Sie schnitt die Seidenbänder durch, damit die Knoten erhalten blieben. Den Gürtel ließ sie vorerst, wo er war, damit Reinarzt einen Blick darauf werfen konnte. Mit Dahlens Unterstützung rollte sie die Leiche so weit auf die Seite, dass sie den Rücken betrachten konnte. Verletzungen gab es keine, nur ein paar hellrote Totenflecken im Bereich der Taille, wo der Körper nicht unmittelbar aufgelegen hatte.

»Eine Vergiftung durch Blausäure oder Kohlenmonoxid schließe ich als Todesursache jetzt mal aus«, sagte Kathi, während sie die verbliebene Körpertemperatur maß. »Für die hellrote Färbung dürfte die Klimaanlage verantwortlich sein.«

Inzwischen war es im Zimmer ein bisschen wärmer geworden, weil die Tür zur Diele die ganze Zeit offen stand. Trotzdem wagte Kathi aufgrund der Totenflecken eine Schätzung zum Eintritt des Todes. »Ich tippe auf den frühen Morgen. Sehr früh, zwischen vier und sechs. Nicht gerade eine gängige Zeit für ein Liebesspiel, finde ich.«

Kurt Reinarzt sah das anders, wobei er sich nicht zum möglichen Todeszeitpunk äußerte. Wegener vermied es, auch dem Pathologen zu erläutern, was Gilles behauptet hatte, weil er eine unvoreingenommene Meinung hören wollte. Reinarzt zog Handschuhe an, ging um das Bett herum und machte sich professionell an die Arbeit. Unter anderem tastete er Kehle und Rippen ab, schob die Augenlider hoch und inspizierte die Mundhöhle.

Anschließend sagte er: »Machen wir es nach dem Ausschlussverfahren: Sie hat geplatzte Äderchen in den Netzhäuten. Petechien sind ebenfalls vorhanden.« Damit waren punktförmige Blutungen gemeint, im Grunde sprachen sie für einen Erstickungstod. Die bläuliche Hautfarbe deutete ebenfalls darauf hin.

Trotzdem behauptete Reinarzt: »Der Gürtel ist Dekoration. Erdrosselt wurde sie keinesfalls. Sie hat nur zwei Striemen seitlich am Hals, die sind zu schmal und viel zu blass, um todesursächlich zu sein.« Er winkte Wegener heran. »Kommen Sie ruhig näher – die beißt nicht mehr.«

Wegener wollte nicht noch einmal näher heran. Natürlich ging er trotzdem – sogar auf die Fensterseite, wo Reinarzt stand und ihr Gesicht lag. Ein schönes Gesicht, es hatte nicht die geringste Ähnlichkeit mit Ellen. Ihr Mund stand ein wenig offen, die Lider waren beide wieder geschlossen – und der Gürtel tatsächlich nur lose umgelegt.

»Zugezogen wurde der wohl mal«, erläuterte der Pathologe und wies auf die Striemen seitlich am Hals, die er zuvor als Todesursache ausgeschlossen hatte. »Dabei wurde die Blutzufuhr zum Gehirn entweder behindert oder kurzzeitig unterbrochen. Das könnte die Stauungsblutungen in den Augen verursacht und zur Bewusstlosigkeit geführt haben.«

»Und es würde erklären, warum sie nicht an den Fesseln gezerrt hat«, ergänzte Kathi Wimmer.

Da beide Hände bereits eingetütet waren, inspizierte Reinarzt nach diesem Hinweis ihre Fußgelenke und trat dafür ans Fußende des Bettes. Nun bemerkte Wegener auch den weißen Fleck auf dem dunkelblauen Laken. Sperma, meinte er, allerdings nicht zwischen ihren Schenkeln, wo man es erwartet hätte. Der Fleck befand sich fast zehn Zentimeter von ihrer rechten Hüfte entfernt.

»Die Kondomhülle war leer?«, erkundigte er sich bei Dahlen.

Der nickte. »Warum?«

Wegener zeigte auf den Fleck. »Weil das nicht so aussieht, als wäre eins benutzt worden.«

Reinarzt grinste. »Vielleicht ist beim Abnehmen ein Malheur passiert. Oder das ist von ihr. Manche laufen förmlich aus. Und bei dem Kram hier …«, er deutete auf den Dildo und die Kugeln, die jetzt zwar nicht mehr in ihren ursprünglichen Positionen, aber immer noch auf dem Laken lagen, »war's bestimmt lustig.«

Die Ausdrucksweise störte Wegener gewaltig. »Ein bisschen mehr Respekt, wenn ich bitten darf«, verlangte er unwillig.

Und weil er ein Ventil für die unvermittelt hochkochende Wut brauchte, Reinarzt jedoch nicht vor den anderen zur Schnecke machen wollte, schnauzte er ersatzweise Simon Pauli an, der mit all den Asservatenbeuteln in den Händen bei der Tür stand und aufmerksam zuhörte. »Steh nicht da wie ein Ölgötze, bring den Kram runter!«

»Leg's einfach ab, Simon. Ich nehm's mit zum Wagen, wenn wir fertig sind«, sagte Dahlen gutmütig.

»Die haben es garantiert mehr als einmal getrieben«, fuhr Reinarzt unbarmherzig fort und ließ nun doch eine Bemerkung zu der von Kathi Wimmer genannten Todeszeit fallen. »Wann mögen sie ins Bett gestiegen sein? Sagen wir mal eins, halb zwei. Bis um vier oder sogar sechs in der Früh sind da sogar Erholungspausen drin. Sie wird nicht die ganze Zeit wie ein Brett in einer Position gelegen haben.«

»Nein«, stimmte Kathi zu. »Sie lag auch mal auf der Seite oder auf dem Bauch.«

»Griechisch?«, umschrieb Reinarzt einen Analverkehr, vermutlich meinte er, das sei respektvoll.

Kathi nickte. »Und nicht zu knapp.«

»Dann haben sie das Kondom wohl dafür benutzt«, spekulierte Reinarzt. »Danach brauchte es wahrscheinlich etwas orale Nachhilfe, um den Jungen noch mal in Form zu bringen.«

Er machte Wegener auf schwache Schattierungen aufmerksam. Zwei von ovaler Form befanden sich seitlich am Brustkorb, eine größere, fast runde unterhalb der Rippen am Oberkörper.

»Wenn man weiß, wie sich das abgespielt hat«, erklärte er, »ist es offensichtlich. Der Kerl hat sich auf sie gehockt und ihr im Eifer des Gefechts mit seinen Beinen die unteren Rippen zusammengedrückt. Gebrochen ist nichts, aber bei der Gelegenheit hat er vermutlich den Gürtel zugezogen. Als sie bewusstlos wurde, und das muss er ja gemerkt haben, hat er sich vor Schreck auf seinen Hintern niedergelassen. Und wenn es ein schwerer Brocken war, drücken sich mal neunzig oder noch mehr Kilo aufs Zwerchfell. Da braucht es keine Koronarerkrankung, nur einen aufgeputschten Kreislauf und einen winzigen Engpass oder Thrombus, dann geht das ratzfatz. Sekundentod, die war weg, ehe sie begreifen konnte, wie ihr geschah. Ich nehme an, Sie haben noch keinen Infarkt gesehen. Sonst hätten Sie gewusst, wie die blaue Hauttönung am Oberkörper zustande gekommen ist.«

Wegener fragte sich, woher Reinarzt wissen könnte, *wie sich das abgespielt hatte,* und wieso auch der Pathologe von einer Koronarerkrankung sprach. Gilles hatte denselben Ausdruck benutzt. Hatte der Arzt auf dem Heimweg vielleicht kurz telefoniert, um Reinarzt auf diesen Einsatz vorzubereiten?

»Das können Sie gerne schwarz auf weiß haben«, bot Reinarzt an. »Wenn Sie es eilig haben, noch heute Nachmittag. Ich kann sie gleich auf den Tisch nehmen.«

Wegener hatte es nicht eilig und wusste nicht, ob er Reinarzt trauen konnte. Vor allem aber wollte er diese Frau nicht einem derart pietätlosen Schwätzer überlassen. Viehofs Stimme zuckte ihm durch den Hinterkopf: »Das ist keine Sache für einen, dem der Kiefer runterklappt. Du weißt doch, wie Reinarzt ist.«

Nein, verdammt, er hatte es bisher nicht gewusst, woher denn auch? Sie hatten Reinarzt noch nie an einem Tatort gehabt.

»Ich kläre das mit Viehof«, sagte er.

Reinarzt verabschiedete sich. Wegener ging zurück in die Küche, um sich noch einmal mit Agnes Kalwin zu beschäftigen. Simon Pauli blieb bei der Schlafzimmertür stehen, um sich aus zwei Metern Entfernung an den Anblick einer Leiche zu gewöhnen und noch etwas über Spurensicherung zu lernen.

Agnes

Agnes Kalwin weinte nicht mehr. Sie saß mit gesenktem Kopf auf demselben Stuhl wie zuvor. Ihre Hände im Schoß zerrupften das aufgeweichte Papiertuch in winzige Fetzen, die sich auf ihrem Kittel sammelten. Als Wegener die Tür hinter sich schloss und sich mit dem Rücken dagegenlehnte, schaute sie mit ängstlich geweiteten Augen zu ihm auf.

»Möchten Sie einen Kaffee?«, bot sie an. »Ich kann welchen aufbrühen, auch für die anderen Leute.«

»Die Leute haben keine Zeit für Kaffee«, sagte er.

»Wieso nicht?«, wollte sie wissen. »Es ist doch nichts Schlimmes passiert. Marisa war mit einem Mann zusammen und ist einfach gestorben.«

Sie hatte also mitgehört und vermutlich jedes Wort verstanden. Geflüstert hatte Reinarzt nicht.

»Niemand stirbt einfach so«, sagte Wegener.

»Ja, aber Sie vielleicht«, stotterte Agnes Kalwin, registrierte die Doppeldeutigkeit ihrer Worte und fügte hinzu: »Sie könnten doch einen Kaffee trinken. Möchten Sie einen?« Es ging ihr wohl nur darum, sich zu beschäftigen und ihn zu besänftigen.

»Nein, danke«, sagte er. »Ich möchte nur Antworten, Frau Kalwin. Und nachdem Sie im Wohnzimmer und im Bad sämtliche Spuren vernichtet haben, hoffe ich doch stark, dass Sie sich nun bemühen, uns zur Klärung des Falls Frage und Antwort zu stehen. Wir brauchen den Namen des Mannes, der in der vergangenen Nacht bei Marisa war.«

»Den Teppich hab ich nicht gesaugt«, begehrte sie auf. »Ich dachte doch, Marisa schläft, und wollte keinen Krach machen. Nur den Tisch hab ich abgewischt und die Couch, aber nur die Sitzfläche, da waren Ascheflusen drauf.«

»Und die Wasserhähne im Bad«, ergänzte er. »Die Dusche, das Klo, das haben Sie doch garantiert auch geschrubbt. Und die Spülung dabei nicht nur einmal betätigt. Höchstwahrscheinlich wurde ein Kondom ins Klo geworfen. Dann haben Sie es mit dieser Aktion in die Kanalisation gespült. Sie haben die Gläser abgewaschen und weggeschafft, das Kleid ausgebürstet, Badetücher in die Waschmaschine gesteckt. Alles, womit der Mann in Berührung gekommen ist, haben Sie gereinigt, Frau Kalwin. Ich will Ihnen nichts unterstellen, aber bisher haben wir auch im Schlafzimmer noch keine Fingerabdrücke gefunden. Da muss ich annehmen, dass Sie dort ebenfalls gewischt haben.«

Bisher! An dem einen Glastisch nicht. Aber man musste einen Tisch auch nicht unbedingt anfassen, um etwas darauf abzulegen. Dahlen hatte doch gerade erst mit seiner Pinselei begonnen. An anderen Stellen mochte er fündig werden, am Kleiderschrank, Kommode, Highboard, der innen liegenden Türklinke, am Bettgestell. Am Dildo und der Kondomhülle musste es auf jeden Fall welche geben.

Warum er Agnes Kalwin einzuschüchtern versuchte, wusste Wegener selbst nicht. Er glaubte ihr aufs Wort, dass sie das Schlafzimmer nicht betreten hatte. Auch wenn er privat noch nicht mit dieser Sorte Frau zu tun gehabt hatte, er kannte den Typ. Frauen wie Agnes Kalwin waren *anständig*.

Eine ehrliche Haut, ein einfaches Gemüt, bieder, pflichtbewusst und treu ergeben, so schätzte er sie ein. Ein rundes Gesicht mit groben Poren. Kräftige Augenbrauen, kräftige Figur. Ihre Hände im Schoß waren ebenso gerötet wie ihre Augen und die Nase, ihre Fußgelenke von Ödemen aus der Form gebracht.

Irgendwie tat sie ihm leid, aber er musste auch irgendwohin mit seinen Gefühlen, mit dieser ihm noch so fremden, unerklärlichen Wut.

Auf seine Anschuldigung ging Agnes Kalwin nicht ein, sagte stattdessen mit erstauntem Unterton, als sei ihr das gerade erst eingefallen: »Die Tür war abgeschlossen.«

»Welche Tür?«

»Die Haustür«, erklärte sie immer noch verwundert. »Die Wohnungstür war bloß zugezogen. Aber die Haustür war richtig abgeschlossen, als ich kam, verstehen Sie?«

Er nickte zwar, verstand jedoch nicht, worauf sie hinauswollte. Sie wurde eifrig im Bemühen, ihre Schlussfolgerung darzulegen. »Die Haustür wird immer abgeschlossen, die Hintertür auch, die ist zusätzlich von innen verriegelt. Darauf achtet Marisa.«

Wie viele, die den Tod eines geliebten Menschen noch nicht wirklich verinnerlicht haben, verfiel sie ins Präsens. »Das muss man auch, wo das hier so einsam ist. Marisa muss mit dem Mann nach unten gegangen sein und hinter ihm abgeschlossen haben. Deshalb liegt wahrscheinlich auch ihr Bademantel auf dem Boden. Es ist ganz egal, wer bei ihr war – als er ging, lebte Marisa noch.«

»Und dann«, fragte Wegener. »Wer hat sie gefesselt? Nein, Frau Kalwin, vermutlich hat der Mann eigene Schlüssel.«

Sie schüttelte den Kopf und erhob sich. Die Papierfussel fielen wie Schneeflocken von ihrem Schoß auf die Bodenfliesen. »Für den Privateingang gibt es nur drei Schlüssel, einen habe ich, den zweiten Marisa, den dritten Markus. Nicht mal Ute hat einen, braucht sie auch nicht. Die fahren ja meist zusammen weg. Wenn Ute mal alleine in die Stadt will, nimmt sie den Schlüssel von Markus. Er wollte für sie einen nachmachen lassen. Aber damit war Marisa nicht einverstanden. Man weiß ja nicht, wie lange das hält, hat sie von Anfang an gesagt. Sie kann die Katze nicht ausstehen und hofft seit Monaten, dass Markus zur Vernunft kommt.«

»Katze?«, fragte Wegener irritiert.

»Ja.« Agnes Kalwin nickte. »Ute war gerade bei Markus eingezogen, da hat Marisa schon gesagt: ›Sie ist wie eine Katze. Man glaubt, man hätte so ein Tier bei sich aufgenommen, dabei ist man selbst in den eigenen Räumen nur noch geduldet.‹ Katzen belegen sofort alles mit Beschlag.«

Mit diesen Worten kam sie auf ihn zu. Er trat einen Schritt beiseite, um sie in die Diele zu lassen. Dann hörte er sie ganz in der Nähe an der Garderobe hantieren. Als sie zurückkam, hielt sie einen einzelnen Schlüssel in den groben Händen und bot wieder ein Bild des Jammers. Ihre Mundwinkel zuckten verdächtig. In der Tür blieb sie stehen, schaute zum Schlafzimmer hinüber. Und so, mit abgewandtem Blick, sagte sie: »Marisas Schlüsseletui ist nicht da. Sie legt es entweder unter den Spiegel oder in die Schublade. Aber da war nur der Ersatzschlüssel für die Wohnung drin.« Gemeint war wohl der Schlüssel, den sie nun gedankenverloren in eine ihrer Kitteltaschen steckte.

»Dann wäre das ja geklärt«, sagte Wegener. »Der Mann, der letzte Nacht hier war, hat Marisas Schlüsseletui mitgenommen und die Haustür von außen ordnungsgemäß abgeschlossen. Und jetzt will ich einen Namen hören, Frau Kalwin.«

Sie schlurfte zurück zum Stuhl, bückte sich, sammelte die Papierfussel vom Boden auf und behauptete mit zittriger Stimme: »Was ich nicht weiß, kann ich nicht sagen. Marisa wollte nie einem schaden. Ich will das auch nicht.« Dass sie sich damit selbst widersprach, schien ihr nicht aufzufallen.

»Setzen Sie sich«, verlangte Wegener. »Und schauen Sie mich an, wenn Sie mit mir reden. Sie könnten sehr wohl, aber Sie wollen nicht sagen, wer letzte Nacht bei Marisa war.«

Sie nahm gehorsam erneut auf dem Stuhl Platz und schaute ihm ins Gesicht. Ihre geschwollenen Lider zitterten.

»Doktor Gilles hat zugegeben, dass er ein Verhältnis mit Marisa hatte«, fuhr Wegener fort.

»Was der zugibt, ist seine Sache«, erklärte sie trotzig. »Ich weiß davon nichts.«

Natürlich wusste sie es! Wie sie da saß – die Hand mit den Fusseln zur Faust geschlossen und nun einen kämpferischen Blick in den rot geweinten Augen. Er fragte sich, ob sie nur davor zurückschreckte, einer einflussreichen Persönlichkeit die Kripo auf den Hals zu hetzen, oder ob sie mit dem Gedanken spielte, sich ihr Schweigen honorieren zu lassen. Auch das war eine Möglichkeit.

Er drückte die Tür wieder zu, lehnte sich erneut mit dem Rücken dagegen und atmete tief durch, um den Aufruhr in seinem Innern unter Kontrolle zu bringen.

»Warum haben Sie heute mit Ihrer Arbeit in der Wohnung angefangen?«, setzte er die Befragung fort, obwohl er sicher war, von Agnes Kalwin keine sinnvollen oder wirklich nützlichen Auskünfte zu erhalten. »Weil Sie *keinem* schaden wollen? Oder weil Sie darauf spekulieren, *keiner* würde sich für Ihre Mühe und Ihr Schweigen erkenntlich zeigen? Wenn Sie Marisa nicht aufwecken wollten, wäre es doch sinnvoller gewesen, im Restaurant zu beginnen. Das hätte hier oben überhaupt keinen Lärm gemacht.«

Ob sie verstanden hatte, was er ihr unterstellte, hätte er nicht sagen können. Sie machte keinen Versuch, sich zu verteidigen. Ihre Stimme klang brüchig, als sie erklärte: »Montags gehe ich erst um zwölf runter. Marisa kommt nach, wenn sie den Papierkram erledigt hat. Dann machen wir uns unten was zu essen. Es sind meist noch Sachen von Sonntag übrig, die wegmüssen.«

Er ließ sie reden und beobachtete sie. Die um die Papierfussel geschlossenen Finger waren in ständiger Bewegung, lockerten sich, spannten sich wieder an. Mit der anderen Hand zupfte sie an einem Faden, der einen Knopf an ihrem Kittel hielt.

»Haben Sie schon mal Froschschenkel gegessen?«, fragte sie.

»Nein.«

»Aber ich.« Sie nickte versonnen vor sich hin. »Und Hummer und Wachteln, Weinbergschnecken, Gänseleber mit Trüffeln und Seeigelsuppe. Nur das Kalbshirn konnte ich nicht essen. Vor den Schnecken hat es mich zuerst auch geekelt, aber die waren lecker. Sie schmecken ein bisschen nach Pilzen und Nüssen. Man isst auch nur die Füße, die sind gekocht und überhaupt nicht schwabbelig. Wir bekommen sie in Dosen. Alles andere wird jeden Tag frisch geliefert. Der Koch kommt immer schon am Nachmittag und nimmt das persönlich in Empfang. Wir haben einen französischen Koch, nicht einen, der nur in Frankreich gelernt hat, nein, unser Pierre ist ein waschechter Franzose.«

Sie hatte den Faden an ihrer Kittelschürze, an dem sie herumnestelte, herausgezogen. Ein Knopf fiel zu Boden und kullerte unter den Tisch. Das schien sie nicht zu bemerken, zupfte weiter an der Stelle herum.

»Eigentlich hätte Marisa hier oben gar keine Küche gebraucht«, fuhr sie fort. »Sie isst jeden Abend unten. Nur montags nicht. Und manchmal macht sie sich hier mittags eine Suppe oder Spiegeleier. Für ein paar Eier unten einen Herd schmutzig machen, das muss ja nicht sein. Montags kann ich noch mal darüberwischen, wenn es nötig ist. Und wehe, ich muss dann auch noch die Töpfe und Pfannen vom Sonntagabend scheuern. Ute tut das meistens nicht. Wenn sie sich Markus nicht so schnell gekrallt hätte, hätte Marisa sie längst rausgeworfen. Sie glauben gar nicht, wie viel Ärger es schon gegeben hat, weil es in der Küche aussah wie in einem Schweinestall. Heute nicht, ich war ja schon unten, alles picobello. Ich hab mich gefreut, dass die zwei weggefahren sind. Ich dachte, dann haben wir heute Nachmittag unsere Ruhe. Wenn wir gegessen haben, fangen wir immer mit dem Besteck an, zusammen, Marisa hilft mir ...«

Anscheinend wurde ihr nun wieder bewusst, dass Marisa ihr nie mehr helfen würde. Sie brach ab und erneut in Tränen aus. Hektisch stopfte sie die Papiertuchfetzen in eine Tasche ihres Kittels, tastete nach einem zweiten Tuch und schaute ihm mit dem Blick eines weidwunden Tieres ins Gesicht. »Ich konnte doch nicht ahnen, dass ... Ich hab das nicht mit Absicht ... Ich hab auch im Klo nichts gesehen, nur die Härchen in der Dusche und das Badetuch davor. Die Tücher können nicht in dem Korb unten liegen bleiben, sie müssen in den Trockner. Ich mach das mal schnell, ich hätt's besser sofort getan.«

Als sie Anstalten machte aufzustehen, stieß er sich von der Tür ab, ging zu ihr, legte eine Hand auf ihre Schulter und drückte sie zurück auf den Stuhl. »Schon gut, Frau Kalwin. Es macht Ihnen niemand einen Vorwurf.«

Vorwürfe hatte er ihr bereits mehr als genug gemacht. Seine Worte beruhigten sie keineswegs. Ihr Weinen steigerte sich zu einem anhaltenden Schluchzen. »Warum hab ich nicht schon um neun geklopft, als Ute kam?«, stammelte sie. »Markus hätte Marisa bestimmt etwas angezogen. Aber ich hab's erst gesehen, als ich ihr das Frühstück bringen wollte.«

Das Tablett stand noch auf der Anrichte. Die Thermoskanne, eine Kaffeetasse auf einem Unterteller, ein Glas Orangensaft und das von Salatblättern und Petersilie umkränzte Brötchen mit gekochtem Schinken und Tomatenscheiben. Wann hatte er zuletzt gekochten Schinken gegessen? Wegener wusste es nicht, kaufte für sich immer Dauerwurst, damit er nicht so oft zum Metzger musste. Und wann hatte er jemals ein mit Grünzeug serviertes Brötchen zum Frühstück bekommen? Nie.

Für einen Mann, der keine großen Ansprüche stellte und bei einem romantischen Abendessen zu zweit schon mit einer brennenden Kerze auf dem Tisch zufrieden gewesen wäre, war hier alles perfekt, alles so, wie er es nicht einmal in den besten Jahren seiner Ehe erlebt hatte.

»Um elf ist Marisa immer aufgestanden, egal, wie spät es in der Nacht geworden war«, schluchzte Agnes Kalwin.

Jetzt verlor sie endgültig die Fassung. Die Tränen flossen wie ein Sturzbach. Das zweite Papiertuch fasste nicht alle, weitere hatte sie nicht dabei, kramte verzweifelt in den Kitteltaschen. Er konnte ihr nicht aushelfen, bot ihr die Rolle Küchenkrepp. Sie riss drei Blätter ab, um der Tränenflut Herr zu werden. Nachdem sie sich noch geräuschvoll die Nase geputzt hatte, stopfte sie das Knäuel in ihre Kitteltasche.

Als sie endlich weitersprechen konnte, war es nur noch ein zerhacktes Stammeln. »Ich wusste nicht, was ich … Doktor Gilles hat gesagt, er kümmert sich … Ich darf nichts anfassen … Das hab ich auch nicht … Ehrlich, im Schlafzimmer hab ich – überhaupt nichts getan. Wenn ich's gekonnt hätte – wären Sie nicht hier und die anderen da hinten ganz bestimmt nicht.«

Seine Rechte lag längst wieder auf ihrer Schulter. Sekundenlang hatte er Mitleid für sie empfunden, mit ihrer letzten Bemerkung machte sie das wieder zunichte.

»Sie haben von Gilles verlangt, er soll aufräumen«, erinnerte er sie, während seine Finger unwillkürlich fester gegen ihre Schulter drückten. »Wie soll ich Ihnen da glauben, dass Sie keine Ahnung haben, mit welchem Mann Marisa ihre letzte Nacht verbracht hat?«

»Ich wollte nur nicht, dass Fremde Marisa so sehen«, erklärte sie. »Und dass sie aufgeschnitten wird. Das dürfen Sie nicht zulassen. Nicht von dem Mann, der eben gegangen ist und so über sie gesprochen hat. Wer war das? Hat der keinen Funken Anstand im Leib? Woher wusste er, dass Marisa Griechisch konnte? Sie hat lange in der Gegend da gearbeitet, man muss doch mit den Leuten reden können. Bitte, rufen Sie Friedmann an, damit sie abgeholt wird. Sie haben doch gehört, was der Mann gesagt hat. Marisas Herz hat versagt. Mehr war es nicht. Doktor Gilles meinte das ja auch.«

»Doktor Gilles«, sagte Wegener bedächtig und verstärkte den Druck seiner Finger, »sprach von *Männern*. Für mich klang das, als hätte Marisa viele Affären gehabt. Wissen Sie, wie man eine Frau mit häufig wechselnden Partnern nennt?«

Agnes Kalwin zuckte zusammen. Ihr Kopf ruckte zu ihm auf. Anscheinend hatte sie von den weiteren Ausführungen des Hausarztes nichts mehr mitbekommen, weil sie noch zu aufgelöst gewesen war oder Simon Pauli sie abgelenkt hatte. Ihr verweintes, gutmütiges Gesicht wirkte mit einem Mal sehr aufgewühlt. In ihren Augen funkelte es.

»Wie kommt der dazu, so was zu behaupten? Ausgerechnet er muss das Maul aufreißen. Er sollte lieber vorsichtig sein, damit ihm nicht einer was reinstopft. Warum hat sie denn Schluss mit ihm gemacht?«

Wegener hörte das mit Genugtuung und hätte jeden Eid geschworen, dass sie die Antwort auf diese Frage kannte, dass er diese Antwort aber nie von ihr bekäme, wenn er so weitermachte wie bisher. »Seit wann arbeiten Sie schon hier, Frau Kalwin?«, probierte er es anders.

Sie senkte den Kopf wieder und betrachtete ihre Hände. »Von Anfang an. Ich hab schon die Grundreinigung nach den Umbauten gemacht. Marisa hatte eine Anzeige aufgegeben. Ich hab mich gemeldet, sie hat mich gleich genommen.«

»Dann müssen Sie ihr von Anfang an sympathisch gewesen sein«, stellte er fest.

»Sie tun mir weh«, sagte sie.

Er schrak zusammen, nahm die Hand von ihrer Schulter und ging zu dem Stuhl an der anderen Seite des Tischs. Aus dieser sicheren Entfernung appellierte er an ihre Loyalität. »Sie wollen nicht, dass Marisa obduziert wird. Und Sie können nicht wirklich wollen, dass ich glaube, sie wäre für jeden Mann zu haben gewesen. Wenn Sie noch etwas für Marisa tun wollen, Frau Kalwin, dann geben Sie sich einen Ruck. Vielleicht klärt sich die Sache, wenn ich mit dem Mann sprechen kann, der letzte Nacht bei ihr war. Wenn seine Schilderungen mich davon überzeugen, dass Marisa einen natürlichen Tod gestorben ist, muss sie nicht aufgeschnitten werden.«

»Ich weiß es wirklich nicht«, beharrte sie. »Ich hab nie einen Mann gesehen, nur manchmal zwei Gläser im Wohnzimmer und den Aschenbecher. Manchmal lagen außer Marisas Zigaretten normale Kippen drin, manchmal filterlose, manchmal ein Zigarrenstummel, in letzter Zeit die Zigarillos.«

»Also doch verschiedene Männer«, stellte Wegener fest.

»Nicht im Schlafzimmer!«, fuhr sie auf. »Im Wohnzimmer hab ich gesagt, nur im Wohnzimmer. Man ist noch lange keine Hure, wenn man sich ungestört mit einem Mann unterhält, dabei ein Gläschen trinkt und eine Zigarette raucht.«

»Natürlich nicht«, versicherte er rasch. »Da bin ich ganz Ihrer Meinung.«

»Ach«, es klang niedergeschlagen, »was Sie für eine Meinung haben, kann ich mir denken. Das bleibt ja nicht aus, wenn Doktor Gilles so was behauptet hat. Man muss nur sehen, wie sie daliegt, nicht wahr? Wie eine, die alles mit sich machen ließ und noch ihren Spaß dabei hatte. Aber so war Marisa nicht. Sie war ein wundervoller Mensch, warmherzig, verständnisvoll, großzügig, sanft und lieb. Sie hat sich nach einem Mann gesehnt, der bei ihr bleibt. Obwohl sie in jungen Jahren viel Pech mit Männern hatte, hat sie keinen verteufelt. Ihr Bruder war ein Schwein, der hat sie …« Sie brach ab und nestelte am Kittelsaum.

»Was hat ihr Bruder?«, hakte Wegener nach.

Mehr als eine Minute verging. In der Zeit hörte er gedämpft die Stimmen aus dem Schlafzimmer.

Simon Pauli klang nicht so, als stünde er noch an der Tür: »Du meine Güte. Sehen Sie mal hier. Kann ich noch ein paar Asservatenbeutel haben?«

»Geh lieber mal zur Seite«, verlangte Kathi Wimmer.

»Was suchen Sie denn da?«, fragte Pauli.

»Blut«, antwortete Dahlen offenbar an Kathis Stelle.

»Sie hat doch nicht geblutet«, sagte Pauli.

»Es war ja noch einer hier«, erklärte Kathi geduldig, »den sie möglicherweise gekratzt hat.«

»Aber Doktor Reinarzt meinte doch …«, begann Pauli.

»Was Reinarzt meint, ist für uns nicht von Belang«, unterbrach Kathi ihn. »Wir orientieren uns an der Meinung von KHK Wegener. Wenn der meint, hier wäre etwas oberfaul, tun wir unsere Arbeit. Jetzt geh mal weg – es gibt garantiert Fußabdrücke, Pantoffeln wird der Kerl kaum dabeigehabt haben.«

»Was glauben Sie denn?«, fragte Pauli.

»Fürs Glauben werde ich nicht bezahlt«, sagte Kathi. »Nur fürs Suchen und Finden. Na bitte, das ist doch ein Prachtexemplar.«

Danach verstand Wegener nichts mehr, weil Agnes Kalwin wieder zu sprechen begann. Eine Antwort auf seine Frage nach Marisas Bruder bekam er nicht. Stattdessen sagte sie: »Marisa hat für alles hart gearbeitet und gekämpft. Wissen Sie, wie schwer das war, hier eine neue Schanklizenz und die Genehmigung für den Umbau zu bekommen?«

Wusste er nicht, vor zehn Jahren hatte Ellen mit Naturschutz noch nichts im Sinn gehabt. Sonst hätte der Bürgermeister vielleicht schon zu dem Zeitpunkt einen gepfefferten Brief erhalten.

»Da hatte sie doch auch das Recht auf ein bisschen Vergnügen«, sagte Agnes Kalwin. »Sie war nicht verheiratet und keinem Menschen Rechenschaft schuldig. Wenn ihr ein Mann gefiel, hat sie nicht gefragt, ob er eine Frau oder eine Freundin hat. Aber sie ist bestimmt nicht mit jedem ins Bett gestiegen. Mit den meisten hat sie nur im Wohnzimmer gesessen und sie reden lassen. Männer brauchen das, hat sie mal gesagt, dass ihnen eine Frau richtig zuhört und Verständnis hat. Wenn ein Mann in der Öffentlichkeit etwas darstellt, heißt das noch lange nicht, dass er auch zu Hause die Hosen anhat, sagte sie. Obwohl sie früher so furchtbare Erfahrungen gemacht hatte, sagte sie immer, es wären längst nicht alle Männer Schweine, aber manche wären ganz arme Schweine. Es gibt viele, die es zu Hause nicht leicht haben. Frauen können schrecklich gemein und gehässig sein, wissen Sie das?«

»Ja«, sagte Wegener.

Und Agnes Kalwin erklärte: »Marisa nicht, sie war anders. Sie mochte Männer.«

Der Frischling

Simon Pauli kam in die Küche, um zu melden, Frau Wimmer und Herr Dahlen seien im Schlafzimmer fertig. Die Leiche könne abgeholt werden. Agnes Kalwin äußerte ihren diesbezüglichen Wunsch noch einmal und schöpfte Hoffnung, weil Wegener Pauli beauftragte, den Bestatter Friedberg anzurufen. Er reichte dem Frischling erneut sein Diensthandy und nannte ihm Friedbergs Nummer. Es waren nur fünf Ziffern, die sich ihm eingeprägt hatten, seit er sie nach dem Tod seiner Mutter im letzten August gewählt hatte. Danach veranlasste er Pauli mit einem herrischen Wink, die Küche wieder zu verlassen und gefälligst die Tür hinter sich zu schließen.

Weil Wegener sein Handy diesmal nicht zurückverlangte, blieb es Pauli auch überlassen, sich mit Viehof auseinanderzusetzen, als der Kriminalrat anrief. Viehof ging natürlich davon aus, mit Wegener zu sprechen, wartete die ordnungsgemäße Meldung nicht ab, sondern polterte gleich los: »Verdammt noch mal, Rolf! Was soll der Zirkus? Wenn du mir zeigen wolltest, dass ein Mann in deiner Position sich nicht gerne kommandieren lässt, kannst du die Zelte jetzt abbrechen. Ich hab's kapiert. Und Reinarzt ist doch derselben Ansicht wie Gilles. Was treibt ihr da denn noch?«

»KHK Wegener meint, hier sei etwas oberfaul«, erläuterte Simon Pauli die Situation mit Kathi Wimmers Worten und beharrte darauf, KHK Wegener sei jetzt nicht zu sprechen, auch nicht für den Chef. KHK Wegener befrage nämlich gerade eine wichtige Zeugin und wolle nicht gestört werden. So hatte Pauli die unwirsche Aufforderung verstanden. Und für ihn war Wegener der Boss, mit dem er es sich nicht verderben wollte.

Dass der erfahrene Polizist in Wegener zwischenzeitlich abgeschaltet hatte, konnte Simon Pauli gar nicht auffallen. Er kannte Wegener erst seit wenigen Wochen, hatte noch nicht oft mit ihm persönlich zu tun gehabt, aber schon mehrfach von anderen gehört, mit Wegener sei nicht mehr gut Kirschen essen, seit Swetlanas schlammbedeckter und von Verwesung scheckiger Leichnam aus dem Forellenteich gezogen worden war. Die Gelegenheit, bei der Pauli schlappgemacht und sich seiner eigenen unmaßgeblichen Meinung nach bis auf die Knochen blamiert hatte.

Deshalb war ihm das Herz in die Hose gerutscht, als Wegener ihn zu sich beordert und erklärt hatte, das sei jetzt seine Chance, sich zu bewähren. Es war nicht so sehr die Aufregung vor der Konfrontation mit einer weiteren Leiche gewesen, die Pauli veranlasst hatte, während der Fahrt zum *Waldschlösschen* vor Anspannung seine Unterlippe zu zernagen. Er hatte vielmehr einen Riesenbammel gehabt, an Wegeners Seite erneut umzukippen. Nicht im Traum wäre Pauli auf die Idee gekommen, dass Wegener schon vor Wochen innerlich zusammengebrochen war, dass er sich bisher an seinem Job aufrechtgehalten, dass die Frau auf dem Bett ihm heute den Rest gegeben hatte und er sich in der Küche versteckte, damit es nicht auffiel.

Dort nahm Wegener begierig noch das kleinste Detail auf, das Agnes Kalwin über Marisa berichtete. Er bat nun doch um einen Kaffee. Nein, frischen musste sie nicht aufbrühen. Am Ende hätte der Duft trotz der geschlossenen Tür jemanden angelockt. Kathi Wimmer und Manfred Dahlen wären nicht so einfach zu verscheuchen wie der Frischling.

Da stand doch die Thermoskanne auf dem Frühstückstablett.

Ihn störte es nicht, dass der Inhalt bestimmt nicht mehr heiß war, wie Agnes Kalwin meinte. An lauwarmem Kaffee verbrannte man sich wenigstens nicht die Zunge. Wäre es ihm nicht zu peinlich gewesen, hätte er auch noch um das für Marisa bestimmte Schinkenbrötchen gebeten.

Und während er sich Schluck für Schluck einverleibte, was dieser Frau zugedacht gewesen war, wurden ihre erstarrten Glieder zurechtgebogen. Das hätte er sich gar nicht ansehen können.

Simon Pauli schlug sich auch dabei tapfer, stand in vorderster Front dabei, beziehungsweise im Weg, und ging nicht in die Knie. Es zuckten nur ein paar Muskeln in seinem Gesicht, als er gefragt wurde, ob er mal kurz mit anpacken könne. Aber er konnte und half dabei, die Tote samt Laken in den Leichensack zu legen.

Anschließend nannte Pauli auch die Adresse, zu der Marisa Behrend nun gebracht werden sollte: das Kreiskrankenhaus, die Pathologie, zu Händen Doktor Kurt Reinarzt sozusagen. Damit Reinarzt die Gelegenheit bekam, seine vorschnelle und offensichtlich falsche Diagnose zu korrigieren. Pauli war erleichtert, dass Kathi Wimmer dem Pathologen bei der Autopsie nicht nur Gesellschaft leisten, sondern auch eigenhändig weitere Spuren sichern und Reinarzt auf die Finger schauen wollte.

Wegener hörte den Frischling in der Diele mit Friedberg reden, spürte das Brennen im Magen und gleichzeitig so etwas wie Scham. Es gelang ihm nur den Bruchteil einer Sekunde, Agnes Kalwin in die vor Empörung aufgerissenen Augen zu schauen. Während er den Kopf wieder senkte, erklärte er: »Das bedeutet nicht zwangsläufig, dass Marisa seziert wird. Darüber werde ich entscheiden, wenn ich den genauen Sachverhalt kenne.«

Unsinn. Er konnte nichts mehr entscheiden und wusste das sogar. Ihm hallte immer noch dieser eine Satz im Kopf nach wie ein Echo. *Sie mochte Männer!* Vielleicht hätte sie auch ihn gemocht, wenn sie die Chance bekommen hätte, ihn kennenzulernen. Er hätte noch stundenlang mit Agnes Kalwin in der Küche sitzen und sich anhören können, was für eine Frau Marisa gewesen war. Scheinbar genau die Frau, von der er bisher nicht geglaubt hatte, dass sie existierte. Schön und leidenschaftlich, sanft und geduldig, tüchtig und verständnisvoll. Eine Frau, die zuhören konnte und Männer mochte. Es hatte sie gegeben, und nun war sie tot. Wie hätte er sich da noch auf seine Arbeit konzentrieren sollen?

Mit der Ruhe war es vorbei. Kathi Wimmer wollte ins Krankenhaus, ehe Reinarzt dort vom Ehrgeiz gepackt wurde und sich an Untersuchungen machte, die sie lieber selbst übernahm. Aber noch war ihre Arbeit in der Wohnung nicht abgeschlossen. Sie unterbrach das Gespräch in der Küche, um Wegener im Flüsterton über ihre Pläne und den Eifer seines *Lehrlings* zu informieren. »Taffes Kerlchen, sehr hilfsbereit, sehr aufmerksam und überaus neugierig. Kannst du den mal an die Leine legen? Sonst brauchen wir einen Lkw für den Abtransport sämtlicher Beweismittel, die er noch findet.«

Wegener machte Simon Pauli auf sehr bestimmte Weise klar, dass seine Anwesenheit bei der restlichen Spurensicherung unerwünscht war und er sich ein Plätzchen suchen sollte, an dem er keinen störte. Er schickte ihn kurzerhand ins Arbeitszimmer, um nach einem Terminkalender, Adressen, Telefonnummern und dergleichen zu suchen. Wahrscheinlich fand sich das alles im Laptop, auf den Pauli sich auch sofort stürzen würde. Deshalb ermahnte Wegener ihn ausdrücklich, die Schubfächer am Schreibtisch nicht zu vergessen.

Nach diesem Intermezzo wusste Agnes Kalwin nicht mehr, was sie ihm noch Nettes über Marisa erzählen könnte. Wegener verlangte ihr das Kunstledermäppchen mit den Schlüsseln ab, die zu diesem Haus gehörten, notierte ihre Anschrift samt Telefonnummer, ließ Manfred Dahlen noch ihre Fingerabdrücke nehmen und schickte sie nach Hause, ehe sie sämtliche Kittelknöpfe ab- und die Säume aufgedröselt hatte.

Kathi Wimmer war ins Wohnzimmer gewechselt und versuchte dort zu retten, was sich noch retten ließ. Den Teppich hatte Agnes Kalwin immerhin nicht gesaugt, auch nicht mit ihrem feuchten Tuch in sämtlichen Ritzen der weißen Ledercouch gewischt. Dahlen trug schon mal die in Säcken verstaute Bettwäsche, das Kleid und unzählige Asservatenbeutel nach unten zum Wagen, während Wegener noch einmal ins Schlafzimmer ging. Nur ein paar Minuten dort alleine sein, seine Gedanken und Gefühle sortieren, mehr wollte er nicht.

Ihr Bett war vollständig abgeräumt, aus der nackten Matratze ein Stück herausgeschnitten. Um das Loch herum war ein gelblicher Kranz zu erkennen. Wahrscheinlich Urin, ein unwillkürliches Entleeren der Blase hätte zum Erstickungstod gepasst. Doch so weit dachte er gar nicht.

Er fühlte sich eigenartig – in der eigenen Haut und in diesem Zimmer, das Manfred Dahlen und Kathi Wimmer mit Karten, Pinseln, Klebestreifen und diversen Flüssigkeiten bearbeitet und in einen Tatort verwandelt hatten. Es roch nach Luminol, der Chemikalie, mit der Kathi für das Auge nicht mehr sichtbare Blutspuren zum Fluoreszieren hatte bringen wollen. Vergebens, sie hatte nicht den kleinsten Spritzer entdeckt, dafür den Abdruck eines nackten Fußes auf dem Parkett – etwa Schuhgröße vierundvierzig. Das war seine Größe.

Er trat ans Fenster und schaute hinunter auf den Parkplatz. An der Einfahrt war ein Schild befestigt: »Für Kunden reserviert.« Einerseits überflüssig bei der einsamen Lage des *Waldschlösschens.* Andererseits gab es sonst keine Parkmöglichkeiten, es sei denn, man stellte seinen Wagen am Wegrand ab. Da mochte der Parkplatz Waldspaziergänger durchaus dazu verlocken, sich für ein paar Stunden ihrer Autos zu entledigen.

Für Kunden reserviert!

Er war nie Kunde gewesen. Jedes Mal auf der Landstraße am Zufahrtsweg vorbeigefahren. Immer nur vorbei, am Samstagabend noch. Vorbei an einer verständnisvollen Frau, die Männer mochte, die keinen verurteilte und sich nach einem sehnte, der bei ihr blieb.

Wenn er im letzten Jahr nach einem Besuch des Friedhofs einmal abgebogen und bei ihr eingekehrt wäre ... Nein, er hätte zuerst nach Hause fahren und sich in Schale werfen müssen, aber dann ... Nur hätte sich im letzten Jahr bei ihm nichts mehr gerührt, wenn er anschließend mit ihr hinauf in diese Wohnung ...

Das hätte er schon vor zwei oder drei Jahren tun müssen, am besten unmittelbar nachdem Ellen sich frisurmäßig in einen Feuermelder verwandelt hatte und sich weigerte, seine Frau zu sein. Zu der Zeit war er noch potent gewesen, kastriert hatte Ellen ihn erst, als sie ihn glauben ließ, es sei noch nicht alles verloren. Absicht? Gezieltes Vorgehen? Höchstwahrscheinlich. Er hätte es durchschauen können und sich Ellens Einfluss entziehen müssen.

Viehof hatte so oft von der Atmosphäre im *Waldschlösschen* geschwärmt. Fünf-Gänge-Menüs und eine Weinkarte, die einen Kenner in Euphorie versetzte. Er war kein Kenner, kein Gourmet. Hummer, Kalbshirn und Seeigel, das musste wirklich nicht sein. Schnecken – igitt! Bei Froschschenkeln hätte er vermutlich eine Kreuzkröte vor sich auf dem Teller hocken sehen. Dann lieber vorher zwei Schaschlikspieße oder eine Bratwurst mit Fritten im Bistro. Und anschließend ein Bier in der Bar da unten. Es gab bestimmt auch Bier auf der Getränkekarte.

Vielleicht hätte Marisa ihn gemocht. Vielleicht hätte sie ihm angesehen, wie dringend er eine liebevolle Frau mit Verständnis und Sehnsucht nach einem zuverlässigen Partner brauchte. Vor einem Jahr wäre garantiert noch etwas zu retten und er noch ein Mann gewesen. Er wäre bestimmt mit ihr ins Gespräch gekommen.

Wie mochte ihre Stimme geklungen haben? Ob es eine Tonbandaufzeichnung davon gab? Auf einem Anrufbeantworter wahrscheinlich. Im Arbeitszimmer hatte er keinen gesehen, nur den Aschenbecher auf dem Schreibtisch.

Währenddessen entdeckte Simon Pauli in einem Schreibtisch-Schubfach ein Blatt Papier mit einem kurzen, aber aufschlussreichen Text. Damit kam er ins Schlafzimmer, riss Wegener aus seinen schwermütigen Gedanken und half ihm zurück in die Rolle, die ihm in diesem Trauerspiel zugedacht war.

Ehe er seinen Fund präsentierte, wollte Pauli wissen: »Haben Sie mal einen Blick in die Kommode geworfen?«

Er meinte das Highboard, und noch während er fragte, hatte er das obere Schubfach aufgezogen, hob zwei weitere schwarze Seidenbänder an und sagte: »Ich frage mich, was man damit festbinden soll, wenn Hände und Füße schon ans Bett gefesselt sind. Aber hier waren noch ganz andere Dinge drin.«

Er zählte auf: eine handliche Lederpeitsche, ein zangenartiges Instrument und ein halbes Dutzend kleiner Klemmen mit spitzen Zähnen. »Das habe ich alles sichergestellt.«

»Wozu?«, fragte Wegener. »Die Frau wurde nicht zu Tode gepeitscht. Es hat sie auch keiner mit Zange und Klemmen traktiert. Von dem Kram ist letzte Nacht nichts zum Einsatz gekommen.«

Das hatte Pauli vermutlich genauer gesehen als er. »Was halten Sie denn von diesem Gilles?«, erkundigte sich der Frischling als Nächstes. »Den hätten wir festhalten sollen.«

»Wozu?«, fragte Wegener noch einmal.

»Weil er ein Verhältnis mit der Frau hatte«, begann Pauli mit der Aufzählung aller Punkte, die seiner Meinung nach für den Arzt als Täter sprachen. »Weil die Frau ihn abserviert hat. Eifersucht ist ein starkes Motiv, vor allem wenn man auf abartige Spielchen steht. An seiner Stelle hätte ich es mir verkniffen, darauf hinzuweisen, dass ich weiß, welche Praktiken sie bevorzugte.«

Wirklich ein aufmerksames Kerlchen. Hatte sich nicht damit begnügt, in der Küche die aufgelöste Putzfrau zu beruhigen, hatte auch die Ohren gespitzt und den Auskünften gelauscht, die Gilles im Arbeitszimmer abgegeben hatte.

»Und das habe ich gerade im Schreibtisch gefunden«, schloss Pauli triumphierend und hielt Wegener das Blatt hin.

Handelsübliches Papier im Din-A4-Format. Abgesehen von der Druckerschwärze war es reinweiß, sogar an den Faltstellen. Lange konnte es demnach nirgendwo gelegen haben. Am oberen rechten Rand bemerkte Wegener nur einen winzigen Schmierstreifen. Er überflog den kurzen Text.

»Hallo, Doktor, wie gefällt Ihnen der Gedanke, dass die Öffentlichkeit erfährt, was für ein perverses Schwein Sie sind? Dann können Sie beruflich einpacken. Wollen Sie das?«

Kein Datum, keine Forderung, keine Unterschrift.

Pauli schaute ihn erwartungsvoll an. Als nicht sofort eine Reaktion kam, sagte er über Gebühr betont: »Doktor.«

»Du meinst, das wäre für Gilles bestimmt?«, fragte Wegener. »Siezt du Leute, mit denen du mal ein Verhältnis hattest?«

»Wenn ich auf Distanz gegangen bin und das deutlich zum Ausdruck bringen will, dann würde ich das tun«, antwortete Pauli.

»Vergiss es«, sagte Wegener. »Doktoren gibt es wie Sand am Meer. Juristen, Wissenschaftler, Wirtschaftskapitäne, Politiker, von denen haben die meisten einen Doktortitel. Vermutlich ist irgendwer erpresst worden, hat bei Marisa Behrend Rat gesucht und ihr den Schrieb dagelassen. Wenn sie das verfasst hätte, wäre das Blatt jetzt beim Empfänger.«

»Vielleicht wollte sie es noch abschicken«, hielt Pauli dagegen. So schnell mochte er sich nicht von seiner Theorie verabschieden; es war immerhin die erste, die er aufstellte. »Aber als Gilles gestern Abend in die Bar kam, konnte sie sich das Porto sparen. Sie hat ihm deutlich zu verstehen gegeben, was passiert, wenn er sie nicht in Ruhe lässt. Er ist dann mit der Kellnerin raus und später zurückgekommen. Frau Behrend ließ ihn in die Wohnung, weil sie ihn seit Langem kannte und nicht erwartete, dass er zum Äußersten gehen würde. Sie haben sogar noch etwas getrunken und geredet. Bei der Gelegenheit hat er sie wahrscheinlich betäubt. Deshalb konnte sie sich nicht gegen die Fesseln wehren. Als Arzt hat Gilles Zugriff auf alle möglichen Medikamente. Er könnte ihr etwas verabreicht haben, was einen Herzstillstand ausgelöst hat, Kalium zum Beispiel, das ist nicht nachzuweisen, weil es sowieso im Körper vorkommt.«

»Meine Güte, bist du gebildet«, sagte Wegener. »Und so flott. Weshalb hat Gilles sich denn geweigert, einen Totenschein auszustellen? Warum hat er den Sado-Maso-Kram nicht einfach verschwinden lassen und beim Bestattungsunternehmer angerufen statt bei uns?«

Nicht bei *uns*, sondern bei Viehof, dem guten Bekannten, der keinen unnötigen Wirbel wollte. Das durfte er nicht aus den Augen verlieren.

»Er musste die Flucht nach vorne antreten«, meinte Pauli. »Kein Mensch stirbt mit derart ausgestreckten Gliedern im Schlaf oder bei einem Herzanfall. Der Bestattungsunternehmer wäre stutzig geworden. Ehe sie in den Sarg gelegt werden konnte, mussten ihr Arme und Beine gebrochen werden.«

»Was da gebrochen wurde, war die Leichenstarre«, klärte

Wegener ihn auf. »Und Gilles hätte sie in der Nacht kaum so liegen lassen.«

»Mangelnde Planung«, spekulierte Pauli. »Manche malen sich in allen Einzelheiten aus, wie sie einen Mord begehen wollen. Wenn es passiert ist, wissen sie nicht weiter, weil sie darüber vorher nicht nachgedacht haben. Dann hauen sie ab.«

»Und drehen im Hinauslaufen noch schnell die Klimaanlage herunter, damit die Tote nicht ins Schwitzen gerät«, kommentierte Wegener ironisch.

»Das wird Frau Behrend vorher getan haben«, meinte Pauli. »Bei der Hitze gestern Nachmittag hätte sich das Schlafzimmer sonst in einen Brutkasten verwandelt. Ich habe auch ein Zimmer unterm Dach, da war es gestern Abend kaum auszuhalten. Abgekühlt ist es erst, als in der Nacht das Gewitter losging.«

»Vergiss es«, sagte Wegener noch einmal. »Gilles raucht filterlose Zigaretten, keine Zigarillos.«

Ein schwaches Argument, das war ihm durchaus klar; den Zigarillostummel konnte Gilles sich irgendwo besorgt haben, um von sich abzulenken. Die Flucht nach vorne antreten. Das hatte durchaus etwas für sich, worüber er vielleicht nachdenken sollte. Aber so weit kam es noch, dass der Frischling durchblickte und ihm den Täter auf dem Silbertablett anbot, weil er mit seinen Gedanken überall, nur nicht bei der Sache war.

»Hast du sonst noch was?«, fragte er.

»Nur Geschäftsunterlagen«, sagte Pauli. »Terminkalender, Adressen und so sind wahrscheinlich im Laptop. Da habe ich noch nicht reingeschaut. Soll ich? Und soll ich die Angestellten anrufen und herbestellen, oder wollen Sie bei denen vorbeifahren? Die Kellner müssen wissen, wer gestern Abend im Lokal war.«

»Am besten fährst du zurück zum Präsidium«, sagte Wegener, »holst dir ein Megafon und drehst eine Runde durch die

Stadt. Sonst vergessen wir am Ende noch, jemanden zu informieren, dass Marisa Behrend tot ist. Sieh lieber zu, dass du den Sohn und dessen Freundin auf den Heimweg bringst. Die wissen vermutlich am besten, mit wem sie letzte Nacht zusammen war.«

Die Handynummer von Ute Hanning war in ihren Personalunterlagen vermerkt, die Pauli im Schreibtisch entdeckt hatte. Er probierte sein Glück. Daraufhin vernahm er schwach das Dudeln eines aktuellen Schlagers. Das Gerät musste im ersten Stock liegen. Er kam zurück ins Schlafzimmer, um den Misserfolg zu melden und auf die Hellhörigkeit des Hauses zu verweisen. Anschließend fragte er, ob er Bettina Grassnitz herzitieren solle.

Wegener schüttelte den Kopf, löste sich endlich vom Fenster, nahm ihm das Handy wieder ab und beschied: »Wir fahren zu ihr, wenn wir hier fertig sind. Jetzt gehen wir erst mal runter.«

3. Teil

Wegener

Die Bar und der Speiseraum wirkten kühl und desillusionierend im viel zu hellen Licht. Manfred Dahlen ließ die Rollläden vor sämtlichen Fenstern hochfahren und schaltete zudem eine grelle Deckenbeleuchtung ein, die am Abend kaum in Betrieb sein konnte.

Einen Anrufbeantworter mit ihrer Stimme, den Wegener sich erhoffte, gab es auch unten nicht, nur zwei Telefone. Ein Wandapparat hing in der Küche, im angrenzenden Büro stand ein Mobilteil auf einer Ladestation zwischen einem Computermonitor und einem Laserdrucker auf dem Schreibtisch. Das Gästebuch, dem zu entnehmen war, wer am vergangenen Abend im Restaurant einen Tisch reserviert hatte, lag ebenfalls auf dem Schreibtisch. Der Name Gilles war nicht eingetragen, weder für gestern noch für einen anderen Abend.

Pauli kam prompt auf den Arzt zurück, weil auf dem Tisch in der letzten Nische noch vier Weingläser und ein Aschenbecher standen, der einen Zigarillostummel und zwei Zigarettenkippen verschiedener Marken enthielt. Hinter dem Tresen stand zusammen mit weiteren benutzten Gläsern noch ein Aschenbecher, in dem ebenfalls ein Zigarillostummel und eine Zigarettenkippe mit Lippenstiftanhaftung am weißen Filterstück lagen.

»Das Rauchverbot scheint hier keinen gekümmert zu haben«, sagte Pauli und sprach aus, was Wegener dachte. Gilles hätte sich den Stummel ohne Weiteres hier unten besorgen können, um es so aussehen zu lassen, als habe Marisa ihr letztes Glas Wein mit einem Zigarilloraucher getrunken.

Alles wurde fotografiert, sämtliche Gläser sowie der Inhalt beider Aschenbecher eingetütet. Jedes Glas bekam eine Nummer. Pauli machte zusätzlich eine Zeichnung in sein Notizbuch, in die er penibel die vier Nummern eintrug. Dann müsste er nur noch die Namen dazuschreiben, sobald jemand Auskunft darüber gab.

Kathi Wimmer und Manfred Dahlen zogen ab, mit dem Erpresser- oder Drohbrief und dem Laserdrucker aus dem Arbeitszimmer. Den Laptop ließ der Frischling sich nicht abnehmen.

Wegener und Pauli blieben noch, warteten in der Bar auf Markus Behrend und Ute Hanning. Verschwendete Zeit.

Als die jungen Leute gegen vier Uhr endlich eintrafen und hörten, mit wem sie es zu tun hatten und warum, krümmte Marisas Sohn sich wie unter Schmerzen und wimmerte minutenlang: »Nein, Mutti. Nein, Mutti. Nein, Mutti. Nein.«

Ute Hanning bemühte sich, ihren Freund zu beruhigen, wiegte ihn in den Armen und strich ihm übers Haar, bis er endlich verstummte. Nachdem sie ihn in einen Sessel gedrückt hatte, stierte er das Blumengesteck auf dem Tisch an und schüttelte den Kopf, als wolle er ihn loswerden.

Er war Wegener auf Anhieb unsympathisch, hatte rein gar nichts von seiner Mutter, eher etwas von einer Made an sich. Dünnes, weißblondes Haar, heller rötlicher Teint, wässrig blaue Augen, die Lippen eine Spur zu weich und zu voll, rot und feucht, widerlich. Der angestrebte Beruf hatte bereits Spuren gelegt: Fett auf den Hüften und ein Bauchansatz.

Seine Freundin dagegen war eine Augenweide, was sie Wegener aber nicht sympathischer machte. Gertenschlank, goldblond, tiefblaue Augen in einem aparten herzförmigen Gesicht. Obwohl sie mindestens fünfzehn Jahre älter war als *Mamas Sonnenschein,* erinnerte Ute Hanning ihn sofort an seine Schwester.

»Wir haben mit der Bar nichts zu tun«, fauchte sie Simon Pauli an, als der sie nach den Gästen des vergangenen Abends, speziell nach Zigarillorauchern fragte. »Da müssen Sie sich an die Grassnitz halten. Die bedient hier, wir sind nur in der Küche. Markus war noch bei Marisa, während ich den Müll rausgebracht habe.« Mit den Worten wandte sie sich ihrem Freund zu. »Weißt du, wer noch hier war, als wir gestern Abend raufgegangen sind?«

Antwort bekam sie nicht, berührte ihn an der Schulter, schüttelte ihn leicht, ohne Erfolg. Daraufhin beschied sie: »Er braucht einen Arzt.« Damit war sie auch bereits in die Küche geeilt, riss den Hörer vom Wandapparat und tippte hastig ein paar Zahlen ein.

Sie rief in der Praxis Gilles an, wurde prompt durchgestellt und beschrieb den Zustand ihres Freundes. Nachdem sie wieder eingehängt hatte, erklärte sie: »Der Doktor kommt gleich.«

Bis zu Gilles' Eintreffen, nur zehn Minuten später, probierte Simon Pauli, mit Ute Hanning ins Gespräch zu kommen und etwas Bedeutsames zu erfahren. Doch da war nichts zu machen, sie hatte nur Augen und Ohren für den weißblonden Jammerlappen und verlangte energisch Rücksicht auf ihn.

Gilles verabreichte dem jungen Mann mit unbewegter Miene eine Injektion. Simon Pauli fragte nun ihn nach den Gästen der Bar; speziell nach Zigarillorauchern.

»Wenden Sie sich an Kriminalrat Viehof«, empfahl Gilles kühl und verabschiedete sich wieder mit Hinweis auf wartende Patienten in seiner Praxis.

Ute Hanning bugsierte ihren Freund zur Treppe, er hing wie ein nasser Sack in ihrem Arm. Pauli wollte ihr helfen, Markus Behrend nach oben in die Wohnung zu schaffen. Das lehnte sie ab.

Wegener verschloss und versiegelte die Tür, die vom Hausflur in die Geschäftsräume führte, ebenso, wie er die Wohnungstür im Dachgeschoss abgeschlossen und versiegelt hatte. Das Stahlgitter vor dem Eingang war nur von innen zu bedienen, die Hintertür in der Küche konnte auch nur von innen entriegelt werden. Obwohl zu diesem Zeitpunkt niemand davon ausging, in den unteren Räumen könnte bedeutsames Beweismaterial zu finden sein, schienen sie damit vor unbefugtem Zutritt gesichert.

Sie fuhren noch zu der Adresse in Heimberg, die in Bettina Grassnitz' Lohnabrechnungen angegeben war. Dort trafen sie die junge Frau jedoch nicht an, es war auch sonst niemand da. Um halb sechs waren sie endlich wieder im Präsidium.

Viehof erwartete sie mit düsterer Miene. Die Vorwürfe, die ihm auf der Zunge lagen, *»was hast du dir dabei gedacht, Rolf«*, sprach er nicht aus, weil Pauli dabei war. In Gegenwart untergeordneter Ränge stauchte der Kriminalrat keine Leute in höheren Positionen zusammen. Umgekehrt legte Viehof sich diese Zurückhaltung nicht auf, wie der Kommissar z. A. erfahren musste, als er voreilig lospreschte.

Ehe überhaupt jemand etwas sagen konnte, zückte Pauli sein Notizbuch und wollte wissen, ob Viehof am vergangenen Abend im *Waldschlösschen* gewesen sei und bitte schön Auskunft über andere Gäste, speziell Zigarilloraucher, geben könne.

»Doktor Gilles hat uns geraten, Sie zu fragen.«

»Das war als Scherz für übereifrige Lehrlinge gedacht«, verpasste Viehof ihm den ersten Dämpfer und wandte sich an Wegener. »Da Reinarzt zu derselben Einschätzung wie Gilles gelangt ist, können wir uns wohl eine Autopsie sparen, oder?« Es klang wie: *Wage es nicht, mir jetzt zu widersprechen.*

»Also wenn Sie mich fragen …«, ergriff Pauli erneut das Wort.

»Sie fragt aber keiner«, unterbrach Viehof ihn.

Auch der zweite Verweis beeindruckte Simon Pauli in keiner Weise. »Wir kommen um eine Autopsie nicht herum«, erklärte er. »Es lag ein Kopfkissen auf dem Fußboden, auf dem Bezug war ein Fleck. Frau Wimmer meinte, das sei Speichel. Wenn Frau Behrend das Kissen aufs Gesicht gedrückt wurde, um sie zu ersticken, das hinterlässt keine Spuren.«

Da befand er sich im Irrtum, aber niemand klärte ihn auf.

»Herrgott«, brauste Viehof auf. »Zwei Ärzte sagen übereinstimmend, dass die Frau nicht erstickt ist, und Sie wissen es besser. Seit wann sind Sie der forensische Experte?«

»Sie hatte petechiale Blutungen«, beharrte Simon Pauli und setzte ungeachtet der Gereiztheit des Kriminalrats noch einen drauf. »Aber ich behaupte nicht, dass sie erstickt wurde. Ihr könnte auch ein Medikament in tödlicher Dosierung verabreicht worden sein, zum Beispiel Kalium. Ein mögliches Mordmotiv haben wir gefunden. Im Arbeitszimmer lag ein Brief mit eindeutigem Text.«

Besagten Text kannte Viehof schon, Dahlen hatte ihm den Brief gezeigt. »Jetzt kommen Sie mir nicht mit Erpressung«, fuhr er Pauli an. »Das hatte Marisa Behrend nicht nötig. Ich möchte nicht wissen, wie viel Umsatz sie pro Woche gemacht hat. Das sind Zahlen, davon können Sie nur träumen.«

»Umsatz ist nicht gleich Reingewinn«, belehrte Pauli ihn. »Gerade im Gastronomiebereich kann es zu erheblichen Verlusten kommen. Meine älteste Schwester hat eine Gaststätte ...«

»Und ich habe einen Geduldsfaden, den Sie arg strapazieren, junger Mann«, machte Viehof den Ausführungen ein Ende und wandte sich wieder an Wegener. »Dahlen hat den Drucker aus dem Arbeitszimmer überprüft, der verursacht keinen Schmierstreifen. Und Kathi sagte, der perverse Spielkram aus dem Schubfach sähe aus wie frisch aus einem Sex-Shop.«

»Den Eindruck hatte ich auch«, erwiderte Wegener, obwohl er nichts davon gesehen hatte.

»Tja«, meinte Viehof mit bezeichnendem Seitenblick auf Pauli. »Vielleicht sollten wir trotzdem zur Sicherheit eine Autopsie machen lassen. Ich rede selbst mit der Staatsanwaltschaft. Wenn die einverstanden sind, kann Reinarzt es übernehmen. Warten wir ab, bis die Todesursache zweifelsfrei feststeht. Bis dahin will ich absolut keinen Wirbel mehr, habe ich mich klar ausgedrückt?«

»Ich habe nicht vor, Wirbel zu machen«, sagte Wegener. Und weil Simon Pauli ihn dabei so seltsam anschaute, fügte er hinzu: »Wir können vorerst ohnehin keinem auf die Pelle rücken. Es gibt noch keinen Hinweis auf den Mann, der in der Nacht bei ihr war.«

Pauli, dessen Selbstbewusstsein sich den Nachmittag über verdreifacht haben musste, wollte unbedingt das letzte Wort haben: »Den bekommen wir morgen garantiert vom Sohn der Toten.«

Nachdem sie Viehofs Büro verlassen hatten, stürzte Pauli sich mit verbissenem Eifer auf den Laptop. Wegener blieb bei ihm. Doch auf der Festplatte gab es keine kompromittierenden Briefe. Sämtliche Dateien, auch die gelöschten, die Pauli routiniert zurückholte, sowie die gesamte elektronische Post bezogen sich aufs Geschäft und bestätigten, was Viehof zum Umsatz des *Waldschlösschens* gesagt hatte.

Um zehn nach neun kapitulierte der Frischling. »Machen wir Schluss für heute? Mir hängt der Magen in den Kniekehlen. Sie müssen doch auch hungrig sein.«

Das war Wegener, allerdings nicht im Sinne einer Mahlzeit, obwohl er außer dem lauwarmen Kaffee, den Marisa Behrend hätte heiß trinken sollen, nichts im Leib hatte. Ihm schwebten immer noch die von Salat umkränzten Brötchenhälften mit gekochtem Schinken und Tomaten vor Augen. Aber eigentlich hungerte es ihn nach etwas ganz anderem.

»Haben Sie Lust, mit mir etwas essen zu gehen?«, fragte Pauli. »Oder wollen Sie nach Hause?«

Nein, für die Heimfahrt war es noch zu früh. Am liebsten wäre er zurück zum *Waldschlösschen* gefahren. Ein Weilchen auf der weißen Ledercouch sitzen. Im Bad an einem Parfümflakon schnuppern, einen Blick in ihre Schränke werfen, so viel wie möglich von ihrem Leben aufsaugen. Wären ihr feister Sohn und das blonde Herzgesicht nicht gewesen, vielleicht hätte er es getan. Die Schlüssel, die er Agnes Kalwin abgenommen hatte, trug er noch bei sich. Da Viehof sie erwartet hatte, war er nicht dazu gekommen, das abgewetzte Kunstledermäppchen in seinem Schreibtisch einzuschließen.

Simon Pauli freute sich, als Wegener das Angebot annahm. Er betrachtete es wohl als kleine Wiedergutmachung seines unmittelbaren Vorgesetzten, nachdem Viehof ihn zurechtgestutzt hatte.

So landete Rolf Wegener zur Abwechslung mal bei einem Griechen. Das Essen war üppig, preiswert und nicht weniger fett als im Bistro. Es verteilte sich wie warmes Öl in seinem Magen. Nicht mal die Cola kam dagegen an. Aber vielleicht war es auch die Hartnäckigkeit des Grünschnabels, die ihm zu schaffen machte.

Während Pauli mit Heißhunger über seine Souvlaki-Spieße herfiel und sich ein alkoholfreies Bier dazu genehmigte, ritt er weiter auf seinem Verdacht gegen Gilles und auf der Bemerkung herum, die Reinarzt gemacht hatte. *»Danach brauchte es etwas orale Nachhilfe, um den Jungen noch mal in Form zu bringen. Wenn man weiß, wie sich das abgespielt hat, ist es offensichtlich.«*

Das hatte Pauli ebenso gehört wie Wegener, er warf auch dieselbe Frage auf: Woher beziehungsweise von wem Reinarzt so genau wissen konnte, was sich abgespielt haben sollte. Wegener wünschte sich inständig, der Knabe möge den Mund halten. Pauli dachte gar nicht daran. »Warum empfiehlt Gilles uns, Herrn Viehof zu fragen, wenn der gar nicht wissen kann, wer gestern Abend in der Bar war?«

»Gilles wird es ihm gesagt haben«, vermutete Wegener.

»Und warum wollte Herr Viehof es uns nicht sagen?«

Wegener zuckte mit den Achseln. Weil es sich um Lokalprominenz gehandelt haben dürfte, Duzfreunde von Viehof, die keiner polizeilichen Befragung ausgesetzt werden sollten, wenn sich das irgendwie vermeiden ließ. Seilschaften und Klüngel. Mittags hatte er dem noch die Stirn bieten wollen. Jetzt wusste er nicht mehr, was er wollte. Natürlich den Mistkerl finden und zur Rechenschaft ziehen, der diese Frau auf dem Gewissen hatte – ob nun absichtlich oder aus Versehen, spielte gar keine Rolle. Aber darüber hinaus …

»Wir sollten uns Gilles morgen noch mal richtig vornehmen«, meinte Pauli.

»Immer langsam mit den jungen Pferden«, bremste Wegener. »Wir reden morgen zuerst mit Markus Behrend und warten das Ergebnis der Autopsie ab.«

»Aber Sie glauben doch auch nicht, dass es ein Infarkt war.«

»Was es war, wird sich morgen zeigen.«

»Darf ich an der Autopsie teilnehmen?«

»Du?« Wegener traute seinen Ohren nicht. »Ich denke, du kannst kein Blut sehen.«

»Fließendes Blut«, sagte Pauli. »Wenn es fließt, habe ich das Gefühl, da läuft das Leben aus. Ist kindisch, ich weiß, aber ich komme nicht dagegen an.«

»Bei Swetlana ist aber nichts geflossen«, sagte Wegener. »Und trotzdem bist du umgekippt.«

»Das war der Geruch«, behauptete Pauli. »Bei einer frischen Leiche ist das nicht so dramatisch. Da kann man sich mit Tricks behelfen, Pfefferminzöl in die Nase. Es brennt fürchterlich, verätzt einem die Schleimhäute, aber man riecht eine ganze Weile nichts anders als Pfefferminz. – Ich wäre wirklich gerne dabei.«

»Von mir aus«, sagte Wegener. »Wenn du dir das zutraust.« Er traute es sich selbst nicht zu, nicht bei dieser Frau.

Die Nacht zum Dienstag

Als Rolf Wegener die Wohnungstür hinter sich ins Schloss zog und auf den Lichtschalter daneben drückte, ging es auf Mitternacht zu. Der Grieche hatte länger geöffnet als das Bistro, und mit dem gesprächigen Pauli war die Zeit nur so verflogen. Wer hätte gedacht, dass die vermeintliche Mimose sich mit Viehof anlegte, auf seinem Standpunkt beharrte und sich auch noch darum riss, an einer Leichenöffnung teilzunehmen?

Ellen lag längst im Bett und hatte sich die Decke bis an den Hals gezogen. Er hatte es nicht anders erwartet, sogar inständig gehofft, dass sie sein Heimkommen nicht mehr registrierte. Dem war leider nicht so. »Bist du es, Rolf?«

Wer sollte es sonst sein? Die Antwort erübrigte sich. Er wollte sich jetzt auch nicht mit Ellen auseinandersetzen, hängte sein Jackett mit Agnes Kalwins Schlüsseln auf den Bügel an der Garderobe. Aber Ellen ließ ihm keine Wahl, tat so, als habe er sie aus tiefem Schlaf gerissen, richtete sich auf und blinzelte gegen die Helligkeit im Flur an. Die Decke rutschte von ihren Schultern.

»Ist deine Uhr kaputt?« Ihre Stimme klang bereits nicht mehr so bemüht schlaftrunken.

Er ignorierte sie vorerst und ging ins Wohnzimmer.

»Mach das Licht aus!«, rief Ellen ihm hinterher.

Er registrierte den Zorn in ihrer Stimme, kümmerte sich aber nicht darum, ließ sich in einen Sessel fallen und streckte die Beine aus. Dann zog er Zigaretten und Feuerzeug aus der Hemdtasche und hatte den Marmoraschenbecher auf Marisas Schreibtisch vor Augen.

Auf seinem Wohnzimmertisch standen drei benutzte Gläser, natürlich kein Aschenbecher. Ellen rauchte ja nicht mehr und hasste seitdem den Gestank. Er hätte sich einen Blumenuntersetzer von der Fensterbank nehmen oder einen Unterteller aus der Küche holen können. Aber er war zu müde, um gleich wieder aufzustehen. Nur ein paar Minuten so sitzen und mit offenen Augen von Dingen träumen, die nicht mehr sein konnten. Wenn er früher einmal von der Landstraße abgebogen wäre …

»Du sollst das Licht ausmachen, verdammt!«, brüllte Ellen ihm dazwischen. Er hörte die Bettfederung knarren, dann ihre Schritte. Sie lief barfuß – wie der Mann, der letzte Nacht bei Marisa gewesen war. Etwa Schuhgröße vierundvierzig, seine Größe.

Ellen hatte den Türrahmen erreicht. Die Asche seiner Zigarette fiel zu Boden, als er den Kopf zur Tür drehte und sie anschaute. Ein Jahr jünger als Marisa; immer noch schlank und attraktiv wie vor Jahren, obwohl ihr Gesicht fahl wirkte unter der fettigen Schicht der übel riechenden Nachtcreme.

Sie betrachtete die Zigarette in seiner Hand. »Sag mal, tickst du noch sauber? Habe ich nicht deutlich genug gesagt, dass ich dieses Kraut in meiner Wohnung …«

»Schau mal in den Mietvertrag«, schnitt er ihr das Wort ab. »Das ist meine Wohnung, der Vermieter hat damals nur keine Einwände erhoben, als ich dich bei mir aufnahm. Aber Mieter bin immer noch ausschließlich ich. Such dir eine eigene Wohnung, wenn dir hier etwas nicht passt.«

Er nahm noch einen Zug, blies den Rauch in ihre Richtung und fügte hinzu: »Dieses Kraut vertreibt den Mief, den deine Freunde immer hinterlassen.«

Das musste sie erst mal verdauen. In dem Ton hatte er noch nie mit ihr gesprochen. Ein paar Sekunden vergingen, in denen

Ellen sich sammelte. Als sie neu ansetzte, versuchte sie es einigermaßen zivilisiert. »Hör zu, Rolf, ich beschwere mich nicht, wenn du mitten in der Nacht nach Hause kommst. Ich frag dich nicht einmal, wo du dich bis jetzt herumgetrieben hast.«

»Das frage ich dich doch auch nie«, sagte er. »Und im Gegensatz zu dir ziehe ich nicht mit irgendwelchen Freaks in der Gegend herum. Ich habe einen Vollzeitjob, der sich nicht immer auf die üblichen Bürostunden beschränkt.«

»Ich arbeite auch«, erklärte Ellen. »Und ich kann, verdammt noch mal, ein bisschen Rücksicht verlangen. Ich muss früh raus und brauche meinen Schlaf.«

»Wer hindert dich denn daran?«, fragte er. »Leg dich einfach wieder ins Bett, mach die Augen zu und halt die Klappe.«

Sie stutzte, schaute suchend über den Tisch. »Sag mal, lässt du diesen verfluchten Dreck etwa auf den Teppich fallen?«

Warum nicht? Er machte den Teppich doch auch sauber. »Ja«, sagte er nur, stemmte sich aus dem Sessel und warf die brennende Zigarette in eins der drei Gläser auf dem Tisch. In einem Rest Wasser erlosch die Glut. Dann ging er auf sie zu.

Mit angewidert verzogener Miene betrachtete sie das Glas, in dem sich der Rest Wasser bräunlich färbte. Als er nach ihren Schultern griff, sie ein Stück zur Seite schob, weil sie mitten in der Tür stand, und er an ihr vorbeiwollte, zischte sie: »Fass mich nicht an, du Drecksack.«

»Schon passiert«, sagte er. »Wärst du mir aus dem Weg gegangen, hätte ich mir das ersparen können. Aber Hände waschen wollte ich sowieso. Sei in Zukunft etwas vorsichtiger mit deinen Ausdrücken. Sonst zeige ich dir mal, was ein Drecksack ist und wie er reagiert, wenn ihm eine wie du dumm kommt.«

Ellen schüttelte fassungslos den Kopf. »Sag mal, bist du übergeschnappt, oder hat dir einer was in den Kaffee getan?«

Gut möglich, dass ihn der lauwarme Kaffee verändert hatte.

»Sag mal, sag mal«, äffte er ihren Ton nach. »Du klingst wie eine alte Schallplatte mit einem Sprung.«

»Was ist denn plötzlich los mit dir?«, wollte sie wissen. »Willst du auf einmal den starken Mann spielen?«

Er hatte die Tür zum Badezimmer schon erreicht, drehte sich noch einmal zu ihr um. »Warum nicht? Am Dienstag nach Pfingsten habe ich es mir verkniffen, weil ich dachte, es ist eh zu spät. Aber ich könnte dich mal wieder in Fesseln legen. Ich kann mich gut an Zeiten erinnern, wo dich das mächtig in Fahrt gebracht hat.«

Nun verzog sie die Lippen zu einem abfälligen Lächeln. »An die Zeiten kann ich mich auch erinnern. Da hatte ich einen Kerl im Bett und keinen Schlappschwanz. Was willst du denn tun, wenn du mich gefesselt hast?«

»Deinen Dildo nehmen und mal testen, ob du griechisch magst«, sagte er. »Mir hat's heute Abend gut geschmeckt, war mal eine Abwechslung.«

»Jetzt wirst du ordinär«, meinte sie. »Das passt nicht zu dir.«

»Es ist wohl eher so, dass du nicht mehr zu mir passt«, widersprach er.

Ellen schüttelte noch einmal verständnislos oder überfordert den Kopf und kehrte zurück ins Schlafzimmer. Er ging ins Bad. Dann stand er da, die Hände auf den Rand des Waschbeckens gestützt, und konnte nicht glauben, dass tatsächlich er da gerade mit Ellen gesprochen hatte. Er betrachtete sein Gesicht im Spiegel und hatte das Gefühl, einen Fremden zu sehen. Einen, dessen Rücken sich in den letzten Minuten nicht versteift hatte, weil seit mehr als drei Jahrzehnten ein imaginärer Kochlöffel auf ihn eindrosch. Aber wenn man es genau nahm, hatte er dem Mädchen ja auch nicht wehgetan, nur endlich einmal Kontra gegeben.

Er schaute sich sein Spiegelbild genau an: Rolf Wegener, zweiundvierzig Jahre alt, eins fünfundachtzig groß, vierundachtzig

Kilo schwer. Ein sehniger Körper, in dem mehr Kraft steckte, als man vermuten konnte, und mehr Sehnsucht, als ein Mensch aushielt. Und nun kam die Wut dazu.

Er fühlte sich um etwas Einmaliges betrogen und wusste nicht, von wem. Oder doch, er wusste es ganz genau: Nicht von dem Mistkerl, der auf Marisas Brust gehockt hatte, als sie starb, sondern von Ellen und einem kleinen Mädchen, das ausgesehen hatte wie ein Engel mit goldblonden Löckchen und strahlend blauen Augen im herzförmigen Gesicht.

»Welch ein reizendes Kind«, hatten damals viele gesagt.

Ihn hatte sie so lange gereizt, bis er den Griff um ihr Handgelenk lockerte und sie quer über die Straße rennen ließ, direkt vor den Lastwagen mit dem Anhänger voller Briketts. Natürlich war es seine Schuld gewesen. Er hatte sich ja nicht mal darum bemüht, sie festzuhalten, und er war sie auf diese Weise nicht losgeworden. Seitdem saß sie in seinem Nacken, hatte am Dienstag nach Pfingsten verhindert, dass er den Strich unter seine Ehe zog, der schon vor drei Jahren fällig gewesen wäre, als Ellen sich von einer begehrenswerten Frau in einen Feuermelder verwandelt und einen Krieg begonnen hatte, in dem es nur Verluste, aber keinen Sieger geben konnte.

Der dunkle Bartschatten und die von Müdigkeit geröteten Augen ließen sein Gesicht alt wirken. Dabei war er nur erschöpft und erschlagen vom Anblick einer Frau, die er nicht gekannt hatte, solange es ihr möglich gewesen wäre, ihn kennenzulernen und ihn zu mögen.

Er putzte die Zähne, zog sich aus, stopfte Hemd, Socken und Unterwäsche in den Korb für die Schmutzwäsche und stieg in die Wanne, um zu duschen. Danach fühlte er sich etwas besser, etwas stärker. Stark genug, um ins Schlafzimmer zu gehen und ruhig zu bleiben.

Ellen hatte sich auf die Seite gedreht, mit dem Rücken zu seiner Hälfte, so demonstrativ, so überflüssig. Er hängte seine Hose auf einen Bügel, wie er es immer tat, holte das Jackett von der Garderobe und hängte es dazu, nachdem er das Kunstledermäppchen herausgenommen hatte.

»Rolf«, sagte Ellen nachdrücklich. »Es ist zwölf vorbei.«

Kein Wort zu viel.

»Leck mich«, murmelte er und schlug seine Decke zurück.

Ellen drehte sich zu ihm um. »Was ist denn in dich gefahren?«

Im Schein der kleinen Lampe neben seinem Bett glänzte ihr Gesicht so fettig wie die Pommes, die er beim Griechen gegessen hatte. Er fühlte seinen Magen wieder, griff nach dem Lichtschalter. »In mich?«, fragte er. »Habe ich dich je gefragt, wer schon alles in dich gefahren war, ehe ich mich von dir bequatschen ließ, mal kurz vor die Tür zu gehen? Habe ich dich je gefragt, welcher von den unzähligen Kerlen dir den Tripper angehängt hat, mit dem du dann mich infiziert hast? Aber das weißt du ja selbst nicht. Und ich hätte eigentlich schon damals wissen müssen, auf was für eine Art Frau ich mich einließ. Die *Waldschänke* war bekannt dafür.«

Ellen zuckte zusammen, als hätte er sie geschlagen. Dann war endlich Ruhe. Er löschte das Licht und hoffte, wie üblich schnell einzuschlafen. Doch als er die Augen schloss, sah er schwarze Seidenbänder und den makellosen Frauenkörper dazwischen. So hingebungsvoll ausgestreckt. Und wie da eben die Decke von Ellens Schulter gerutscht war. Den letzten drei Jahren und dem Dienstag nach Pfingsten zum Trotz wusste er immer noch, wie Ellen sich anfühlte. Und wie er sich als ihr Mann gefühlt hatte, als sie ihn noch Mann sein ließ.

In seinem Kopf überlagerten sich die Bilder. Schwarze Seidenbänder! Und Handschellen um Ellens Gelenke. Es gelang ihm nicht, die Gedanken auszuschalten. Er wälzte sich von einer Seite auf die andere, malte sich aus, was sich in der vergangenen Nacht im *Waldschlösschen* abgespielt haben könnte.

Sanftes Licht, vielleicht stimmungsvolle Musik im Hintergrund, leise und dezent. Hinter dem Tresen in der Bar hatte eine Musikanlage gestanden, versteckt hinter den Flaschen in dem verspiegelten Regal auch mehrere kleine Lautsprecherboxen.

Vier Leute an dem Tisch in der letzten Nische. Vielleicht zwei Paare, aber er ging von vier Männern aus. Und Marisa hinter dem Tresen. Drei Männer gingen, der Zigarillo-Raucher blieb zurück, wechselte zu ihr an den Tresen, rauchte dort noch einen Zigarillo und sie eine Zigarette. Vermutlich hatten sie abgewartet, bis es in der Küche still geworden war. Sie wollte keine Zeugen, wollte den Mann nicht kompromittieren, weil er verheiratet war.

Er sah ihn vor sich, diesen Mann: Eins fünfundachtzig groß, schlank, eher hager, Anfang vierzig, dunkles, zurückgekämmtes Haar, ein in letzter Zeit zu blasses Gesicht, Schuhgröße vierundvierzig. Und dieser Mann stieg hinter ihr die Treppen hinauf.

Dann saßen sie auf der weißen Ledercouch in dem eleganten Wohnzimmer. Zuerst unterhielten sie sich. Der Mann erzählte von seinen Problemen. Eheprobleme, was sonst. Seit fünfzehn Jahren verheiratet, die letzten drei mit einem Albtraum und seit dem Dienstag nach Pfingsten in der Gewissheit, dass er für etwas büßen musste, was er nicht verbrochen hatte. Sie hörte zu, aufmerksam, verständnisvoll und voller Anteilnahme, bis er sie an sich zog. Sie wechselten ins Schlafzimmer, und das Spiel begann.

Schwarze Seidenbänder. Es dauerte eine Weile, ehe er sich selbst erkannte in dem Mann, der die Bänder spielerisch um ihre Handgelenke wickelte und am Bettgestell verknotete. Im nächsten Moment veränderte sich ihr Gesicht, es wurde fahl und fettig, grinste ihn an.

»Was ist los?«, fragte sie. Der Hohn in ihrer Stimme war nicht zu überhören. »Wieder Schwierigkeiten mit der Potenz? Dann geh runter und nimm den Dildo.«

Aber diesmal rollte er sich nicht auf die Seite. Diesmal tat er, was Simon Pauli vermutete: Er zog das Kissen unter ihrem Kopf hervor und drückte es ihr mit aller Kraft aufs Gesicht. Davon erwachte er, hatte gar nicht registriert, dass er eingeschlafen war.

Er war erregt, was er auch nicht sofort registrierte, weil er doch dachte, er sei impotent. Nein, verflucht! Er war immer noch ein Mann – so sehr, dass es schmerzte. Er gab einen schwachen Klagelaut von sich, davon erwachte er vollends.

Ellen schlief im Nebenbett. Er stand auf, schlich ins Bad und legte Hand an den Beweis, dass Ellen sich zwar die größte Mühe gegeben, es aber nicht geschafft hatte, ihn völlig in die Knie zu zwingen.

Es ging schnell, danach fühlte er sich ein wenig erleichtert und sehr elend. Weil es nur ein Traum gewesen war. Noch einmal gab er einen kläglichen Laut von sich, teils ein Stöhnen, teils ein Räuspern, dazu flossen ein paar Tränen.

Wann er zuletzt geweint hatte, wusste er nicht mehr. Opa Schulte hatte damals immer gesagt: »Große Jungs weinen nicht.« Aber was sollten große Jungs denn sonst tun, wenn sie nicht mehr ein noch aus wussten? Um sich schlagen durften sie doch auch nicht.

Am Dienstagmorgen verzichtete er auf Tee und Zwieback zum Frühstück und verließ die Wohnung, bevor Ellen aus dem Bad kam. Er war der Meinung, es sei besser, ihr vorläufig aus dem Weg zu gehen.

Schon um halb acht betrat er sein Büro und deponierte das Kunstledermäppchen in seinem Schreibtisch. Viehof war bereits im Haus und hatte ihm gemailt, dass er ihn zu sehen wünsche, sofort und allein! Er stieg eine Etage höher und hörte sich an, was der Kriminalrat zu sagen hatte.

»Jetzt haben wir den Schlamassel! Die Staatsanwaltschaft besteht auf einer Obduktion in Köln.«

»Was ist dagegen einzuwenden?«, erkundigte er sich und ging zum Angriff über, der angeblich die beste Verteidigung sein sollte. »Wenn du darin ein Problem siehst, Edgar, muss ich annehmen, dass du etwas unter den Teppich kehren willst.«

»Blödsinn«, fauchte Viehof. »Es wäre mir nur lieber, du hättest sofort Nägel mit Köpfen gemacht. Warum musste sie denn zuerst ins Krankenhaus gebracht werden? Wer hält den Kopf hin, wenn Reinarzt und die Wimmer etwas verbockt haben?«

»Blödsinn«, echote Wegener. »Für Kathi lege ich meine Hand ins Feuer. Kannst du das für Gilles auch? Was Reinarzt angeht, den hätte ich mir gestern wirklich ersparen können. Ich bin sicher, dass Gilles ihn über den möglichen Ablauf des Geschehens und die gewünschte Todesart instruiert hatte.«

Damit ließ er Viehof stehen, ging zurück in sein Büro und rief im Krankenhaus an.

Reinarzt war beleidigt, weil er im Vertrauen auf den offiziellen Auftrag schon einiges an Vorarbeit geleistet hatte. Das behauptete er zumindest und schrieb sich der Einfachheit halber Kathi Wimmers Einsatz in der Pathologie auf sein Konto. Genetisches Material unter den Fingernägeln gesichert, Abstriche aus Mundhöhle, Rektum, sowie Vaginalbereich genommen und massenhaft Sperma nachgewiesen.

»Ich habe doch gleich gesagt, die haben es auf alle erdenklichen Arten getrieben«, schwadronierte Reinarzt nach dieser Aufzählung los. »Der Mund war sauber, im Rektum war's auch nicht der Rede wert ...«

So viel zu »massenhaft«, dachte Wegener.

»Muss ein kräftig gebauter Mensch sein«, fügte Reinarzt noch hinzu. »Sie hat tüchtige Fissuren.«

»Packen Sie alles zusammen«, verlangte Wegener und kämpfte gegen die sich verstärkende Übelkeit an. Tüchtige Fissuren. Über die Schmerzen, die ihr zugefügt worden waren, durfte er gar nicht nachdenken, doch er schaffte es nicht, die aufkommenden Bilder zu unterdrücken. »Die Abstriche gehen ebenfalls nach Köln. Ich schicke jemanden, der den Kram abholt.«

Anschießend brachte er einen Streifenwagen auf den Weg zum Krankenhaus, beauftragte den Bestattungsunternehmer mit dem zweiten Transport der Leiche und vereinbarte mit dem rechtsmedizinischen Institut den frühestmöglichen Termin: drei Uhr nachmittags. Bis dahin bliebe ihm ausreichend Zeit, einen Namen in Erfahrung zu bringen, meinte er. Wenn Simon Pauli dann mit verätzten Nasenschleimhäuten bewies, dass man ihn völlig falsch eingeschätzt hatte, wollte Wegener sich ungestört mit dem Mistkerl befassen, der ihr das angetan hatte.

Tüchtige Fissuren! Den Bastard würde er lehren, wie es sich anfühlte, wenn Vertrauen derart schamlos missbraucht wurde.

Das Herzgesicht

Als Simon Pauli im Präsidium eintraf, fuhr Wegener noch einmal mit ihm zum *Waldschlösschen*. Während der Fahrt streifte der Frischling ihn mehrmals mit teils fragenden, teils besorgten Blicken, schließlich erkundigte er sich: »Geht es Ihnen nicht gut, Herr Wegener?«

Natürlich nicht. »Kleines Magenproblem«, sagte er. »Ich hätte gestern Abend nicht mit dir zu diesem Griechen fahren dürfen. Fettes Essen vertrage ich in letzter Zeit nicht.«

»Warum haben Sie denn nichts gesagt? Wir hätten auch woanders hinfahren können. Waren Sie schon mal in dem Steakhaus am Markt? Ganz mageres Fleisch vom Grill. Die Beilagen …«

»Schon gut«, unterbrach er das eifrige Geschnatter.

Er wollte jetzt nicht ans Essen denken, sich nur konzentrieren, damit es ihm nicht wieder so erging wie gestern. Heute durfte er nicht zulassen, dass seine Gedanken abschweiften, sich an Seidenbändern aufhängten und ihm die eigene, innere Not so überdeutlich vor Augen führten, dass er sich darin verlor. Er hoffte nur inständig, dass der Jammerlappen von Sohn seine Lethargie abgeschüttelt hatte und Auskunft geben konnte.

Auf dem Parkplatz stand der dunkelblaue Hyundai neben dem silbergrauen Peugeot. Pauli drückte auf den unteren Klingelknopf. Eine weibliche Stimme erkundigte sich unwirsch über die Gegensprechanlage, wer Einlass begehrte. Abgeschlossen war die Haustür nicht. Ein elektrischer Türöffner summte.

Ute Hanning erwartete sie an der Wohnungstür im ersten Stock. Offenbar hatten sie die junge Frau aus dem Bett geklingelt. Bekleidet mit einem geblümten Morgenrock, wie man ihn viel eher an einer Großmutter zu sehen erwartete, lächerlichen Plüschpantoffeln mit Hasengesichtern und Ohren an den Füßen, schaute sie ihnen mit verschlafener Miene entgegen. Die blonden Locken hingen zerzaust auf ihre Schultern. Aber dieser Ausdruck in ihren Augen – träge und lauernd. Wie die Augen seiner Schwester, fand Wegener.

Mit einem stummen Wink deutete Ute Hanning in die Diele. Sie traten ein. Zwei Türen waren geschlossen. Wenn die Raumaufteilung dieselbe war wie im Dachgeschoss, musste hinter einer davon das Schlafzimmer liegen und über dem anderen Marisas Arbeitszimmer mit dem Aschenbecher auf dem Schreibtisch.

Das große Wohnzimmer war spartanisch möbliert mit einer Couch und einem Tisch. Die Küche dagegen, in die Ute Hanning sie führte, war komplett und teuer eingerichtet.

Nachdem sie ihnen zwei Stühle angeboten hatte, wurde Ute Hanning gesprächig. »Es stört Sie hoffentlich nicht, in der Küche zu sitzen. Ich bin erst nach sechs eingeschlafen und brauche zuerst einen starken Kaffee.«

Ohne auf eine Entgegnung zu warten, begann sie, eine Kaffeemaschine mit Wasser zu füllen, und sprach weiter: »Wenn Sie mit Markus reden wollen, haben Sie Pech. Er ist zurzeit nicht vernehmungsfähig.«

Simon Pauli vergewisserte sich mit einem Blick bei Wegener, dass er den Sprechpart übernehmen durfte. »Wir wollen ihn nicht vernehmen. Wir wollen ihm nur ein paar Fragen stellen.«

»Auch damit werden Sie warten müssen, bis die Ärzte ihr Okay geben. Ich musste in der Nacht noch einmal Doktor Gilles rufen. Er hat Markus ins Krankenhaus eingewiesen.« Die

Stimme passte zu ihrem Gesicht, war genauso verschlafen und unbeteiligt.

Nachdem sie einen Filter in die Maschine gesteckt, diesen mit gemahlenem Kaffee gefüllt und die Maschine eingeschaltet hatte, bückte sie sich nach zwei Plastiknäpfen, die neben der Tür standen. Dabei sagte sie: »Tut mir leid, dass ich gestern so unfreundlich war. Aber ich musste mich um Markus kümmern. Für ihn war das ein Riesenschock, das haben Sie ja erlebt. Marisa war immerhin seine Mutter, auch wenn sie sich nie so benommen hat.«

Sie zuckte mit den Achseln, fuhr in gleichgültigem Ton fort: »Ich finde es auch tragisch, dass sie tot ist. Aber ich will nicht behaupten, ich sei unendlich traurig. Wir kamen nicht gut miteinander aus. Das hat die Kalwin Ihnen bestimmt schon erzählt.«

Pauli warf Wegener einen weiteren fragenden Blick zu. Wegener nickte, und Pauli sagte: »Ja.«

Ute Hanning hielt einen der Näpfe unter den Wasserhahn, ließ ihn zur Hälfte volllaufen und stellte ihn wieder neben die Tür. »Das dachte ich mir, und garantiert hat die Kalwin behauptet, ich wäre schuld gewesen, dass wir ständig Krach hatten. Auf Marisa lässt die nichts kommen. Man soll ja auch nicht schlecht über Tote reden. Aber man darf sagen, wie es war, oder?«

Eine Zustimmung wartete sie nicht ab, sprach gleich weiter: »Lange Jahre hat Marisa sich überhaupt nicht um Markus gekümmert. Das *Waldschlösschen* war ihr Lebensinhalt.« Sie lachte kurz. »Wie sich das jetzt anhört, Lebensinhalt.« Es schien, als lausche sie dem Ausdruck hinterher. Dann fuhr sie fort: »Markus ist bei seiner Großmutter aufgewachsen, erst als die gestorben ist, durfte er hier einziehen. Da war er auch alt genug, um mitzuarbeiten. Marisa hat ihm diese Wohnung überlassen.«

Sie deutete mit einer ausgreifenden Geste durch die Küche. »Großzügig, nicht wahr? Bis auf das hier war aber nichts mehr drin. Geld für ein Schlafzimmer hat sie ihm gegeben. Davon konnte er sich in einem Billigmarkt ein Bett und einen Schrank kaufen, den er selbst zusammenbauen musste. Marisa wollte nur ihre Ruhe und eine billige Arbeitskraft. Ich habe ihr ein paarmal gesagt, was ich davon halte. Deshalb passte es ihr nicht, dass wir zusammen sind. Weil ich Markus erklärt habe, dass sie als Mutter gewisse Pflichten und er als Sohn einige Rechte hat.«

Sie nahm eine Dose Katzenfutter aus einem der Schränke. Nachdem sie den zweiten Napf gefüllt und wieder neben die Tür gestellt hatte, drehte sie sich endlich um. Es sah aus, als warte sie auf eine Antwort. Aber was sollte man auf diesen Vortrag erwidern? Wegener vermied es, in das glatte, vom Schlaf noch leicht gerötete Gesicht zu schauen. Ihm war, als rede das Goldlöckchen über seine Mutter.

Als niemand reagierte, öffnete Ute Hanning einen der Hängeschränke, hob den rechten Arm und nahm einen Kaffeebecher vom oberen Einlegeboden. Der Ärmel des Morgenrocks verrutschte und gab kurze Kratzer auf ihrem Unterarm frei, die augenblicklich andere Erinnerungen in ihm weckten.

So hatte Ellen ihn einmal gezeichnet. Zuerst mit den Fäusten gegen seine Brust und die Oberarme geschlagen. Dann mit den Fingernägeln hinterher. Er hatte sie nur küssen wollen, nicht mehr und nicht weniger. Nur einen leichten, zärtlichen Kuss auf die Wange. Um Gottes willen nichts, was sie als Bedrängung hätte auffassen können. Und als er sie an sich zog, drosch sie auf ihn ein und kratzte ihn, weil er nicht augenblicklich reagierte wie verlangt: *»Lass mich los, verdammt! So läuft das nicht mehr.«*

Fast war er dankbar, als seine Aufmerksamkeit auf die Tür gelenkt wurde. Ein kleiner Kater kam herein und rief ihm ins Gedächtnis, wie Agnes Kalwin das Herzgesicht genannt hatte: »Katze.« Und wie Marisa die Bezeichnung erklärt hatte: Nicht mehr Herrin im eigenen Reich, wenn man so einem Tier Obdach bot.

Das Tierchen drückte den Leib eng an den Türpfosten, verharrte sekundenlang, um festzustellen, ob Gefahr drohte. Dann setzte es sich vor die beiden Näpfe und begann zu fressen.

Simon Pauli ließ sich dem Anschein nach ebenfalls ablenken, betrachtete den kleinen Kater mit verzückter Miene, sagte: »Niedlich«, und wollte wissen: »Wie alt ist er?«

»Vier Monate«, antwortete Ute Hanning.

Pauli lächelte. »In dem Alter sind sie noch sehr verspielt. Da ist nichts vor ihnen sicher. Meine Schwester hat eine Katze. Jetzt liegt sie nur noch faul herum, aber früher …« Er winkte unverändert lächelnd ab. »Da sahen wir oft aus, als wären wir in eine Dornenhecke geraten.«

»Er ist ein kleiner Feigling«, sagte Ute Hanning, »kommt nur raus, wenn es was zu fressen gibt.«

Taktik, begriff Wegener. Der Frischling hatte nur für eine entspannte Atmosphäre gesorgt. Nun zückte Pauli sein Notizbuch und fragte nach dem letzten Mann in Marisa Behrends Schlafzimmer.

»Keine Ahnung«, antwortete Ute Hanning. »Ich weiß nur, dass sie lange Zeit eine Affäre mit Doktor Gilles hatte. Aber nachdem sie den Anfang Januar abserviert hatte …« Sie zuckte vielsagend mit den Schultern. »Marisa hat nie darüber gesprochen, wen sie mit nach oben genommen hat. Ich schätze, die meisten konnten sich so ein Schäferstündchen auch nur leisten, weil sie sehr diskret war. Es dürften viele Männer dabei gewesen sein, die Schwierigkeiten mit ihren Frauen bekommen hätten, wenn das bekannt geworden wäre.«

Schon wieder Männer! Wegener hatte das dringende Bedürfnis mit der Faust auf den Tisch zu schlagen oder gleich mitten hinein in das Herzgesicht. Pauli dagegen war die Ruhe selbst, machte seine Sache für einen Anfänger fast schon brillant, hatte vermutlich auch nicht die ganze Zeit irgendwelche ablenkenden Bilder vor Augen.

»Wissen Sie, warum Frau Behrend sich von Gilles getrennt hat?«, fragte er.

»Warum fragen Sie ihn das nicht selber?« Ute Hanning nahm die Kanne von der Kaffeemaschine und goss den Becher voll. »Mir hat sie ihre Gründe nicht genannt. Vielleicht war er ihr zu alt.«

»Hatte sie danach ein Verhältnis mit einem jüngeren Mann?«

Sie führte den Kaffeebecher zum Mund, trank aber nicht sofort. »Nicht nur danach, auch dazwischen. Das weiß ich von Markus – er hat das verschiedentlich mitbekommen. Mit Gilles konnte Marisa das machen, der war dankbar, wenn sie ihn wieder ranließ. Aber mit wem sie im letzten halben Jahr alles zusammen war, habe ich doch gerade gesagt: keine Ahnung. Wenn wir in der Küche fertig waren, sind wir nach oben gegangen. Dann wurde es in der Bar oft gerade erst gemütlich.«

Pauli deutete hinauf zur Zimmerdecke. »Gestern habe ich oben Ihr Handy klingeln hören. Da müssten Sie hier eigentlich auch etwas von unten gehört haben.«

»Das können Sie laut sagen, aber nicht von unten.« Sie zeigte ihrerseits auf den Fußboden. »Das ist Beton, aus dem Restaurant und der Bar hört man nichts. Aber das«, ihre linke Hand wies ebenfalls nach oben, »ist eine Holzdecke, da hört man jeden Schritt und jeden Schrei.«

»Sie haben Frau Behrend schreien hören?«, hakte Pauli sofort nach.

»Nicht so, wie Sie jetzt vielleicht denken«, stellte Ute Hanning richtig. »Manchmal ging es eben heiß her. Davon sind wir oft aufgewacht. Aber durchsichtig ist die Decke nicht. Mit wem sie es getrieben hat, konnten wir nicht sehen.«

Elendes Miststück! Wegener zählte im Geist bis zehn und betrachtete den kleinen Kater. Possierliches Tierchen, saß immer noch vor den beiden Plastiknäpfen.

»Vorletzte Nacht haben Sie nichts gehört?«, fragte Pauli.

»Nein.« Ute Hanning zeigte nun deutlich ihre Ungeduld. »Sonst hätte ich es Ihnen doch längst gesagt. Ich war hundemüde, habe mich sofort hingelegt und bin schnell eingeschlafen. Nicht mal von dem Gewitter habe ich etwas mitbekommen. Markus hat mir erzählt, das wäre fast ein Weltuntergang gewesen. Er hatte sich noch einen Film angesehen und lag gerade im Bett, als es losging. Ob er Geräusche aus Marisas Wohnung gehört hat, weiß ich nicht. Am Montag hat er nichts gesagt. Als ich ihn letzte Nacht gefragt habe, ist er völlig zusammengebrochen.«

Sie nippte an dem heißen Kaffee. »Ich kann Ihnen wirklich nicht helfen. Warum fragen Sie nicht die Grassnitz? Mir wollte die nicht sagen, wer die letzten Gäste in der Bar waren. Ich habe sie gestern Abend angerufen. Sie hat sofort aufgelegt, als ich ihr erklärte, dass Marisa tot ist, und dass sie nicht mehr zu kommen braucht.«

»Wir haben Frau Grassnitz gestern nicht angetroffen«, sagte Pauli.

»Wo waren Sie denn, bei ihrem Freund? Das ist die Adresse, die sie hier angegeben hat. Von ihrem Freund hat sie sich vor zwei Monaten getrennt, angeblich. Ich vermute, der hat sie rausgeworfen. Jetzt wohnt sie wieder bei ihren Eltern in Niederfelden.«

Als Ute Hanning die Adresse nannte, sah Wegener das Haus der Familie Grassnitz im Geiste vor sich und fühlte sich ungefähr so wie der kleine Kater. Das Tierchen trank ausgiebig, leckte seine Pfoten, strich mit einer hinter den Ohren vorbei, tat so unbeteiligt und war dabei so wachsam, damit es nicht unvermittelt einen Tritt bekam.

Simon Pauli klappte sein Notizbuch zu. Als er aufstand, drückte der Kater sich wieder eng an den Türrahmen. Er war tatsächlich ein kleiner Feigling, hatte wohl schlechte Erfahrungen gemacht. Im Hinausgehen bückte Pauli sich und strich dem Tierchen über den Kopf. Dann standen sie wieder vor der Tür.

Auf dem Weg ins Erdgeschoss erkundigte Simon Pauli sich im Flüsterton: »Die war ziemlich kaltschnäuzig, fanden Sie nicht? Hat sofort das Kommando übernommen, aber nicht gefragt, wie Frau Behrend gestorben ist.«

»Ja«, sagte Wegener nur.

»Haben Sie die Kratzer an ihren Armen gesehen?«

»An einem Arm«, korrigierte Wegener.

»Am anderen hatte sie auch welche.«

»Sind mir nicht aufgefallen«, gestand Wegener. »Aber so was kommt vor, wenn man eine Katze hat.«

»Sicher«, räumte Pauli ein, trat ins Freie und ging zum Parkplatz. »Aber bei uns sahen die Kratzer früher anders aus, länger und dünner. Sie hatte eher Kerben. Und wenn Frau Behrend, wie Gilles sagte, immer vorsichtig war bei den Männer, die sie mit in die Wohnung nahm, sollten wir …«

Weiter ließ Wegener ihn nicht kommen. »Wir sollten jetzt erst mal etwas klarstellen: Es gab keine *Männer!* Ich habe mich, wie dir nicht entgangen sein dürfte, gestern sehr lange mit Frau Kalwin unterhalten. Sie hat vom ersten Tag an für Marisa gearbeitet und kennt sie entschieden besser als das kaltschnäuzige Biest da oben. Marisa war eine warmherzige, normal empfindende Frau. Gelegentlich hat sie sich im Wohnzimmer Probleme angehört, die ein Mann nicht in der Bar erörtern wollte. Aber sie hat nicht jeden in ihr Schlafzimmer gelassen. Und mit perversen Spielchen hatte sie nichts im Sinn.«

»Woher will die Kalwin denn wissen, was da abging?«, fragte Pauli. »Die war nachts nicht im Haus, im Gegensatz zu der Hanning, die es gehört hat.«

»Im Gegensatz zu der Hanning ist die Kalwin aber eine ehrliche Haut, in keiner Weise berechnend«, hielt Wegener in Erinnerung an Agnes Kalwins lange Monologe dagegen. »Es gab oft Streit, weil die Hanning ihre Arbeit nicht ordentlich machte. Hätte die sich nicht mit dem Sohn zusammengetan, wäre ihr längst gekündigt worden. Glaubst du im Ernst, so ein Weib lässt auch nur ein gutes Haar an einer Mutter, die Einfluss auf ihren Sohn nehmen konnte und ihn vielleicht über kurz oder lang überzeugt hätte, dass er sich mit der falschen Frau eingelassen hat? Du musst noch eine Menge lernen, Simon.«

Der argwöhnische Blick, den Pauli ihm daraufhin zuwarf, entging Wegener.

Bettina

Wegener fühlte sich so weit gut. Trotzdem ließ er für die Fahrt nach Niederfelden lieber den Frischling ans Steuer. Er lotste ihn durch das kleine Dorf, vorbei an dem Haus, in dem er aufgewachsen war, in dem nun Achim Schulte ein wahrscheinlich glückliches Familienleben führte.

Bettina Grassnitz wohnte zwei Straßen weiter. Als er dem Kaff den Rücken gekehrt hatte, musste die junge Kellnerin noch ein kleines Kind gewesen sein, gerade mal so alt wie seine Schwester, als die unter den Lastwagen mit Briketts geriet.

Bettinas Mutter schien sich gut an den Unfall zu erinnern, an ihn auch. Sie öffnete die Tür, und kaum hatte Wegener sich und Pauli vorgestellt, schoss sie Fragen ab wie nadelspitze Pfeile.

»Wegener? Etwa Rolf Wegener? Sie haben doch früher neben Schultes gewohnt, in dem Unglückshaus. Mein Mann hat erst gestern wieder gesagt, kein Wunder, dass die arme Frau Wegener so jung gestorben ist. Dreiundsechzig ist ja nun wirklich kein Alter. Aber wenn man bedenkt, was Ihre Mutter mitgemacht hat. Der Verlobte hängt sich auf, der Mann verunglückt tödlich auf der Arbeit, die kleine Tochter wird … Waren Sie nicht dabei damals, als das mit dem Kohlenlaster passiert ist?«

Simon Pauli hörte mit erstaunt faszinierter Miene zu.

»Ja«, sagte Wegener nur und schaffte es damit, ihren Redefluss zu unterbrechen. Er verlangte, ihre Tochter zu sprechen.

Die musste erst aus dem Bett geholt werden, sie durften im Wohnzimmer warten. Simon Pauli musterte ihn während der paar Minuten mit Blicken, in denen sich Mitgefühl und Neugier die Waage hielten.

Als Bettina Grassnitz erschien, sah sie aus, als habe sie die halbe Nacht geweint. Vielleicht um Marisa, vielleicht um den Job, den sie verloren hatte. Diesmal übernahm Wegener die Befragung. Das war er sich nach der Einführungsrede ihrer Mutter schuldig. Bettina Grassnitz gab nicht gerade bereitwillig Auskunft über die Leute an Tisch vier, der als einziger nicht abgeräumt gewesen war. »Das waren Stammgäste. Ich kann mir nicht vorstellen, dass einer von ihnen Marisa etwas angetan hat.«

»Niemand behauptet, ihr sei etwas angetan worden«, sagte Wegener wider seine Gefühle. Tüchtige Fissuren! »Aufgrund der Fundsituation gehen wir bisher nur davon aus, dass sie nicht alleine war, als sie starb.«

»Wie ist sie denn gestorben?«, fragte Bettina Grassnitz.

»Das steht noch nicht fest. Wer waren die Stammgäste?«

»Doktor Holfert und Doktor Behrungen. Sie wollten eigentlich einen Tisch im Speiseraum. Aber sie hatten nicht reserviert und mussten deshalb in der Bar Platz nehmen.«

»Waren die Herren in Damenbegleitung?«

Bettina Grassnitz schüttelte den Kopf. »Wenig später kamen Doktor Amborg und Doktor Wassenberg, sie waren offenbar mit den beiden Herren verabredet. Gegen elf erschien auch noch Doktor Reuther. Aber das war Zufall, glaube ich, er hat sich nur zu ihnen an den Tisch gesetzt, weil Doktor Amborg ihn einlud.«

Natürlich, dachte Wegener ironisch. Es war immer Zufall, wenn die Politprominenz mit einflussreichen Geschäftsleuten zusammentraf. Damit es nicht zu offensichtlich war, kam er später und zierte sich ein bisschen, der Landrat.

Wegener kannte Klaus Reuther persönlich. Als oberster Dienstherr der Kreispolizei schneite er gelegentlich ins Präsidium, vergewisserte sich, dass seine Untertanen wohlauf waren und dass denen, die das nicht mehr waren, Gerechtigkeit widerfuhr, auch wenn sie aus Polen stammten.

Ein sympathischer und gut aussehender Mann Mitte vierzig. Typ: dynamisch aufstrebender Politiker, der es weit zu bringen gedachte. Keine größere Veranstaltung, bei der er nicht eine markige Rede hielt. Er war sehr beliebt bei der Bevölkerung. Und zufällig war sein Auftritt im *Waldschlösschen* garantiert nicht gewesen. Für Entspannung in angenehmer Atmosphäre hatte ein Mann wie Reuther keine Zeit.

Die anderen kannte Wegener, mit Ausnahme des Bürgermeisters, nicht persönlich. Aber Ellen hatte sich in den letzten Wochen so oft über die geplante Parkplatzerweiterung aufgeregt, dass ihm nicht nur ihre Namen vertraut waren. Holfert war der Hauptinvestor des Einkaufszentrums, Behrungen war Mitglied im Stadtrat, außerdem leitete er eine Firma, die vom Reihenhaus bis zum Autobahnteilstück so ziemlich alles in die Landschaft stellte. Parkplätze gehörten sicher dazu. Wassenberg war ein hohes Tier beim Landschaftsverband und zuständig für die diversen Verordnungen zum Schutz der Umwelt.

Da hatten doch die Richtigen zusammengesessen. Der größere Parkplatz und die neue Zufahrt beim Einkaufszentrum waren beschlossene Sache, darauf hätte er jede Wette gehalten. Ellen würde einen Tobsuchtsanfall bekommen, wenn sie davon erfuhr.

Es war eine kindlich naive Genugtuung, aber größere hatte er noch nie gehabt. Obwohl es überhaupt nichts zur Sache tat, musste er unbedingt wissen: »Sie haben die Herren bedient, da haben Sie doch bestimmt gehört, worüber gesprochen wurde.«

»Nein«, behauptete Bettina Grassnitz. »Wenn ich auftrug, wurde nicht gesprochen. Doktor Gilles saß unmittelbar daneben, er müsste mehr verstanden haben. Vielleicht fragen Sie besser ihn.«

»Das tun wir noch«, sagte Wegener. »Aber wenn Doktor Gilles mehr verstanden haben müsste, haben Sie doch zumindest etwas verstanden. Für uns ist jede Einzelheit wichtig, Frau Grassnitz.«

Sie wusste gar nicht, wohin sie schauen sollte. »Ja, natürlich, das verstehe ich, aber es ist mir sehr unangenehm«, begann sie. »Als ich Doktor Gilles die Speisekarte brachte, reichte Doktor Amborg gerade einen Brief herum, über den sich alle aufgeregt haben. Ich habe den Ausdruck *Giftspritze* gehört, weiß aber nicht, wer das gesagt hat.«

Simon Pauli hatte längst sein Notizbuch gezückt und schrieb eifrig mit. Wie er diese Auskünfte interpretierte, konnte Wegener sich lebhaft vorstellen. *Hallo, Doktor, wie gefällt Ihnen der Gedanke, dass die Öffentlichkeit erfährt, was für ein perverses Schwein Sie sind?*

Giftspritze, der Ausdruck gefiel ihm.

»Na, sehen Sie, es geht doch«, sagte er wohlwollend. »Dann haben also fünf Herren an diesem Tisch gesessen. Es standen aber nur vier Gläser da.«

»Das Glas von Doktor Reuther habe ich noch weggenommen, als ich die Rechnung brachte«, erklärte Bettina Grassnitz. »Da war er nämlich schon weg. Er ist nicht lange geblieben, hat nur etwas Wasser getrunken und den Brief gelesen. Ich glaube, er hatte ebenfalls einen bekommen. Er sprach davon, das sei eher eine Bittschrift, aber diesen Ton könne man nicht tolerieren.«

»Welcher der Herren rauchte Zigarillos?«, wollte Pauli wissen.

Bettina Grassnitz schien etwas erstaunt über seine Einmischung, vielleicht war ihr auch die Frage unangenehm. Immerhin war an ihrem Arbeitsplatz ein Gesetz gebrochen worden. Aber sie antwortete prompt: »Doktor Reuther.«

»Wo hat er gesessen?« Pauli präsentierte ihr die Zeichnung vom Tisch in seinem Notizbuch.

Bettina Grassnitz musste nicht lange überlegen, betrachtete die vier kleinen Zahlen. »Doktor Wassenberg saß links außen,

Nummer eins. Doktor Amborg neben ihm, Nummer zwei. Nummer drei ist Doktor Holfert, er saß rechts in der Ecke. Die Nummer vier ist Doktor Behrungen. Doktor Reuther hat sich neben ihn gesetzt, aber sein Glas habe ich – wie gesagt – noch weggenommen, ehe Marisa sagte, ich könne Feierabend machen.«

Simon Pauli schrieb eine 5 dazu und notierte die Namen als Kürzel zu den Ziffern.

Aus seinen Fragen zog Bettina Grassnitz offenbar den Schluss, dass bestimmte Tabakwaren eine Rolle spielten. Unaufgefordert fügte sie hinzu: »Als ich ging, saßen auch noch zwei Herren am Tresen, Professor Meersen und Doktor Terbruck, er rauchte ebenfalls Zigarillos, dieselbe Marke wie Doktor Reuther. Und – ich weiß nicht, ob es wichtig ist – Doktor Terbruck hat sich sehr angeregt mit Marisa unterhalten. Doktor Gilles war deswegen etwas verstimmt. Er wollte von mir wissen, ob Marisa und Doktor Terbruck eine Menage à trois hätten. Das konnte ich mir nicht vorstellen. Professor Meersen war doch dabei, und ...«

»Vielen Dank«, unterbrach Wegener sie. »Sie haben uns sehr geholfen, Frau Grassnitz.«

»Moment«, ließ Simon Pauli sich vernehmen. Es war ja noch nicht geklärt, ob Gilles tatsächlich zur selben Zeit wie Bettina Grassnitz vom Parkplatz gefahren war.

Für Wegener spielte das keine Rolle mehr. Er hatte ihn! Doktor Terbruck! Der Bastard rauchte Zigarillos und hatte sich *angeregt* mit Marisa unterhalten. Ja, davon verstand der Mistkerl etwas. Mit Ellen hatte er sich vor drei Jahren auch angeregt unterhalten, allerdings nicht lange, bloß ein paar Minuten.

»*Was bildet dieser Kerl sich ein?*«, hatte Ellen anschließend gefragt. »*Nennt sich Frauenarzt und hat überhaupt kein Gefühl für das, was in einer Frau vorgeht. Weißt du, was er gesagt hat? Wenn es mir so wichtig wäre, ein Kind zu haben, dann sollten wir eins adoptieren. Ich müsste doch am besten wissen, wie viele Kinder sich danach sehnen, eine richtige Familie zu haben. Hast du ihm gesagt, dass ich im Heim war? Das musst du ihm gesagt haben – woher soll er es sonst wissen? Wie konntest du das tun, Rolf?«*

Ein Verräter war er, dieser Doktor. Und ein Sadist.

Gynäkologe!

Womöglich war das die Erklärung für den widerlichen Kram aus dem Schubfach. Zange, Peitsche, Klemmen. Hilfsmittel für einen Mann, den sein Beruf so abgestumpft hatte, dass er auf normale Weise keine Befriedigung mehr fand? Was spielte es für eine Rolle, dass nichts davon in Marisas letzter Nacht zum Einsatz gekommen war? Vielleicht hatte der Mistkerl die Sachen mitgebracht in der Hoffnung, sie einsetzen zu dürfen. Als ihm das verweigert wurde, verletzte er Marisa eben auf andere Weise.

Rolf Wegener war sich seiner Sache vollkommen sicher. Jetzt musste er nur noch Simon Pauli loswerden.

Neben dem wilden Triumph fühlte Wegener sich ruhig, war die personifizierte Selbstbeherrschung, als sie zurück zum Wagen gingen. Pauli setzte sich wieder hinters Steuer, fuhr jedoch nicht sofort los. Sein Notizbuch hatte er erst gar nicht wieder eingesteckt, klappte es auf und betrachtete die Namen darin wie die Offenbarung Johannis.

Der Frischling hatte sich bereitwillig auf die falsche Fährte locken lassen, atmete vernehmlich ein und aus und wartete darauf, dass Wegener etwas sagte. Als er schwieg, begann Pauli: »Jetzt begreife ich die ganze Aufregung. Herr Viehof wusste das garantiert gestern schon, oder?«

Wegener zuckte mit den Achseln, Pauli fuhr fort: »Es hat ja wohl mehrere Erpresserbriefe gegeben, wenn Doktor Amborg einen herumreichen konnte. Und wenn Doktor Reuther eine *Bittschrift* bekommen hat, muss darin auch eine Forderung gestellt worden sein. Da Gilles unmittelbar neben der Gruppe saß, hat er das garantiert gehört und es Herrn Viehof erzählt.«

»Anzunehmen«, sagte Wegener.

Pauli nickte schwer. »Drei der Namen sagen mir nicht viel. Doktor Reuther ist mir natürlich ein Begriff. Den Bürgermeister kenne ich sogar persönlich – mein Schwager arbeitet im Rathaus.«

Er steckte sein Notizbuch ein, drehte den Zündschlüssel und steuerte den Wagen auf dic Straße, fuhr noch einmal vorbei an dem Haus, in dem Wegener früher so oft Mistkerl und Bastard geschimpft worden war. Das machte es nicht leichter, sich nun wie einer zu benehmen.

Sein Hochgefühl schwand so schnell, wie es gekommen war. Als Beschäftigungstherapie oder Ablenkungsmanöver für einen Kommissar z. A. waren Ellens gepfefferter Brief an den Bürgermeister und ihre Eingabe an den Landrat ja schön und gut. Doch dass Pauli nun eins und eins zusammenzählte und unter dem Strich zu einem Ergebnis kam, das ihm ganz und gar nicht gefiel, hatte er nicht bedacht.

»Vielleicht hat Frau Behrend sich deshalb von Gilles getrennt«, spekulierte der Frischling munter weiter in die falsche Richtung. »Durch den war sie an sadistische Neigungen gewöhnt. Und wenn man es ohnehin tun muss, warum soll man es dann umsonst tun?«

Zwei Sekunden Stille, es schien, als warte Pauli auf Protest. Als der ausblieb, fuhr er etwas angespannt, aber arglos fort: »Mit der Bar hatte sie eine Art Venusfalle, hat wahrscheinlich schnell herausgefunden, bei wem sich der Einsatz lohnte. Das ist vielleicht nicht die angenehmste Art, sein Geld zu verdienen, aber eine lukrative. Zuerst lockt man Männer ins Bett, die eine Menge zu verlieren haben. Man lässt sie tun, was sie zu Hause nicht tun dürfen, aber gerne mal ausprobieren würden. Danach schreibt man ein paar Zeilen. Die anderen am Tisch sind garantiert auch erpresst worden. Doktor Amborg hätte so einen Text kaum herumgereicht, wenn die anderen ahnungslos gewesen wären. Auf die Weise outet man sich nur bei Leidensgenossen.«

Wegener bemühte sich krampfhaft, das Geschwätz zu ignorieren. Terbruck kam für Pauli als Täter offenbar nicht infrage. Aber dem Grünschnabel hatte auch noch kein Gynäkologe die Frau genommen.

Im Geist sah er sich noch einmal die Treppen zur Gynäkologie hinaufsteigen. Einen Blumenstrauß in der Hand, eine Flasche Saft oder frisches Obst, einmal einen Flakon mit Ellens Parfüm. Mit leeren Händen war er nie auf Station drei gekommen.

Ein Kuss auf die Stirn, weil Ellen jedes Mal ihr Gesicht zur Seite drehte, wenn er an ihr Bett trat und ihr die bange Frage stellte: »Wie fühlst du dich heute?«

Er hatte sich jedes Mal grauenhaft gefühlt, schuldig bis unter die Haarwurzeln.

»Dass Reuther die Bar als Erster verlassen hat, bedeutet nicht, dass er weg war«, setzte Pauli seinen wüsten Fantastereien die Krone auf. »Vermutlich hat er draußen gewartet, bis die Luft rein war. – Was machen wir jetzt?«

»Wir fahren zum Krankenhaus und reden mit Markus Behrend«, sagte Wegener.

»Natürlich. Und was machen wir danach mit Reuther?«

»Gar nichts«, sagte Wegener.

»Aber er war der Einzige am Tisch, der Zigarillos geraucht hat«, sagte Pauli fassungslos.

»Es stand auch noch ein Zigarilloraucher am Tresen«, hielt Wegener dagegen, obwohl er genau das nicht hatte sagen wollen, weil Terbruck nur ihn allein etwas anging. Aber noch länger stillschweigend zuhören konnte er nicht.

»Brauchen wir einen Sündenbock, damit keine Säulen der

Gesellschaft ins Wanken geraten?«, fragte Pauli mit belegter Stimme. Ein bisschen mulmig war ihm offenbar.

»Nein«, sagte Wegener. Es fiel ihm nicht leicht, mit halbwegs offenen Karten zu spielen, aber etwas anderes blieb ihm doch nicht übrig. »Deine Fantasie in allen Ehren, damit wirst du es bestimmt weit bringen. Aber jetzt wollen wir mal die Kirche im Dorf lassen. Die fünf Männer an Tisch vier kannst du abhaken. Das war eine Diskussionsrunde, in der es um radikale Umweltschützer ging. Zufällig weiß ich, über welchen Brief sie sich aufgeregt haben. Ich weiß sogar, welche Giftspritze das Schreiben an den Bürgermeister und die Bittschrift an Reuther verfasst hat.«

»Wer denn?«, wollte Pauli natürlich sofort wissen.

»Das tut nichts zur Sache«, erklärte Wegener. So weit kam es noch, dass er sich vor dem Frischling völlig entblößte.

»Verstehe«, sagte Pauli nun sehr reserviert. »Wussten Sie auch gestern schon, mit wem wir es zu tun bekommen? Haben Sie deshalb mich mitgenommen, weil Sie dachten, ich sei zu blöd, oder ich trau mich nicht, den Mund aufzumachen?«

»Du verstehst gar nichts!«, fuhr Wegener ihn an. »Benutz deinen Verstand, ehe du den Mund aufmachst! Wer hat Marisa angemacht? Terbruck oder Reuther? Der Brief hat nichts mit ihrem Tod zu tun. Wenn eine Frau nicht alle Männer für ausgemachte Schweine hält, stempelt sie das nicht automatisch zur Nutte und bestimmt nicht zu einer Erpresserin.«

»Sie waren wohl auch öfter Gast im *Waldschlösschen*«, meinte Pauli daraufhin. »Durften Sie auch mit rauf in die Wohnung?«

Eine kesse Lippe riskierte der Knabe, schien sich überhaupt keine Gedanken um schlechte Beurteilungen durch Vorgesetzte zu machen. Wegener spürte, wie sein Herz für einen Schlag aussetzte, um gleich darauf in ein Loch zu fallen und dort unten einen rasenden Wirbel zu beginnen. Er ballte unwillkürlich eine

Faust. Doch der Polizist in ihm war noch stark genug, um über die Reflexe zu wachen und zu verhindern, dass er die Faust in das unbedarfte Gesicht neben sich stieß.

»Weißt du noch, mit wem du sprichst?«, presste er zwischen den Zähnen hervor.

»Ich dachte, eben hätte ich es noch gewusst«, erklärte Pauli ohne das geringste Anzeichen von Respekt. »Jetzt überlege ich, ob Sie sich bloß im Auftrag von oben darum bemühen, die führenden Köpfe des Kreises aus der Schusslinie zu halten, oder ob Sie persönlich drinstecken und eventuell einen herben Verlust erlitten haben. Ich meine, wie Frau Behrend wirklich war, was die Frau getan und was sie nicht getan hat, kann theoretisch nur jemand wissen, der sie sehr gut kannte oder sich das zumindest einbildet. Dass die Putzfrau ein Loblied auf Frau Behrend gesungen hat, beweist überhaupt nichts. Sie war eine abhängig Beschäftigte, die gut behandelt wurde. Warum soll sie schlecht über ihre Arbeitgeberin reden? Der Brief aus dem Schreibtisch lässt sich nicht wegdiskutieren. Und wir haben zwei Aussagen, die Frau Behrend einen nicht gerade sittsamen Lebenswandel bescheinigen.«

»Das glaube ich nicht«, murmelte Wegener und bemühte sich danach um einen gemäßigten Ton. Der Frischling konnte ja nichts dafür, dass er den Köder geschluckt und ein paar Sätze in die falsche Kehle bekommen hatte. »Meinst du, nur weil du einmal mit der Nase vorne dabeigestanden hast und nicht umgekippt bist, hast du jetzt den totalen Durchblick? Ich erkläre es dir noch einmal, du kannst es gleich in dein Notizbuch schreiben. Was Gilles von sich gegeben hat, legen wir ab unter der Rubrik ›abservierter Liebhaber‹. Und was die Hanning behauptet hat, zählt nicht, weil sie eine Katze ist. So hat Marisa sie genannt. Weißt du, was das bedeutet? Wer eine Katze aufnimmt, ist nicht mehr Herrin im eigenen Haus.«

Und was da weiterhin zu Simon Pauli sprach, war nur noch ein Mann, der es versäumt hatte, einmal rechtzeitig von der Landstraße abzubiegen. Von Geburt an zu einem Leben als Prügelknabe verurteilt, weil sein Erzeuger sich aufgehängt hatte. Und unterschwellig war er auch noch der Meinung, er hätte es nicht besser verdient, weil etwas an ihm abstoßend sei.

Er hätte sich damals nicht bücken und das vom Blut seiner Schwester besudelte Zweimarkstück aus dem Rinnstein klauben dürfen. Das hatte er dann unauffällig in seiner Hosentasche verschwinden lassen und sich in den folgenden Wochen nach und nach vier Brausetütchen, sechs Salinos, für fünfzig Pfennig Rahmbonbons und ein Vanilleeis mit Schokoladenüberzug davon gekauft.

Ein Leichenfledderer war er, der seine Hände gar nicht nach einer Frau wie Marisa hätte ausstrecken dürfen. Obwohl sie vielleicht verstanden hätte, dass ein siebenjähriger Junge im ersten Moment nur erleichtert gewesen war. Dass dieser Junge keine Sekunde lang das Gefühl gehabt hatte, einen lieben Menschen verloren zu haben, dass er aufgeatmet hatte, während für seine Mutter die Welt unterging. Und für ihr Verständnis hätte er Marisa auf Händen getragen, nicht mehr von ihr gewollt als ein wenig Zärtlichkeit und Liebe.

Terbruck

Das Kreiskrankenhaus war ein lang gezogener Bau, zweckmäßig und schmucklos. Es gab keinen Park, nur ein paar mickrige Bäume neben dem gepflasterten Fußweg, der auf das Hauptportal zuführte. Simon Pauli war diesen Weg vor vier Wochen zweimal gegangen und erinnerte sich gern daran.

Er hatte drei Schwestern und bisher mit keiner davon schlechte Erfahrungen gemacht. Die älteste hatte eine Gaststätte in Köln, die mittlere eine inzwischen alte Katze, die nur noch faul herumlag. Und die jüngste, immer noch fünf Jahre älter als er, wohnte in Heimberg, hatte ihm nach seiner Versetzung hierher Obdach geboten und Mitte Mai ihr erstes Kind bekommen, ein Mädchen, das nun Simone hieß, worauf er mächtig stolz war.

Welcher Arzt seine jüngste Schwester entbunden hatte, wusste Simon Pauli nicht. Er dachte momentan auch nicht an ihren entzückten Jauchzer, als sie eine winzige Jeanshose aus dem Geschenkpapier nahm. *»Och, ist die niedlich, aber viel zu groß, Simon. Das wird eine Weile dauern, ehe sie da reinpasst.«* »Ich habe sie auf Zuwachs gekauft«, hatte er gesagt und damit verschleiert, dass er sich tüchtig verschätzt hatte. Wer hätte gedacht, dass ein Neugeborenes nur einen halben Meter groß ist?

Dass er sich jetzt ebenfalls verschätzte, glaubte er nicht. Wie sollte Simon Pauli Wegeners sprunghaftes Verhalten beurteilen? Die eben abgegebene konfuse Erklärung war viel zu verworren gewesen, um daraus mehr als eine katastrophale Kindheit und das Bedauern abzuleiten, eine Frau wie Marisa Behrend eben *nicht* gekannt zu haben. Und hätte nicht zuvor Bettina Grassnitz' Mutter die Katastrophen in Wegeners Kindheit angesprochen, hätte Simon Pauli überhaupt nicht begriffen, was sein Vorgesetzter von sich gab.

Wie auch immer: Simon Pauli sah seinen gestrigen Einsatz nun in einem anderen Licht. Genauso wie er es formuliert hatte: mitgenommen worden, weil er das Schlusslicht der Abteilung war. Er hatte mal gucken dürfen, hätte aber wohl nicht zu viel sehen oder hören und bestimmt nicht seinen eigenen Kopf benutzen sollen.

Zu dieser Vermutung passte, dass Wegener ihn zu der völlig aufgelösten Putzfrau in die Küche geschickt hatte, um sich selbst ungestört mit Gilles unterhalten zu können. Nachdem es Simon Pauli gelungen war, Agnes Kalwin so weit zu beruhigen, dass man ihr Fragen stellen konnte, hatte Wegener sich mit ihr in der Küche verbarrikadiert. Weil außer ihm niemand hören sollte, was die Frau zu berichten wusste, warum sonst! Damit Simon Pauli nicht doch etwas aus der Küche mitbekam, hatte Wegener ihn ins Arbeitszimmer geschickt, um nach Adressverzeichnissen und dergleichen zu suchen. Beschäftigung für einen Doofen. Es hatte vermutlich keiner damit gerechnet, dass noch so ein verräterischer Brief im Schreibtisch lag.

»Hallo, Doktor.«

Fünf Doktoren an einem Tisch, zwei davon politische Größen. Die drei anderen waren garantiert auch mehr als nur angesehene Bürger. Wegeners depressive Stimmung, die Simon Pauli schon gestern Abend und heute früh erneut aufgefallen war. Es fügte sich alles harmonisch zu einem Bild zusammen.

Es war bestimmt nicht angenehm für einen Abteilungsleiter wie Wegener, vom Chef abkommandiert zu werden, nicht nach Recht und Gesetz, sondern nach den Regeln der Vertuschung zu arbeiten und sich dann von einem Kommissar z. A. vorführen zu lassen, dass man sogar einem Kriminalrat sagen durfte, was man dachte.

Simon Pauli war nicht völlig frei von Selbstüberschätzung und sah sich in einer fatalen Situation. An wen sollte er sich wenden, wenn sich herausstellte, dass Wegener tatsächlich nicht vorhatte, Marisa Behrends Tod aufzuklären? Kriminalrat Viehof schied als Auftraggeber von vorneherein aus. Der Landrat als oberster Dienstherr ebenso, immerhin war der jetzt der Hauptverdächtige – jedenfalls für Simon Pauli.

Vielleicht könnte er in Erfahrung bringen, welcher Staatsanwalt zuständig war, und mit dem sprechen? Der Staatsanwalt schien ja auch ein gelindes Misstrauen zu hegen, sonst hätte er kaum auf einer Obduktion am Rechtsmedizinischen Institut Köln bestanden. Als Alternative blieb nur die interne Ermittlung. Und wenn er die auf den Plan rief, bekäme er danach nirgendwo mehr einen Fuß in die Tür, könnte sich selbst den Stempel aufdrücken: »Verräter!«

In nicht sehr angenehme Zukunftsperspektiven versunken, hielt der Kommissar z. A. sich einen Schritt hinter Wegener, der nun offenbar den Ersten Kriminalhauptkommissar herauskehrte und zügig auf das Krankenhausportal zuschritt. Ein älterer Pförtner gab durch das Sprechgitter in seinem Glaskasten Auskunft, als Wegener sich nach Markus Behrend erkundigte.

Da der junge Mann erst in der Nacht eingeliefert worden war, standen dem Pförtner noch keine genauen Daten zur Verfügung. Aber ein schockbedingter Zusammenbruch nach einem Trauerfall in der Familie; dafür kam nur die Innere infrage. Station zwei.

Sie nahmen die Treppen. Doch wie Ute Hanning angekündigt hatte, war Markus Behrend nicht in der Lage, Auskünfte zu geben. Die Stationsschwester nannte zwar die Zimmernummer, als Wegener sein Anliegen vortrug, erklärte jedoch gleichzeitig: »Das Beste wird sein, Sie reden zuerst mit dem Arzt.«

Die Schwester griff zum Telefon. Kurz darauf kam der Stationsarzt, hörte sich ebenfalls an, wie wichtig es sei, und bedauerte: »Herr Behrend schläft. Wir mussten ihn ruhigstellen. Es hätte keinen Sinn, ihn aufzuwecken, glauben Sie mir.«

Wegener zuckte mit den Achseln, lächelte freundlich und sagte: »Da kann man nichts machen. Dann versuchen wir es eben morgen noch mal.« Damit wandte er sich auch schon wieder den Doppeltüren zu, hinter denen das Treppenhaus und der Aufzug lagen. Und Simon Pauli hätte sein karges Monatsgehalt verwettet, dass Wegener gar nicht vorhatte, mit Markus Behrend zu sprechen, jedenfalls nicht, wenn ihm ein wachsamer Kommissar z. A. dabei zuhörte.

Wegener drückte eine der Glastüren auf und sagte: »Wenn du an der Obduktion teilnehmen willst, solltest du zusehen, dass du dich jetzt auf den Weg nach Köln machst. Frag mal bei der Leitstelle nach, ob ein Wagen in der Nähe ist, der dich hier abholen kann.«

»Wieso?«, fragte Simon Pauli. »Fahren Sie nicht mit?«

»Wir müssen doch nicht zu dritt dabeistehen«, sagte Wegener. »Ich nehme an, es wird auch jemand von der Staatsanwaltschaft teilnehmen.« Damit stieg er die Treppe hinauf.

Simon Pauli schloss sich an. Es war noch nicht mal zwölf, vor zwei Uhr brauchte er nicht los, eine Stunde Fahrzeit reichte allemal für vierzig Kilometer Autobahn und ein Stückchen durch Köln.

»Für dich geht's runter«, sagte Wegener.

»Ich hab noch massenhaft Zeit«, erklärte Simon Pauli und blieb ihm auf den Fersen. Den Aufstieg hielt er für ein Täuschungsmanöver. Er war überzeugt, Wegener wolle zurück auf Station zwei kehren und sich Markus Behrend vornehmen, sobald keiner mehr in der Nähe war, der dazwischenfunken oder mithören konnte. Ihm dämmerte nicht einmal, mit wem Wegener tatsächlich reden wollte, als sie die Gynäkologie erreichten.

Noch eine Doppeltür aus Glas. Dahinter der gleiche lange und Simon Pauli gut bekannte Flur mit den Türen rechts und links. Wegener hielt zielstrebig auf das Stationszimmer in der Mitte des Ganges zu. Kaum dass er die Tür erreichte, zog er auch schon seinen Dienstausweis aus der Tasche.

In dem Zimmer hielten sich zwei Leute auf; eine Schwester und ein Mann in weißem Polohemd und kochfesten Baumwollhosen, den Simon Pauli auf Ende dreißig, Anfang vierzig schätzte. Ein Allerweltsgesicht mit den Andeutungen erster Fältchen um die Augen. Sonnengebräunter Teint, umrahmt von dichtem, dunklem Haar. Die Hände schmal und wohlgeformt.

Simon Pauli ging erst ein Licht auf, als Wegener den Mann ansprach: »Doktor Terbruck.« Nach einer Frage klang das nicht.

Der Arzt nickte und brauchte anscheinend einen Moment, um sich zu erinnern. Dann lächelte er und erkundigte sich leutselig: »Wie geht es Ihrer Frau und dem Töchterchen? Oder haben Sie sich für einen Sohn entschieden?«

»Dank Ihrer einfühlsamen Beratung kümmert meine Frau sich seitdem lieber um Kreuzkröten und Feldhamster«, erwiderte Wegener. »Aber ich bin nicht hier, um Auskunft über mein Privatleben zu geben. Wir haben ein paar Fragen an Sie. Gibt es einen Raum, in dem wir ungestört reden können?«

Immerhin sagte er *wir*. Simon Pauli hätte sich jetzt auch auf gar keinen Fall mehr abhängen lassen.

Terbruck bedeutete der Schwester, das Zimmer zu verlassen. »Wenn es nicht lange dauert. Ich muss zu einer Entbindung.«

»Zwei Minuten«, behauptete Wegener.

Die Schwester ging. Terbruck lächelte unbefangen weiter, als sie die Tür hinter sich schloss. Auf Simon Pauli wirkte er arglos.

»Sie waren am Sonntagabend im *Waldschlösschen*«, begann Wegener.

»Das war keine Frage, sondern eine Feststellung«, bemühte sich Terbruck, die Lage zu entschärfen. Ein Blick in Wegeners Miene musste ihm bereits klargemacht haben, dass es eine heikle Situation war.

Simon Pauli beobachtete Wegener mit wachsendem Unbehagen. Auch Terbrucks Lächeln verschwand, stattdessen breitete sich Besorgnis aus. Noch versuchte er, das hinter einem lässigen Ton zu verbergen. »Aber es war eine zutreffende Feststellung. Ich war mit meinem Schwiegervater in der Bar.«

»Wie lange?«

Dieser Ton! Pauli hatte unwillkürlich einen Rottweiler vor Augen, der nur einmal kurz knurrte, ehe er zubiss. Kein Wunder, dass Terbruck zusammenzuckte.

»Bis Mitternacht etwa, auf die Minute genau kann ich Ihnen das nicht sagen«, antwortete der Gynäkologe.

»Sind Sie dann zu zweit oder zu dritt in Marisa Behrends Wohnung gewechselt?«, fragte Wegener.

»Was soll das?«, begehrte Terbruck auf und streifte Simon Pauli mit einem fragenden Blick.

»Beantworten Sie meine Frage«, herrschte Wegener ihn an. »Waren Sie alleine oder mit Ihrem Schwiegervater ...«

»Weder noch«, fiel Terbruck ihm ins Wort. »Wir sind heimgefahren und zu Bett gegangen.«

Wegener lächelte zwar, doch sein Lächeln war eine Grimasse, seine Stimme klang wie über eine rostige Raspel gezogen. »Ich nehme an, Ihre Frau wird das bezeugen.«

»Meine Frau war verreist, sie kommt erst heute von einem Kongress zurück«, sagte Terbruck.

Und Wegener stellte fest: »Dann hätten Sie also die Möglichkeit gehabt, unbemerkt zurück zum *Waldschlösschen* zu fahren. Oder haben Sie sich zu Ihrem Schwiegervater ins Bett gelegt?«

Darauf antwortete Terbruck nicht, sagte stattdessen: »Die Bar wurde geschlossen, als wir gingen. Und jetzt erklären Sie mir doch bitte erst einmal, warum Sie mir diese Fragen stellen.«

Wegeners Gesichtsfarbe wechselte von Blass zu Rosa. Bevor er explodieren konnte, griff Simon Pauli ein. »Gestern Vormittag wurde Marisa Behrend tot in ihrem Schlafzimmer gefunden.«

Von Wegener fing er sich einen wütenden Blick ein. Terbruck starrte ihn entgeistert an. »Was? Aber sie war doch völlig in Ordnung, als wir gingen.«

Wegener riss das Wort wieder an sich. »Uns liegt eine Aussage vor, nach der Sie sich angeregt mit Marisa Behrend unterhalten haben. So angeregt, dass ein anderer Gast stutzig wurde.«

Terbruck gestattete sich ein keineswegs amüsiertes Lächeln. »Das war der Zweck der Aktion. Frau Behrend wollte, dass dieser Eindruck entstand. Eine ernste Absicht steckte nicht dahinter. Von meiner Seite gewiss nicht – ich bin verheiratet.«

»Das hat noch keinen Mann daran gehindert, eine sich bietende Gelegenheit mit beiden Händen zu ergreifen«, konterte Wegener. »Vor allem dann nicht, wenn er Praktiken bevorzugt, die der eigenen Frau vielleicht suspekt sind.« Dann zitierte er den Brief aus dem Schreibtisch: *»Hallo, Doktor, wie gefällt Ihnen der Gedanke, dass die Öffentlichkeit erfährt, was für ein perverses Schwein Sie sind?* Kommen Ihnen diese Sätze bekannt vor?«

»Nein«, sagte Terbruck ruhig. »Und ehe ich Ihre nächste Frage beantworte, will ich wissen, warum Sie fragen. Gehen Sie etwa davon aus, ich hätte etwas mit Marisa Behrends Tod zu tun? Das ist lächerlich. Wie oder woran ist sie denn gestorben?«

Wegener trat einen Schritt vor. Simon Pauli räusperte sich

vernehmlich und hüstelte anschließend nach besten Kräften, doch es achtete niemand auf ihn.

»Es ist absolut nicht lächerlich, eine Frau so auf ihrem Bett zu finden, wie wir Marisa Behrend gefunden haben«, sagte Wegener. »Perverses Schwein, das ist die einzig treffende Bezeichnung für den Bastard, der ihr das angetan hat. Und ich garantiere Ihnen, die Öffentlichkeit wird davon erfahren. Dafür sorge ich. Dann können Sie beruflich einpacken, *Herr Doktor*. Wir können beweisen, dass Sie in Marisa Behrends Wohnung waren.«

Terbruck schüttelte fassungslos und trotzdem energisch den Kopf. »Ich war nie in ihrer Wohnung. Wie wollen Sie denn etwas beweisen, was nicht stattgefunden hat?«

»Sie rauchen Zigarillos«, sagte Wegener.

Nach ein paar sprachlosen Sekunden und einem Laut, der nach einem ablehnenden Auflachen klang, erklärte der Gynäkologe: »Da bin ich ja wohl nicht der Einzige.«

»Nein«, stimmte Wegener ihm zu. »Aber Sie waren am Sonntagabend der letzte Zigarilloraucher in Marisa Behrends Nähe.«

Damit hatte er schon den Kragen von Terbrucks Poloshirt gepackt und zog den Arzt näher zu sich heran.

Simon Pauli griff nach Wegeners linkem Unterarm und zerrte daran, erzielte aber keine Wirkung.

Terbruck machte keine Anstalten, sich zu befreien. Er sprach nur aus, was Simon Pauli dachte: »Sie sollten dieses Gespräch mit Doktor Reuther führen.«

»Er hat die Bar vor Ihnen verlassen«, sagte Wegener.

»Ja«, stimmte Terbruck zu. »Das tun verprellte Liebhaber, wenn sie einsehen müssen, dass ihre Zeit vorbei ist. Vor drei Wochen – da war ich übrigens mit meiner Frau im *Waldschlösschen* – war Doktor Reuther der Letzte, der noch bei Marisa Behrend am Tresen stand und sich *angeregt* mit ihr unterhielt, als wir hinausgingen. So angeregt, dass meine Frau stutzig wurde und ein Tuch liegen ließ, damit sie noch einmal umkehren und sich vergewissern konnte. Immerhin ist Doktor Reuther verheiratet und politisch sehr ambitioniert. Aber wie Sie eben so treffend bemerkten, hat das noch keinen Mann daran gehindert, eine sich bietende Gelegenheit mit beiden Händen zu ergreifen. Und das dürfen Sie wörtlich nehmen. Meine Frau wurde Zeugin seines Griffs mit beiden Händen, nehmen Sie ruhig die Arme noch dazu.«

Ihre Gesichter hingen so dicht beieinander, dass ihre Nasen sich fast berührten. Simon Pauli bemühte sich weiter erfolglos, sie auseinanderzubringen.

»Marisa Behrend ließ sich allerdings nicht gerne als Gelegenheit nutzen«, fuhr Terbruck fort. »Am Sonntagabend wollte sie nicht mehr von Doktor Reuther belästigt werden. Sie bat mich, ihr bei dieser kleinen Show zu assistieren. Ich dachte zuerst, das richte sich gegen einen anderen Gast, weil Reuther gar nicht da war. Aber er kam wenig später. Und es gab für ihn nicht mal mehr eine Kleinigkeit aus der Küche. Ein Dessert hätte er noch haben können. Das lehnte er ab, wollte nur eine Schachtel Zigarillos. Die brachte Marisa Behrend ihm dann persönlich an den Tisch. Zuvor hatte sie die Schachtel geöffnet und einen zusammengefalteten Zettel hineingeschoben. Ein Abschiedsbriefchen, nehme ich an.«

»An welchen anderen Gast hatten Sie denn gedacht?«, fragte Simon Pauli und zerrte unverändert an Wegeners Unterarm.

»Doktor Gilles«, sagte Terbruck. »Auch ein verprellter Liebhaber, sogar ein langjähriger, der im *Waldschlösschen* aber immerhin noch sein Gnadenbrot bekommt. Ich habe jedenfalls noch nie gesehen, dass er bezahlt hätte. Er hat die Bar übrigens auch vor uns verlassen, nachdem Marisa Behrend ihm eine herbe Abfuhr erteilt hatte, wie mein Schwiegervater Ihnen bestätigen kann.«

Ob es diese Hinweise waren, oder ob Wegener endlich die zerrende Hand an seinem Unterarm registrierte, hätte Simon Pauli nicht sagen können. Das war ihm auch nicht so wichtig, Hauptsache, Wegener ließ endlich Terbrucks Kragen los und die Hände sinken.

Wegener ging zur Tür mit den Worten: »Wir sprechen uns noch, Herr Doktor, aber dann unter vier Augen.«

»Was hat Frau Behrend denn zu Doktor Gilles gesagt?«, wollte Simon Pauli unbedingt noch wissen.

»Dass sie sich seit Januar sehr wohlfühlt und an diesem Zustand nichts mehr ändern möchte«, gab Terbruck Auskunft.

»Mit anderen Worten, in der Beziehung mit Doktor Gilles hat Frau Behrend sich nicht wohlgefühlt«, stellte Simon Pauli fest.

»Anderenfalls hätte sie diese kaum beendet«, meinte Terbruck.

Simon Pauli bedankte sich und eilte hinter Wegener her.

Rolf

Als Wegener sein Büro betrat, war Simon Pauli immer noch dicht hinter ihm; er hatte sich partout nicht auf den Weg nach Köln bringen lassen, obwohl es allmählich höchste Zeit wurde. Bisher hatte Pauli noch kein Wort über die Szene im Krankenhaus verloren. Aber er wollte eine Erklärung, das stand ihm auf die Stirn geschrieben. Nur wusste Wegener beim besten Willen nicht, wie er den Aufruhr in seinem Innern in Worte fassen sollte.

Er fühlte sich wie in zwei ungleiche Hälften zerbrochen. Der kleinere Teil war machtlos und entsetzt über das Verhalten des dicken Brockens, der sich abgespalten hatte. Ihm war sehr wohl bewusst, dass er entschieden zu weit gegangen war und der wachsame, junge Kater an seiner Seite ihn davor bewahrt hatte, Terbruck zusammenzuschlagen.

»Geht's wieder?«, fragte Simon Pauli, als hätte Wegener auf Station drei einen Schwächeanfall erlitten.

Er nickte und hatte den kleinen Kater von Ute Hanning vor Augen. Ein kleiner Feigling, der sich vor den Tritten großer Leute fürchtete. Wie ein Feigling hatte Pauli sich bisher nicht verhalten, aber jetzt war seine Miene das Paradebeispiel von Unsicherheit.

Es vergingen noch einige Sekunden, dann wollte der Frischling wissen: »Darf ich Sie mal was Persönliches fragen?« Die Erlaubnis wartete er nicht ab. »Hatten Sie wirklich keine Affäre mit Frau Behrend?«

»Nein«, sagte Wegener.

»Aber Reuther hatte eine.«

»Woher soll ich das wissen?«, fragte Wegener. »Meinst du, er nimmt mich mit, wenn er fremdgeht?«

»Was hat Terbruck mit Ihrer Frau gemacht?«

Das war nun wirklich kein Thema, um es mit dem Grünschnabel zu erörtern. »Wenn das ein Verhör werden soll«, sagte Wegener, »sind wir im falschen Zimmer.«

»Ich will doch nur wissen, woran ich bin und was hier los ist«, rechtfertigte Simon Pauli seine Neugier.

Wegener warf einen demonstrativen Blick auf seine Armbanduhr. »Wenn du dich beeilst, wirst du der Erste sein, der es erfährt. Aber wenn du noch lange hier herumstehst, sind die mit der Obduktion fertig, ehe du dein Pfefferminzöl einsetzen kannst.«

»Wollen Sie wirklich nicht mitkommen?«

»Nein«, sagte Wegener. »Ich gehe lieber was essen.«

Simon Pauli rührte sich nicht von der Stelle. Wegener sah sich gezwungen, doch noch ein paar Sätze hinterherzuschicken, um ihn endlich loszuwerden. »Danach rufe ich vielleicht meine Frau an und erzähle ihr, wie unser Bürgermeister sich über ihren gepfefferten Brief aufgeregt und dass einer aus der Runde sie als Giftspritze bezeichnet hat.«

»Ihre Frau?«, fragte Simon Pauli skeptisch.

So weit kam man also mit der Wahrheit. Was soll's! Der Knabe hatte ohnehin schon viel mehr mitbekommen als jemals einer vor ihm. Und der Kohlenlaster, den Bettina Grassnitz' Mutter zur Begrüßung angeführt hatte, wog schwerer als ein paar Kreuzkröten.

»Ich hätte es dir früher sagen sollen«, gestand Wegener. »Aber einerseits fand ich es amüsant, wie du auf die Giftspritze abgefahren bist, andererseits war es mir peinlich. Man erzählt nicht gerne, dass man zu Hause eine durchgeknallte Fanatikerin sitzen hat, die sogar den *Grünen* zu radikal war. Seit Terbruck ihr vor drei Jahren die Gebärmutter entfernt hat, geht sie für die Umwelt auf die Barrikaden. Zurzeit will sie unbedingt verhindern, dass der Parkplatz beim Einkaufszentrum erweitert wird.«

»Soll das heißen, Ihre Frau hat die Briefe an Amborg und Reuther geschrieben?« Simon Pauli klang unverändert skeptisch und reserviert.

»Blitzmerker«, sagte Wegener. »Wenn das morgen im ganzen Präsidium bekannt ist, bittest du besser um eine Versetzung in die Pampa. Bisher weiß hier keiner, warum ich so viele Überstunden mache. Du bist der Erste, der es erfährt, und du bleibst der Einzige, haben wir uns verstanden?«

»Natürlich«, versicherte Simon Pauli.

»Gut«, sagte Wegener. »Dann fahr jetzt.« Nachdem der Frischling das Büro verlassen hatte, überlegte Wegener, ob er zu Gilles fahren und ihn mit Terbrucks Behauptungen konfrontieren sollte. Doch solange es kein Obduktionsergebnis gab, das einen gewaltsamen Tod bestätigte, versprach er sich nicht viel davon. Und Gilles war ihm gestern schon suspekt gewesen. Am Ende verlor er nur wieder die Nerven.

Minutenlang spielte er mit dem Gedanken, Viehof einen Besuch abzustatten und dem Kriminalrat mit den Informationen über ihren obersten Dienstherrn den Boden unter den Füßen zu entziehen. Aber Viehof würde sagen: *»Jetzt mach mal halblang, Rolf. Wann soll Reuther denn ein Verhältnis mit Marisa – ich meine, Frau Behrend – angefangen haben? Der Mann weiß doch vor lauter Arbeit nicht, wo ihm der Kopf steht. Was Terbruck von sich gegeben hat, wird eine Schutzbehauptung gewesen sein, die seine Frau und sein Schwiegervater aber jederzeit bestätigen werden. In den Kreisen lebt man lieber mit einem Schwein unter einem Dach als mit einem Skandal.«*

Und damit hätte Viehof zweifellos recht. Terbruck steckte ihm immer noch wie ein Dorn im Fleisch. Jetzt verfluchte er sich für die Szene, die er auf Station drei gemacht hatte. Hätte er Terbruck freundlich behandelt, gäbe es noch die Möglichkeit, ihn zu einem Gespräch ins Präsidium zu bitten – nach dem Motto: »Es sind nur noch ein paar Fragen. Ich nehme Sie mit und bringe Sie gleich zurück.« Und dann ab mit ihm in die Botanik.

Als Rolf Wegener hinab ins Untergeschoss stieg, wo der Erkennungsdienst untergebracht war, wollte er nichts weiter, als sich irgendwie von Terbruck, Ellen und seinem persönlichen Elend ablenken. Nur ein paar Worte mit Kathi Wimmer wechseln. Nur drei, vier Sätze lang so tun, als sei alles wie immer und er noch der Polizist, den Kathi seit Jahren kannte.

Es war Mittagszeit, aber Kathi Wimmer machte keine Pause. Sie war allein und damit beschäftigt, die Fingerabdrücke aus Marisa Behrends Schlafzimmer mit denen von Agnes Kalwin, Gilles, den Gläsern aus der Bar und denen der Toten abzugleichen. Letztere hatte sie gestern Nachmittag im Kreiskrankenhaus persönlich genommen, wo sie auch mögliche Spuren vom Täter an der Leiche gesichert hatte.

Die Fingerabdrücke von Gilles hatte Manfred Dahlen – von Viehof gescheucht – am frühen Morgen besorgt. Außerdem hatte Viehof die Anweisung erteilt, das gesamte sichergestellte Material zum LKA-Labor und dem Rechtsmedizinischen Institut zu schaffen. Persönlich, damit nur ja nichts verloren ging. In dem Auftrag war Dahlen noch unterwegs.

Das erstaunte Wegener. »Was hat Viehof es denn auf einmal so eilig? Warum wartet er nicht das Ergebnis der Obduktion ab?«

Kathi lachte grimmig. »Du hast Nerven, probst den Aufstand und erwartest, dass Viehof die Hände in den Schoß legt? Er war gestern Abend schon auf hundertachtzig, kam persönlich in die Pathologie und verbot mir, weiterzumachen. Ihre Verletzungen waren ihm nicht geheuer.«

»Welche Verletzungen?«, fragte Wegener. »Gestern waren gar keine zu sehen, und Reinarzt sprach heute Morgen nur von Analfissuren.«

»Nur ist gut«, erwiderte Kathi in ihrer trockenen Art. »Wenn das im gegenseitigen Einvernehmen passiert sein soll, muss die Frau gewaltig einen an der Waffel gehabt haben oder so abartig veranlagt gewesen sein wie Ed Geins.«

»Wie wer?«, fragte Wegener.

»Noch nie von Ed Geins gehört?«

Als er den Kopf schüttelte, erklärte Kathi Wimmer: »Er hat Frauen und Kinder gehäutet und ausgeweidet, auch Teile gekocht und gegessen. Sich selbst steckte er gerne Zündschnüre in den Allerwertesten und zündete sie an. Weil es so schön war, wenn anschließend der Schmerz nachließ. So was soll es geben.«

»Du willst aber hoffentlich nicht behaupten, Marisa Behrend hätte dieselbe Veranlagung.«

»Ich behaupte gar nichts«, sagte Kathi. »Ich tu nur meine Arbeit, und manchmal mache ich mir ein paar Gedanken dazu. Bisher war das ganz in deinem Sinne. Hat sich daran etwas geändert?«

Als er erneut den Kopf schüttelte, sprach sie weiter: »Außer den Analfissuren gab es Einrisse unter den Fingernägeln und Einblutungen an den Mundschleimhäuten, hauptsächlich an den Lippen. Vielleicht die Folge einer heftigen Knutscherei. Aber ich tippe eher auf das Kopfkissen, von dem dein Lehrling so angetan war.«

»Fingerabdrücke an der Kondomhülle?«, fragte er.

Nun schüttelte Kathi den Kopf. »Das LKA wird auch nicht

mehr Glück haben, ob sie das Ding nun bedampfen oder sich einrahmen. Der Hengst hat Gummihandschuhe getragen.«

»Gummihandschuhe?«, wiederholte Wegener konsterniert. »Wie man sie zum Putzen anzieht?«

»Genau die, mit geriffelter Oberfläche an den Fingerkuppen.«

»Aber mit den Dingern hat man doch gar kein Gefühl in den Fingern«, sagte er.

»Er hat sie auch nicht die ganze Zeit getragen. Glastische und Bettgestell waren clean, muss man auch nicht anfassen, um etwas abzulegen oder Bänder zu verknoten. Aber von der Türklinke im Bad haben wir einen bilderbuchmäßigen Satz, Unterkante innen, rechte Hand, vier Finger nebeneinander. Der Mittelfinger stimmt überein mit einem Teilabdruck von einem der Gläser, die wir hinter dem Tresen eingesammelt haben.«

Wegener dachte an das Glas, aus dem Reuther getrunken, das Bettina Grassnitz vom Tisch genommen und vermutlich hinter dem Tresen abgestellt hatte. Ebenso gut konnte der Teilabdruck jedoch von Terbruck stammen.

Währenddessen sagte Kathi etwas über Sekretspuren am Dildo, den Liebeskugeln und dem Laken, doch das bekam er nur am Rande mit. Er hörte erst wieder aufmerksam zu, als sie erklärte: »... äußerst merkwürdig. Ich hätte es mir gerne genau angesehen, aber ich musste alles abgeben, kann nur noch Fotos betrachten. Ich hab dir alle gemailt. Und damit du nicht den halben Tag auf den Bildschirm starren musst, habe ich zusätzlich die ausgedruckt, die du dir unbedingt ansehen solltest.«

Sie zeigte zu einem Tisch, auf dem ein prall gefüllter Umschlag lag. »Ich war schon mal oben damit, wollte sie aber nicht einfach in dein Büro legen. Es war wieder nicht abgeschlossen. Und inzwischen hat sich herumgesprochen, dass wir eine rasante Sache bearbeiten. Bleibt ja nicht aus, wenn Viehof wie ein aufgescheuchtes Huhn durch die Gänge läuft.«

Wegener nahm den Umschlag, bedankte sich, ging zurück und setzte sich mit einem zwiespältigen Gefühl wieder an seinen Schreibtisch. Obwohl es ihm widerstrebte zu betrachten, was Kathi Wimmer für besonders wichtig hielt, zog er den dicken Packen großformatiger Abzüge heraus und fächerte sie auseinander.

Obenauf lagen Aufnahmen vom Zimmer, die einen Gesamteindruck vermittelten. Dann folgten die Details. Es war die reinste Selbstquälerei. Marisas Gesicht konnte er sich nicht ansehen. Beim Anblick der schwachen Striemen an ihrem Hals und den kaum wahrnehmbaren Schattierungen an ihren Rippen zuckte ihm Simon Paulis Stimme durchs Hirn. In Hockstellung auf ihrem Brustkorb, um sie mit dem Kissen zu ersticken.

Oder hatte Marisa ihr Gesicht ins Kissen gepresst, um ihre Schmerzlaute zu unterdrücken, während der Bastard brutal in sie eindrang? Die Fissuren hatte Kathi Wimmer auch fotografiert, ebenso die feinen Risse unter den rot lackierten Fingernägeln und die Einblutungen in den Mundschleimhäuten, speziell der Lippen.

Die Übelkeit schoss wie eine ekelhafte Welle in ihm hoch. Mit knapper Not schaffte er es in den Waschraum, schloss sich in einer Kabine ein und würgte sich, vor dem Toilettenbecken kniend, das Herz aus dem Leib. Ohne Frühstück war es ein sinnloses Unterfangen, das ihm nur den Schweiß auf die Stirn und Tränen in die Augen trieb. Von der Qual in seinem Innern, dem Wissen, dass es diese Frau gegeben hatte und er an ihr vorbeigefahren war, immer nur vorbei, erlöste es ihn nicht. Als er sich zurück in sein Büro schleppte, schluchzte Agnes Kalwin in seinem Hinterkopf noch einmal: *»Marisa war mit einem Mann zusammen und ist einfach gestorben.«*

Einfach bestimmt nicht. Wer sie auf dem Gewissen hatte, hatte es ihr entsetzlich schwer gemacht.

Die Fotos lagen unverändert auf seinem Schreibtisch. Niemand hatte sich in der Zwischenzeit erbarmt und für ihn herausgesucht, was Kathi Wimmer aufgefallen und äußerst merkwürdig vorgekommen sein könnte. Er schob alle zusammen und zurück in den Umschlag. Dann schloss er das Schubfach auf, in dem er morgens das abgewetzte Kunstledermäppchen mit den Schlüsseln deponiert hatte. Auch seine Pistole und das Holster lagen darin.

Von den Pflichtübungen auf dem Schießstand abgesehen, trug er die Waffe nicht mehr bei sich. Beruflich war es nicht notwendig, und privat wollte er nicht doch noch der Versuchung erliegen, nur für Ruhe und Frieden, Ellen zu den Bezügen einer Beamtenwitwe zu verhelfen und zu einem Haus, dessen Miete sie sofort erhöhen würde.

Nun nahm er das Holster heraus, legte es um, steckte die Walther P99 hinein und zog das Jackett an, unter dem sich die Pistole deutlich abzeichnete. Vor seiner Beförderung hatte er meist Blousonjacken getragen, darunter war das Holster nicht aufgefallen, wenn es mal notwendig gewesen war, bewaffnet zu einem Einsatz zu fahren. Soweit er sich erinnerte, war das nur einmal der Fall gewesen. Jetzt gab es überhaupt keinen Grund, die Waffe mitzunehmen, es gab ja nicht mal einen Einsatz, nur ein Bedürfnis.

Das Schlüsselmäppchen steckte er wieder in eine Tasche, nahm den Umschlag und brach auf, um eventuell vor Ort zu erkennen, was äußerst merkwürdig gewesen sein könnte. Ebenso gut hätte er Kathi danach fragen können. Er hätte nur zugeben müssen, dass er nicht bei der Sache gewesen war, als sie über die Sekretspuren gesprochen hatte. Ein Weltuntergang wäre solch ein Geständnis nicht gewesen. Aber er wollte alleine dahinterkommen. Vielleicht fuhr er nur, um Abschied zu nehmen von einem Traum, den er nicht hatte erleben dürfen.

4. Teil

Marisa

Es war zehn nach drei, als Rolf Wegener das Präsidium verließ und draußen in seinen Privatwagen, einen BMW, stieg. Simon Pauli stand zu diesem Zeitpunkt bereits mit von Pfefferminzöl verätzten Nasenschleimhäuten neben dem Stahltisch in einem gekachelten Raum und schaute zu, wie Männerhände in Latexhandschuhen mit Knochensäge und stumpfen Skalpellen die Verkörperung von Hingabe und Vertrauen zerlegten.

Wegener fuhr los, kam jedoch nicht weit. Nach einem halben Kilometer registrierte er auf dem Gehweg vor einer Bäckerei-Filiale eine Werbetafel, auf der belegte Brötchen und frischer Kaffee offeriert wurden. Unweigerlich sah er sich mit Agnes Kalwin in der Küche sitzen, das Frühstücksbrötchen mit den schon etwas welken Salatblättern auf dem Tablett. Und mit einem Mal überfiel ihn ein unbändiger Hunger. Er steuerte an den Straßenrand, stieg aus, ging zu der Bäckerei, bestellte sich einen Becher Kaffee und ein Schinkenbrötchen mit zwei Tomatenscheiben und einem Salatblatt.

Eine Viertelstunde später hatte er den letzten Schluck Kaffee getrunken und sehnte sich nach einer Zigarette. Er ging wieder ins Freie und setzte sich ins Auto. Weitere sieben Minuten verstrichen bei herabgelassenen Seitenscheiben. Der Zigarettenrauch zog ab und ließ trotzdem seine Nasenschleimhäute anschwellen. Aber Schuld daran waren wohl eher die Tränen, die er nicht in der Öffentlichkeit fließen lassen wollte.

Er drückte die Zigarette aus und fuhr weiter. Kurz darauf bog er in den Zufahrtsweg zum *Waldschlösschen* ein. Auf dem für Kunden reservierten Parkplatz stand nur der silbergraue Peugeot, von dem er bereits wusste, dass Marisa ihn gefahren hatte. Das blonde Herzgesicht war demnach unterwegs. Gut. Dem Biest wollte er keinesfalls begegnen.

Um völlig sicherzugehen, dass Ute Hanning ihn nicht belästigte, wenn sie zurückkam, stellte er seinen Wagen nicht auf dem Platz ab, sondern fuhr weiter über die schmale Brücke.

Unmittelbar dahinter stand die stattliche alte Eiche, an der Ellen sich vor achtzehn Jahren *ausgewiesen* hatte. Gegen den Stamm hatte sie sich gelehnt, in der Dunkelheit den Rock ihres Kleids hochgezogen. *»Wenn du feststellen willst, ob ich den Ausweis im Höschen habe, musst du dich auf deinen Tastsinn verlassen, Hüter des Gesetzes. Auf deine Taschenlampe sollten wir verzichten, sonst wimmelt es hier gleich von deinen Kollegen, die dir alle beim Suchen helfen wollen.«*

Nicht ein Wort davon hatte er vergessen, erst recht nicht das Gefühl, das ihn damals überkommen hatte: ein Auserwählter zu sein. Und das war er in gewisser Weise tatsächlich gewesen: auserwählt aufgrund seiner Dummheit und der gläubigen Einfalt.

Nach ein paar Metern auf dem unbefestigten Weg entdeckte er eine Lücke im Gebüsch, gerade groß genug, um den BMW darin unterzubringen. Auf die Idee war vor ihm schon ein anderer gekommen. Leider bemerkte er erst beim Aussteigen die tiefen Reifenspuren, vielmehr einen kleinen Teil davon. Auf dem größeren Teil stand nun sein Auto.

Er nahm den Umschlag mit den Fotos vom Beifahrersitz und ging zurück. Vor dem Privateingang zog er das Kunstledermäppchen aus dem Jackett und schloss auf. Auf der Treppe beschleunigte sich sein Herzschlag. Vielleicht Anspannung, vielleicht

Angst. Er wusste nicht, ob es gut war, diese Wohnung noch einmal zu betreten.

Nachdem er das Siegel gelöst und die Tür geöffnet hatte, ging er zögernd zum Schlafzimmer. Die Tür stand offen, die Klimaanlage lief unverändert auf Hochtouren. Und die nackte Matratze mit dem Loch und dem gelblichen Kranz traf ihn wie ein Schlag. Es war genauso wie gestern; er konnte den Raum nicht sofort betreten, stellte nur die Klimaanlage ein bisschen höher und ging ins Wohnzimmer, wo Marisa laut ihrer Putzfrau oft gesessen hatte mit einem Mann, der ihren Rat brauchte, ihr Verständnis, ihre Geduld – ihre Zärtlichkeit.

Er zog sein Jackett aus, legte es zusammen mit dem Umschlag in einen Sessel und setzte sich auf die Couch.

Ob der Frischling inzwischen wusste, wie sie gestorben war? Viertel vor vier. Er wollte kurz nachfragen, wie weit die Obduktion fortgeschritten war, zog das Handy aus der Hosentasche und stellte fest, dass der Akku praktisch keinen Saft mehr hatte. Er hätte ihn am vergangenen Abend aufladen müssen. Daran hatte er nicht gedacht. Dann eben nicht. War vielleicht besser. Im Grunde spielte es doch auch keine Rolle. Sie war tot, und keine Gewissheit über die Todesursache konnte daran noch etwas ändern.

Er steckte das Telefon wieder ein, erhob sich und ging zum Schrank. In einem der unteren Fächer lagen ein paar Schnellhefter mit privaten Unterlagen und zwei Fotoalben. Er nahm alles mit zur Couch, setzte sich wieder und blätterte die Schnellhefter durch. Sie enthielten nichts von Bedeutung, nur Versicherungspolicen und einige Rechnungen.

In den Fotoalben wurde es persönlicher. Er schlug das erste auf und hatte sogleich ihr lachendes Gesicht vor sich. Bilder von einem Urlaub, der viele Jahre zurückliegen musste, nahm er an. Sie sah kaum älter aus als Anfang zwanzig. Auf sämtlichen

Aufnahmen war sie in Begleitung einer dunkelhäutigen Schönheit abgebildet, eine Freundin vermutlich. Mal bei einem Stadtbummel, mal an einem Tisch in einem mediterranen Straßencafé, mal an Bord einer Jacht, im Hintergrund das Meer und ein Strand, so makellos wie ihr Körper in einem knappen Bikini.

Das zweite Album enthielt Aufnahmen aus ihrer frühen Kindheit und von ihrer Familie. Ein mausgraues, verhärmtes Wesen, wahrscheinlich ihre Mutter. Und zwei bullige Typen, die sich nur durch ihr Alter unterschieden, Vater und Bruder. Ein Schwein, hatte Agnes Kalwin gesagt. So sahen beide Kerle auch aus, feiste Widerlinge mit fast weißem Haar und Schmerbäuchen wie ihr Sohn.

Aber ihr war nie in den Sinn gekommen, alle über einen Kamm zu scheren. Sie mochte Männer.

Bestimmt hätte sie auch ihn …

Durch den Stoff seines Hemdes spürte er das kühle Leder im Rücken, versuchte sich an einer Rekonstruktion ihrer letzten Stunden, glitt jedoch nur in seine eigene Sehnsucht und verlor sich in seinen Vorstellungen.

Auf dem Tisch standen zwei Gläser, die Weinflasche und ein Aschenbecher. Er nahm das Glas, das sie gefüllt hatte, trank einen Schluck Brunello di Montalcino und zündete sich einen Zigarillo an. Für sie war es ein sicheres Zeichen, dass er zuerst reden wollte oder musste. Sie lächelte ihn an und griff ebenfalls nach ihren Zigaretten. »Was bedrückt dich?«, fragte sie.

»Ich bin nicht hier, um dir die Ohren vollzujammern«, sagte er.

Sie lachte leise. »Du sollst auch nicht jammern. Erzähl mir nur von deinen Problemen. Manchmal findet sich eine Lösung, wenn man darüber spricht.«

»Mit Worten kann man die Zeit nicht zurückdrehen«, sagte er.

»Nein«, stimmte sie zu. »Aber was wäre anders, wenn du früher gekommen wärst? Gar nichts, glaub mir. Du hättest in meiner Bar etwas getrunken, aber du wärst nicht bei mir geblieben. Ich wäre für dich auch nur ein hübscher Anblick gewesen – so wie deine Frau damals. Dir wäre gar nicht aufgefallen, wie sehr ich dich brauche.«

Er hörte sie ganz deutlich – eine weiche, dunkle Stimme, schwermütig, sie klang genauso, wie ihm zumute war.

»Aber jetzt bist du hier«, sagte sie. »Lass uns das Beste daraus machen. Entspann dich.«

Er spürte ein schmerzhaftes Ziehen in der Brust und biss sich auf die Lippen, als er ihre Hand fühlte, so real, als säße sie tatsächlich neben ihm. Langsam glitten ihre Finger seinen Arm hinauf zur Schulter und weiter in seinen Nacken. Sie zog seinen Kopf zu sich heran und küsste ihn, während sie mit der freien Hand den Knoten seiner Krawatte löste.

Blödsinn! Unvermittelt fand er sich in der Realität wieder. Er trug keine Krawatte, trank keinen Wein und rauchte keine Zigarillos. Im Aschenbecher verqualmte seine Zigarette. Unter der linken Achsel drückte die Walther P99 im Holster. *Reiß dich zusammen,* rief er sich zur Ordnung, *reiß dich um Gottes willen zusammen. Du bist doch nicht hergekommen, um zu träumen.*

Er erhob sich, nahm den Umschlag aus dem Sessel und ging noch einmal zum Schlafzimmer. Der Anblick des abgeräumten Bettes war unverändert eine Qual, doch die ließ sich nun mit Aktivität in Schach halten.

Zügig begann er, die Fotos zu verteilen, um auf die Weise eventuell zu erkennen, was merkwürdig gewesen sein könnte. Eine Aufnahme nach der anderen legte er da hin, wo Kathi Wimmer sie gemacht hatte. Die aufgerissene Kondomhülle auf den einen Glastisch, Marisas Armbanduhr auf den anderen, Bademantel, Unterwäsche, Bettdecke und Kopfkissen aufs Parkett.

Dahin gehörte auch der Abdruck von einem nackten Fuß, den Kathi Wimmer oder Manfred Dahlen sichtbar gemacht hatte. Alle anderen Fotos verteilte er auf der Matratze, wo sie sich stellenweise überlappten. Allein ihre Hände lagen ein Dutzend Mal vor den Messingstäben des Kopfteilbogens. Mit Seidenbändern und ohne. Makellose Haut an den Gelenken. Am linken Handgelenk zeichnete sich nur der Abdruck ihrer Uhr ab. Sonst nichts. Nicht das geringste Anzeichen von Gegenwehr.

Das war ihm zwar gestern schon aufgefallen, aber da hatte er noch nichts von den Fissuren gewusst. Sollte sie sich wirklich nicht gewehrt haben, obwohl der Bastard sie bereits brutal verletzt hatte? Das musste doch geschehen sein, bevor sie angebunden wurde. Oder war sie betäubt worden, wie Simon Pauli vermutet hatte?

Mit großen Schritten eilte er zum Highboard, zog das obere Schubfach auf. Die beiden Bänder, die der Frischling ihm gestern gezeigt hatte, lagen noch darin, alles andere war eingetütet worden. Er nahm sie, ging zurück zum Bett, verknotete eins mit den Enden um einen der Messingstäbe, wickelte sich die Schlaufe zweimal ums linke Handgelenk und strich die Seide glatt, was ihm jedoch nicht gelang. Das dünne Gewebe wurde von seiner Armbanduhr ausgebeult.

Er zog die Uhr aus, legte sie auf den Glastisch zu dem Foto von ihrer Uhr und machte den zweiten Versuch. Wieder blieb die Seide nicht glatt auf der Haut liegen, schon bei der geringsten Bewegung zog sie sich zusammen. Und als er versuchte, das Handgelenk durch Schütteln und Zerren aus der Umwicklung zu befreien, schnitt das Band unangenehm scharf in seine Haut. Es blieb ein leicht geröteter Streifen rund ums Gelenk zurück. Marisa konnte demnach nicht an den Bändern gezerrt, nicht den kleinsten Versuch unternommen haben, ihre Fesseln loszuwerden.

Er löste das Band wieder, trat ans Fußende, rollte beide Seidenbänder gedankenversunken zusammen und steckte sie in seine Hosentasche. Eigentlich hätte er sie zurück in das Schubfach legen müssen. Dazu konnte er sich nicht aufraffen. Seide auf ihrer Haut. Irgendwann hatte sie diese beiden bestimmt auch getragen.

Eine volle Minute stand er da und ließ die Augen über das Puzzle auf der Matratze wandern. Etwas Merkwürdiges fiel ihm erst auf, als er bereits resigniert und begonnen hatte, die Fotos wieder einzusammeln. Der Massagestab lag obenauf und darunter die Aufnahme von einem länglichen Umriss auf dem Laken.

Sekretspuren! Davon hatte Kathi Wimmer doch gesprochen.

Die Liebeskugeln hatten ebenfalls solche Spuren hinterlassen, zwei winzige von kreisrunder Form, genaugenommen nur Punkte. Das war wirklich merkwürdig! Das musste Kathi gemeint haben!

Plötzlich fühlte er sich, als hätte man ihn unter Strom gesetzt und sein Hirn wieder auf volle Leistung geschaltet. Kugeln blieben nur liegen, wenn sich weder der Untergrund noch sonst etwas bewegte. Probehalber drückte er mit beiden Händen auf die Matratze. Sie war fest, trotzdem entstanden zwei Dellen, um die herum sich sogar die restlichen Fotos verschoben. Zwei Kugeln hätten ihre Position noch viel eher verändern und weitere Sekretspuren auf dem Laken hinterlassen müssen, zumindest schwache Schmierstreifen, die Kathi Wimmer kaum entgangen wären.

Aber auf den Fotos war davon absolut nichts zu erkennen, nur ein paar kleine Falten. Und selbst wenn Marisa, wie der Frischling vermutet hatte, in den Fesseln betäubt und völlig regungslos auf dem Bett gelegen hätte, als der Kerl sich über ihren

Brustkorb schwang – unter dem Gewicht des Mannes hätten die Matratze nachgeben und die Kugeln ihre Position ändern müssen. Was sich leicht beweisen ließe, meinte er.

Mit raschen Griffen räumte er das Bett wieder ab, nahm sich nicht die Zeit, alle Fotos ordentlich zusammenzupacken, legte sie kunterbunt auf den Fußboden zwischen Bett und Tür. Dann ging er zum Kleiderschrank. Er brauchte ein Satinlaken, davon lag ein Stapel in einem Fach. Eins spannte er über die Matratze. Als Nächstes brauchte er etwas, um ihren Körper nachzubilden. Dafür nahm er ein Bündel Kleider von den Bügeln und drapierte sie auf dem Laken in die entsprechende Form. Anstelle des Kopfes legte er eines der Fotos mit ihrem Gesicht hin. Jetzt brauchte er nur noch etwas, das als Ersatz für die Kugeln dienen konnte.

Im Schlafzimmer lag nichts herum, das auch nur annähernd nach einer Kugel aussah, aber in den Schubfächern möglicherweise. In den restlichen Fächern am Highboard fand er Unterwäsche, edle Stücke, die ihn minutenlang von seinem Vorhaben ablenkten. Als er sich wieder darauf besann, entdeckte er in einem Fach der Kommode eine stattliche Anzahl von kugelrunden Kerzen, die in etwa die passende Größe, aber kaum das richtige Gewicht hatten. Sie mussten erheblich schwerer sein als die Kugeln. Wenn er sie trotzdem zum Rollen brachte, wäre das ein Beweis.

Zwei Kerzen nahm er mit zum Bett, legte sie dicht beieinander aufs Laken und zupfte ein paar winzige Falten darum. Dann schwang er sich von links über das Kleiderbündel – und stellte fest, dass sein rechtes Knie die kleine Lücke zwischen Stoff und Kerzen fast vollständig ausfüllte. Da hätten die Kugeln wahrscheinlich genug Halt gefunden. Aber der Kerl hatte höher gesessen, die Knie gegen ihre Rippen gepresst. Er rutschte ein Stückchen hinauf. Die Kerzen folgten seiner Bewegung.

Dass die Wohnungstür geöffnet wurde und Schritte durch die Diele kamen, entging ihm. Voll und ganz auf die Kerzen neben seinem rechten Hosenbein konzentriert, bemerkte er auch nicht, dass sich jemand in der offenen Dielentür postierte. Er registrierte erst, dass er nicht mehr alleine war, als sich sein Handy bemerkbar machte.

Herzgesicht

Rolf Wegeners Diensthandy war grundsätzlich auf Vibrationsalarm geschaltet. Er griff in die Hosentasche und hörte im selben Moment die Stimme von der Tür her: »Habe ich mich doch nicht getäuscht. Ich dachte schon, ich bilde mir ein, dass hier jemand herumläuft, weil kein fremdes Auto auf dem Parkplatz steht. Was wird das, wenn es fertig ist? Kleine Reiberei auf dem Totenbett?«

Im ersten Schreck klang es so sehr nach seiner Schwester, dass er unwillkürlich den Kopf einzog. *»Was tust du da? Das sage ich Mama.«*

»Ich hab gar nichts getan«, stammelte er, zog reflexartig die Hand zurück, legte beide Hände auf den Rücken und schaute zur Tür. Natürlich stand dort nicht Mamas Sonnenschein, sondern Ute Hanning, bekleidet mit einer Jeans und einer Strickjacke, unter der sie ein dünnes T-Shirt trug. Unter dem Stoff zeichneten sich ihre Brüste so deutlich ab, dass er erkannte, sie waren unterschiedlich geformt und zu weich, wie schlaffe Säcke hingen sie herunter. Von ihrer linken Schulter baumelte eine Tasche am Riemen, in der Hand hielt sie ein graues Lederetui, aus dem einige Schlüssel heraushingen. Die rechte Hand hatte sie gegen den Türrahmen gelegt. Ihr Gesicht war zu einem tückischen Grinsen verzogen.

»Das sah aber so aus, als wollten Sie sich einen runterholen.«

Er hatte ihr unverhofftes Auftauchen noch nicht verarbeitet, ihre Unverschämtheit verschlug ihm zusätzlich die Sprache.

Gleichzeitig wurde ihm bewusst, welch einen Anblick er bot. Mitten auf dem Bett über einem Kleiderbündel kniend.

Er beeilte sich, wieder Boden unter die Füße zu bekommen. In seiner Hosentasche vibrierte es weiter. Es kostete ihn Überwindung, erneut eine Hand hineinzustecken und das nervende Ding herauszuziehen. Er warf keinen Blick aufs Display, nahm das Gespräch lieber sofort an. Dem fast leeren Akku zum Trotz stürzte das Mobiltelefon nicht umgehend ab, gab nur mit einem Warnton zu verstehen, dass ein längeres Telefonat nicht mehr drin war.

In der Annahme, es sei Simon Pauli mit dem vorläufigen Obduktionsergebnis, versuchte Wegener sich selbst mit einem Scherz aufrecht zu halten. »Stehst du noch?«

Aber es war Viehof, der ihn anbellte: »Nein! Zum Glück saß ich schon, als Meersen mich anrief. Was hast du dir dabei gedacht, so einen Aufstand …« Damit brach die Verbindung zusammen.

Ute Hanning stand unverändert bei der Tür und schaute ihn nun aus ängstlich geweiteten Augen an. Sie hatte gesehen, dass er bewaffnet war.

Geistesgegenwärtig sagte er in die tote Leitung: »Ihr seid ein bisschen zu spät, Jungs. Sie ist schon hier oben bei mir und hat zugegeben, dass sie mich herumlaufen hörte. – Nicht nötig, ich komme alleine klar, hört nur mal eben zu.«

Damit hielt er das Handy mit ausgestrecktem Arm in Richtung der Tür und forderte: »Wiederholen Sie, was Sie mir eben unterstellt haben, Frau Hanning. Nur fürs Protokoll.«

»Sorry«, sagte sie und äugte auf die Walther. »Ich wollte Ihnen nicht zu nahe treten. Aber das sah echt komisch aus, wie Sie da mit einer Hand in der Hose auf den Klamotten herumrutschten. Ich konnte ja nicht ahnen, dass Sie nur Ihr Smartphone herausholen wollten. – Was machen Sie hier? Warum steht Ihr Auto nicht auf dem Parkplatz?«

»Weil wir die Leute nie vorwarnen, wenn wir feststellen wollen, ob sie uns belogen haben«, erklärte er barsch und steckte das Handy wieder ein. »Was ich hier mache, nennt sich polizeiliche Ermittlung. Tatrekonstruktion. Schon mal gehört, den Ausdruck?«

In ihren ängstlichen Blick mischte sich Interesse. Sie schob einen Fuß vor, als wolle sie ins Zimmer kommen und sich die auf dem Boden liegenden Fotos näher anschauen. Doch dann blieb sie lieber bei der Tür stehen.

»Tat«, wiederholte sie mit einem sonderbaren Unterton. Er hätte nicht sagen können, ob es Skepsis oder Erschrecken war. »Was heißt das: *Tat?* Doktor Gilles sagte, Marisa wäre an einem Herzinfarkt gestorben. Ich habe ihn letzte Nacht gefragt, weil uns keiner gesagt hatte, was mit ihr passiert war.«

»Gilles ist nur Allgemeinmediziner«, erklärte Wegener und machte sich daran, die Fotos vom Boden aufzuheben. »Unser Pathologe war anderer Meinung, und er ist der Fachmann für die Beurteilung von Todesursachen.«

Nachdem er die Fotos eingesammelt hatte, richtete er sich auf und fixierte sie mit unbewegter Miene. »Und jetzt wüsste ich gerne, wann Ihnen aufgefallen ist, dass hier jemand herumläuft.«

»Eben, als ich nach Hause gekommen bin«, antwortete sie. »Ich bin sofort heraufgekommen, um nachzusehen.« Bei den nächsten Sätzen klang sie bedrückt. »Ich war bei Markus im Krankenhaus. Aber es hat keinen Zweck, stundenlang neben ihm zu sitzen. Er schläft nur – sie geben ihm laufend etwas.«

»Und wie sind Sie hier hereingekommen?«

»Damit.« Sie streckte ihm die Hand mit dem offenen Lederetui entgegen. »Das sind Marisas Schlüssel, sie lagen im Briefkasten.«

»Eine Ahnung, wie sie da hineingekommen sind?« Dumme Frage, wurde ihm bewusst, als sie spöttisch zu lächeln begann.

»Das ist doch wohl nicht schwer zu erraten. Der Mann, der als Letzter bei Marisa war, wird sie hineingeworfen haben.«

Er nickte mechanisch, hatte wieder Agnes Kalwins Stimme im Hinterkopf: *»Die Wohnungstür war bloß zugezogen. Aber die Haustür war richtig abgeschlossen ... Marisa muss mit dem Mann nach unten gegangen sein ... Deshalb liegt wahrscheinlich auch ihr Bademantel auf dem Boden. Es ist ganz egal, wer bei ihr war – als er ging, lebte sie noch.«*

Irrtum! Der Bademantel hatte wohl nur auf dem Boden gelegen, weil der Mistkerl den Gürtel gebraucht hatte, um sie zu würgen. Oder hatte sie den Mantel angezogen, um einen Besucher ins Haus zu lassen, der unangemeldet gekommen war?

Er steckte die Fotos zurück in den Umschlag, nahm auch das einzelne vom Bett und die von den Glastischen und schob sie dazu. Die Kleider zurück in den Schrank zu hängen, schien ihm in dieser Situation ein Fehler. Da hätte das tückische Luder sich vielleicht bestätigt gesehen.

Was wird das, wenn es fertig ist? Kleine Reiberei auf dem Totenbett.

Unverschämtes Biest!

Er nahm ihr das Etui aus der Hand, wobei er es an dem Metallring ergriff, der die Schlüssel zusammenhielt, und ließ es ebenfalls in den Umschlag gleiten. »Wann haben Sie es im Briefkasten entdeckt?«

»Eben«, sagte sie wieder. »Als ich vom Krankenhaus zurückkam und nach der Post sehen wollte. Ich hätte Sie sofort angerufen, nicht nur wegen der Schlüssel. Mir ist auch noch etwas eingefallen. Als Markus und ich Sonntagnacht hinauf in unsere Wohnung gegangen sind, war jemand im Wald. Ich habe gegen Mitternacht den Müll zum Container gebracht und ein rotes Pünktchen aufleuchten sehen, ungefähr bei der Brücke. Das muss die Glut einer Zigarette gewesen sein. Leider konnte ich nicht erkennen, wer da stand. Es war stockdunkel. Aber ich war bestimmt gut zu sehen im Licht aus der Küche. Vermutlich hat die Person die Zigarette dann lieber ausgemacht oder die Hand davorgehalten. Als ich noch mal genau hingeschaut habe, war das Pünktchen nämlich weg.«

»Kommen Sie morgen ins Präsidium«, sagte er. »Dann nehmen wir das zu Protokoll. Ihre Fingerabdrücke brauchen wir auch.«

»Wozu?«

»Um sie von denen des Mannes zu unterscheiden, der das Etui in den Briefkasten geworfen hat«, sagte er und schob sich an ihr vorbei in die Diele.

Sie folgte ihm ins Wohnzimmer, wo noch die Fotoalben und Schnellhefter auf dem Tisch und sein Jackett im Sessel lagen.

»Da ist noch etwas«, sagte sie. »Ich musste ins Büro, um dem Lieferanten für heute abzusagen. Da war auch so ein Streifen mit Siegel über Tür und Rahmen geklebt, der ist leider gerissen. Wann, meinen Sie, kann ich das Restaurant wieder aufmachen? Wir haben Reservierungen für Wochen im Voraus und können es uns nicht leisten, länger geschlossen zu halten – wir leben schließlich davon.«

»Darüber entscheidet die Staatsanwaltschaft«, sagte er und nahm sein Jackett.

»Aber unten ist doch nichts passiert«, begehrte sie auf. »Sie können uns doch nicht den Betrieb lahmlegen, nur weil Marisa mit dem Falschen ins Bett gestiegen ist.«

»Es war Marisas Betrieb«, belehrte er sie. »Um ein Restaurant und eine Bar führen zu dürfen, braucht man eine Konzession. Haben Sie eine?«

Darauf antwortete sie nicht. Als er wieder in die Diele ging, wollte sie stattdessen wissen: »Kann ich denn wenigstens an das Geschäftskonto? In den nächsten Tagen kommen bestimmt ein paar hohe Rechnungen auf uns zu. Beerdigungen sind teuer. Ich weiß nicht, wovon ich das bezahlen soll.«

»Ich auch nicht«, sagte er und öffnete die Wohnungstür.

»Jetzt machen Sie doch nicht so ein Theater, nur weil ich eine dumme Bemerkung gemacht habe.« Es klang fast, als bedaure sie ihr vorlautes Mundwerk aufrichtig. »Woher hätte ich denn wissen sollen, warum Sie auf dem Bett knien? Ich hab nur gesagt, wie es für mich aussah. Und dafür habe ich mich entschuldigt. Was wollen Sie denn noch?«

Da sie keine Anstalten machte, die Wohnung zu verlassen, packte er sie beim Arm und schob sie ins Treppenhaus. Während er die Tür verschloss und ein neues Siegel anbrachte, baute sie sich vor dem Treppenabgang auf. Beide Arme in die Seite gestemmt, funkelte sie ihn wütend an. »Was bilden Sie sich ein? So springt keiner mit mir um. Ich …«

»Dann war ich gerade der Erste«, schnitt er ihr das Wort ab. »Und wenn Sie mir nicht sofort aus dem Weg gehen, springe ich noch ganz anders mit Ihnen um. Ich habe momentan Wichtigeres zu tun, als mir Ihre Sorgen anzuhören.«

»Das habe ich wohl gesehen.« Sie lachte. »Tatrekonstruktion.«

Ihr gehässiges Lachen hörte er noch, als er die Haustür erreichte und ins Freie trat. Genauso hatte seine Schwester früher gelacht, ehe sie zu Mama gerannt war und dafür gesorgt hatte, dass er grün und blau geschlagen wurde.

Rolf

Eigentlich hätte er den Umschlag mit den Fotos und dem Schlüsseletui sofort ins Präsidium bringen und dafür sorgen müssen, dass Kathi Wimmer oder Manfred Dahlen sich um den kläglichen Rest der Reifenspur hinter der Brücke kümmerten. Aber dann müsste er sich auch garantiert mit Viehof auseinandersetzen, wegen des Vorfalls auf Station drei. Das hatte der abgebrochene Anruf deutlich gemacht, und danach war ihm überhaupt nicht.

Nicht ganz zehn Minuten später hielt er auf dem Parkplatz in der Feldstraße unmittelbar neben Ellens Rußschleuder. Er vermisste seine Armbanduhr. Die hatte er abgenommen, fiel ihm ein, um sich eins der Seidenbänder ums Handgelenk zu wickeln. Nun lag die Uhr wohl noch in Marisas Schlafzimmer. Die beiden Bänder steckten in seiner Hosentasche. Schwerfällig stieg er aus.

Schon im Hausflur hörte er das Wasserrauschen aus seiner Wohnung und dazu ein Trällern. Ellen schien in bester Stimmung zu sein. Behutsam schob er seinen Schlüssel ins Schloss, befürchtete kurz, der ihre könne von innen stecken. Doch dem war nicht so, Ellen hatte nicht die geringste Lehre aus dem Dienstag nach Pfingsten gezogen. Das Schloss schnappte auf, die Tür schwang von allein ein Stück weit nach innen. Auf Zehenspitzen trat er in den dämmrigen Flur und schloss die Tür so leise hinter sich, dass er selbst nichts davon hörte.

Dann lehnte er sich im Halbdunkel gegen das Holz und

betrachtete die geschlossene Tür zum Bad, die unmittelbar neben der Wohnungstür lag. Die Dusche lief weiter, Ellen sang nun ein paar Zeilen aus einem englischen Schlager. Er kannte den Song nicht, kannte nicht einmal die Melodie, aber Ellens Stimme klang so wie früher, ausgeglichen, zufrieden und heiter, als bereite sie sich darauf vor, dass er von einem Pflichtbesuch bei der miesepetrigen Alten zurückkäme.

»Du bist mir doch nicht böse, wenn ich nicht mitfahre, Rolf. Ich weiß etwas Besseres mit meiner Zeit anzufangen, als mir das verkniffene Gesicht deiner Mutter anzuschauen. Ich werde ein Bad nehmen. Wenn du zurückkommst, machen wir es uns gemütlich.«

Wie lange war das her? Zehn Jahre? Vielleicht nur acht oder sechs. Zu der Zeit hatte Marisa jedenfalls schon in seiner Nähe gelebt. Nun war Marisa tot. Und Ellen lebte, Ellen duschte, Ellen sang. Es traf immer die Falschen. Es war ungerecht.

Als er sich von der Tür abstieß und die paar Schritte zum Wohnzimmer ging, weil er sich dort auf die Couch setzen wollte, fiel sein Blick durch die offene Schlafzimmertür auf das Doppelbett. Im Zimmer herrschte Dämmerlicht. Der Rollladen vor dem Fenster war halb heruntergelassen. Trotzdem sah er, dass Ellens Bett zerwühlt war, die Decke lag vor dem Fußende auf dem Boden zusammen mit einem Häufchen Klamotten.

Er hasste ungemachte Betten, hasste das fröhliche Singen im Bad, hasste Ellen. Und diesen Hass fühlte er körperlich, wie einen Schluck hochprozentigen Rum, der zuerst in der Kehle brannte, dann wie flüssige Glut durch die Speiseröhre rann und sich im Magen verteilte. Er schob eine Hand in die Hosentasche, zog die Seidenbänder heraus und griff mit der anderen Hand an die Walther unter seiner Achsel.

Das Wasserrauschen erstarb, nur das Trällern klang noch durch. Kurz darauf wurde die Tür geöffnet, in einem hellen Lichtstreifen kam Ellen in den kleinen Flur. Sie hatte sich ein

Badetuch um den Körper gewickelt, wollte ins Schlafzimmer. Auf ihren nackten Schultern glitzerten Wassertropfen.

Den Kopf hielt sie gebeugt, darüber lag ein Handtuch. Mit beiden Händen gleichzeitig frottierte sie ihre Haare trocken. Ihn sah sie erst, als sie gegen ihn stieß. Sie zuckte zurück, als habe sie einen blanken, Strom führenden Draht berührt.

»Bist du bescheuert?«, fauchte sie ihn an. »Du hast mich zu Tode erschreckt. Was machst du denn hier um die Zeit? Mit dir hatte ich noch nicht gerechnet.«

Natürlich nicht. Am Dienstag nach Pfingsten hatte sie auch nicht mit ihm gerechnet. Mit ihm rechnete sie doch überhaupt nicht mehr. Als er ihr nicht antwortete, erklärte sie: »Du machst dich besser sofort wieder auf die Socken. Viehof hat eben angerufen, er klang gar nicht gut. Sobald du hier auftauchst, soll ich dir ausrichten, dass er dich unbedingt sehen muss.«

Beim nächsten Satz schaute sie ihm forschend ins Gesicht. »Wo warst du überhaupt?«

Danach fiel ihr Blick auf das Holster und die Bänder, die er locker durch seine linke Handfläche zog. Ihre Augen weiteten sich. »Was willst du damit?«

Die Panik in ihrer Stimme tat ihm so gut.

»Bist du taub?«, schrie sie. »Ich hab dich gefragt, was du mit den Dingern vorhast?«

Sie wusste es, das sah er ihr an. Trotzdem erklärte er sanft: »Das habe ich dir doch gestern Abend erklärt. Hast du es schon wieder vergessen? Ich dachte, wir machen es zur Abwechslung mal nicht so martialisch wie früher mit den Handschellen.«

Ellen trat einen Schritt zurück. Ihre Hände, die bis dahin das Tuch auf dem Kopf gehalten hatten, sackten nach unten. Das feuchte Handtuch fiel zu Boden. Mit einer Hand griff sie an die Stelle, wo sie einen Zipfel des Badetuches festgesteckt hatte.

»Lass den Blödsinn, Rolf. Du machst dich nur lächerlich.«

Er schüttelte sachte den Kopf, griff zu, umfasste ihr rechtes Handgelenk und zog ihre Hand von der festgesteckten Ecke weg. Die Umwicklung des Tuches löste sich, es rutschte an ihr herunter, fiel ebenfalls auf den Boden.

Mit der freien Linken trommelte Ellen gegen seinen Arm und schrie hysterisch: »Lass mich los! Du sollst mich loslassen, du blöder Hund! Bist du verrückt geworden?«

Er ignorierte sowohl ihre Faust als auch ihr Gebrüll, fing ihre Hand ab und umklammerte noch das zweite Gelenk. Dann schob er sie durch die offene Schlafzimmertür. Sie schrie weiter irgendwelche Beschimpfungen, trat auch nach ihm. Dabei verlor sie den Halt und fiel, ohne dass er etwas dazu beitragen musste, rücklings auf sein Bett.

Ihre Augen füllten sich mit Tränen. »Hör doch auf mit dem Quatsch, Rolf. Fahr ins Präsidium. Viehof wartet auf dich. Hier bringst du es doch nicht mehr. Du weißt genauso gut wie ich, dass du keinen mehr hochkriegst.«

»Lass dich überraschen«, sagte er und lächelte auf sie hinunter.

Ellens Gelenke waren schmal. Mit einer Faust hielt er sie beide mühelos im Griff, mit der zweiten Hand hob er ihre Beine vom Boden, legte sie aufs Bett und zog Ellen in die richtige Position. Dann schwang er sich rittlings über ihre Hüften.

Sie war nun still. Ihre Lippen zitterten, die Augen quollen über, wie vor drei Jahren, als sie ins Kissen auf Station drei weinte, weil Terbruck ihr die letzte Hoffnung auf ein eigenes Kind aus dem Leib geschnitten hatte. Mit verklebten Eileitern hätte es vielleicht noch eine Chance gegeben. Man hätte es mit einer künstlichen Befruchtung probieren können. Aber ohne Gebärmutter ging es nun mal nicht. Damals hatte ihr Weinen ihm das Herz zerrissen, jetzt berührte es ihn gar nicht.

Er setzte sich, fühlte unter den Schenkeln die vorstehenden Knochen ihrer Hüften und drückte ihre Arme nach oben. Leider gab es am Kopfteil ihres Bettes nur glattes Holz. Er musste sich behelfen. Ellen wehrte sich nicht einmal mehr. Sie drehte den Kopf zur Seite, schloss die Augen und ließ es zu, dass er die Bänder je zweimal um ihre Handgelenke schlang und ihre Arme so weit zur Seite spreizte, dass er fast auf ihr lag.

»Mach schon, du Schwein«, presste sie zwischen den Zähnen hervor. »Worauf wartest du noch?«

»Langsam«, sagte er. »Wir haben viel Zeit, wir brauchen nicht zu hetzen.«

Er stopfte die Enden der Bänder in den Spalt zwischen Kopfteil und Matratze. Anschließend löste er seine Gürtelschnalle und zog den Reißverschluss seiner Hose auf.

»So«, sagte er, »jetzt können wir theoretisch anfangen.«

Seine rechte Hand schwebte einen winzigen Augenblick lang über ihrer linken Brust. Er brachte sie nach unten, bis er ihre warme, noch feuchte Haut spürte. Einen Moment lang ließ er die Hand so liegen, presste sie nur leicht gegen Ellens Fleisch.

»Ich habe dich immer so gerne angefasst«, sagte er, ließ die Fingerspitzen nach unten wandern, malte einen Kreis um ihren Nabel, zog eine gerade Linie nach unten, bis er die ersten Härchen erreichte. Dort zog er den Finger angewidert zurück und fügte hinzu: »Aber da wusste ich auch noch nicht, wie viele versiffte Kerle das vor mir getan hatten.«

Damit griff er nach dem zerknautschten Kissen auf ihrem Bett und drückte es ihr aufs Gesicht. Ellen bäumte sich auf und zerrte an den Bändern. Die rutschten natürlich sofort unter der Matratze heraus. Augenblicklich umklammerte Ellen seine Unterarme und riss daran.

Mit abfälligem Grinsen nahm er das Kissen fort. »Angst?«

Sie keuchte. »Hast du 'nen Knall? Willst du mich umbringen?«

Er nickte. »Nicht nur dich, aber dich zuerst. Ich werde dich allerdings nicht ersticken. Das dauert zu lange. Du kriegst einen sauberen Genickschuss, davon spürst du so gut wie nichts. Dann mich. Vorher muss ich nur noch ein Testament aufsetzen, damit das Haus nicht an den Staat fällt. Das soll Achim Schulte haben. Auf die Idee wäre ich besser schon im Mai gekommen. Da hätte ich es ihm für tausend Euro verkaufen und ihm die Erbschaftssteuer ersparen können. Die ist happig, wenn man nicht verwandt ist. Schon komisch, dass man manchmal eine Ewigkeit braucht, ehe einem die simpelste Lösung einfällt.«

Er fühlte sich wie abgehoben und über den Dingen stehend. Ellens Panik, das Flackern in ihren Augen, so ungewohnt und so schön, ein ganz neues, beruhigendes Gefühl. Wie eine sanfte Welle von warmem Wasser schwappte es durch seinen Körper, während er sich Ellens Gesicht anschaute, bis es vor seinen Augen verschwamm.

Er erinnerte sich, dass er vor langer Zeit schon einmal so gesessen hatte, einen Körper unter den Schenkeln, ein Gesicht vor Augen, in dem sich zuerst Ungläubigkeit, dann Panik abzeichnete. Und die dünne Stimme: »Geh runter, du tust mir weh. Wenn du nicht sofort runtergehst, sag ich es Mama.«

Aber Mama war nicht da, machte Einkäufe, hatte zwei- oder dreimal gefragt: »Willst du mitgehen, Herzchen?«

Nein, Herzchen wollte lieber daheim bleiben und den großen Bruder ärgern. Sie hatte eine Weile vor seiner Nase herumgetanzt und irgendetwas erzählt, wie sie es meist tat, wenn sie ihm zu verstehen gab, dass sie von Mama alles haben konnte, was ihr Herz begehrte, und er immer nur einen Dreck bekam oder Prügel.

Er hatte sie einfach ignoriert, bis sie die Lust verlor. Dann hatte er sich mit einer Seite aus einer alten Zeitung in sein Zimmer unterm Dach verzogen. Länger als eine Stunde hatte er dünnes Papier gefaltet, genauso wie Opa Schulte es ihm gezeigt hatte. Und gerade als er fertig war, kam sie nach oben, um den nächsten Versuch zu starten, ihn auf die Palme zu bringen. Und schließlich hockte er über ihr.

Dann der Schlüssel unten in der Tür. Und der Schrei, markerschütternd: »Mama!«

Die eiligen Schritte auf der Treppe, die Besorgnis beim Näherkommen. »Was ist denn, Schätzchen? Hat er dich wieder geärgert, mein Sonnenschein?«

»Sie hat das Schiff kaputt gemacht.« Das Schiff mit drei Segeln. Drei Segel zu falten war eine Kunst, hatte Opa Schulte gesagt, als er ihm beibrachte, diese Kunst zu beherrschen.

»Wirst du wohl sofort von ihr runtersteigen, du Bastard! Was fällt dir ein, wegen einem Papierfetzen so ein Theater zu machen! Du bist wohl nicht ganz bei Trost! Komm her, du Deckskerl! Komm her, habe ich gesagt, oder du lernst mich von einer Seite kennen, die dir überhaupt nicht gefallen wird!«

Das war unmöglich. Er kannte an seiner Mutter nur Seiten, die ihm überhaupt nicht gefielen. Diese unerklärliche, immer vorhandene Wut, den hölzernen Kochlöffel, die Fäuste und das Engelsgesicht auf ihrem Schoß.

An den Haaren zerrte sie ihn von dem kleinen Körper herunter, weil er sich vor Angst gar nicht rühren konnte.

»Hast du sie geschlagen?«

Nur ein bisschen, nur einmal ganz leicht mit der flachen Hand auf die Wange. Weil sie doch das Schiff kaputt gemacht hatte. Weil sie auch noch darüber lachte. So ein blödes Zeitungspapier. Und Mutter drosch mit der Faust auf ihn ein. Der erste Schlag traf ihn in den Rücken, der zweite in den Nacken. Er versuchte auszuweichen, das stachelte ihre Wut nur noch mehr an. Quer durch sein Zimmer trieb sie ihn mit Händen und Füßen, mit Schlägen und Tritten, bis er schließlich in der Ecke hinter dem Bett liegen blieb, nur noch ein wundes, wimmerndes Bündel.

»Geh doch runter. Du tust mir weh, Rolf.«

Das war Ellens Stimme, er erkannte sie, aber es gelang ihm nicht, sie zeitlich richtig einzuordnen. Sie passte nicht zu diesem Augenblick. Ellen, das war ein anderes Kapitel im Leben. Das waren Zärtlichkeit, Hingabe und Leidenschaft in den ersten Jahren. Eine warme Haut, weiche Lippen und unbändige Energie.

»Kannst du mir einen vernünftigen Grund nennen, warum wir jedes zweite Wochenende bei deiner Mutter sitzen, Rolf? Mir hängt dieses verbiesterte Gesicht zum Hals raus. Und du kannst mir nicht erzählen, dass du aus lauter Sehnsucht zu ihr fährst. Sie behandelt dich wie ein Stück Dreck.«

Sehnsucht kaum, nur Schuldgefühle. Der Tod seiner Schwester hatte nichts geändert, hatte ihm nur neue Pflichten auferlegt. Nur selten ein freies Wochenende. Jeder zweite Satz begann mit: »Wenn mein Sonnenschein noch leben würde …« Und weiter ging es mit: »Dann säße ich nicht allein. Dann müsste ich mich nicht fragen, was auf meine alten Tage aus mir werden soll. Ich hätte dich weggeben sollen, als dein Vater mich sitzen ließ. Das hätte ich besser getan, dann würde mein Herz noch leben.«

Ellen zog den Schlussstrich unter das Pflichtbewusstsein. Sie war eindeutig die Stärkere, konnte Argumente vorbringen, denen seine Mutter nichts entgegenzusetzen hatte. Liebe zum Beispiel.

»Ich wüsste etwas Besseres mit deinem freien Wochenende anzufangen, Rolf, als mir einen Nachmittag bei deiner Mutter um die Ohren zu schlagen.«

Ellen wusste sogar etwas viel Besseres. Schon das Mittagessen bei Kerzenlicht. Danach ein gemeinsames Bad, den Rahm der Leidenschaft gleich in der Wanne abgeschöpft, dann ging es etwas geduldiger und entspannter hinüber ins Schlafzimmer.

Alles ließ nach mit den Jahren, und irgendwann hörte es ganz auf. Jetzt war es vorbei. Vorbei seit dem Tag, an dem ein junger Gynäkologe die endgültige Diagnose stellte. Und die Frau, mit der er vielleicht einen neuen Anfang geschafft hätte, war tot. Wahrscheinlich betäubt und erstickt mit einem Kissen, noch so eine endgültige Diagnose, die nichts und niemand korrigieren konnte.

Irgendwann zerrte Ellen sich die Bänder von den Handgelenken und stieß ihm ungeachtet der Walther P99 unter seiner Achsel eine Faust in den Magen. Er spürte es kaum, sah Marisas Handgelenke vor sich, die breiten, glatt anliegenden Seidenbänder darum, die makellose Haut, ihren perfekten Körper auf dem dunkelblauen Satinlaken. Ein Fleisch gewordener Traum.

Ellen trommelte mit beiden Fäusten auf seine Oberschenkel. Nun wurde es lästig, störte ihn beim Träumen. Er holte aus und schlug zu, aber nicht allzu fest, nur mit der flachen Hand gegen ihre Wange – wie damals bei seiner Schwester.

Ellen

Für Ellen war es der erste Schlag, den sie von ihm einstecken musste. Sie starrte ihn fassungslos und ungläubig an. Er saß da wie abgeschaltet. Der Ausdruck auf seinem Gesicht war ihr fremd, seine Miene so erschreckend leer. Ellen atmete ein paarmal zitternd ein und aus, wartete minutenlang. Als er sich dann immer noch nicht gerührt, auch nichts gesagt hatte, sprach sie ihn an: »Rolf, geh runter von mir. Du tust mir weh.«

Sie war nicht sicher, ob er sie hörte. Er strich mit den Fingerspitzen noch einmal geistesabwesend über ihre linke Brust. Und plötzlich griff er mit einer Hand unter ihren Nacken, zog eines der Bänder darunter durch und legte es auf ihrer Kehle überkreuz.

Mit einem schmerzlichen Lächeln stellte er fest: »So sieht es viel ästhetischer aus. Ich verstehe nicht, warum er den Gürtel genommen hat. Er muss doch gesehen haben, dass noch zwei Bänder im Schubfach lagen.«

Ellen wagte nicht mehr, sich zu rühren. Sein Körper auf ihren Hüften wurde schwerer, weil er sich hängen ließ. Sie drehte den Kopf zur Seite und schaute auf die Anzeige seines Digitalweckers. Die beiden Punkte zwischen Stunden- und Minutenanzeige stachen erbarmungslos die einzelnen Sekunden ab, eine nach der anderen. Eine Viertelstunde, eine halbe Stunde.

Anfangs zog er das Band um ihre Kehle ein paarmal zu, wenn sie zu röcheln begann, ließ er wieder locker. Schließlich saß er nur noch da, ganz reglos, wie geistig völlig weggetreten. Seine

Lider hingen schlaff herab, verdeckten die Augäpfel. Nur ein schmaler weißer Spalt blieb übrig, der ihre Angst noch verstärkte.

Genickschuss! Er hatte noch nie seine Dienstwaffe mit nach Hause gebracht, weil er hier keine Möglichkeit hatte, die sicher unterzubringen, wozu er verpflichtet war. Aber das kümmerte ihn offenbar nicht mehr. Nie zuvor hatte Ellen sich so erbärmlich hilflos gefühlt. Hin und wieder murmelte er etwas. Sie verstand längst nicht alles, doch was sie verstand, bezog sie auf sich, und das reichte, um ihre Furcht in Todesangst zu verwandeln.

Einmal brabbelte er etwas von einem raffgierigen Weib, das keinen Funken Anstand im Leib hatte und im Kopf nichts anderes als Geld, Geld, Geld. Dann sprach er von einer Menage à trois und zwei Mistkerlen, die er sich beide vornehmen wollte. Und obwohl es warm im Zimmer war, begann Ellen entsetzlich zu frieren. Noch vor knapp einer Stunde hätte sie geschworen, dass er nicht den Schimmer einer Ahnung hatte.

Unter dem Fenster, neben ihrem Bett, lag das Tuch auf dem Fußboden. Das Laken war trocken, zwar zerwühlt, aber es gab darauf nicht die kleinste verräterische Spur. Sie legte sich immer ein Handtuch unter, um die Flüssigkeit aufzufangen, die aus ihr herausfloss, wenn der Mann sich zurückzog.

Mann war nicht ganz richtig. Fastmann, vielmehr Fastmänner. Wie Rolf gerade gesagt hatte, es gab zwei, die abwechselnd mit ihr ins Bett stiegen oder auf die Rückbank im Auto und die sich notfalls gegeneinander ausspielen ließen. Stefan war zwanzig und machte zurzeit ein freiwilliges Jahr im Seniorenheim, weil er keinen Studienplatz bekommen hatte. Mirko war ein halbes Jahr älter, hatte im letzten Jahr seinen Ausbildungsplatz verloren, als die kleine Firma in Konkurs gegangen war. Einen neuen hatte er bisher nicht gefunden, entsprechend klamm war es um seine Finanzen bestellt. Bei Stefan sah es auch nicht rosig aus. Beide ließen sich von ihr gern mal eine Tankfüllung spendieren.

Es hatte sich alles umgekehrt, dabei war sie damals in der *Waldschänke* nicht auf Geld aus gewesen. Sie hatte nur einen Mann gesucht, der sie in eine bessere Position brachte. Den hatte sie gefunden in Gestalt eines naiven, aber feschen Jungen in Uniform, der im Zuge einer Razzia seine Pflichten vergaß und sich überreden ließ, seinen Hunger im Freien zu stillen.

Rolf war sehr hungrig gewesen, sehr unerfahren, trotzdem sehr begabt. Ein Naturtalent in Sachen Sex, wie sich umgehend gezeigt hatte. Eine der wenigen Nadeln im unermesslich großen Heuhaufen, bei denen der genetische Code so programmiert sein musste, dass sie gar nicht anders konnten, als eine Frau rundum zufriedenzustellen. Darüber hinaus war er daran gewöhnt, kommandiert zu werden und sich unterzuordnen. Ein wahres Goldstück, das sogar bügeln und putzen konnte und das auch ohne zu murren tat.

Natürlich hatte Ellen ihn geliebt, jahrelang, was sie so unter Liebe verstand. Guten Sex, ihm sonntags etwas Leckeres kochen, zwischendurch mal ein teures Rasierwasser für ihn kaufen, oder ihn beim Picknick mit den fetten Häppchen füttern, weil sie selbst auf ihre Figur achtete. Richtig beigebracht zu lieben hatte ihr doch niemand in den Pflegefamilien und Heimen, in denen sie bis zum achtzehnten Lebensjahr untergebracht worden war. Dort hatte sie nur gelernt, wie man kämpfte, um ein größeres Stück vom sonntäglichen Streuselkuchen zu bekommen. Wie man sich versorgen ließ, und wie man Schwächere in eine Ecke drückte.

Rolf hatte sich immer drücken lassen, kannte es ja seit frühster Kindheit nicht anders. Und nun drückte er sie – mit seinem ganzen Gewicht aufs Bett. Es ging auf sechs Uhr zu, er saß immer noch auf ihr und betrachtete einen Punkt zwischen ihren Brüsten, als zähle er die Poren unter dem Schweißfilm.

Im Wohnzimmer klingelte das Telefon. Vermutlich wieder Viehof. Der war bei seinem ersten Anruf ziemlich sauer gewesen, auch wenn er sich große Mühe gegeben hatte, freundlich zu klingen. »Kann ich Rolf sprechen, Frau Wegener? Es ist dringend. Auf dem Handy kann ich ihn nicht erreichen. – Ach, er ist nicht zu Hause. Wo könnte er denn sein?«

Woher hätte Ellen das wissen sollen? Was hatte sie denn mit seinen dienstlichen Belangen zu tun? Früher hatte er ihr schon mal was erzählt, aber das tat er seit Jahren nicht mehr.

Zu dem Zeitpunkt hatte Ellen sich keine Gedanken über den Grund für Viehofs Anruf gemacht. Erst jetzt wurde ihr bewusst, dass etwas Besonderes anliegen musste, wenn der Kriminalrat höchstpersönlich hinter seinen Leuten her telefonierte.

Rolf musste das Klingeln ebenso hören wie sie, reagierte aber nicht. Sie war nicht sicher, ob sie ihn aus seiner Lethargie reißen sollte. Vielleicht drehte er dann wieder durch. Andererseits konnte er nicht ewig auf ihr sitzen bleiben. Einen Versuch war es wert.

»Rolf, hörst du das nicht? Das Telefon, Rolf. Geh ran, es ist bestimmt für dich.«

Er rührte sich nicht, verzog keine Miene. Einfach grotesk. Wären die Pistole unter seiner Achsel und ihre panische Furcht nicht gewesen, hätte Ellen vielleicht tatsächlich gelacht. Der sanfte, gutmütige, alles Elend und jede Verweigerung schluckende Rolf hatte tatsächlich den starken Mann gespielt. Und der Witz war, er hatte das Spiel gewonnen.

Erst als sie sagte: »Rolf, du bist so schwer. Ich kann gar nicht richtig atmen«, begann er zu lächeln, zog das Band um ihren Hals wieder zusammen und blickte ihr ins Gesicht.

»Hast du Angst?« Seine Stimme klang lauernd.

Ellen röchelte gekonnt, griff mit beiden Händen an die Kehle, hakte die Finger unter die schwarze Seide und nickte hektisch. Im Wohnzimmer kehrte Stille ein. Der Anrufer hatte kapituliert.

Seine Brust hob und senkte sich unter einem tiefen Atemzug. »Gut«, sagte er zufrieden. »Dann merk dir, wie sich das anfühlt.«

Und so, als sei überhaupt nichts gewesen, stieg er von ihr herunter, stand noch einen Augenblick neben dem Bett und schaute zum Fenster. Sekundenlang zitterte Ellen beim Gedanken, er könne das Handtuch auf dem Boden liegen sehen und die richtigen Schlüsse daraus ziehen. Als er sich über sie beugte, war sie überzeugt, er werde sich erneut auf sie stürzen. Aber er zog nur das Band unter ihrem Nacken hervor, nahm auch das zweite vom Bett, wickelte sich beide um ein Handgelenk und ging ins Bad.

Ellen wartete noch, bis sie das Wasser rauschen hörte und sicher sein konnte, dass er duschte. Dann stieg sie aus dem Bett, lief zum Schrank, griff wahllos hinein und bekam ein altes T-Shirt zu fassen. Es war nicht gebügelt und hatte einen roten Fleck auf der Brust, der beim Waschen nicht rausgegangen war. Kirschsoße vermutlich. Egal. Hastig zog sie es über den Kopf und stakste auf wackeligen Beinen zu ihrem Nachttisch, um frische Unterwäsche herauszunehmen.

Bevor sie das Höschen anzog, ließ sie das Tuch neben ihrem Bett mit einem Tritt darunter verschwinden. Ihre Knie zitterten, die Zähne schlugen ihr unkontrolliert aufeinander. Sie ließ sich auf der Bettkante nieder und rieb sich mit beiden Händen durchs Gesicht. Wenn Rolf nur eine halbe Stunde früher heimgekommen wäre und sie mit Mirko erwischt hätte – nicht auszudenken.

Als sie die Stille im Bad registrierte, kam er auch schon zurück ins Schlafzimmer. Er wirkte wieder normal, hatte sich ein Handtuch um die Hüften geschlungen und hielt es seitlich mit einer Hand fest, als geniere er sich, ihr zu zeigen, was es bedeckte. Für sie hatte er keinen Blick, ging zum Kleiderschrank und fummelte mit der freien Hand darin herum, bis er eine Hose vom Bügel gezogen hatte.

»Ich hab dich eben schon mal gefragt«, begann Ellen vorsichtig. »Warum bist du so früh heimgekommen?«

Er drehte sich nicht einmal um. »Das kann dir doch egal sein.«

»Du solltest zum Präsidium fahren«, empfahl sie. »Mir wollte Viehof nicht sagen, warum er dich unbedingt sprechen muss. Aber es muss wichtig sein, sonst hätte er nicht hier angerufen.«

Rolf zuckte nur mit den Achseln, drehte ihr den Rücken zu und ließ das Handtuch fallen, um die Hose anzuziehen. Ohne Unterwäsche, das hatte er noch nie getan.

Ellen erhob sich, drückte sich eilig an ihm vorbei und huschte in den Flur. Die Badezimmertür stand offen. Seine Kleidung lag auf einem Haufen vor der Wanne, sogar das Jackett. Auch das entsprach so gar nicht seiner Art. Gerade mit seinen Jacketts war er pingelig, hängte sie ordentlich auf einen Bügel an die Garderobe, damit sie nicht unnötig zerknitterten. Über dem Wannenrand hing das leere Holster. Die Pistole und sein Diensthandy lagen auf dem Spülkasten der Toilette.

Ellen war versucht, die Waffe an sich zu nehmen. Aber wenn er zum Präsidium fuhr … Er fuhr bestimmt hin, sein Job war ihm doch so wichtig. Und es musste irgendwas Dramatisches los sein. Natürlich würde er die Pistole wieder mitnehmen. Sie kannte sich damit auch nicht aus, wusste nur, dass man so ein Ding entsichern musste, ehe man abdrücken konnte. Auf eine weitere Demonstration seiner körperlichen Überlegenheit wollte sie es lieber nicht ankommen lassen und ging in die Küche.

Sekunden später hörte sie seine Schritte im Flur, gleich darauf stand er auch schon in der Küchentür, stopfte ein frisches Hemd in den Hosenbund, zog den Reißverschluss hoch, schloss den Gürtel und steckte den Zipfel eines Seidenbands, der aus einer Hosentasche lugte, zurück.

»Was ist denn passiert?«, fragte sie. »Wenn Viehof persönlich anruft, ist es bestimmt ungeheuer wichtig.«

Rolf grinste. »Ihm ja, mir nicht. Mach dir keine Hoffnung. Ich setze keinen Fuß mehr vor die Tür. Und du wirst das auch nicht tun. Wenn du abzuhauen versuchst, breche ich dir das Genick. Das ist überhaupt die bessere Lösung, macht nicht so viel Krach wie ein Schuss.« Beim letzten Satz zog er einen Stuhl vom Tisch ab, schob ihn in die Türöffnung, nahm einen Unterteller vom guten Geschirr aus dem Schrank, setzte sich und zündete sich eine Zigarette an.

Ellen brühte sich einen Tee auf und stellte sich ans Fenster in der Erwartung, irgendjemanden aufmerksam machen zu können, der draußen vorbeiging, natürlich so, dass Rolf es nicht merkte. Die Gardine schob sie ein Stück zur Seite, ganz unverfänglich, um den heißen Becher auf der Fensterbank absetzen zu können.

Hinter ihr sprach Rolf, als hätte er mit allem abgeschlossen. Fast amüsiert plauderte er über sein Begreifen am Dienstag nach Pfingsten, als er unbemerkt hereingekommen war – mit einem Blumenstrauß. Das musste man sich vorstellen: Er war nach Strich und Faden belogen, ausgenutzt und betrogen worden, und er kaufte seiner Frau einen Strauß Blumen zu ihrem Geburtstag, der ja gleichzeitig ihr Hochzeitstag war. Aber den hatte er weiß Gott nicht mit ihr feiern wollen. Nur ein paar Blümchen zum Geburtstag. Nichts Üppiges, nur ein hübscher, bunter Frühlingsstrauß. Seine Gefühle in dem Moment, als er begreifen musste, wie infam sie ihn benutzt und hintergangen hatte, konnte er gar nicht beschreiben. Seinen Absturz nannte er diesen Moment.

Ellen hörte ihm zu und ließ die Straße nicht aus den Augen. Das Fenster war in Kippstellung offen, draußen tat sich nichts. Das letzte Haus in der Feldstraße; eine ungünstige Lage, und eine ungünstige Zeit. Von den restlichen sieben Mietparteien im Haus waren drei in Urlaub. Die anderen saßen jetzt entweder beim Abendbrot, vor der Glotze oder sie waren noch nicht zu Hause. Und die Frage war auch, ob irgendeiner, der aufs Haus zukäme oder auf der Straße vorbeiging, weil er seinem Köter Auslauf verschaffen wollte, ein verstohlenes Zeichen als Hilferuf zu deuten wüsste. Vermutlich nicht.

Ellen überlegte fieberhaft, wie sie ihn dazu bringen könnte, seinen Platz zu räumen und sei es nur für ein oder zwei Minuten. Ihr klebte die Zunge am Gaumen, der Tee war noch zu heiß. Er musste doch auch irgendwann durstig werden und an den Kühlschrank gehen. Da käme er allerdings in ihre unmittelbare Nähe und sie kaum an ihm vorbei.

Ihre einzige Hoffnung war, dass er noch mal ins Bad ging. Wenn er aufstand – vielleicht um die Pistole zu holen –, dann nichts wie raus. Keine Zeit, sich im Schlafzimmer noch eine Jeans anzuziehen, in T-Shirt und Unterhose hinaus auf die Straße und die Nachbarschaft zusammenbrüllen.

Nein. Das war keine gute Idee. Wenn es ihm wirklich ernst war, und daran hatte sie keine Zweifel, müsste er ihr nicht hinterherrennen, nur anlegen und durch die Scheibe schießen. Dass es Krach machte, interessierte ihn dann wahrscheinlich nicht mehr.

Besser zu der Wohnung gleich gegenüber, gegen die Tür hämmern, um Hilfe rufen. Und wenn nicht sofort jemand kam und öffnete? Würde Rolf sie eben im Hausflur erschießen. Vielleicht besser die Treppe hinauf? Schwachsinn. In Horrorfilmen liefen die Opfer immer nach oben und saßen dann dort in der Falle.

Lieber hinunter, sich im Keller verstecken. Und dann? Viele Verstecke gab es im Keller nicht. Und selbst wenn er sie nicht fand und sie die Gelegenheit bekäme, einem Menschen zu erzählen, Rolf habe sie umbringen wollen, wer würde ihr das glauben? Er war KHK Wegener, Leiter des 11. Kommissariats. Ein Vollblutpolizist, der alle Register zog, um Täter aus dem Verkehr zu ziehen, wenn ein Mensch ernsthaft zu Schaden gekommen war. Für die Welt da draußen war er ein Mann ohne Fehl und Tadel und sie nur eine Person, die mit Vorliebe alle Welt gegen sich aufbrachte. Das war ihr in dieser Situation sogar bewusst.

»Habt ihr eigentlich schon eine Reaktion auf eure Eingabe beim Landrat erhalten oder auf den Brief an den Bürgermeister?«, fragte er in ihre Gedanken hinein, zog noch einmal an seiner Zigarette und drückte die Kippe auf dem Teller aus.

Sie hatte keine Ahnung, wie er plötzlich darauf kam. Er spielte Katz und Maus mit ihr und genoss es. Warum auch nicht? Er saß mitten in der Tür wie die Katze vor dem Mauseloch, konnte sich Zeit lassen, so viel er wollte. Die Maus im Loch war ihm sicher.

»Bisher nicht«, antwortete Ellen auf Vorsicht bedacht. »Aber wir haben die Briefe auch erst letzten Donnerstag abgeschickt. Oder war das am Freitag? Das weiß ich jetzt gar nicht genau. Janet wollte das erledigen. Wenn wir bis Mitte der Woche nichts hören, werden wir versuchen, einen Termin bei Reuther zu bekommen.«

Er grinste. »Dürfte schon zu spät sein.«

»Das kann ich mir nicht vorstellen«, erwiderte sie, hob den Becher von der Fensterbank und nippte daran. Der Tee war immer noch heiß und hinterließ das typisch pelzige Gefühl einer verbrühten Zunge. Die ganze Zeit glaubte sie, ein Kratzen im Hals zu spüren, weil Rolf sie doch gewürgt hatte. »Wieso interessiert dich plötzlich unsere Eingabe?«

»Interessiert mich gar nicht«, sagte er. »Ich dachte nur, es würde dich interessieren, dass die ganze Mühe umsonst war. Holfert hat sich längst mit Amborg und Reuther arrangiert, er hat sich auch Wassenberg vom Landschaftsverband in die Tasche gesteckt.«

»Woher willst du das wissen?« Ellen stellte den Becher wieder ab, warf einen Blick aus dem Fenster, sah nur das Rasenstück vor dem Haus, den Plattenweg, die verlassene Straße und ein paar parkende Autos auf der anderen Straßenseite.

Rolf zündete sich die zweite Zigarette an, blies den Rauch in ihre Richtung und grinste genüsslich. »Sie waren am Sonntagabend im *Waldschlösschen*. Sagt dir das etwas? Die ehemalige *Waldschänke*, an die wirst du dich ja wohl erinnern. Du kannst dir nicht vorstellen, was Marisa aus dem vergammelten Schuppen gemacht hat. Exquisite Küche und eine Weinkarte, bei der einem das Wasser im Mund zusammenläuft. Behrungen war übrigens auch dabei. An wen sollte Holfert sich auch sonst wenden für so einen großen Bauauftrag? Dafür kommt nur Behrungen infrage. Sie haben zusammen gegessen und die Sache perfekt gemacht.«

»Woher willst du das wissen?«, wiederholte Ellen. Der Frauenname, den er genannt hatte, war an ihr vorbeigerauscht, ohne haften zu bleiben.

Er hob vielsagend die Achseln. Und sie nahm an, er sei am Sonntagabend groß ausgegangen. Sie war ja nicht daheim gewesen, hatte sich mit Stefan getroffen, einen Ausflug ins Grüne gemacht und abends noch einen Abstecher zu einer Dönerbude. Erst gegen Mitternacht war sie zurückgekommen. Da hatte Rolf im Bett gelegen. Aber er war garantiert nicht den ganzen Nachmittag und Abend in der Wohnung geblieben, hatte ja auch irgendwo etwas essen müssen. Das tat er zwar normalerweise im Bistro – und wunderte sich dann über seine Magenprobleme. Aber es war nicht auszuschließen, dass er sich mal etwas Besonderes gegönnt und dem Nobelschuppen da draußen einen Besuch abgestattet hatte.

Ellen rang sich ein Lächeln ab. »Du hast wohl Geld zu viel. Was hast du denn Exquisites gegessen?«

»Seeigelsuppe und Schnecken«, sagte er. »Wusstest du, dass man nur den Fuß isst? Der ist gekocht und überhaupt nicht schwabbelig, schmeckt nach Pilzen und Nüssen, ausgezeichnet.«

Schnecken? Kein Wunder, dass er in der Nacht zum Montag mehrfach gekotzt hatte, was ihr nicht entgangen war.

Über seine Miene huschte ein Ausdruck, als schwelge er in schönen Erinnerungen. »Und das Dessert erst«, schmachtete er und wollte anschließend wissen: »Kannst du dir vorstellen, dass ich dich betrüge?«

Fast hätte Ellen gelacht und gefragt: »Womit denn?« Doch das hätten leicht ihre letzten Worte werden können. Lieber sagte sie: »Sicher. Wenn daheim nichts mehr läuft, gehen die meisten Männer fremd. Warum sollst ausgerechnet du eine Ausnahme sein?«

»Eben«, sagte er und nickte. »Warum ausgerechnet ich.«

Im Wohnzimmer klingelte erneut das Telefon.

»Willst du nicht rangehen?«, fragte sie. »Das ist bestimmt wieder Viehof.«

Er schüttelte den Kopf. Aber dann erhob er sich doch, stellte den Teller mit der Kippe auf den Tisch, legte die brennende Zigarette ab – und kam auf sie zu.

Verdammt kleine Küche. Nur zwei Schritte und er stand vor ihr.

Ellen drückte sich gegen die Fensterbank und wurde von einem Zittern geschüttelt, das sie förmlich von innen nach außen kehrte. Da war dieses Aufblitzen in seinen Augen. Sie hielt es für ihr Todesurteil, bis sie das erneute spöttische Grinsen auf seinem schmalen Gesicht registrierte und begriff, dass er nur an den Kühlschrank wollte, der stand in der Ecke neben dem Fenster.

»Wieder keine richtige Milch da«, stellte er fest. »Was machst du eigentlich mit den Milchtüten, die ich mir kaufe? Kippst du die aus, oder säufst du mir die Milch weg?«

»Blödsinn«, versicherte Ellen hastig. »Ich vergreife mich nicht an deinen Einkäufen. Die Milch hast du selber getrunken. Aber ich kann dir schnell neue besorgen. Ich zieh mir nur …«

»Das hättest du vorher mal tun sollen«, sagte er. »Jetzt lohnt es sich nicht mehr. Mach mir einen Kaffee.«

Nachdem er den Kühlschrank wieder geschlossen hatte, stand er so dicht vor ihr, dass sein Gesicht ihr gesamtes Blickfeld ausfüllte. Unter seinem linken Auge zuckte ein winziger Muskel. Das rechte Augenlid flatterte leicht. Mit einer Stimme, in der sich Sehnsucht und Schwermut die Waage hielten, erklärte er: »Ich wusste vorher nicht, dass es Frauen wie Marisa überhaupt gibt. Und wenn ich es gewusst hätte, wäre ich nie auf den Gedanken gekommen, dass so eine Frau für mich mehr als einen Blick hätte. So kann man sich irren. Weißt du, was sie zu mir gesagt hat?«

Woher hätte Ellen das wissen sollen? Aber jetzt hatte sie den Namen registriert. »Marisa«, wiederholte sie. »Hübscher Name.«

»Hübsche Frau«, sagte er. »Ach was, das ist eine Untertreibung. Marisa ist eine Schönheit, ein Jahr älter als du, aber sie sieht zehn Jahre jünger aus. Um ihr Gesicht und ihre Figur würden sie sogar viele Zwanzigjährige beneiden. Sie ist einfach perfekt, ein Traum.«

Auf die Worte folgte ein schwermütiger Seufzer. »Ich hätte sie nur früher kennenlernen müssen. Du hast keine Ahnung, was für ein Gefühl das ist, wenn ein Mann nichts weiter will als ein normales Leben, eine Frau, die ihn liebt und spüren lässt, dass sie ihn braucht. Mehr habe ich von dir nie erwartet.«

Wieder seufzte er vernehmlich. »Und was habe ich bekommen? Einen Haufen gemeiner Lügen. Da muss man zwangsläufig irgendwann Ausschau halten nach einer Frau, bei der man all das findet, was es zu Hause nicht mehr gibt.«

»Natürlich«, beeilte sich Ellen mit neu erwachender Hoffnung, ihm zuzustimmen. Wenn er eine Freundin hatte, die er auch noch für einmalig hielt, würde er sich bestimmt nicht erschießen, sondern sein Leben mit dieser Traumfrau genießen wollen. Das war doch eine Verhandlungsbasis. Sie müsste ihm nur klarmachen, dass er in den Knast wanderte und sich das neue Glück abschminken könnte, wenn er sie …

»Ich verstehe das«, erklärte sie hastig, »und mache dir bestimmt keine Vorwürfe. Ich weiß, dass ich viel falsch gemacht habe.«

Er lachte leise. »Ach, woher denn auf einmal diese Einsicht? Seit wann weißt du das? Seit einer halben Stunde? Wenn du es nämlich früher begriffen hättest, wärst du garantiert vorsichtiger gewesen und hättest mich nicht so fertiggemacht. Ich hab tatsächlich geglaubt, ich sei impotent. Ein Irrtum, aber um das zu merken, musste ich erst Marisa begegnen.«

»Und jetzt willst du dich scheiden lassen«, vermutete Ellen.

Er lachte erneut. »Hältst du mich für bescheuert? Eine Scheidung kostet Geld, Anwälte sind teuer. Und Unterhalt willst du auch noch, hast du mir ja schon vorgerechnet, fünfhundert Euro jeden Monat. Und das Haus nicht zu vergessen. Du hast wirklich nie begriffen, dass man den Bogen auch so weit überspannen kann, bis er bricht.«

Ellen schwieg, senkte den Blick und zog mit einer nackten Zehe kleine Kreise über den Boden. Als er weitersprach, fühlte sie ihren Herzschlag in dieser Zehe pochen.

»Nein«, sagte er. »Ein Begräbnis bekomme ich billiger, am preiswertesten ist eine Feuerbestattung. In Niederfelden ist noch Platz für eine Urne. Und bei den Biestern liegst du genau richtig.«

»Das tust du nicht«, flüsterte Ellen und fuhr etwas lauter fort: »Du würdest den Rest deines Lebens hinter Gittern verbringen, dann wäre es Essig mit der neuen Liebe. Stattdessen würdest du die Hölle auf Erden erleben. Du weißt doch, wie es einem Polizisten im Knast ergeht.«

Als sie kurz den Kopf hob, sah sie ihn lächeln. »Klar«, sagte er. »Aber ich weiß auch, wie man sich den Knast erspart. Wenn einer weiß, wie man einen Mord begeht, ohne erwischt zu werden, dann bin ich das. Es darf ruhig nach Mord aussehen, der Trick dabei ist, nicht in Verdacht zu geraten. Natürlich werde ich dich nicht erschießen. Hast du das tatsächlich geglaubt? Da hätten sie mich doch gleich beim Wickel. Und so einfach kommst du mir auch nicht davon. Du kriegst ein Abschleppseil um den Hals, ein paar Stiche in Brust und Bauch. Einseitig geschliffene Klinge, achtzehn Zentimeter lang, haben wir hier. Wir warten noch bis drei, halb vier in der Nacht, dann ist auf der Landstraße nichts mehr los. Ich binde dich hinten ans Auto und fahre ein Stück. Anschließend glaubt jeder, dass es derselbe Kerl war, der Swetlana auf dem Gewissen hat. Ich überlege nur noch, ob ich dich ebenfalls in einen der alten Forellenteiche werfen, oder ob ich dich im Wald ablegen soll. Ein Teich hätte den Vorteil, dass dort Fasern und genetisches Material abgespült werden. Aber am Ende dauert es eine Ewigkeit, ehe du gefunden wirst. Dass noch mal einer mit einem Rad reinfällt, ist nicht zu erwarten. Und, mein Gott, wir waren verheiratet, eben noch zusammen im Bett. Wen sollte es stutzig machen, wenn sie Spuren von mir an deiner Leiche finden?«

In Ellen keimte ein fürchterlicher Verdacht. Swetlana! Der Dienstag nach Pfingsten! Dass die junge Polin an dem Abend verschwunden war, hatte in der Woche nach dem Leichenfund mehrfach in der Zeitung gestanden. Bestialisch getötet worden. Nur wenige Stunden nachdem Rolf ihre Unterhaltung mit Janet und Miriam belauscht hatte und wie ein geprügelter Hund aus der Wohnung geschlichen war. Auch einem Mann ohne Fehl und Tadel konnten mal die Sicherungen durchbrennen, oder?

Was Rolf eben gesagt hatte, könne man durchaus als Geständnis werten, fand Ellen. Und wenn der Mörder den Mörder fassen sollte, brauchte sich keiner zu wundern, dass der Fall Swetlana bislang nicht geklärt war.

Oder hatten sie heute im Präsidium endlich gemerkt, dass sie den Bock zum Gärtner gemacht hatten? Hatte Viehhof deshalb angerufen? Wieso, hatte er sie denn nicht gewarnt? Und wieso, verdammt noch mal, schickten sie kein SEK-Kommando her oder wenigstens mal einen Streifenwagen vorbei?

Den Blick wieder auf den Boden gerichtet, sah sie nicht, was Rolf tat. Sie hörte nur das Rascheln von Stoff, als er sich bewegte. »Wenn du mich anfasst«, flüsterte sie heiser vor Panik und Todesangst, »brülle ich das ganze Haus zusammen.«

»Nein«, widersprach er geduldig. »Du wirst nicht brüllen. Du hältst fein still, so wie sie stillgehalten hat, weil sie nicht wusste, was ihr bevorstand.«

Für Ellen klang das, als rede er immer noch von Swetlana. Und noch während er sprach, legte er ihr einen Arm um den Nacken, quetschte ihn regelrecht in der Armbeuge ein, zog ihr Gesicht ganz nah an seins heran und umfasste mit der freien Hand ihren Hinterkopf.

»Willst du noch ein Küsschen zum Abschied?«, fragte er.

»Scheiße«, murmelte Ellen mit zuckenden Lippen. »Du hast sie umgebracht. Du warst das.«

Ganz fahl wurde er, die Lippen waren nur noch ein Strich. »Sag das noch mal«, presste er zwischen den Zähnen hervor. »Und ich schlag dich zu Brei. Ich bin an ihr vorbeigefahren, nur vorbei.«

Ellen konnte nicht einmal mehr atmen, wartete nur noch auf den Ruck, mit dem er ihr das Genick brechen würde.

Der Kommissar z. A.

Simon Pauli ließ an diesem Nachmittag die Chance verstreichen, mit dem zuständigen Staatsanwalt über die *Heimberger Verhältnisse* und seinen unmittelbaren Vorgesetzten zu sprechen. Marisa Behrends Obduktion lenkte ihn vorübergehend von all seinen Irrtümern und Befürchtungen ab.

Der Obduzent Professor Doktor Felten war ein angenehmer Mensch, der nicht mit einem Titel angesprochen werden wollte. *Herr Felten* reichte ihm völlig. Normalerweise spekulierte Felten nicht über ein Tatgeschehen. Zwar bekam er manchmal Fälle auf den Tisch, bei denen er sich seine Gedanken machte, wie Kathi Wimmer es ebenfalls tat. Aber seine Gedanken behielt er in der Regel für sich. Er tat seine Arbeit und gab die Ergebnisse weiter, die dann andere interpretieren mussten.

Heute jedoch freute Felten sich über den wissbegierigen jungen Polizisten am Sektionstisch, der nicht respektvoll – oder angeekelt wie der Staatsanwalt – im Hintergrund blieb. Jede Frage, die Simon Pauli stellte, wurde umfassend beantwortet. Zum Beispiel, warum gestern an den Handgelenken der Toten keine Fesselspuren zu sehen gewesen waren. Und heute gab es breite Verfärbungen, allerdings nur auf der Innenseite, unterhalb der Handteller.

»Auf diese Hautpartien ist Druck ausgeübt worden«, erklärte Felten das Phänomen, nahm eine Lupe, schaute sich die betroffenen Stellen genauer an und meinte: »Das sieht mir nach Frottee aus, möglicherweise Handtücher.«

Simon Pauli beurteilte es genauso, als Felten ihm die Lupe überließ. Es war ein Muster zu erkennen – wie von winzigen Schlingen. Faszinierend. »Oder ein Bademantel?«, fragte er.

»Auch denkbar«, sagte Felten. »Aber nicht sehr wahrscheinlich. Das gleichmäßige Muster spricht für zusammengelegte Tücher. Wären die Gelenke mit den Händen festgehalten worden, hätten die Finger Hämatome hinterlassen, die sofort aufgefallen wären, auch dann, wenn der Täter seine eigenen Hände mit dem Bademantel umwickelt hätte. Das ist Physik, junger Mann, haben Sie bestimmt mal gelernt. Je größer die Fläche, auf die sich der Druck verteilt, umso geringer die zerstörerische Auswirkung auf den Untergrund, in diesem Fall das Gewebe. Die Tücher haben den Druck abgemildert. Ein Glück, dass sie nicht schon gestern unters Messer gekommen ist, als diese Spuren noch nicht zu sehen waren.«

Das fand Simon Pauli auch. Es wären vermutlich entschieden mehr Spuren übersehen oder unbrauchbar gemacht worden als nur ein paar Gewebeproben. Über die Fingerkuppen der Toten regte Felten sich sehr auf: »Was da rausgeholt wurde, können wir vergessen. Das meiste dürfte von der Frau stammen.«

Die winzigen Risse unter den Fingernägeln, die schon Kathi Wimmer bemerkt hatte, waren laut Felten postmortal entstanden. Er nahm an, das sei bei der Sicherung von Beweismaterial geschehen, und schimpfte auf Amateure, die sich alles zutrauten und nicht erkannten, dass es Grenzen für ihr *Können* gab.

»Die Fissuren am Rektum sind ebenfalls erst nach Eintritt des Todes zugefügt worden«, sagte er. »Womit wurde die Körpertemperatur gemessen – mit einem Einweckthermometer?«

Die kleinen Wunden an den Lippenschleimhäuten seien vermutlich beim leidenschaftlichen Küssen entstanden, meinte Felten. Die Blutpünktchen in der Wangenschleimhaut beurteilte er jedoch anders. Und bei der eigentlichen Sektion stellte sich bald heraus, dass er recht und Simon Pauli es von Anfang an richtig beurteilt hatte.

Marisa Behrend hatte ein gesundes Herz gehabt, es gab keine Anzeichen für einen Infarkt, keine Durchblutungsstörungen oder sonstige Schäden am Herzmuskel oder den Koronargefäßen, stattdessen kleinfleckige Stauungsblutungen an der Herzaußenhaut und den Lungen.

»Wie ich mir dachte«, sagte Felten. »Ihr Pathologe soll sich sein Lehrgeld zurückgeben lassen. Das ist ein geradezu klassischer Burking. Und dass der Täter auf ihr gesessen hat, war ja schon vor der Thoraxöffnung offenkundig.«

Dann erzählte Felten sehr anschaulich, wie ein Serienmörder namens William Burke 1827 und 1828 seine durch Alkohol wehrlos gemachten Opfer getötet hatte, ohne nennenswerte Spuren von Gewaltanwendung zu hinterlassen. Er hatte sich auf ihren Brustkorb gesetzt und sie mit einer Hand auf Mund und Nase erstickt. Letzteres war bei Marisa Behrend zwar nicht geschehen. Ein Kopfkissen, wie Simon Pauli vermutete, war ihr auch nicht aufs Gesicht gedrückt worden. Da hätte sie im Todeskamp nämlich Fasern eingeatmet, erklärte Felten. Er tippte auf eine Plastiktüte, die ihr über den Kopf gestreift und seitlich am Hals zugezogen worden war. Und er hoffte, dass sich diese These noch durch Anhaftungen von Polyethylen auf der Gesichtshaut der Toten nachweisen ließ.

Dass sie vor Eintritt des Todes gefesselt oder betäubt worden war, schloss Felten aus. Stark alkoholisiert war sie auch nicht gewesen. Sie hatte gerade mal null Komma drei Promille gehabt.

»Ein Gläschen Rotwein«, sagte Felten, »höchstens zwei. Dazu ein Süppchen und etwas Brot – vier bis fünf Stunden vor Todeseintritt.« Das ergaben die Analysen von Blut und Mageninhalt.

Um einiges klüger und zufrieden mit seinem Urteilsvermögen fuhr Simon Pauli zurück nach Heimberg. Im Präsidium angekommen, wurde er umgehend zu Kriminalrat Viehof zitiert. Nicht etwa, um Auskunft über die Erkenntnisse zu geben, die Herr Felten bei der Obduktion gewonnen hatte. Das Einzige, das Viehof wissen wollte, war: »Wo ist Wegener?«

»Das weiß ich nicht«, sagte Simon Pauli wahrheitsgemäß.

»Wieso war er nicht bei der Obduktion?«, fragte Viehof schon nicht mehr in Zimmerlautstärke. »Das überlässt man doch keinem Anfänger! Zu Hause ist er nicht, auf dem Handy ist er auch nicht zu erreichen. Was denkt der sich?«

»Das weiß ich nicht«, sagte Simon Pauli noch einmal.

Als Viehof weiterpolterte, hatte Pauli plötzlich das Kreiskrankenhaus vor Augen und Wegeners Stimme im Ohr. *»Wir sprechen uns noch, Herr Doktor, aber dann unter vier Augen!«*

Die diesbezügliche Beschwerde hatte Viehof völlig unvorbereitet getroffen. Da Wegener sich dem Donnerwetter entzogen hatte, ging es nun über Simon Pauli nieder. »Hatte ich nicht ausdrücklich gesagt, keinen Wirbel!!!«

Das musste auf der gesamten Etage zu hören gewesen sein. Simon Pauli hatte den Eindruck, dass die Verglasung der Fenster zitterte. Er hätte jetzt klarstellen können, dass er keinen Wirbel gemacht, sondern im Gegenteil Wegener davon abgehalten hatte, Terbruck richtig an den Kragen zu gehen. Aber seinen unmittelbaren Vorgesetzten anzuschwärzen … Doch nicht ausgerechnet bei Viehof, dem er unterstellte, mit der Aufforderung zur Vertuschung seinen Teil zu Wegeners Ausrasten beigetragen zu haben.

Simon Pauli parierte den Anpfiff nicht halb so schüchtern, wie man es angesichts eines vor Wut schäumenden Kriminalrats von einem Kommissar z. A. erwartet hätte. Sollten sie ihn doch in die Pampa schicken, wenn er ihnen zu kess wurde. Wer wollte denn Mitglied bei so einem Verein werden? »Ja«, bestätigte er. »Kein Wirbel, bis das Ergebnis der Obduktion feststeht, haben Sie gesagt. Das tut es jetzt. Marisa Behrend wurde durch einen klassischen Burking erstickt.«

Wirklich überrascht oder schockiert schien Viehof nicht, er fragte auch nicht, was ein klassischer Burking sei. »Das wussten Sie aber heute Vormittag noch nicht«, konterte er. »Da frage ich mich, was Sie im Krankenhaus zu suchen hatten.«

»Wir wollten mit Markus Behrend reden«, antwortete Simon Pauli. »Er war aber noch nicht vernehmungsfähig. Und die Kellnerin, Frau Grassnitz, hatte uns darauf hingewiesen, dass Doktor Terbruck am Sonntagabend ein auffälliges Interesse an Marisa Behrend gezeigt hat. Herr Wegener wollte ihn deswegen befragen.«

»Befragen?!!«, brüllte Viehof. »Er hat ihn tätlich angegriffen!«

»Das ist nicht wahr«, schwächte Simon Pauli ab. »Er hat ihn nur vorne am Hemd gepackt.«

»Und ihn dabei massiv beschuldigt!«, polterte Viehof weiter.

»Richtig«, räumte Simon Pauli ein. »Und das hat dazu geführt, dass Doktor Terbruck andere Personen belastete.«

»Fein«, kommentierte Viehof sarkastisch. »Mit solchen Methoden ist die Inquisition auch immer an die Namen von anderen Hexen und Teufeln gekommen. Darf ich erfahren, wen Terbruck reingeritten hat?«

»Selbstverständlich«, erwiderte Simon Pauli und genoss es, Viehof diesen Schlag zu versetzen. Hätte der Kriminalrat nicht schon hinter seinem Schreibtisch gesessen, hätte er ihm empfohlen, vorsichtshalber Platz zu nehmen. So sagte er nur schlicht: »Gilles und Reuther.« Die Doktortitel ließ er weg – jetzt waren es ja Verdächtige.

Wie erwartet verschlug es Viehof die Sprache. Ehe er sie

wiederfand, berichtete Simon Pauli, dass Terbruck beide Männer als abgewiesene Liebhaber bezeichnet und erklärt hatte, von Marisa Behrend zu einem kleinen Schauspiel aufgefordert worden zu sein, weil sie von ihren Verflossenen nicht mehr belästigt werden wollte. Dann zählte er die Belastungsmomente auf, die für eine Täterschaft des Landrats sprachen.

Reuther rauchte Zigarillos, Marisa Behrend hatte ihm eine Schachtel an den Tisch gebracht, in die sie zuvor einen Zettel gesteckt hatte. Womöglich ein Abschieds-, vielleicht aber auch ein Drohbriefchen, den der Landrat dann als Bittbrief bezeichnet hatte. Man müsste die Kellnerin fragen, ob dieser Satz gefallen war, bevor oder nachdem Reuther etwas zu rauchen bekommen hatte. Reuther jedenfalls war die jüngere Affäre, vor drei Wochen noch aktuell gewesen. Und im Gegensatz zu Gilles, der immerhin noch kostenlos verpflegt wurde, war Reuther am Sonntagabend nicht mehr bedient worden. Da musste doch etwas Gravierendes vorgefallen sein, nicht wahr?

Viehof musste das erst einmal verdauen. Er gewann seine Fassung jedoch schnell zurück, als Simon Pauli sich erkundigte: »War Ihnen das wirklich noch nicht bekannt?«

»Herrgott, nein!«, brauste Viehof auf. »Woher denn?«

»Ich dachte, Gilles hätte es Ihnen erzählt, um von sich abzulenken. Er wollte am Sonntagabend mit Sicherheit etwas von Marisa Behrend. Und eine normale Beziehung hatte er kaum mit ihr. Angeblich wurde sie gerne gewürgt, das jedenfalls hat Gilles behauptet. Von gerne kann aber kaum die Rede sein. Sie hat ihn im Beisein von Doktor Terbruck und dessen Schwiegervater abblitzen lassen mit dem Hinweis, dass es ihr seit der Trennung von ihm sehr gut ginge und sie diesen Zustand nicht ändern möchte. Für mich klingt das nicht nach ›Würgen im gegenseitigen Einvernehmen‹. Herr Wegener hat Gilles gestern als Täter ausgeschlossen, weil der keinen Totenschein ausstellen wollte.

Aber das könnte Taktik gewesen sein. Brandstifter alarmieren auch die Feuerwehr und schauen zu, wie gelöscht wird.«

Viehof schüttelte den Kopf und murmelte: »Guter Gott.« Dann straffte er die Schultern und befahl in gewohnter Lautstärke: »Sehen Sie zu, dass Sie Wegener auftreiben. Er wohnt in der Feldstraße zwei. Irgendwann muss er ja nach Hause kommen. Ich will ihn sehen, möglichst heute noch. Und Sie halten den Mund. Zu keinem Menschen ein Wort. Haben wir uns verstanden?«

»Natürlich«, sagte Simon Pauli kühl.

Als er wieder ins Freie trat, atmete er durch und überlegte, ob er schnell irgendwo eine Kleinigkeit essen sollte, ehe er sich auf die Suche nach Wegener machte. Er spürte ein hohles Gefühl in der Magengrube, Hunger wahrscheinlich. Sein Mittagessen war doch ausgefallen.

Aber zum einen hatte er nicht den geringsten Appetit. Keine Probleme bei der Obduktion einer frischen Leiche, da hatte er ein bisschen zu dick aufgetragen. Als Herr Felten den Sektionsgehilfen an den Tisch gelassen hatte, um den Schädel zu öffnen, war ihm ziemlich übel geworden. Zum anderen drängte es ihn festzustellen, ob Doktor Terbruck wohlauf war.

Deshalb fuhr er zuerst zum Krankenhaus und hielt in der näheren Umgebung Ausschau nach Wegeners BMW. Dreimal kurvte er um den Block, kontrollierte die Nebenstraßen, vergebens natürlich. Er hoffte inständig, dass der Gynäkologe nicht längst heimgefahren war und Wegener ihm dort aufgelauert hatte. Ersteres ließ sich durch einen weiteren Besuch auf Station drei in Erfahrung bringen. Doktor Terbruck sei bei einer Entbindung, hieß es. Gott sei Dank!

Da er einmal vor Ort war, probierte Simon Pauli sein Glück auch noch auf Station zwei. Er wollte sich erkundigen, ob Markus

Behrend in der Todesnacht seiner Mutter nicht doch etwas aus dem Dachgeschoss gehört oder sogar jemanden gesehen hatte. Darüber hinaus interessierte ihn brennend, wann Marisa Behrend ihre letzte Mahlzeit zu sich genommen hatte.

Diesmal schlief Markus Behrend nicht, aber er stand wohl unter dem Einfluss von Beruhigungsmitteln, lag mit offenen Augen im Bett und stierte gegen die Zimmerdecke. Kaum hatte Simon Pauli seine erste Frage formuliert, warf Marisa Behrends Sohn seinen Kopf hin und her und gab sonderbare Töne von sich: Wimmern, Winseln, Heulen oder eine Mischung aus allem. Es hörte sich an, als ginge ein Ventilator kaputt.

Simon Pauli beeilte sich, das Zimmer wieder zu verlassen. Auskunft über die Zeit, zu der Marisa Behrend ihr letztes Süppchen mit Brot zu sich genommen hatte, holte er sich anschließend bei Bettina Grassnitz in Niederfelden. Gegessen hatte Marisa am frühen Abend. In einem Aufwasch fragte Pauli nach dem Zettel in Reuthers Zigarilloschachtel. Von einem Zettel wusste Bettina Grassnitz nichts, erinnerte sich momentan auch nicht, ob Marisa dem Landrat die Schachtel ausgehändigt hatte, bevor oder nachdem an Tisch vier von einem Bittbrief die Rede gewesen war.

Bedingt durch diese beiden Abstecher fuhr Simon Pauli erst kurz vor acht Richtung Feldstraße. Darauf eingestellt, Wegener nicht daheim anzutreffen und die halbe Nacht im Auto auf ihn warten zu müssen, besorgte er sich unterwegs an einer Tankstelle noch etwas zu trinken und eine Packung Kräcker gegen den Hunger, der in seinen Eingeweiden rumorte.

Zu seinem Erstaunen stand dann aber nicht nur Wegeners BMW auf dem Parkplatz. Der Vermisste selbst stand zusammen mit einer Frau im Erdgeschoss an einem Fenster, bei dem nur die untere Hälfte von einer auch noch halb zurückgeschobenen Gardine bedeckt war. Und es hatte den Anschein, als knutschten die beiden hingebungsvoll.

Als Wegener ihn kommen sah, ließ er die Frau los und winkte ihm zu. So konnte Simon Pauli sich den Druck auf den Klingelknopf sparen. Die Haustür war nur angelehnt. Zu den beiden Wohnungen im Erdgeschoss ging es drei Treppenstufen hinauf. Wegener erwartete ihn in der linken Tür.

Seine Erscheinung bestätigte den Eindruck, den Simon Pauli draußen gewonnen hatte: Frisches Hemd, andere Hose als am Vormittag, keine Schuhe, nicht mal Socken an den Füßen, keine Uhr am Handgelenk, dafür feuchte Haare.

Wegener empfing ihn mit einem breiten Grinsen und den Worten: »Sieh an, der eifrige Watson. Was treibt dich her?«

Was er von dieser Begrüßung halten sollte, wusste Simon Pauli nicht. »Herr Viehof will Sie sofort sehen«, erklärte er knapp.

Wegener machte keine Anstalten, ihn hereinzubitten, erwiderte nur: »Herr Viehof wird sich bis morgen gedulden müssen.«

»Nein, sofort«, beharrte Simon Pauli. »Er hat mich eigens hergeschickt, weil er Sie telefonisch nicht erreichen konnte.«

Unverändert grinsend gab Wegener tadelnde Schnalzlaute von sich. »Fängt der jetzt auch noch an zu flunkern? Er hat mich doch erreicht. In dem Moment ist nur leider mein Handy abgestürzt. Deshalb war es ein kurzes Gespräch.« Anschließend wollte er wissen: »Wie war es in Köln?«

»Der schriftliche Bericht einschließlich der wichtigsten Laborergebnisse kommt morgen«, sagte Simon Pauli kühl.

»Hoppla.« Wegener stutzte und warf einen unschlüssigen Blick zur Seite. In die Küche, wie Simon Pauli gleich darauf feststellte. Wegener gab nämlich nun doch die Wohnungstür frei. »Na, komm herein, kriegst auch einen Kaffee. Ich hab meiner Frau eben noch gesagt, sie soll einen machen.«

Damit drehte er sich um und ging, vielmehr schlurfte mit hängenden Schultern durch den kurzen Flur. Er verschwand hinter der Tür schräg gegenüber der Küche. Seine Haltung hatte etwas von einem geprügelten Hund und irritierte Simon Pauli. Er trat ein und schloss die Wohnungstür hinter sich.

Sämtliche anderen Türen standen offen. Simon Pauli sah den Teller mit Zigarettenasche und Kippen auf dem Küchentisch stehen. Im Bad lagen die Sachen auf einem Haufen, die Wegener vormittags getragen hatte. Wegeners Frau stand unverändert am Küchenfenster, mit nackten Beinen, in einem fleckigen T-Shirt. Zu Wegener, der immer sehr gepflegt war, passte sie in dieser Aufmachung absolut nicht.

Simon Pauli nickte ihr kurz zu und dachte angesichts ihrer verkniffenen Miene: *Mit der kann man aber nur gefriergetrockneten Kaffee trinken*. Er vermutete, sie sei sauer, weil er störte.

Wegener saß bereits auf der Couch im Wohnzimmer, dem gegenüber lag das Schlafzimmer mit dem zerwühlten Doppelbett. Simon Pauli sah seinen Irrtum auf der ganzen Linie bestätigt. Von wegen; *rufe ich vielleicht meine Frau mal an*. Wegener war heimgefahren und hatte sich mit seiner *durchgeknallten Fanatikerin* einen heißen Nachmittag gemacht, während ein unerfahrener Kommissar z. A. die ganze Arbeit alleine tun durfte und sich auch noch vom Kriminalrat anpfeifen lassen musste.

Wegener zeigte auf einen Sessel. »Setz dich.« Dann rief er in den Flur: »Wo bleibt der Kaffee, Ellen?«, und fragte: »Milch und Zucker?«

»Nein, danke«, sagte Simon Pauli und blieb stehen. »Ich möchte keinen Kaffee und will mich nicht lange aufhalten. Herr Viehof …«

»Jetzt bleib mir doch mit Viehof vom Leib«, verlangte Wegener genervt. »Sag mir lieber, was es in Köln gegeben hat.«

»Es war ein klassischer Burking«, sagte Simon Pauli.

»Ein was?«, fragte Wegener verständnislos. Offenbar hatte er auch noch nicht von dem englischen Serienmörder gehört.

»Tut mir leid, mehr habe ich nicht verstanden, mir ist dann doch übel geworden«, stellte Simon Pauli sein Licht unter den Scheffel. »Aber wie gesagt, die Berichte bekommen wir morgen.«

Zu keinem Menschen ein Wort!

Als leitender Ermittler mochte Wegener eine Ausnahme sein, seine Frau war jedoch keine. Aus den Augenwinkeln sah Simon Pauli sie ins Schlafzimmer huschen. Sie schloss die Tür hinter sich. Wegener hatte das aus seiner Position kaum sehen können, aber wohl gehört.

Er stand auf, folgte ihr und fragte: »Was ist mit dem Kaffee?«

Das klang noch harmlos. Was sich in den nächsten Sekunden abspielte, klang allerdings ganz anders und zwang Simon Pauli, seine Ansicht bezüglich des netten Nachmittags zu korrigieren.

Er hörte die Frau im Schlafzimmer hysterisch kreischen: »Hau ab, du durchgeknalltes Arschloch! Wenn du mich noch einmal anfasst, kannst du im Knabenchor singen!«

Im nächsten Moment polterte etwas, darauf folgte ein Schmerzenslaut, ohne Zweifel von der Frau.

Es widerstrebte Simon Pauli, sich in private Angelegenheiten seines Vorgesetzten einzumischen, doch was blieb ihm unter diesen Voraussetzungen anderes übrig? Er beeilte sich, ebenfalls ins Schlafzimmer zu gelangen. Der Anblick, der sich ihm dort bot, war grotesk.

Wegeners Frau hatte offenbar eine Jeans aus dem Kleiderschrank genommen und anziehen wollen. Mit einem Bein hatte sie es auch geschafft, in die Hose zu steigen. Ob sie dann vor dem offenen Schrank den Halt verloren oder ob Wegener sie erreicht und geschubst hatte, war nicht ersichtlich. Nun saß sie zwischen gefüllten Kleiderbügeln im Schrank. Wegener stand vor ihr, hielt ihr eine Hand hin, als wolle er ihr aufhelfen. Und sie schlug mit beiden Händen nach ihm, beschimpft ihn dabei mit unflätigen Ausdrücken.

Als sie Simon Pauli zu Gesicht bekam, kreischte sie mit sich überschlagender Stimme: »Halten Sie mir den Irren vom Leib. Er hat die Polin umgebracht. Mich will er genauso umbringen, eine Scheidung ist ihm zu teuer.«

Wegener zog seine Hand zurück und schlug vor: »Sag ihm am besten auch, warum mir eine Scheidung zu teuer ist. Sonst versteht er die ganze Aufregung doch nicht.«

Im Gegensatz zu der hysterischen Frau machte Wegener einen zwar deprimierten, aber geistig klaren und ruhigen Eindruck, als er sich an Simon Pauli wandte. »Sie will den gesamten Erlös aus dem Verkauf meines Elternhauses und zusätzlich fünfhundert Euro Unterhalt jeden Monat.«

»Tausend Euro, du Dreckskerl«, fauchte die Frau, steckte das zweite Bein in die Jeans und rappelte sich hoch. »Ach was, zweitausend. Jetzt wird's richtig teuer, das verspreche ich dir. Du wirst dir noch wünschen, anstelle deiner Schwester wärst du unter den Brikettlaster geraten. Oder dein Vater hätte sich aufgehängt, bevor er deine Alte bestiegen hat.«

Pfui Teufel, dachte Simon Pauli, *was für ein widerliches Weib.*

Wegener entschuldigte sich für sie: »Tut mir leid, Simon. Ich hab zwar schon angedeutet, dass sie sich gelegentlich im Ton vergreift. Aber dass du es hautnah erlebst, hätte ich dir gerne erspart. Da geht einem doch der ganze Glaube an Romantik flöten, oder? Andererseits kannst du jetzt vielleicht nachvollziehen, warum der Bürgermeister sich über ihren Brief aufgeregt hat.«

»Der Arschkriecher wird sich noch mehr aufregen, wenn Holfert die Baugenehmigung bekommt«, kommentierte die Frau diesen Hinweis. »Wir haben eine hübsche Überraschung in der Hinterhand. Davon kriegt Wassenberg auch eine Ladung ab, wenn er es wagen sollte, die Landschaftsschutzverordnung zu unterlaufen. Denen zeigen wir, was Beton für ein widerliches Zeug ist.«

»Merk dir das, Simon«, empfahl Wegener. »Leider müssen wir abwarten, bis es passiert ist. Das ist der Nachteil des Rechtsstaats.«

»Scheißkerl«, zeterte sie. »Das macht Spaß, was?«

»Nein«, sagte Wegener. »Es ist nur peinlich.«

»Das hättest du dir vorher überlegen sollen«, erwiderte sie, reckte Simon Pauli ihr Gesicht und den Hals entgegen und behauptete: »Er hat stundenlang versucht, mich zu erwürgen.«

»Und wieso hat er es nicht geschafft?«, fragte Simon Pauli. Das konnte er sich einfach nicht verkneifen. »Normalerweise dauert es nur wenige Minuten.«

Er hätte gern noch mehr gesagt, zum Beispiel, welchen Eindruck sie ihm in den letzten Minuten vermittelt hatte und wie hirnrissig ihre Anschuldigung war, Wegener hätte Swetlana getötet. Das war völlig absurd, und das wusste kein Mensch besser als Simon Pauli. Der Dienstag nach Pfingsten war schließlich sein großer Tag gewesen.

An dem Dienstagmorgen hatte der *Heimberger Anzeiger* doch noch einmal über den toten Säugling aus dem Abfallkorb beim Rathaus berichtet und das *Phantombild* abgedruckt. Den ersten Schnappschuss von Simon Paulis neugeborener Nichte Simone, am Computer ein bisschen verfremdet. Diese Aktion war seine Idee und letztlich ein voller Erfolg gewesen.

Am frühen Nachmittag hatte sich eine Frau gemeldet und erklärt, der Kleine aus der Zeitung sähe fast aus wie ihr Sohn und könnte durchaus ihr Enkel sein. Um diese Ansicht zu stützen, legte die Frau ein Foto vor, auf dem ihr Sohn ungefähr drei Monate alt war und tatsächlich eine gewisse Ähnlichkeit mit Simon Paulis neugeborener Nichte hatte.

Dann erzählte die Frau, ihr Sohn sei neunzehn und habe eine siebzehnjährige Freundin gehabt, die Anfang des Jahres behauptet hatte, von ihm schwanger zu sein, die sich dann aber auf Drängen ihrer Mutter von ihm getrennt hatte. Kurz darauf hätte es geheißen, die Schwangerschaft sei nur ein Irrtum gewesen.

»Meinem Sohn war das recht«, sagte die Frau. »In seinem Alter hat man mit Vaterschaft und Unterhalt noch nichts am Hut. Ich war ehrlich gesagt auch erleichtert, als es hieß, das Mädchen hätte die Geschichte nur erfunden. Aber vor ein paar Wochen habe ich sie zufällig in der Stadt gesehen. Da war sie hochschwanger.«

Auf die Frage, warum sie sich nicht schon nach dem ersten Zeitungsbericht gemeldet hatte, druckste die Frau herum, das sei so unvorstellbar gewesen, so grausam, sie habe sich das gar nicht vorstellen mögen. Aber jetzt, mit diesem Foto …

Wegener hatte das Präsidium kurz vorher verlassen. Die Kommissare Zeisig und Barthel brachen umgehend auf, um die Siebzehnjährige und deren Mutter ins Präsidium zu holen. Kurz darauf kam Wegener zurück – mit einem Blumenstrauß, den er dann Simon Pauli in die Hand drückte.

»Betrachten Sie es als Anerkennung für Ihre gute Idee«, sagte Wegener. Am Dienstag nach Pfingsten duzte er Simon Pauli noch nicht. »Es ist vielleicht nicht üblich, einem jungen Mann Blumen zu schenken, aber mir ist in der Eile nichts Besseres eingefallen. Eine Flasche Schnaps schien mir nicht das richtige Präsent. Die hätten die Burschen«, gemeint waren Zeisig und Barthel, »Ihnen garantiert abgenommen, um den Erfolg zu begießen. Und so weit sind wir noch nicht. Ich schätze, das wird eine lange Nacht.«

Dann übernahm Wegener die Befragung der Mutter. Das war gegen fünf am Nachmittag. Swetlana verließ ihre Unterkunft erst um halb neun am Abend. Da saß Wegener immer noch mit

Oberkommissar Winkelmeier, Simon Pauli und der Mutter im Verhörraum, während nebenan Zeisig und Barthel die Tochter in der Mangel hatten. Simon Pauli war die ganze Zeit bei Wegener, um etwas über dessen Verhörtechniken zu lernen.

Wann hätte Wegener Swetlana denn abfangen und umbringen sollen? Außerdem hatten die polnischen Kollegen doch vor wenigen Tagen einen dringend Tatverdächtigen aus Swetlanas persönlichem Umfeld in Haft genommen. Es gab noch kein Geständnis, aber ein sehr starkes Motiv – Eifersucht.

Darüber musste man wirklich kein überflüssiges Wort verlieren. Abgesehen davon sah Simon Pauli am Hals von Wegeners Frau oder in ihrem Gesicht nichts, was einen Angriff auf sie bestätigt hätte. Aber geknutscht hatten sie nach Lage der Dinge kaum am Küchenfenster. Und der sympathische Herr Felten hatte ihm ja erklärt, dass nicht alle Spuren auf Anhieb sichtbar waren. Druck und Fläche und so weiter.

Deshalb schlug er sicherheitshalber vor: »Das Beste wird sein, Sie gehen morgen zu einem Arzt.«

Für den gut gemeinten Rat fing er sich einen Blick ein, der ihn unwillkürlich an eine Terroristin denken ließ. Als wolle sie eine Handgranate aus der Jeans ziehen, den Sicherungsstift entfernen und ihm die Granate zwischen die Zähne schieben.

»Sauhaufen«, giftete sie ihn an. »Euch kann man alle in einen Sack stecken. Wenn man mit einem Knüppel draufhaut, trifft man immer den Richtigen.«

»Gehen wir ein Bier trinken, ehe sie das wahr macht«, schlug Wegener vor und ging auf nackten Füßen ins Bad, wo seine Schuhe noch vor der Wanne standen und die Walther P99 auf dem WC-Spülkasten lag.

5. Teil

Ellen

Als ihr Mann das Schlafzimmer verließ und ins Bad ging, schloss Ellen zum zweiten Mal an diesem Tag mit ihrem Leben ab. Wie sollte sein junger Kollege Rolf davon abhalten, zuerst sie und dann sich selbst zu erschießen? Ehe der Schnösel überhaupt kapiert hätte, was vorging, lägen sie beide am Boden.

Doch Rolf zog nur seine Schuhe und das Jackett an. Er kam zurück mit den Worten: »Mein Stammlokal ist ganz in der Nähe. Ich lade dich ein, noch kann ich es mir leisten.«

»Sie sollten besser zu Herrn Viehof fahren«, besann sich der Schnösel auf seinen Auftrag.

»Der läuft mir nicht weg«, sagte Rolf und ging zur Wohnungstür. Der Schnösel schloss sich an.

Nachdem die Tür hinter den beiden zugefallen war, stand Ellen noch minutenlang vor dem Kleiderschrank und bemühte sich, ihre Glieder und die Gedanken unter Kontrolle zu bringen. Was jetzt zu tun war, stand außer Frage: ein paar Sachen packen und aus der Wohnung verschwinden, ehe Rolf zurückkam.

Aber ihre Hände und die Knie zitterten noch wie Espenlaub. Und im Hirn kreiste die Frage: Wohin?

Ein Frauenhaus gab es in Heimberg nicht. Solch eine Fluchtmöglichkeit war auch nicht nach Ellens Geschmack. An ein Hotelzimmer brauchte sie nicht zu denken. In ihrem Portemonnaie befanden sich derzeit siebenunddreißig Euro, auf ihrem Girokonto knapp vierhundert, der Lohn vom Juni, der bis zur nächsten Überweisung Ende Juli reichen musste. Einen Dispo hatte die Bank ihr nicht eingeräumt, dafür verdiente sie im Öko-Laden zu wenig.

Die Wohnung nach Geld zu durchwühlen wäre Zeitverschwendung gewesen. Früher hatte Rolf immer ein paar Scheine in seine Sockenpaare gerollt, hinter die Fußleisten geklemmt oder sonst wo versteckt. Das tat er schon lange nicht mehr. Es gab ja genug Automaten, an denen man jederzeit Geld ziehen konnte, wenn man genug hatte.

Ihre *Bürgerinitiative* bestand momentan aus fünf Leuten, sie selbst mitgerechnet. Viele Frauen in ihrer Situation wären vermutlich zum Liebhaber geflohen, hätten dort um Asyl oder um finanzielle Unterstützung gebeten. Stefan und Mirko lebten beide noch bei den Eltern. Die würden dumm aus der Wäsche schauen, wenn eine Frau wie Ellen sich bei ihnen einquartieren wollte.

Eine richtige Freundin hatte Ellen nie gehabt, nicht mal als Kind, weil sie immer und überall das Alphatier herauskehrte, das Kommando übernahm und neben der eigenen Meinung nichts gelten ließ. Mit ihrer Arbeitskollegin hatte sie sich verkracht, weil die gelegentlich ihren kleinen Sohn mitbrachte. Der Junge störte zwar nicht, setzte sich meist mit einem Bilderbuch vors Teeregal. Die Ladenbesitzerin fand ihn niedlich und hatte nichts gegen seine Anwesenheit einzuwenden. Aber Ellen wollte sich nicht mal für die paar Minuten beim Kassenwechsel vor Augen führen lassen, was sie nicht haben konnte.

Blieben im Prinzip nur Janet und Miriam, mit denen sie am Dienstag nach Pfingsten im Wohnzimmer gesessen hatte. Beide hatten eigene Wohnungen. Miriam war manchmal unerträglich albern, das genaue Gegenteil von Janet, der Anwaltsgehilfin, die es an dem Dienstagnachmittag gewagt hatte zu fragen: »Findest du das fair?« Seitdem war auch Janet nicht mehr so ganz nach Ellens Geschmack. Deshalb rief sie zuerst Miriam an.

Es dauerte eine Weile, ehe die Verbindung zustande kam. Miriam kicherte etwas, es klang wie: »Lass doch mal.«

»Ich bin es, Ellen«, sagte sie hastig. »Bist du zu Hause? Ich hab ein Riesenproblem und brauche für ein paar Tage …«

Entweder gab Miriam das Handy weiter, oder es wurde ihr aus der Hand genommen. Ehe Ellen erklären konnte, was sie brauchte, hatte sie die Stimme eines jungen Mannes im Ohr. Er hörte sich verdächtig nach Stefan an. »Wir sind gerade beschäftigt. Probier's in zwei oder drei Stunden noch mal.« Begleitet wurde diese Auskunft von Miriams Kichern im Hintergrund.

»So viel Zeit habe ich nicht, verdammt«, sagte Ellen unwillig. »Ich habe einen Irren am Hals und muss …«

Doch die Verbindung war bereits unterbrochen. Obwohl sie von einer Abfuhr ausging, versuchte sie es notgedrungen bei Janet, sagte wieder ihren Spruch auf und erzählte mit drängender Stimme, was vorgefallen war. »Der ist völlig ausgeflippt, wollte mich umbringen. Viel hat nicht gefehlt, dann hätte er es geschafft. Jetzt ist er weg, aber er kann jeden Augenblick zurückkommen.«

Während sie das aussprach, flackerte die Panik wieder in ihr auf. Wenn nun tatsächlich im nächsten Moment die Wohnungstür aufging? Womöglich hatte Rolf den Knaben nur zu einem Bier eingeladen, um ihn aus der Wohnung zu locken. Er hatte ja nicht mal Socken an den Füßen. Vielleicht fiel ihm das kurz vor dem Bistro auf. Dann musste er nur sagen: »Na so was, sieh mal, wie ich rumlaufe. Hab ich doch glatt die Socken vergessen. Geh schon mal rein und bestell was – ich bin gleich wieder da.«

Janet war auch in dieser Situation überaus korrekt wie immer. Sie sagte nicht: »Sieh zu, wie du klarkommst«, womit Ellen insgeheim rechnete. Janet erinnerte erst einmal daran, dass sie schon am Dienstag nach Pfingsten prophezeit hatte, dass es so käme. »Dein Mann hat doch garantiert zugehört. Glaubst du, das nimmt er hin? So verrückt ist keiner.« Nachdem das noch einmal ausgesprochen war mit dem Zusatz, dass der eine eben schnell reagierte und der andere sich Zeit damit ließ, um zuerst einen wasserdichten Plan auszutüfteln, wollte Janet wissen: »Warum rufst du nicht die Polizei?«

»Witzig«, fauchte Ellen. »Er ist die Polizei. Und nicht irgendein Streifenhörnchen, er leitet die Abteilung Schwerkriminalität und die Ermittlungen im Mord an dieser jungen Polin. Er weiß genau, wie er es machen muss, damit ihm keiner was kann. Das hat er mir ja schon angekündigt. Ein Kollege von ihm war dabei und hat mich nur dumm angeglotzt, als ich Anzeige erstatten wollte. Jetzt komm schon, Janet. Nur für ein paar Tage.«

»Und Nächte«, ergänzte Janet, die Korrekte. Aber dann fragte sie: »Hast du eine Luftmatratze?«

»Nein, zur Not schlafe ich auf dem Boden.«

Ellen beendete das Gespräch, ehe Janet sich das noch mal anders überlegen konnte, und lief zur Wohnungstür. Sicherheitshalber steckte sie nun ihren Schlüssel ein und drehte ihn um. Danach holte sie einen Stuhl aus der Küche, trug ihn ins Schlafzimmer, stieg hinauf und nahm einen Koffer vom Schrank. Er war von dicken Staubflusen bedeckt, die aufwirbelten, als sie ihn aufs Bett warf. Hustend sprang sie zurück auf den Boden, nahm ein paar Sachen aus dem offenen Schrank und warf sie ebenfalls aufs Bett. Noch etwas Unterwäsche aus dem Nachttisch dazu, alles zusammen in den Koffer gestopft.

Als sie ihre Zahnbürste aus dem Bad holte, sah sie wieder die Pistole auf dem Spülkasten liegen und geriet in Versuchung, sie zu nehmen. Aber zum einen hatte sie wirklich nicht viel Ahnung von solch einem Ding. Zum anderen war es eine Dienstwaffe. Wenn die unvermittelt den Besitzer wechselte, hätte das für Rolf zwar ein paar Scherereien zur Folge, sorgloser Umgang und so weiter. Letztendlich jedoch hätte sie das Nachsehen, weil sie alt genug war zu wissen, dass sie kein Recht auf diese Waffe hatte. Und weil sie nicht beweisen konnte, dass er versucht hatte, sie zu erwürgen. An ihrem Hals war überhaupt nichts zu sehen.

Ein Blick aus dem Küchenfenster verschaffte ihr keine Gewissheit, dass sie unbehelligt abfahren könnte. Als sie in den Hausflur trat, kam der Mann aus der Wohnung über ihnen mit einem vollen Müllbeutel die Treppe runter. Er grinste; unter Garantie hatten er und seine Frau alles mitgehört. Und Rolf, fiel ihr ein, hatte nur einmal gebrüllt, nach Kaffee. Ansonsten hatte er die Stimme nicht gehoben. Sie dagegen …

Ellen warf den Kopf in den Nacken, zog die Tür ins Schloss und verließ das Haus. Sekundenlang fürchtete sie noch, Rolf könne ihr draußen auflauern oder ihr Auto sabotiert haben. Alle vier Reifen zerstochen zum Beispiel. Doch der alte Diesel war in Ordnung.

Agnes

Als Ellen Wegener sich mit ihrer Rußschleuder in Sicherheit brachte, erhielt Marisa Behrends Putzfrau und Vertraute einen Anruf, mit dem sie nicht mehr gerechnet hatte.

Agnes Kalwin war an diesem Tag über sich selbst hinausgewachsen. Schon um neun Uhr morgens – um die Zeit wurden nach ihrer Auffassung Bürostühle besetzt –, hatte sie zum ersten Mal über die Nummer, die im Telefonbuch stand, das Landratsamt angerufen und in einer sehr dringenden Angelegenheit Herrn Doktor Reuther zu sprechen verlangt.

Sie wurde mehrmals weiterverbunden, erhielt dreimal den Rat, dem Landrat einen Brief zu schreiben. Zu guter Letzt kam sie bei einem jungen Mann aus, der von sich behauptete, der persönliche Assistent des Landrats zu sein und ein offenes Ohr für die Nöte aller Bürgerinnen und Bürger des Kreises Heimberg zu haben.

Das Ohr irgendeines jungen Mannes nutzte Agnes gar nichts. Dass der persönliche Assistent sie nicht zu Herrn Doktor Reuther durchstellen konnte, weil der Herr Landrat sich derzeit angeblich nicht in Heimberg aufhielt und auch gar nicht die Zeit hatte, selbst mit allen Leuten zu sprechen, die etwas auf dem Herzen hatten, war ihr durchaus klar.

»Aber er hat doch bestimmt ein Handy«, meinte sie. »Wenn Sie mir die Nummer geben könnten, wäre mir schon geholfen. Es ist wirklich sehr dringend und ganz privat.«

Natürlich konnte der junge Mann ihr die Handynummer

nicht geben. Die kenne er gar nicht, behauptete er, die sei geheim.

»Und da wollen Sie mir weismachen, Sie wären der persönliche Assistent von Herrn Doktor Reuther?«, fragte Agnes und stellte fest: »Sie haben doch überhaupt keine Ahnung.«

Danach rief sie ihre älteste Tochter an und besprach das Problem mit ihr, was gar nicht so einfach war. Um der Diskretion willen wollte Agnes nicht einmal ihrer Tochter verraten, aus welchem Grund sie den Landrat unbedingt sprechen musste. Einen guten Tipp bekam sie trotzdem und gelangte damit beim zweiten Versuch immerhin schon bis ins Vorzimmer.

Inzwischen ging es auf Mittag zu. Sie sprach nun mit einer Frau, die anscheinend mehr Verständnis für private Angelegenheiten hatte, Agnes Kalwins Telefonnummer notierte und fest zusagte, sich sofort darum zu kümmern.

Kurz darauf rief dann ein Mann an, nicht etwa der Herr Landrat, nur wieder ein persönlicher Assistent, aber ein anderer als der vom frühen Vormittag.

Agnes erklärte zum dritten Mal, dass sie keinem Menschen, außer dem Herrn Doktor Reuther persönlich, sagen könne, was sie glaubte unbedingt mitteilen zu müssen.

»Ich verstehe, dass Sie mir keine geheimen Telefonnummern geben dürfen«, sagte sie. »Aber Sie kennen bestimmt einige Nummern, unter denen man den Herrn Doktor Reuther erreichen kann. Rufen Sie ihn an, bitte, geben Sie ihm meine Nummer, und richten Sie ihm aus, dass ich im *Waldschlösschen* putze und dass jemand gestorben ist, den er gut gekannt hat.«

Daraufhin wollte der Mann wissen, wer gestorben sei und in welchem Verhältnis Herr Doktor Reuther zu dieser Person gestanden habe.

»Genau das kann ich Ihnen nicht sagen«, erklärte Agnes verzweifelt. »Ich glaube nicht, dass es dem Herrn Doktor Reuther recht wäre, wenn ich darüber mit anderen Leuten rede. Ich habe auch der Polizei kein Wort gesagt.« Noch deutlicher oder dringender konnte man es wirklich nicht zum Ausdruck bringen.

Da der Landrat nicht innerhalb der nächsten Stunde bei ihr anrief, schwand ihre Hoffnung mit fortschreitender Zeit. Am späten Nachmittag war sie längst zu der Überzeugung gelangt, dass Marisa für den hohen Herrn wohl tatsächlich nur eine kleine Ablenkung gewesen war, deren Verlust ihn nicht weiter schmerze.

Aber dann, um halb neun am Abend, meldete Klaus Reuther sich doch noch und ließ sich in allen Einzelheiten schildern, was Agnes am vergangenen Vormittag in Marisas Wohnung gesehen und was sie unternommen hatte.

Beckmann

Etwa zur selben Zeit näherte sich bereits der dritte Wagen dem *Waldschlösschen*. Von den Gästen, die für diesen Abend einen Tisch reserviert hatten, waren zwei bereits wieder umgekehrt, weil am Stahlgitter vor dem Eingang ein Papp-Schild befestigt war, auf dem in großen, dicken Druckbuchstaben stand:

»Wegen Trauerfall geschlossen.«

Im dritten Wagen saßen Carlo Beckmann, Chefredakteur vom *Heimberger Anzeiger*, und seine Frau Ilona. Sie wollten ihren zwanzigsten Hochzeitstag feiern. Als sie von der Landstraße in den Zufahrtsweg einbogen, fiel ihnen auf, dass die Leuchtschrift über dem Eingang nicht brannte. Beim Näherkommen bemerkten sie das herabgelassene Gitter und das Schild.

»Wer kann denn da gestorben sein?«, fragte Ilona.

»Das werden wir gleich erfahren«, antwortete ihr Mann, ging zum Privateingang und drückte dort auf den unteren Klingelknopf, weil er annahm, Marisa habe vor zwei Jahren das Dachgeschoss für ihren Sohn ausbauen lassen, als der unerwartet in Heimberg aufgetaucht war und für unschöne Spekulationen über Marisas Vergangenheit gesorgt hatte.

Sekunden später meldete sich über die Gegensprechanlage eine Frauenstimme, die Carlo Beckmann nicht einordnen konnte, dabei war er Stammgast im *Waldschlösschen*. In seiner Position musste man sich dort regelmäßig sehen lassen, um stets auf dem neusten Stand zu sein. Das Ohr am Puls der Kreisstadt sozusagen. Man traf immer Leute, mit denen sich eine Unterhaltung lohnte. Manchmal lohnte es schon, aufmerksam zuzuhören, was am Nebentisch gesprochen wurde. Mit dem Küchenpersonal hatte man als Gast aber nichts zu tun, bekam höchstens mal den französischen Koch zu Gesicht, wenn man darauf bestand, ihm persönlich ein Lob auszusprechen.

»Marisa?«, erkundigte sich Carlo Beckmann zweifelnd. »Hier ist Beckmann vom *Heimberger Anzeiger*. Ich hatte für zwanzig Uhr dreißig einen Tisch bestellt.«

»Wir haben geschlossen«, kam es aus der Gegensprechanlage zurück. Gleichzeitig summte jedoch der elektrische Türöffner.

Beckmann drückte auf und betrat den Hausflur, Ilona schloss sich ihm an. Sie hatte keine Ahnung, wer die blonde, junge Frau war, die von oben die Treppe herunterkam. Im Gegensatz zu seiner Frau konnte Beckmann sich denken, wen er vor sich hatte: die Freundin des Sohnes – besser gesagt, den Dorn in Marisas Auge. Anfang des Jahres hatte Beckmann etwas von mächtigem Ärger aufgeschnappt, den diese Freundin verursacht haben sollte, aber leider nicht mehr in Erfahrung bringen können.

Auf der vorletzten Stufe blieb Ute Hanning stehen und erklärte mit unbewegter Miene: »Marisa ist tot.«

Danach war es sekundenlang still im Treppenhaus. Carlo Beckmann brauchte einen Augenblick, um den Sinn der Worte zu erfassen. Dann schüttelte er fassungslos den Kopf und verlangte: »Sagen Sie das noch mal.«

Ute zuckte nur mit den Achseln.

»Wie ist denn das passiert?«, wollte Beckmann wissen. Da der silbergraue Peugeot auf dem Parkplatz stand, schloss er einen Autounfall aus. Das wäre auch längst in der Redaktion bekannt gewesen.

»Sie wurde Sonntagnacht ermordet«, teilte Ute mit. »Die Putzfrau hat sie gestern Vormittag gefunden.«

»Und wo finde ich die Putzfrau?«, fragte Beckmann. Der

Hochzeitstag war vergessen; jetzt war er ein Journalist, den vor allem eins interessierte: warum er das erst jetzt und auf diese Weise erfuhr. Kein Wort aus dem Präsidium. Unverschämtheit.

»Das kann ich Ihnen nicht sagen«, behauptete Ute. »Die Personalunterlagen liegen entweder in Marisas Wohnung oder im Büro. Da darf niemand hinein. Die Polizei hat alles versiegelt.«

»Aber Sie wissen doch bestimmt etwas mehr«, meinte Beckmann hoffnungsvoll.

Ute schüttelte den Kopf und erklärte zusätzlich. »Sonntagnacht haben wir nichts mitbekommen. Gestern waren wir fast den ganzen Tag in Köln. Als wir zurückkamen, war Marisa schon weggebracht worden. Uns wollte man weismachen, sie hätte einen Infarkt gehabt. Dabei hat die Polizei sofort angefangen, nach den Männern zu fragen, die am Sonntagabend in der Bar waren. Und heute Nachmittag war einer von der Kripo in ihrem Schlafzimmer mit scheußlichen Fotos.«

»Was für Fotos?«, fragte Beckmann.

»Ekliger Pornokram«, antwortete Ute.

»Man hat Ihnen pornografische Fotos gezeigt?«, fragte Beckmann skeptisch, aber auch elektrisiert. Was hatte Marisa denn mit Pornografie zu tun gehabt? Ob doch etwas dran war an den Gerüchten, sie hätte in sehr jungen Jahren …

»Nein«, erwiderte Ute. »Die Fotos lagen auf dem Fußboden und auf dem Bett. Der Typ behauptete, das wäre eine Tatrekonstruktion. Der muss mich für vollkommen blöd gehalten haben. Ich meine, was will einer denn rekonstruieren, wenn er sich perverse Fotos anschaut und den einsamen Reiter spielt?«

»Den was?«, fragte Beckmann irritiert.

Und Ute beschrieb ihm detailliert, in welcher Position sie Rolf Wegener überrascht hatte. Mitten auf dem Bett der Toten, auf einem Haufen Kleidung von Marisa hockend, vielmehr hin und her rutschend und dabei eine Hand in der eigenen Hose versenkt.

Dass es nur die Hosentasche gewesen war, aus der Wegener dann ein Smartphone gezogen hatte, erwähnte sie nicht, sagte stattdessen: »Als ich von ihm wissen wollte, was er da macht, ist er furchtbar wütend geworden und hat mich aus der Wohnung geworfen. Sehen Sie hier.«

Sie zog den Halsausschnitt ihres T-Shirts zur Seite und präsentierte einen Bluterguss auf der linken Schulter. »Ich hatte Glück, dass ich nur gegen die Wand geprallt und nicht die Treppe hinuntergestürzt bin. Nun überlege ich, ob ich Anzeige erstatten soll. Auch ein Polizist darf sich doch nicht alles erlauben, oder?«

Carlo Beckmann deutete mit einem Kopfschütteln an, er sei ihrer Meinung, und überredete sie, ein paar der Fotos näher zu erläutern. Ute Hanning zierte sich ein wenig, gab seinem Drängen aber bald nach und ging ins Detail: Splitterfasernackte Leiche in aufreizender Pose, weit gespreizte Schenkel, an Händen und Füßen gefesselt, drum herum ein paar Gegenstände, wie Leute sie benutzen, die mit normalem Sex nicht zufrieden sind.

»Wahnsinn«, murmelte Beckmann und bedauerte, kein Aufzeichnungsgerät bei sich zu haben, nicht mal was zum Schreiben. Wer rechnete denn mit solch einer Story, wenn er eigentlich nur mit seiner Frau den Hochzeitstag feiern und gut essen wollte?

Da es nichts zu essen gab, fuhren sie zurück in die Stadt. Carlo Beckmann setzte Ilona vor der Haustür ab, fuhr weiter zur Redaktion und gab Bescheid, dass noch ein großer Bericht in die nächste Ausgabe geschoben und dafür einiges umgesetzt werden musste. »Eine heiße Sache«, sagte er. »Schreibe ich selbst. Ich brauche die halbe erste Lokalseite.«

Anschließend bemühte er sich darum, eine Bestätigung und ein paar zusätzliche Auskünfte von der Polizei zu erhalten. Natürlich rief er nicht im Präsidium an. Die Pressestelle war um die Zeit gar nicht mehr besetzt, und er hatte keine Lust, einem mauernden Beamten im Bereitschaftsdienst zu erklären, was Ute Hanning von sich gegeben hatte. Die einzig richtige Adresse dafür war Kriminalrat Edgar Viehof, den der Chefredakteur so gut kannte, dass Viehofs Privatnummer in seinem Smartphone gespeichert war.

Viehof, der in Gesellschaft seiner Frau vor laufendem Fernseher in seinem Wohnzimmer auf Wegener wartete, ohne etwas vom Programm zu sehen, zeigte sich nicht sonderlich erfreut von der späten Störung. Und seine Laune hob sich gewiss nicht, als er hörte, dass einem seiner Kriminalbeamten womöglich eine Anzeige wegen Körperverletzung drohte, Beckmann aber nur nähere Einzelheiten preisgeben wollte, wenn er im Gegenzug zu seinem journalistischen Recht kam.

Im ersten Moment befürchtete Viehof, Wegeners vormittäglicher Auftritt im Kreiskrankenhaus habe Terbrucks Schwiegervater dazu veranlasst, auch noch die Presse zu informieren. Aber er war erfahren genug, sich nicht zu verplappern, sondern seinerseits den Chefredakteur auszuhorchen.

Schon nach zwei Sätzen begriff Viehof, woher der Wind wehte. Obwohl Beckmann die seltsame Tatrekonstruktion nicht erwähnte – er beschränkte sich auf die im Schlafzimmer verteilten Fotos und den Bluterguss an Ute Hannings Schulter –, geriet Viehof außer sich. »Das ist ungeheuerlich! Das wird ein Nachspiel haben.«

Für Beckmann richtete sich dieser Zornesausbruch allerdings nicht gegen einen Beamten der Kripo, sondern gegen Ute Hanning, weil Viehof genug Geistesgegenwart besaß, zu behaupten, er sei über jeden Schritt seiner Leute im Bilde.

»Nachdem wir den vorläufigen Obduktionsbefund hatten, waren noch mal zwei Ermittler im *Waldschlösschen*«, flunkerte er. »Es gab Unstimmigkeiten, die vor Ort überprüft werden mussten. Behrends Freundin hat nur einen von ihnen im Schlafzimmer gesehen, weil der andere draußen war.«

Namen nannte Viehof nicht. Er dämpfte effektvoll die Stimme, als fürchte er einen Lauscher. Dann bestätigte er, dass Marisas Leiche regelrecht zur Schau gestellt worden sei, mit anderen Worten, den scheußlichen Fotos entsprechend.

»Das willst du hoffentlich nicht drucken, Carlo. Mach aus deiner Zeitung keine Dreckschleuder, Marisa zuliebe, das hat sie nicht verdient. Und was ich dir jetzt sage, bleibt vorerst auch unter uns, Carlo. Wenn das morgen in der Zeitung steht, zieh dich warm an.«

»Keine Sorge«, versicherte Beckmann und erfuhr im Gegenzug nicht mehr als das, was er sich ohnehin schon dachte, weil Ute Hanning es angedeutet hatte. Dass nämlich der Täter unter den letzten Gästen des *Waldschlösschens* vermutet wurde.

»Wir gehen davon aus«, sagte Viehof, »dass er vor Zeugen die Bar verlassen und sein Auto vom Parkplatz über die Brücke gefahren hat. Dir muss ich kaum erklären, wie das ablief, wenn Marisa noch eine Privataudienz gewährte.«

Nein, das erübrigte sich. Carlo Beckmann war auch einmal in den Genuss eines Gläschen Weins in Marisas Wohnzimmer gekommen. Es lag vier Jahre zurück, da hatte sie noch im ersten Stock gewohnt und er sich mit dem Verdacht gequält, Ilona habe mit ihrem Tennislehrer angebandelt. Mehr als eine Unterweisung in die Bedürfnisse einer Frau, die nach langjähriger Ehe andere Bestätigungen brauchte als teure Schmuckstücke, hatte Marisa ihm bei der Gelegenheit aber nicht geboten.

»Ihr habt also einen konkreten Verdacht«, hakte er nach.

»Lass es mich so ausdrücken«, wich Viehof aus. »Wir haben mehrere Kandidaten und genügend Material, um den Richtigen festzunageln, wenn wir unserer Sache völlig sicher sind. Die anderen müssen nicht unbedingt Ärger zu Hause bekommen, deshalb ermitteln wir so diskret wie möglich.« Damit kam er zurück zum Kernpunkt. Selbstverständlich waren seine besten Leute mit der Aufklärung betraut, erfahrene und zuverlässige Männer, von denen keiner Gewalt anwendete, wenn es sich vermeiden ließ.

Obwohl er noch kein Wort mit Wegener über den von Beckmann angeführten Vorfall in Marisas Wohnung gewechselt hatte, gab Viehof vor, über den wahren Sachverhalt informiert zu sein. Er kam den Tatsachen sogar ziemlich nahe. »Wie mir gesagt wurde, war etwas Nachdruck vonnöten, um Frau Hanning vom Tatort zu entfernen. Da hatte sie nun wirklich nichts zu suchen.«

Das klang um Längen glaubwürdiger als Ute Hannings Schilderung vom einsamen Reiter. Carlo Beckmann bedankte sich für die Auskünfte, versprach einen angemessenen Bericht und suchte im Archiv nach brauchbarem Fotomaterial.

Er fand eine Aufnahme, die vor neun Jahren anlässlich der Eröffnung des *Waldschlösschens* entstanden war. Beim Anblick der hübschen, jungen Frau im kleinen Kreis ihrer Mitarbeiter kam Wehmut auf. Beckmann hatte sie bewundert, diese gebildete, verständnisvolle, tatkräftige Person, die aus einem halb verfallenen Gemäuer ein Nobelrestaurant aufbaute und sich zwei Stunden lang Zeit nahm, um ihm zu erklären, dass man mit Einfühlsamkeit und Kampfesmut weiter kam als mit Resignation und Bequemlichkeit, auch oder vor allem in einer langjährigen Ehe, die dank ihrer Ratschläge heute wieder prächtig funktionierte. Unvorstellbar, dass jemand diese Frau ausgelöscht hatte.

Wegener

Viehofs *beste Leute* saßen derweil vor ihren Tellern an einem der Tische im hinteren Bereich des Bistros. Der Zuverlässige (Simon Pauli) hatte außerdem ein alkoholfreies Bier vor sich, der Erfahrene eine Cola. Auf den zweihundert Metern zu seinem Stammlokal hatte Rolf Wegener sich noch einmal für die hässliche Szene entschuldigt, deren Zeuge Simon Pauli geworden war.

Im Bemühen, eine Erklärung für den handfesten Ehekrach zu bieten, hatte er unter anderem gesagt: »Dass meine Frau sich für Umweltschutz engagiert, kann ich akzeptieren, trotz ihrer radikalen Einstellung. Aber ich kann nicht stillschweigend hinnehmen, dass sie mich mit ihren Aktionen öffentlich in Misskredit bringt. Wie soll ich denn jetzt noch einen aus der Runde um den Bürgermeister zum Sonntagabend befragen? Sobald ich meinen Namen nenne, bekommen die entweder einen Wutanfall oder einen Lachkrampf. Ich wollte ihr heute nur begreiflich machen, dass sie weit übers Ziel hinausgeschossen ist. Aber man kann einfach nicht mehr vernünftig mit ihr reden.«

Den Eindruck hatte Simon Pauli auch gewonnen, und damit war ihm klar, warum Wegener sich am Vormittag so vehement dagegen verwahrt hatte, den Landrat in den Kreis der Verdächtigen aufzunehmen. Wegeners Niedergeschlagenheit und seine Haltung unterstrichen den Wahrheitsgehalt der Worte noch. Er hakte das Thema ab, ohne den geringsten Versuch unternommen zu haben, die Anschuldigungen seiner Frau, er habe sie umbringen wollen, zu entkräften.

Nachdem sie an dem Tisch Platz genommen hatten, fragte Wegener erneut nach dem Ergebnis der Obduktion. Er zog nicht etwa in Zweifel, Simon Pauli sei trotz Pfefferminzöl in der Nase – oder gerade deswegen – so entsetzlich übel geworden, dass er nur den einen Ausdruck aufgeschnappt hatte, der Wegener neu war. Er wollte nur wissen: »Warum hast du nicht wenigstens gefragt, was ein *klassischer Burking* ist?«

Simon Pauli äugte durch das von künstlichem Efeu durchrankte Gitter, das den hinteren Bereich des Bistros, in dem sie als Einzige saßen, vom vorderen trennte. Der Besitzer der Imbissbude war vorne mit Laufkundschaft beschäftigt. Es war nicht zu befürchten, dass er zuhörte. Dennoch dämpfte Simon Pauli die Stimme: »Ich musste nicht fragen. Herr Felten hat von sich aus alles erklärt. Ich wollte nur nicht darüber reden, wo Ihre Frau dabei war.«

Das leuchtete Wegener sofort ein.

Simon Pauli fuhr fort: »Doktor Reinarzt hat die Position des Täters treffend beschrieben. Sich auf den Oberkörper einer wehrlos gemachten Person setzen und ihre Atemwege blockieren. In unserem Fall hatte die Person aber nur null Komma drei Promille, damit war sie nicht wehrlos. Ihr wurden die Hände mit gefalteten Handtüchern aufs Laken gedrückt, deshalb waren am Montag noch keine Druckstellen zu sehen.«

Er schilderte, was Herr Felten ihm sonst noch so alles erklärt hatte. An den Liebeskugeln waren Spermaspuren nachgewiesen worden, am Dildo dagegen keine Körpersekrete, sondern eine samenabtötende Substanz. Mit solch einer Substanz war laut der leeren Hülle das ursprünglich darin eingeschweißte Kondom beschichtet gewesen.

»Herr Felten meinte, das Kondom sei über den Stab gestreift worden«, sagte Simon Pauli.

Dass die Risse unter den Fingernägeln und die Verletzungen des Rektums nach Ansicht des Obduzenten postmortal bei den Voruntersuchungen entstanden waren und auf das Konto von Amateuren gingen, erwähnte Simon Pauli nicht. Das sollte Wegener besser morgen im Bericht lesen, immerhin hatte er darauf bestanden, Frau Wimmer und Doktor Reinarzt zu rufen, und den beiden dann auch noch diese Untersuchungen übertragen.

Zum Ausgleich erzählte Simon Pauli von seinem zweiten Besuch bei Bettina Grassnitz, bei dem er erfahren hatte, dass Marisa Behrend kurz vor acht Uhr abends einen Teller Seeigelsuppe mit einem Stück Brot zu sich genommen hatte. Ihre letzte Mahlzeit. »Der Tod ist vier bis fünf Stunden später eingetreten, also zwischen Mitternacht und ein Uhr.«

Wegener zerpflückte die Schaschlikspieße auf seinem Teller. Gelegentlich tunkte er eine Pommes in die scharfe Soße, führte sie zum Mund und legte sie wieder zurück. Appetit schien er keinen zu haben, was Simon Pauli nicht verwunderte. Als er zum Schluss kam, hatte Wegener Fleischstücke, Zwiebeln, Pommes und Soße zu einem unappetitlichen Brei verrührt, schob seinen Teller zur Seite und trank einen Schluck Cola.

»Dann hat Kathi Wimmer sich bei der Todeszeit aber übel verschätzt«, kommentierte Wegener den Schluss des Berichts. »Sie tippte auf die frühen Morgenstunden. Na ja, so viel Erfahrung hat Kathi auf dem Gebiet ja auch nicht. Und die Klimaanlage hat die äußeren Anzeichen hinausgezögert.«

Nach einem weiteren Schluck Cola fügte er wie in einem Selbstgespräch hinzu: »Dann hat das Herzchen also tatsächlich den Mörder gesehen. Und ich dachte schon ...«

In seine Gedankengänge weihte Wegener ihn nicht ein. Stattdessen erfuhr Simon Pauli, dass Wegener nicht den ganzen Nachmittag daheim verbracht hatte. Sondern dass er, um Sekretspuren zu überprüfen, zuerst zum *Waldschlösschen* gefahren und dort mit Goldlöckchen Hanning aneinandergeraten war.

»Das Biest hast du vollkommen richtig eingeschätzt. So was von kaltschnäuzig. Sie führte sich auf, als gehöre schon alles ihr, wollte wissen, wann sie das Restaurant wieder aufmachen und die Konten abräumen kann. Die Geschäftsräume hatte sie trotz Polizeisiegel schon betreten.«

»War sie am Bürocomputer?«, wollte Simon Pauli auf der Stelle wissen. *Hallo, Doktor!* Der Brief aus Marisa Behrends Schreibtisch war garantiert nicht auf dem Mist einer durchgeknallten Fanatikerin gewachsen, die einen großen Parkplatz mit sicherer Zufahrt beim Einkaufszentrum verhindern wollte. Was dieses Blatt anging, hatte Simon Pauli inzwischen eine Vermutung. Er hatte auch eine Vermutung hinsichtlich der Kratzer auf Ute Hannings Unterarmen. Und Herr Felten hatte ihn mit der Todeszeit und der spermiziden Substanz am Dildo in seinen Ansichten bestärkt. Welchen Sinn machte es denn, ein Kondom über so ein Ding zu streifen?

»Keine Ahnung«, antwortete Wegener. »Mir hat sie nur erklärt, sie hätte dringend einem Lieferanten absagen müssen. Und dass sie Sonntagnacht, als sie den Müll rausbrachte, auf Höhe der kleinen Brücke die Glut einer Zigarette gesehen hat. Erkannt hat sie natürlich niemanden in der Dunkelheit.«

»Warum hat sie das heute Morgen nicht gesagt?« Simon Pauli war skeptisch.

»Da war es ihr offenbar nicht präsent«, meinte Wegener.

»Oder es stimmt nicht«, sagte Simon Pauli.

Wegener wiegte bedächtig den Kopf. »Ich hab mir die Stelle angeschaut. Eine Kippe habe ich nicht gefunden, kein Wunder nach dem Wolkenbruch. In der Nacht ist eine Menge Wasser runtergekommen, da mag eine Kippe wer weiß wohin gespült worden sein. Aber kurz hinter der Brücke ist eine Lücke im

Gebüsch, gerade groß genug, um ein Auto darin unterzubringen. Dort gab es Reifenspuren, zu tief für trockenen Boden.«

»Sie meinen, da hätte jemand seinen Wagen versteckt und abgewartet, bis alle Gäste weg waren?«, fragte Simon Pauli.

Wegener nickte. »Noch länger. Mit dem Gewitter ging es erst gegen zwei Uhr in der Nacht los.«

»Eine Zigarette spricht für Gilles«, sagte Simon Pauli.

Wegener nippte wieder an seiner Cola. »Vorausgesetzt, die Hanning kann auf die Distanz von zwanzig oder fünfundzwanzig Metern eine brennende Zigarette von einem Zigarillo unterscheiden. Das halte ich für unwahrscheinlich.«

»Terbruck ist gegen Mitternacht mit seinem Schwiegervater nach Hause gefahren«, erinnerte Simon Pauli ihn. »Er kann nicht an zwei Stellen gleichzeitig gewesen sein. Reuther hat die Bar früher und alleine verlassen. Er hätte die Möglichkeit gehabt, unbemerkt von anderen über die Brücke und ein Stück weit in den Wald hineinzufahren. Vielleicht hat Frau Behrend ihn mit dem Zettel in der Zigarilloschachtel sogar dazu aufgefordert, weil sie mit ihm reden wollte. Gilles könnte es auch geschafft haben, wieder umzukehren, wenn er nur bis zur Landstraße hinter Frau Grassnitz hergefahren ist und gewendet hat, als sie außer Sichtweite war.«

Wegener nickte versonnen. »Wenn du nichts mehr trinken willst, gehen wir zurück. Ich hab die Fotos im Auto, da ist etwas Interessantes drauf. Ich bin gespannt, was du dazu sagst.«

Trinken wollte Simon Pauli nichts mehr. Dafür war er jetzt zu neugierig gemacht worden. Sie gingen nach vorne. Wegener bestand darauf, für sie beide zu bezahlen. »Keine Widerrede – ich hab dich eingeladen.«

Auf dem Rückweg zu Wegeners Wohnung berichtete Simon Pauli auch endlich von seinem Aufenthalt in Viehofs Büro. Damit Wegener Bescheid wusste, dass dort sein vormittäglicher

Auftritt im Krankenhaus zur Sprache gekommen war. Wegener lächelte nur. Auf dem Parkplatz neben dem Haus angekommen, öffnete er seinen BMW, nahm den großen, prall gefüllten Umschlag vom Beifahrersitz und drückte ihn Simon Pauli in die Finger.

»Da sind auch Marisa Behrends Schlüssel drin«, sagte er. »Die lagen im Briefkasten. Die Hanning hat das Etui heute Nachmittag gefunden, als sie nach der Post sehen wollte. Bring es gleich morgen früh zum Erkennungsdienst. Ich komme wahrscheinlich später, muss erst mal zum Arzt, ehe mein Magen mich umbringt. Und wenn Viehof mir gleich den Kopf abreißt, lasse ich den in einem Aufwasch auch wieder annähen.«

Mit diesen Worten, die in Paulis Ohren klangen, als wolle Wegener nun dem Kriminalrat den befohlenen Besuch abstatten, warf er die Beifahrertür zu, ging zur Fahrerseite, setzte sich hinters Steuer und brauste los. Als Simon Pauli vom Parkplatz fuhr, war von Wegeners BMW schon nichts mehr zu sehen.

Rolf Wegener stand nicht der Sinn danach, sich den Kopf abreißen zu lassen für ein paar Minuten Unbeherrschtheit am Vormittag. Deshalb bekam Viehof ihn an diesem Dienstagabend nicht mehr zu Gesicht. Welcher Teufel auch immer ihn auf Station drei und danach noch eine ganze Weile geritten haben mochte, jetzt war er wieder Herr seiner selbst, meinte er. Der Frischling war gerade im rechten Moment aufgetaucht und hatte ihn zur Vernunft gebracht. Nun brauchte er seinen Kopf, um in Ruhe zu überdenken, was er eben von Simon Pauli und mittags von Kathi Wimmer gehört hatte.

Qualvoll unter einer Plastiktüte erstickt, während der Mörder auf ihrem Leib saß und ihre Hände mit Frotteetüchern aufs Laken presste. Was für ein langsames, grausames und grauenhaftes Sterben! Geriffelte Fingerkuppen von Gummihandschuhen in Sekret-Rückständen am Dildo. Aber keine Fingerabdrücke auf der Kondomhülle. Wie war die denn aufgerissen worden? Handschuhe, wie man sie zum Putzen trug, waren für solche Feinarbeiten ungeeignet, man konnte die Nägel nicht einsetzen. Die Klinke der Badezimmertür mit blanken Fingern angefasst. Und das Lederetui mit ihren Schlüsseln in den Briefkasten geworfen.

Es war ihm nicht leicht gefallen, dieses Etui herzugeben. Wie oft mochte Marisa es in der Hand gehalten und die Schlüssel benutzt haben? Aber um seine Armbanduhr aus ihrem Schlafzimmer zu holen und die beiden Seidenbänder zurück in das Schubfach zu legen, reichten die Schlüssel der Putzfrau. Das abgewetzte Kunstledermäppchen von Agnes Kalwin trug er noch bei sich.

Es war kurz vor zehn und noch nicht völlig dunkel. Man musste trotzdem mit Licht fahren. Weil er keinesfalls erneut von Ute Hanning überrascht werden wollte, beschleunigte er kurz, nachdem er von der Landstraße abgebogen war, legte dann den Leerlauf ein, schaltete Scheinwerfer und Motor aus. Der Zufahrtsweg war leicht abschüssig, der BMW rollte weiter. Dicht bei dem idyllisch gelegenen Klinkerbau fand die geräuschlose Fahrt allerdings ihr Ende. So ein Pech.

Im ersten Stock war kein einziger Rollladen unten. Hinter den Fenstern von Küche und Bad brannte Licht. Vielleicht machte das Herzgesicht sich gerade bettfertig. Sie hatte in der vergangenen Nacht wohl nicht viel Schlaf bekommen. Aber wenn sie jetzt die Rollläden herabließ und dabei einen Blick nach unten warf, musste sie seinen Wagen sehen. Und wenn er den Motor startete, um über die Brücke zu gelangen, würde sie das hören.

Minutenlang zögerte er, ließ den Blick nicht von den erleuchteten Fenstern. Was trieb das Biest denn so lange im Bad? Ob sie in der Wanne lag? Er riskierte es, drehte den Zündschlüssel und fuhr vorsichtig ohne Licht über die schmale Brücke.

Noch einmal vorbei an der Eiche, an deren Stamm er Ellen auf den Leim gegangen war. Und vorbei an der Stelle, an der er nachmittags die tiefen Reifenspuren bemerkt – und geparkt hatte. Welchen Fehler er damit gemacht hatte, war ihm erst im Bistro bewusst geworden, als er über diese Spuren gesprochen hatte. Dieser Dienstag war weiß Gott nicht sein Tag gewesen.

Im Rückspiegel sah er noch minutenlang den Lichtschein aus den beiden Fenstern ins Freie schimmern. Dann wurde es im Bad endlich dunkel, gleich darauf auch in der Küche. Er lehnte sich im Sitz zurück und schloss die Augen. Sicherheitshalber wollte er noch ein Weilchen warten, damit das blonde Biest nicht im ersten Schlaf seine Schritte über ihrem Kopf registrierte und sich noch einmal bemüßigt fühlte, heraufzukommen und nachzusehen. Sie hatte zwar keinen Wohnungsschlüssel mehr, würde sich aber bestimmt etwas einfallen lassen, um ihm eins auszuwischen.

Wie lange er mit geschlossenen Augen hinter dem Lenkrad saß, ließ sich nicht feststellen, weil die Uhr am Armaturenbrett nur bei eingeschalteter Zündung abzulesen war. Er meinte, es seien nur wenige Minuten vergangen, als er die Augen wieder öffnete. Unter den dicht belaubten Baumkronen auf dem Weg war es stockdunkel. Aber aus dem Erdgeschoss des *Waldschlösschens* fiel ein breiter Lichtschein ins Freie. Die Hintertür war offen, in dem hellen Viereck stand jemand.

Das Herzgesicht, vermutete er, sonst war doch kein Mensch im Haus. Sie hatte wohl das Motorengeräusch gehört und wollte nachsehen, wer sich diesmal im Wald herumtrieb. Angst schien Goldlöckchen nicht zu kennen. Sie setzte sich in Bewegung, kam rasch näher, überquerte die Brücke. Trotz der Dunkelheit sah er sie gut, weil sie etwas Weißes trug. Ein Nachthemd? Eher ein T-Shirt wie Ellen am frühen Abend.

Dass es nicht Ute Hanning, sondern Marisa war, in einem

Strandkleid wie auf einem der vermeintlichen Urlaubsfotos in dem Album, das er am frühen Nachmittag angeschaut hatte, erkannte er erst, als sie die Fahrertür erreichte. Im nächsten Moment hatte sie die auch schon geöffnet und beugte sich zu ihm ins Auto.

»Warst du eingeschlafen?«, fragte sie. »Da brauche ich mich ja nicht zu wundern, wo du bleibst. Komm.« Sie griff nach seiner Hand, um ihn zum Aussteigen zu bewegen.

»Lieber nicht«, sagte er. »Ich hatte heute schon das Vergnügen mit dem Sonnenschein. Auf eine Fortsetzung lege ich keinen Wert – allzu fest schläft das Biest garantiert noch nicht.«

Marisa lachte leise und setzte sich auf seinen Schoß, vorerst blieben beide Beine im Freien. »Feigling«, murmelte sie, schlang die Arme um seinen Nacken und küsste ihn. »Dann bleiben wir eben hier und fühlen uns zwanzig Jahre jünger, wenn wir es im Auto treiben wie Teenager. Hast du mich vermisst?«

»Wahnsinnig«, sagte er.

»Ich fühle es«, murmelte sie mit den Lippen an seinem Hals.

Ihre Stimme war nur ein Hauch. Ihre Finger öffneten die Knöpfe seines Hemdes, glitten unter den Stoff, streichelten kaum spürbar über seine Haut. Mit der anderen Hand öffnete sie seine Gürtelschnalle. Dann zog sie ein Bein in den Wagen und setzte sich rittlings auf seinen Schoß.

Sie war so zärtlich, so unendlich sanft, ließ sich und ihm so viel Zeit, damit er jede Sekunde auskosten und jede Berührung genießen konnte, bis es schließlich mit seiner Beherrschung vorbei war und er sie liebte mit all der Leidenschaft, die sie geweckt hatte.

Danach rutschte sie auf den Beifahrersitz hinüber. Er legte den Arm um sie und sie den Kopf an seine Schulter. Seine Finger spielten in ihrem Haar. Hin und wieder küsste er sie oder sie ihn. Und ganz allmählich stieg die Erregung erneut an.

»Du hast mich wirklich sehr vermisst«, stellte sie fest, als er die Rückenlehne des Sitzes so weit wie möglich herabdrehte und sich über sie schob.

»Mehr, als ich dir zeigen kann«, sagte er.

»Warum bleibst du nicht bei mir?«

»Willst du, dass ich bleibe?«, fragte er.

»Ja«, hauchte sie.

»Für immer?«

»Ja, ja«, stieß sie hervor und bog sich ihm entgegen.

Er umfasste ihr Gesicht mit beiden Händen, schloss die Augen, küsste sie und spürte, wie die Kante des Sitzes gegen seine Schenkel drückte. Im selben Moment fühlte er glattes Leder in den Händen und unter dem Mund. Und als er die Augen öffnete, lag er bäuchlings auf dem Beifahrersitz, hielt die Nackenstütze umklammert und presste die Lippen darauf.

Es traf ihn wie ein Hieb in den Magen. Fast eine halbe Stunde brauchte er, ehe er imstande war, den Motor wieder zu starten. Mitternacht war längst vorbei. Seine Armbanduhr auf dem Glastisch in ihrem Schlafzimmer, die Seidenbänder und das Schlüsselmäppchen in seiner Tasche waren vergessen.

Er machte sich nicht die Mühe, den Wagen zu wenden. Ohne Scheinwerfer fuhr er im Rückwärtsgang über die Brücke – ein Wunder, dass er nicht am Geländer vorbeischrammte. Er wendete erst neben dem Klinkerbau, trat das Gaspedal durch und raste zur Landstraße.

Als er heimkam, war es stickig in der Wohnung und still. Niemand beschwerte sich, als er das Licht einschaltete. Ellen war nicht da. Er hatte auch nicht erwartet, sie anzutreffen, schloss die Tür und lehnte sich dagegen. Sein Rücken schmerzte, sein Nacken war steif, sogar die Kopfhaut verkrampft.

Er ging ins Bad und hörte Marisa noch einmal fragen: »Warum

bleibst du nicht bei mir?« Vor der Wanne lagen unverändert die Sachen auf einem Haufen, die er nachmittags ausgezogen hatte. Das Holster hing daneben über dem Wannenrand, und die Walther lag auf dem Spülkasten der Toilette. Das wäre eine Möglichkeit, für immer bei ihr zu bleiben, die einzige Möglichkeit. Aber vorerst stand der Kerl noch im Weg, der sie ausgelöscht hatte.

Er duschte, putzte seine Zähne, legte sich ins Bett und machte sich ganz steif, um das Zittern unter Kontrolle zu bringen. Den Rücken bog er durch, drückte den Kopf fest in das Kissen, biss die Zähne aufeinander, hörte das Knirschen und befürchtete, den Verstand zu verlieren. Vielleicht war er bereits verrückt. Eine gespaltene Persönlichkeit möglicherweise. Das hätte zu seiner Empfindung gepasst, in zwei ungleiche Hälften zerbrochen zu sein.

Wie er wusste, hörten die Betroffenen Stimmen. Und er hatte Marisa gehört. Mehr als das, er hatte sie aus der Restaurantküche kommen sehen, hatte sie gespürt, sie geliebt; eine Frau, die in einem Kühlfach der Rechtsmedizin lag.

So etwas passierte doch keinem geistig gesunden Menschen. Andererseits hielten Verrückte sich in der Regel für normal. Ihnen war ihr Zustand nicht als solcher bewusst. Der Gedanke tröstete und beruhigte ihn ein wenig. Vielleicht war er nur eingeschlafen und hatte äußerst lebhaft geträumt. So ähnlich war es ihm doch letzte Nacht auch ergangen.

Ihm fiel ein, dass er sein Handy aufladen und unbedingt ein Testament aufsetzen musste, ehe er sich endgültig zu Marisa ins Reich der Träume begab. Also stand er wieder auf und kümmerte sich zuerst ums Handy, ehe er ins Wohnzimmer ging. Im Schrank lagen ein paar alte Kugelschreiber und ein Block, den seit Jahren niemand mehr benutzt hatte.

Er riss die oberen drei, vier Seiten ab, weil die Ecken schmierig und schäbig aussahen, probierte die Kugelschreiber durch, bis er einen fand, der noch schrieb. Dann begann er: »Im Vollbesitz meiner körperlichen und geistigen Fähigkeiten ...«

Das stimmte nicht mehr, und er wusste es. Seine Kräfte waren ihm größtenteils abhandengekommen. Aber außer ihm wusste das niemand. Eine halbe Seite füllte er mit den üblichen Formulierungen, setzte Achim Schulte als Alleinerben sowohl für das Haus in Niederfelden als auch für das Bankdepot ein, in dem er in den letzten Jahren etwas angespart hatte. Auf die zweite Hälfte der Seite packte er die Begründungen, warum Ellen leer ausgehen musste. Ehewidriges Verhalten, Vorspiegelung falscher Tatsachen, da kam einiges zusammen. Zu guter Letzt unterschrieb er, setzte Ort und Datum dazu, faltete das Blatt zusammen und steckte es zu seinen Ausweispapieren in die Geldbörse. Damit war sichergestellt, dass sein Testament bei ihm gefunden wurde und Ellen keine Gelegenheit bekam, es verschwinden zu lassen.

Nachdem das erledigt war, holte er Pistole und Holster aus dem Bad und schob beides am Fußende seines Bettes unter die Matratze. Nur für den Fall, dass Ellen zurückkam. Dann legte er sich wieder hin. Und obwohl er zuletzt um kurz nach drei auf die Uhr schaute und somit im Höchstfall drei Stunden Schlaf bekam, fühlte er sich erheblich besser, frisch und ausgeruht, als der Wecker ihn um halb sieben in den Mittwoch rief.

Nach einer weiteren, ausgiebigen Dusche und einem kurzen Gang zum Briefkasten, um die Zeitung hereinzuholen, saß er in der Küche. Im Rücken die friedlich stille Wohnung, vor sich einen heißen, starken Kaffee, den Teller mit den Zigarettenkippen des gestrigen Nachmittags und den *Heimberger Anzeiger* mit dem vom Chefredakteur selbst verfassten und in keiner Weise reißerischen Bericht zum Tod von Marisa Behrend im Lokalteil.

In Ermangelung publizierbarer aktueller Fakten hatte Carlo Beckmann die Vergangenheit der ehemaligen *Waldschänke* ausgewalzt, vom netten Ausflugslokal über die verrufene Disko zum Edelrestaurant unter der Führung einer Frau, deren *mysteriöser Tod* als großer Verlust bezeichnet wurde.

Im Geist sah Wegener sie noch einmal verführerisch ausgestreckt auf dem dunkelblauen Satinlaken zwischen den schwarzen Seidenbändern liegen. Dann sah er Ellen auf seinem Bett, das Kopfkissen auf ihrem Gesicht, ein Seidenband um ihren Hals und die Panik in ihren Augen, die ihm so gutgetan hatte.

Ellen

Für Ellen war die Nacht alles andere als angenehm oder erholsam gewesen. Janets Wohnung bestand aus einem Zimmer mit winziger Kochnische, handtuchschmalem Duschbad mit Toilette und regenrinnenbreitem Waschbecken. Ein Teil der Einrichtung wurde zu Tagesbeginn oder am Abend hoch-, aus- oder zusammengeklappt. Als Gästebett hatte Janet in der Nachbarschaft einen Schaumgummisessel geliehen, der sich zur Matratze ausklappen ließ und vermutlich regelmäßig einem Schwergewicht als Nachtlager diente. Das gute Stück war total durchgelegen, sodass Ellen praktisch auf dem Fußboden geschlafen hätte, wäre sie denn zum Schlafen gekommen. Doch das hatten ein tropfender Wasserhahn und Janet verhindert.

Nachdem Ellen am vergangenen Abend noch einmal ausführlich berichtet hatte, befürchtete Janet die halbe Nacht, Ellens Mann könne herkommen und Terror machen. Bei jedem Geräusch im Haus war sie von ihrer Schlafcouch hochgeschossen: »Was war das? Hast du das auch gehört? Hoffentlich ist die Haustür abgeschlossen. Dazu sind die Leute im Erdgeschoss verpflichtet, sie tun es auch, Punkt zehn. Wenn danach noch einer kommt oder geht, kümmert sie das aber nicht.«

Jedes Mal versuchte Ellen, ihr begreiflich zu machen, dass keine Gefahr bestand. Rolf hatte sich nie um ihre Bürgerinitiative gekümmert. Vermutlich wusste er nicht einmal, wie die wenigen Mitglieder hießen. Und das wäre eine Grundvoraussetzung gewesen, um Adressen in Erfahrung zu bringen, wozu er natürlich einige Möglichkeiten gehabt hätte.

Ihr alter Diesel hätte einer Streifenwagenbesatzung auffallen können, falls Rolf seine uniformierten Kollegen gebeten hätte, Ausschau nach dem Auto zu halten. Deshalb hatte Ellen den Wagen zwei Straßen weiter abgestellt. Zur Arbeit wollte sie in den nächsten Tagen nicht fahren, sicherheitshalber – in dem Öko-Laden hätte er sie sofort aufgespürt.

Um Viertel nach sechs war die schlaflose Nacht zu Ende. Janet verschwand im Bad und danach kurz im Hausflur, um die Tageszeitung eines Nachbarn zu borgen, der immer erst im Laufe des Vormittags aufstand. Als sie mit dem *Heimberger Anzeiger* zurückkam, hielt sie Ellen den Lokalteil mit dem halbseitigen Bericht, dem Foto einer Frau und der Schlagzeile *Mysteriöser Tod* hin und wollte wissen: »Ist das die Freundin deines Mannes?«

Selbstverständlich hatte Ellen ihr gestern Abend auch erzählt, dass Rolf für eine neue Liebe frei sein und sie nur umbringen wollte, um die Kosten einer Scheidung zu sparen. Leider waren an ihrem Hals immer noch keine Spuren des ersten Mordversuchs zu sehen. Na ja, allzu fest hatte er das Seidenband auch nicht zugezogen. Und welche Spuren sollte ein Kissen hinterlassen, das einem aufs Gesicht gedrückt wurde?

»Ich nehme es an«, antwortete Ellen, nachdem sie die ersten Zeilen gelesen hatte. »Mehr als eine Marisa dürfte es in dem Schuppen da draußen nicht gegeben haben. Vorgestellt hat er sie mir nicht.«

»Du hast ihm ja auch keinen vorgestellt«, sagte Janet.

Wenig später saßen sie an der zur Essecke umfunktionierten Kochnische, Janet auf einem Klappstuhl, Ellen auf einem Hocker, der gleichzeitig eine Zweitrittleiter war. Auf dem Tisch, der anstelle eines Schubfachs unter der schmalen Abtropffläche neben dem Minispülbecken herausgezogen wurde, war kaum genug Platz für zwei Teetassen und die Müslischalen.

Den Lokalteil hielt Ellen im Schoß und las den Bericht schon zum zweiten Mal. Das Foto neben dem Text lenkte sie immer wieder von den Zeilen ab. Marisa Behrend. Dass die Aufnahme vor neun Jahren entstanden war, stand nicht dabei. Eine schöne Frau, wie Rolf gesagt hatte. Noch dazu eine erfolgreiche Frau, der die Prominenz die Tür eingerannt hatte.

Und diese Frau sollte sich mit Rolf eingelassen haben?

Aus Ellens Sicht war das schwer vorstellbar. Aber ihr Bild von Rolf – unterwürfig, verhärmt und mit Erektionsstörungen – war nicht das einzige, wohl auch nicht mehr das wahre, wie der gestrige Nachmittag sie gelehrt hatte. In den Anzügen, die er seit seiner Beförderung im Dienst trug, machte er eine gute Figur. Zum Ausgehen hatte er sich garantiert in Schale geworfen. Und wenn diese Marisa Behrend ihm zu neuer Potenz verholfen hatte, wäre damit einiges erklärt.

Zum Beispiel: warum Rolf am Montag erst gegen Mitternacht heimgekommen und sofort pampig geworden war, als sie ihn bat, das Licht auszumachen. Warum er gestern Nachmittag noch völlig von der Rolle gewesen war. Warum Viehof persönlich in der Wohnung angerufen und schließlich diesen Knaben vorbeigeschickt hatte. Wahrscheinlich hatten sie im Präsidium befürchtet, Rolf könne Dummheiten machen, nachdem seine Freundin auf mysteriöse Weise ums Leben gekommen war. Mit anderen Worten, im Präsidium war bekannt gewesen, dass Rolf eine Geliebte hatte.

Dass Rolf sie tatsächlich betrogen haben sollte, damit konnte Ellen sich abfinden. Irgendwie empfand sie das als ausgleichende Gerechtigkeit. *Wie du mir, so ich dir*. Dass der Tod dieser Marisa Behrend ihn in seinen Grundfesten erschüttert hatte, war auch noch verständlich. Aber dass er seine Trauer, seine Wut, seine

Fassungslosigkeit, seine Verzweiflung oder was auch immer an seiner ahnungslosen Ehefrau ausgetobt hatte, das ging entschieden zu weit.

»Was willst du denn jetzt unternehmen?«, fragte Janet.

Ellen faltete den Lokalteil zusammen. »Mir einen Anwalt nehmen und eine Wohnung suchen, Schmerzensgeld und Unterhalt einklagen. Nachdem er mich gestern beinahe erwürgt hat, kann mir niemand zumuten, noch einen Tag länger mit ihm zusammenzuleben.«

Dass Rolf ihrer Meinung nach die junge Polin bestialisch umgebracht hatte, erwähnte sie nicht. Was das anging, war sie über Nacht zu der Erkenntnis gelangt, dass es ihr nichts brachte, wenn er für diesen Mord in den Knast wanderte. Unterhalt könnte sie dann vergessen. Und ob sie das Haus in Niederfelden bekäme, schien ihr auch fraglich. Am Ende käme irgendein polnischer Anwalt, verlangte Schadenersatz und Schmerzensgeld für Swetlanas Familie, und das wäre es dann für sie gewesen.

»Man sieht aber gar nichts an deinem Hals«, sagte Janet. »Und dein Mann kann den Spieß leicht umdrehen. Du hast ihm das Leben jahrelang sauer gemacht und auch noch damit geprahlt, wie du ihn mit dem Tripper hereingelegt hast.«

»Auf wessen Seite stehst du eigentlich?«, fragte Ellen spitz. »Du klingst, als wärst du seine Leumundszeugin.«

»Ich sage dir nur, wie solche Sachen in der Regel laufen«, erwiderte Janet; als Anwaltsgehilfin kannte sie sich aus. »Dein Mann könnte Miriam und mich als Zeuginnen benennen. Wenn wir unter Eid aussagen müssten, was du uns an deinem Geburtstag erzählt hast, muss er dir nicht das letzte Hemd geben.«

Ellen grinste böse. »Ich will auch kein Hemd von ihm.«

Nachdem sie zu wissen glaubte, was geschehen war, fühlte sie sich wieder stark und in der besseren Position. Ihre gestrige Todesangst hatte sich in Wut verwandelt. Dass sie bei Rolfs jungem Kollegen keine Unterstützung gefunden hatte, wo gerade Typen in diesem Alter auf sie standen, wie sie glaubte, schloss Simon Pauli in ihren Zorn ein. Eine Dienstaufsichtsbeschwerde und eine Anzeige wegen unterlassener Hilfeleistung waren das Mindeste an Revanche für den unverschämten Rat, *sie sollte morgen einen Arzt aufsuchen.* Der Knabe würde noch Augen machen. Und Rolf erst, wenn sie ihm die Rechnung für die letzten Stunden ihrer Ehe präsentierte.

Gilles

Am Mittwochmorgen um Viertel nach sieben kramte Wegener eine alte, aber noch funktionstüchtige Armbanduhr aus seinem Nachttisch. Es war eine von der Art, die noch am Rädchen aufgezogen wurde. Sie hatte Opa Schulte gehört, nach dessen Tod hatte Achim ihm die Uhr geschenkt. »Hier, das Teil ist unverwüstlich, damit hast du eine bleibende Erinnerung an Opa.«

Er stellte die Zeit ein und drehte so lange am Rädchen, bis es nicht weiterging. Das Lederband war schäbig und brüchig, aber es verschwand unter der Manschette seines Hemdes. Die Walther und das Holster ließ er sicherheitshalber unter der Matratze liegen. Dass Ellen die Waffe dort entdeckte, war unwahrscheinlich. Dafür hätte sie erst mal auf die Idee kommen müssen, sein Bett frisch zu beziehen. So was war ihr seit ewigen Zeiten nicht mehr eingefallen. Sie wechselte nicht mal die Wäsche auf ihrer Seite. Das tat er alle paar Wochen, um nicht in ihrem Mief schlafen zu müssen.

Ziemlich genau um halb acht hielt er auf dem Parkstreifen vor dem zweigeschossigen Haus, in dessen Erdgeschoss Walter Gilles seine allgemeinmedizinische Praxis betrieb. Er hatte Simon Pauli ja angekündigt, dass er heute Morgen erst mal zum Arzt wollte.

Sprechstunde war laut einem Schild neben der Eingangstür mittwochs nur am Vormittag von neun bis elf. Aber die Eingangstür war nur angelehnt. Weil Patienten für Blutentnahmen meist zwischen sieben und acht bestellt und von einer Arzthelferin zur Ader gelassen wurden, wie er aus Erfahrung wusste.

In der Praxis herrschte bereits reger Betrieb. Im Wartezimmer saßen vier Leute, fünf standen auf dem Flur vor der Anmeldung. Er zeigte seinen Dienstausweis und verlangte, den Arzt zu sprechen, obwohl er nicht damit rechnete, dass Gilles sich bereits in der Praxis aufhielt. Aber Marisas Exliebhaber war schon im Haus und ließ ihn bloß ein paar Minuten warten, ehe er ihn ins Sprechzimmer bat.

Gilles nahm hinter einem wuchtigen Schreibtisch Platz, den ein paar Bücherstapel, ein Computer-Monitor samt Tastatur und ein Schädel zierten. Er wies mit einer knappen Handbewegung auf zwei Sessel davor und lächelte freudlos. Anstelle einer Begrüßung sagte er: »Aus Ihrem Besuch schließe ich, dass bei der Autopsie etwas entdeckt wurde, was mir entgangen ist.«

»Kann man so sagen.« Wegener erwiderte das Lächeln, setzte sich und schlug lässig die Beine übereinander. Äußerlich ganz der erfahrene Kriminalbeamte, zog er das Handy aus dem Jackett und rief die App mit den preisgünstigen Tankstellen auf. Wie sollte Gilles erkennen, dass es sich nicht um Notizen oder einen Bericht handelte?

Dann sprach er weiter, so gelassen und überlegen, wie er sich in diesen Minuten fühlte. »Zum Ausgleich wurde nichts entdeckt, was auf die von Ihnen genannte Todesursache hindeutet. Es gab keine Anzeichen für einen Infarkt, erst recht nichts, was für einen Unfalltod spricht.«

»Für mich sah es aber danach aus«, rechtfertigte sich Gilles.

»Natürlich«, stimmte Wegener zu. »Wie soll man als einfacher Allgemeinmediziner angesichts der blauen Hauttönung, der Stauungsblutungen in den Augen und der Fesselung auch vermuten, die Frau sei brutal vergewaltigt und erstickt worden?«

Gilles stutzte kurz und widersprach unbeeindruckt: »Vergewaltigungsopfer sehen anders aus. Marisa hatte weder Hämatome an den Schenkeln noch sonst wo, sie hatte auch keine Verletzungen im Vaginalbereich. Und der Gürtel war nur …«

Wegener unterbrach ihn mit einer raschen Handbewegung. »Dekoration. Sonst hätte ich jetzt gesagt, erdrosselt. Den Unterschied habe ich Ihnen doch am Montag schon erklärt. Marisa wurde unter einer Plastiktüte erstickt. Im gegenseitigen Einvernehmen ist das kaum passiert, weil ihr dabei die Hände aufs Laken gedrückt wurden, damit sie sich nicht wehren konnte. Und ich habe nicht gesagt, sie sei vaginal vergewaltigt worden. Es gab massive Verletzungen am Rektum.«

Gilles starrte ihn betroffen an, strich sich mit beiden Händen durchs Gesicht und ließ die Finger sekundenlang vor den Augen liegen. Als er sie wieder wegnahm, sagte er merklich kleinlauter: »Ich habe keine Plastiktüte gesehen und die Leiche nicht umgedreht, sonst wäre mir möglicherweise aufgefallen …«

»Geschenkt«, unterbrach Wegener ihn noch einmal.

»Vielleicht war ich mit der Situation überfordert«, erklärte Gilles. »Wenn man so lange mit einer Frau liiert war und sie dann so liegen sieht …«

»Kommen zwangsläufig Erinnerungen hoch«, vervollständigte Wegener, als Gilles nicht weitersprach. »Wie oft hat Marisa denn einen Kollaps erlitten oder unter Sauerstoffmangel das Bewusstsein verloren, während Sie mit ihr zusammen waren?«

Es war ein Schuss ins Blaue, doch anscheinend traf er ins Schwarze. Fasziniert beobachtete er das Mienenspiel des Arztes. Eine Antwort bekam er natürlich nicht.

»Wie lange waren Sie eigentlich mit ihr liiert?«, fragte er. »Am Montag sagten Sie, dass Sie Marisa seit zwanzig Jahren kennen. Sie lebte aber erst seit zehn Jahren in Heimberg.«

Gilles nahm den Schädel in die Hände und betrachtete ihn, als sehe er so etwas zum ersten Mal. »Ich habe sie vor zwanzig Jahren in Köln kennengelernt. Sie war dort in der Hotelbranche tätig. Als sie sich in Heimberg eine Existenz aufbauen wollte, war ich ihr behilflich, etwas Passendes zu finden. Seitdem hatten wir eine feste Beziehung.«

»Die Marisa Anfang des Jahres beendet hat«, sagte Wegener und scrollte die aufgelisteten Tankstellen-Adressen rauf und runter. »Warum?«

»Warum leben sich Ehepaare auseinander?«, antwortete Gilles mit einer Gegenfrage. »Und meist sind es die Frauen, denen auffällt, dass ihre Beziehung den toten Punkt erreicht hat. Wenn Sie jetzt auch noch wissen wollen, wie ich mich gefühlt habe, als Marisa mir nach so langer Zeit erklärte, sie sähe keinen Sinn mehr darin, unser Verhältnis fortzusetzen, lautet die Antwort: Ich habe das nicht ernst genommen. Es war nicht unsere erste Trennung. Marisa war viel jünger als ich. Da darf man als Mann keine übersteigerten Erwartungen haben. Gelegentlich brauchte sie ihre Freiheit, die habe ich ihr gelassen.«

»Keine Eifersuchtsattacken?«, fragte Wegener.

Gilles schüttelte den Kopf und lächelte wehmütig. »Nur Anfälle von Enttäuschung, wenn sie länger als ein paar Wochen brauchte, um sich meiner wieder zu erbarmen.«

Diese Formulierung verursachte Wegener ein regelrechtes Hochgefühl, weil Ute Hanning bei der Befragung gestern Vormittag eine ähnliche Erklärung abgegeben hatte. Er mochte nicht ganz bei der Sache gewesen sein, doch das war ihm nicht entgangen.

»Nun«, sagte er, »zwischen ein paar Wochen und einem halben Jahr ist ein gewaltiger Unterschied. Wollen Sie mir weismachen, Sie hätten die letzte Trennung auch nach sechs Monaten noch nicht ernst genommen? Sie haben am Sonntagabend versucht,

Marisa zu etwas *Erbarmen* zu bewegen, und wurden vor Zeugen abgewiesen. Wie haben Sie sich dabei gefühlt? Das muss doch eine Demütigung für Sie gewesen sein. Und wie war Ihnen zumute in den Stunden, in denen Sie sich anschauen mussten, wie Marisa mit einem wesentlich jüngeren Mann flirtete?«

»Jüngere Männer in Begleitung ihrer Schwiegerväter betrachte ich nicht als Rivalen«, erwiderte Gilles.

»Da hatte die Kellnerin aber einen anderen Eindruck.«

»Reine Neugier«, sagte Gilles.

Wegener lächelte kühl. »Sie gestatten mir ein paar Zweifel. Sie haben doch sogar in Betracht gezogen, der Schwiegervater sei mit von der Partie. Der dürfte ungefähr in Ihrem Alter oder noch älter sein. Eifersucht ist für sich allein schon ein schwerwiegendes Motiv. Wenn eine Demütigung hinzukommt, rasten viele aus. Und zurückhaltend dürfte Marisa sich im Beisein der Herren nicht ausgedrückt haben.«

Wieder ärgerte er sich über seinen gestrigen Auftritt im Krankenhaus, diesmal über seinen Abgang. Dass Simon Pauli sich bei Terbruck nach dem genauen Wortlaut erkundigt hatte, hatte er noch gehört, Terbrucks Auskunft dagegen nicht mehr. Aber was der Gynäkologe zuvor von sich gegeben hatte, wusste er dafür umso besser. »Immerhin hatte Marisa den Jüngeren der beiden gebeten, ihr bei einer kleinen Show zu assistieren.«

Gilles runzelte die Stirn. »Wie soll ich das verstehen?«

»Es war kein heißer Flirt«, sagte Wegener und genoss die Situation. »Marisa hatte nicht das geringste Interesse an Terbruck und bestimmt keins an einer Menage à trois. Sie hat Terbruck nur eingespannt, weil sie von Ihnen nicht mehr belästigt werden wollte. Und bedauerlicherweise haben Sie keinen Schwiegervater, der bezeugt, dass Sie gemeinsam heimgefahren und zu Bett gegangen sind.«

»Frau Grassnitz …«, begann Gilles.

»Kann nur bestätigen, dass Sie bis zur Landstraße hinter ihr hergefahren sind«, schnitt Wegener ihm das Wort ab. »Das beweist nichts. Sie könnten umgekehrt sein, als Frau Grassnitz außer Sichtweite war. Frau Hanning hat kurz darauf im Wald jemanden eine Zigarette rauchen sehen.«

Die nächsten Sätze ließ er genüsslich auf der Zunge zergehen. »Ich frage Sie noch einmal: Warum hat Marisa Ihnen Anfang des Jahres den Laufpass gegeben und war danach nicht mehr bereit, die Beziehung erneut aufzunehmen?«

Wie nicht anders zu erwarten, blieb Gilles ihm auch diesmal die Antwort schuldig. Aber er hatte am Montag eingeräumt, Marisas Vorlieben zu kennen. Die viel eher seine Passion sein dürften, vermutete Wegener.

»Na schön«, sagte er. »Dann muss ich raten.«

Und das war nicht schwer, mit Agnes Kalwins empörtem Hinweis im Hinterkopf, Gilles dürfe sein Maul nicht aufreißen, damit ihm keiner etwas hineinstopfte. »Marisa war es leid, sich von Ihnen fesseln und piesacken zu lassen.«

Noch ein Schuss ins Schwarze. Gilles wurde merklich blasser und presste die Lippen aufeinander.

Hallo, Doktor, dachte Wegener, *wie gefällt Ihnen der Gedanke, dass die Öffentlichkeit erfährt ...*

Perverses Schwein! Da saß es vor ihm, dieses Schwein, und wurde zusehends nervöser, was auf ihn eine wohltuend beruhigende Wirkung hatte. Er wechselte von den Tankstellen zum Wetterbericht und fuhr fort: »Als Marisa sich nicht mehr anders zu helfen wusste, gab sie Ihnen auf drastische Weise zu verstehen, dass die Grenze erreicht war. Sie schrieb einen netten Brief.«

Er zitierte den Wortlaut des Schreibens und nahm sich vor, Simon Pauli eine ausgesprochen gute Beurteilung zu geben. »Finanzielle Forderung stellte Marisa nicht, sie drohte stattdessen mit Öffentlichkeit. Für Sie wäre das ein kleiner Weltuntergang gewesen, nicht wahr? Was hätten Ihre Patienten gedacht, wenn Ihre sexuelle Orientierung publik gemacht worden wäre? Wären überhaupt noch Patienten gekommen?«

Gilles stellte den Schädel ab und gab sich geschlagen. »Wie haben Sie von dem Brief erfahren? Marisa hat ihn in meinem Beisein zerrissen.«

Als Wegener nur vielsagend mit den Achseln zuckte, meinte Gilles: »Dann haben der saubere Herr Sohn und das Herzchen von Küchenhilfe also geplaudert.«

Wegener ließ ihn in dem Glauben.

»Das hätte ich nicht erwartet«, sagte Gilles und schlug vor: »Fragen Sie die beiden doch bei Gelegenheit, wer sonst noch nette Briefe bekommen hat. Ich war nämlich nicht der Einzige. Und es wurden sehr wohl finanzielle Forderungen gestellt, wenn auch nicht bei mir. Wenn Sie diskret vorgehen, wird Doktor Holfert Ihnen das vielleicht bestätigen. Er war übrigens am Sonntagabend auch im *Waldschlösschen.*«

»Ist mir bekannt«, sagte Wegener. »Und woher wissen Sie, dass Holfert erpresst worden sein soll?«

»Nicht sein soll«, korrigierte Gilles. »Er wurde erpresst und hat gezahlt. Marisa hat mir davon erzählt.«

»Erstaunlich«, meinte Wegener.

»Wieso?«, fragte Gilles. Im nächsten Moment lachte er belustigt. »Jetzt enttäuschen Sie mich aber, Herr Wegener. Sie glauben doch nicht etwa, Marisa hätte diese Briefe geschrieben? Wie haben Markus und Ute Hanning Ihrer Meinung nach denn davon erfahren? Meinen Sie, Marisa hätte die beiden eingeweiht?«

Es war klar, dass Gilles zum Ausdruck bringen wollte, die Made und das Herzgesicht seien die Erpresser gewesen. Wegener hakte nicht nach, fragte stattdessen: »Womit wurde Holfert erpresst? Hat er ebenfalls sadistische Neigungen, die er daheim nicht ausleben kann?«

»Seine Neigungen kenne ich nicht«, erklärte Gilles. »Aber im Gegensatz zu mir ist er verheiratet und wollte es bleiben.«

»Wann wurde er erpresst?«

»Im Dezember letzten Jahres«, sagte Gilles. »Er hat nicht sofort mit Marisa darüber gesprochen, ging nur auf Distanz, was sie sich erst erklären konnte, als ich im Januar den Brief bekam, den Sie eben zitiert haben. Ich habe Marisa umgehend damit konfrontiert. Daraufhin musste sie nur noch eins und eins zusammenzählen. Sie hatte sich bereits gewundert, wovon ihr Sohn sich ein neues Auto leisten konnte. So etwas kann man zwar heute leasen, aber auch das kostet, und so üppig verdient Markus nicht. Er ist ja noch in der Ausbildung. Als Marisa ihn zur Rede stellte, kam die Wahrheit ans Licht. Daraufhin hat sie sich bei Holfert für ihren Sohn entschuldigt, ihm das Geld erstattet und entschieden, keinen Mann mehr mit hinauf in ihre Wohnung zu nehmen, um weiteren unliebsamen Vorfällen dieser Art vorzubeugen.«

»Dann war das der Grund für die Trennung von Ihnen?«, resümierte Wegener, er glaubte Gilles kein Wort. »Wie tragisch für Sie nach all den Jahren. Dabei wäre es doch entschieden sinnvoller gewesen, das saubere Pärchen hinauszuwerfen.«

»Einen Sohn setzt man nicht so einfach vor die Tür«, erwiderte Gilles reserviert. »Seiner Freundin hat Marisa mit Kündigung gedroht. Soweit ich weiß, hat das gefruchtet.«

»Soweit Sie wissen«, wiederholte Wegener. »Wissen Sie auch, wie lange Marisa sich in Verzicht geübt hat? Haben Sie sich von Holfert bestätigen lassen, dass er erpresst wurde? Ist Ihnen nie der Gedanke gekommen, Marisa könnte es als Vorwand genommen haben, um Sie loszuwerden und für einen – sagen wir – höhergestellten und vor allem jüngeren Mann frei zu sein?«

»Nein«, sagte Gilles, und das bezog sich vermutlich nicht auf die letzte Frage. »Sie verschwenden Ihre und meine Zeit, Herr

Wegener. Mir wurden gestern nicht nur die Fingerabdrücke zu Vergleichszwecken abgenommen. Ich habe auch freiwillig eine Speichelprobe zur Verfügung gestellt. Und meines Wissens gibt es ausreichend DNA-Material vom Täter.«

»Es geht doch nichts über gute Freunde«, stellte Wegener fest.

Gilles erhob sich. »Jetzt entschuldigen Sie mich, ich muss mich um meine Patienten kümmern.«

»Eine Frage noch«, sagte Wegener. »Marisa Behrend war mit vier Seidenbändern ans Bett gefesselt. Es gab noch zwei weitere Bänder in einem Schubfach. Welchem Zweck haben die gedient?«

Darauf bekam er keine Antwort mehr.

Der Kommissar z. A.

Simon Pauli hatte sich die halbe Nacht mit den Fotos aus dem Umschlag beschäftigt, den Wegener ihm übergeben hatte. Etwas Auffälliges hatte er jedoch nicht entdeckt. Er hätte Kathi Wimmer fragen können, ob und wenn ja auf welcher Aufnahme etwas von Bedeutung zu sehen sei. Doch die Blöße mochte er sich nicht geben, als er frühmorgens seinen Dienst antrat. Vielleicht war ihm das entscheidende Detail nur entgangen, weil die Lichtverhältnisse in seinem Zimmer nachts nicht so besonders und er ziemlich müde gewesen war.

Nachdem er auftragsgemäß das Lederetui mit Marisa Behrends Schlüsseln bei Kathi Wimmer abgeliefert hatte, setzte er sich mit dem prall gefüllten Umschlag an Wegeners Schreibtisch. Dessen Büro war mal wieder nicht abgeschlossen. Und im Gemeinschaftsbüro mochte Simon Pauli die überwiegend sehr pikanten Fotos nicht unter die Lupe nehmen.

Bei Tageslicht versuchte er sein Glück noch einmal, bis Kriminalrat Viehof hereinstürmte und gleich lospolterte: »Was machen Sie hier? Wo ist Wegener?«

»Er hat Probleme mit dem Magen und wollte heute Morgen zuerst zum Arzt«, sagte Simon Pauli. »Hat er Ihnen das nicht gesagt?«

»Nein«, erwiderte Viehof knapp, trat näher an den Schreibtisch heran, zeigte auf die Fotos und wollte wissen: »Wer hat Ihnen die gegeben?«

»Herr Wegener.«

»Wann und wo?«

»Gestern Abend. Er war daheim, als ich kam.«

»Haben Sie ihm ausgerichtet, dass er sich bei mir melden soll?«

Simon Pauli nickte.

Viehof nickte ebenfalls und befahl: »Fahren Sie zum *Waldschlösschen,* und schaffen Sie Frau Hanning her. Sie hat sich gestern massiv über Wegener beschwert.«

Für Simon Pauli klang das, als hätte Ute Hanning mit Viehof gesprochen. Wahrscheinlich hatte sie angerufen. Und jetzt sollte sie ihre Beschwerde zu Protokoll geben. Er fragte sich, was sie gegen Wegener vorgebracht haben mochte.

Die Fahrt zum *Waldschlösschen* machte er vergebens. Aber er konnte sich denken, wo Ute Hanning zu finden war – am Krankenbett ihres Freundes. So war es auch. Allerdings war sie nicht bereit, ihn ins Präsidium zu begleiten. Obwohl Markus Behrend schlief, beharrte sie darauf, ihr Freund brauche sie jetzt dringend.

Als Vertreter von Recht und Gesetz glaubte Simon Pauli sich in der besseren Position. Er sagte im Stationszimmer Bescheid, dass Besuche von Frau Hanning beim Patienten Behrend wegen möglicher Absprachen auf polizeiliche Anordnung ab sofort untersagt seien. Die Stationsschwester war zu schockiert, um das zu hinterfragen. Sie versicherte, bisher habe es bestimmt noch keine Absprachen gegeben, weil der Patient Behrend ohne Unterbrechung ruhiggestellt und nicht aufnahmefähig gewesen sei.

»Das höre ich gern«, sagte Simon Pauli. »Aber wir müssen unbedingt mit ihm reden. Also sorgen Sie bitte dafür, dass er aufnahmefähig wird. Und schicken Sie vorher seine Freundin aus dem Zimmer.«

Die Stationsschwester eilte davon, um diesem Befehl Folge zu leisten. Simon Pauli wartete in der Annahme, dass Ute Hanning nun eher bereit sei, mit ihm ins Präsidium zu fahren. Doch das erwies sich als Trugschluss.

Von der Stationsschwester energisch dazu aufgefordert, das Zimmer zu verlassen und erst wiederzukommen, wenn die Polizei es erlaube, ging Ute Hanning wie eine Furie auf Simon Pauli los. »Was fällt Ihnen ein? Das habe ich doch Ihnen zu verdanken! Der arme Markus hat seine Mutter verloren. Er hat nur noch mich. Wieso darf ich nicht bei ihm sein? Das ist hier ja wohl ein Krankenhaus und kein Gefängnis. Was sind denn das für Methoden? Haben Sie nichts Besseres zu tun, als uns das Leben schwerzumachen? Warum suchen Sie nicht den Kerl, der Marisa umgebracht hat oder kümmern sich um Ihren verrückten Kollegen, statt uns zu belästigen?«

So erfuhren auch Simon Pauli und die Stationsschwester, dass Rolf Wegener am vergangenen Nachmittag in Marisa Behrends Schlafzimmer gewesen war und umgeben von scheußlichen Pornofotos auf dem Bett der Toten an sich *herumgespielt* haben sollte. Himmel, war das unangenehm.

Und es wurde noch unangenehmer, als Simon Pauli das Krankenhaus wieder verließ und beim Haupteingang mit Wegener zusammentraf, der nach seinem Gespräch mit Gilles jetzt unbedingt mit Markus Behrend reden wollte.

»Der ist aber noch nicht vernehmungsfähig«, bemühte Simon Pauli sich, ihn davon abzuhalten. »Die Hanning war gerade bei ihm und konnte auch nicht mit ihm reden.«

»Was macht die denn hier?«, fragte Wegener unwillig. »Die sollte doch heute als Erstes im Präsidium antanzen.«

Er wollte an Pauli vorbei. Der griff nach seinem Arm und hielt ihn zurück. Wenn Wegener jetzt auf der Station auftauchte, fielen der Schwester womöglich die Augen aus dem Kopf. Ute Hanning trieb sich auch noch im Gebäude herum, wollte den Stationsarzt sprechen, einen Anwalt anrufen und ihr Besuchsrecht durchsetzen. Simon Pauli hielt es für besser, wenn Wegener jetzt nicht mit dem Biest kollidierte.

»Dann ist sie jetzt wahrscheinlich auf dem Weg ins Präsidium«, behauptete er. »Ich habe sie nämlich hier rauswerfen lassen und dafür gesorgt, dass sie Behrend nicht mehr besuchen darf, bis wir mit ihm gesprochen haben.«

Wegener lächelte anerkennend. »Gut gemacht.«

»Sie hat sich übrigens massiv über Sie beschwert«, sagte Simon Pauli. »Gestern bei Herrn Viehof und eben bei mir.«

»Beschwert?« Wegener klang keinesfalls beunruhig, eher belustigt. »Weswegen denn?«

Simon Pauli räusperte sich und wusste vor Peinlichkeit nicht, wohin er schauen sollte. »Sie behauptete, sie hätte Sie gestern Nachmittag in Marisa Behrends Schlafzimmer erwischt. In einer eindeutigen Situation.«

»Und was versteht die unter einer *eindeutigen Situation?*«, fragte Wegener ungerührt.

Das konnte Simon Pauli nicht wiederholen. Er sagte stattdessen: »Herr Viehof war deswegen furchtbar aufgebracht.«

Wegener seufzte. »Dann sehen wir mal zu, dass wir den Herrn Kriminalrat besänftigen, ehe wir uns die Hanning vornehmen.«

Er machte auf dem Absatz kehrt. Simon Pauli folgte ihm eilig. Der Streifenwagen, mit dem man ihn losgeschickt hatte, stand gar nicht weit von Wegeners BMW entfernt.

Bevor sich ihre Wege trennten, sagte Wegener noch: »Ehe ich es vergesse, der Brief aus dem Schreibtisch war tatsächlich für Gilles bestimmt. Der behauptete allerdings, Marisa hätte ihn zerrissen. Theoretisch hättest du den Wisch also gar nicht finden dürfen. Aber so was kann man beliebig oft ausdrucken, wenn man einen Beleg für die eigenen Unterlagen haben oder den Text noch mal verwenden möchte, weil man ihn so gelungen findet. Es soll noch mehr Erpressungsopfer geben.«

Damit stieg er ins Auto. Simon Pauli öffnete den Streifenwagen, schwang sich ebenfalls hinters Steuer und fühlte sich erleichtert, weil Wegener wieder normal wirkte. Vermutlich hatte er gestern nur einen schlechten Tag gehabt. Auch ein Mann in seiner Position konnte sich mal überfordert fühlen. Wenn dann noch privater Stress hinzukam …

Viehof

Auf der Fahrt ins Präsidium pfiff Wegener leise vor sich hin. Er fühlte sich gut mit Opa Schultes Uhr am Handgelenk, dem Testament in der Börse, der Walther P99 unter der Matratze und im Bewusstsein, dass er sich im Griff hatte. Sonst hätte er sich eben kaum so sachlich mit Gilles auseinandersetzen können.

Die Überzeugung, dass Gilles in dem einen Punkt die Wahrheit gesagt und Marisa keine erpresserischen Texte verfasst hatte, trug erheblich zu seiner guten Laune bei. Diese Made von Sohn und das blonde Herzgesicht waren es gewesen. Darauf hätte er von alleine kommen können, wäre er vermutlich auch, wenn er gestern nicht den ganzen Tag in dieser seltsamen Verfassung gewesen wäre. Aber jetzt war er wieder in Ordnung, das spürte er deutlich.

Nicht einmal die Auseinandersetzung mit Viehof brachte ihn aus der Ruhe. Der Kriminalrat thronte hinter seinem Schreibtisch wie das göttliche Strafgericht, nahm ein zur Fliegenklatsche gefaltetes Exemplar des *Heimberger Anzeigers,* drosch damit in seine linke Handfläche und kam zur Sache, kaum dass Wegener die Tür hinter sich geschlossen hatte.

Zuerst brüllte er etwas von einem reservierten Tisch – ein Hinweis auf den Chefredakteur der Zeitung, mit dem Wegener jedoch nichts anfangen konnte. Anschließend wollte Viehof in gleicher Lautstärke wissen: »Wieso schickst du Pauli in die Rechtsmedizin und amüsierst dich derweil mit scheußlichen Fotos in Marisas Schlafzimmer? Was hattest du alleine da zu suchen?« Er war so außer sich, dass er sich keine Zwänge auferlegte und nicht mal mehr bezüglich ihres Namens versuchte, die Form zu wahren.

»Ganz ruhig, Edgar«, beschwichtigte Wegener und riet: »Nimm eine Valium, ehe dich der Schlag trifft. Und dann erklär mir mal, wie ich einen Mord aufklären soll, wenn ich nur einen Kommissar z. A. zur Verfügung habe und du hinter meinem Rücken deine Beziehungen spielen lässt?«

Angriff war tatsächlich die beste Verteidigung. Viehof jedenfalls war der Wind aus den Segeln genommen, obwohl er erneut aufbrauste: »Was soll das heißen?«

»Ich hatte eben eine aufschlussreiche Unterhaltung mit Gilles«, sagte Wegener. »Er war bestens über den Stand der Dinge informiert und hat mich vor die Tür gesetzt mit dem Hinweis, wir hätten doch genügend DNA-Material vom Täter.«

»Willst du damit andeuten, das hätte Gilles von mir gehört?«, geriet Viehof weiter in die Defensive.

»Ich deute gar nichts an«, sagte Wegener. »Ich erklär dir jetzt erst mal, was ich gestern am Tatort zu suchen hatte. Und vorweg: Ich hab's gefunden. Dann platzte die Hanning herein, mit einem Schlüssel, den sie angeblich gerade im Briefkasten gefunden hatte. Sie wurde gleich pampig. Da habe ich ihr die Meinung gesagt, nicht mehr und nicht weniger.«

»Du hast sie also nicht angefasst?«, fragte Viehof in halbwegs normaler Lautstärke.

»Doch. Ich musste sie beim Arm nehmen und ins Treppenhaus schieben, sonst stünde ich wahrscheinlich jetzt noch mit ihr in der Diele. Sie wollte partout nicht raus aus der Wohnung. Die Geschäftsräume hatte sie trotz Siegel auch schon betreten, weil sie Unterlagen aus dem Büro brauchte, behauptete sie zumindest.«

»Die hat doch mit dem Geschäft überhaupt nichts zu tun«, wurde Viehof erneut laut.

»Genau das habe ich ihr auch gesagt. Außerdem habe ich ihr begreiflich zu machen versucht, dass ich ihr keinen Zugriff auf Marisa Behrends Konten gewähren kann. Daraufhin wurde sie richtig frech. Tut mir leid, dass ich dir für diesen Ablauf nur mein Wort und keine Zeugen bieten kann. Aber die Sache eilte, und einer von uns musste an der Obduktion teilnehmen. Dabei konnte Pauli nichts falsch machen; er hat es freiwillig übernommen und sich tapfer geschlagen.«

»Brauchst du mehr Leute?«, fragte Viehof.

»Jetzt nicht mehr. Nach dem, was ich eben von Gilles gehört habe, ist der Kreis der Verdächtigen überschaubar geworden, quasi auf eine Person geschrumpft. Da müssen wir nicht riskieren, dass noch einem der Kiefer runterklappt.«

Viehof verstand die Anspielung auf den Pathologen des Kreiskrankenhauses, es waren ja auch seine eigenen Worte. Er senkte verlegen den Kopf. »Das konnte ich doch nicht ahnen, Rolf. Lass mich auch mal etwas klarstellen. Ich habe am Montag die Meldung von Gilles entgegengenommen. Danach hat er mich noch einmal angerufen und gemeckert, weil du den Erkennungsdienst und Reinarzt dabeihaben wolltest. Aber seitdem habe ich nicht mehr mit Gilles gesprochen. Er hat von mir keine Informationen erhalten. Und wenn er sich eingebildet hat, er käme mit einem Mord davon, nur weil er mich kennt …«

»Ich glaube nicht, dass Gilles sich das eingebildet hat«, sagte Wegener, als Viehof abbrach. »Weil ich nämlich auch nicht glaube, dass er Marisa Behrend auf dem Gewissen hat.«

»Aber du hast doch gerade gesagt … Und Pauli meinte …«

»Was Pauli meint, betrachten wir mal als die Ansichten eines Anfängers«, beendete Wegener das verunsicherte Stottern, das so gar nicht nach dem Viehof klang, den er seit Jahren kannte. »Der Junge ist gut, aber er verrennt sich schnell. Und ich habe nur gesagt, dass es bloß noch einen Verdächtigen gibt. Damit war nicht Gilles gemeint. Wir müssen höher greifen und uns in Kürze wohl mit einem neuen Dienstherrn abfinden, Edgar.«

Viehofs entgeisterte Miene und das fassungslose Kopfschütteln entschädigten Wegener für das vorangegangene Gebrüll. »Das ist nicht dein Ernst, Rolf. Pauli hat schon was in diese Richtung angedeutet. Aber eine gefesselte Frau und das ganze Drum und Dran, das passt nicht zu Reuther.«

Wegener lachte unfroh. »Kennst du ihn so gut, Edgar?«

»Nein«, räumte Viehof ein. »Aber wenn Reuther sie umgebracht hätte, aus welchen Gründen auch immer, hätte er sie nicht so liegen lassen. Wie sieht es denn mit handfesten Beweisen aus?«

»Ohne Vergleichsmaterial düster«, gestand Wegener. »Ich fahre nach Mittag noch mal zum Krankenhaus und unterhalte mich mit dem Sohn. Jede Wette, der hat etwas mitbekommen. Vielleicht kann ich ihn überzeugen, dass er sich strafbar macht, wenn er sein Wissen meistbietend versteigert. Laut Gilles hat Behrend das schon mindestens zweimal versucht. Wenn er uns nicht helfen kann oder will, wirst du Reuther wohl einen Kaffee servieren lassen und die Tasse sicherstellen müssen, wenn er das nächste Mal hier hereinschneit. Du kannst ihm auch einen Aschenbecher hinstellen. Er raucht Zigarillos, das weißt du vermutlich.«

Die Made

Die zweite Fahrt zum Krankenhaus machte Rolf Wegener kurz nach Mittag mit Simon Pauli im Streifenwagen. Bis dahin war Ute Hanning noch nicht im Präsidium angetreten, um sich für Vergleichszwecke ihre Fingerabdrücke nehmen zu lassen, ihre nächtliche Beobachtung bei der kleinen Brücke oder ihre Anschuldigungen gegen Wegener zu Protokoll zu geben.

Dass es nach Ansicht des Stationsarztes noch zu früh war, um Markus Behrend zur Todesnacht seiner Mutter zu befragen, kümmerte Wegener nicht.

Der Arzt stellte sich ihnen in den Weg, kaum dass sie Station zwei betreten hatten. Zuerst machte er seinem Unmut Luft, war ganz und gar nicht einverstanden mit den Anweisungen, die Simon Pauli am Morgen erteilt hatte. Kein Besuch von der Freundin, keine Sedativa. Seit wann entschied die Polizei über die Behandlung eines traumatisierten jungen Mannes?

»Ich verstehe, dass es für Sie wichtig ist, mit Herrn Behrend zu sprechen«, erklärte der Arzt und fuhr mit Blick auf Simon Pauli fort: »Deshalb habe ich die Dosis auf Ihren ausdrücklichen Wunsch verringert. Aber ich muss Sie dringend bitten, es kurz zu machen, damit wir wieder in notwendigem Maß therapieren können. Der Junge packt das noch nicht.«

»Notfalls helfen wir dem Jungen beim Packen«, sagte Wegener.

Der fette Widerling sollte sich bloß nicht einbilden, mit Erpressung durchzukommen. Hatte ihr das Leben sauer gemacht, sie bei ihren Stammgästen in Misskredit gebracht. Das konnte man doch nicht ungestraft lassen.

»Und was das Trauma des jungen Mannes angeht«, fügte er noch hinzu. »Sind Sie Experte auf dem Gebiet? Wenn nicht, würde ich gerne einen Experten hinzuziehen. Wo kommen wir denn hin, wenn jeder, der Dreck am Stecken hat, ein Trauma simuliert und dabei auch noch ärztlich unterstützt wird?«

Der Arzt presste frustriert die Lippen aufeinander, ging vor ihnen her auf die Tür zu und öffnete sie behutsam. Wegener schob sich an ihm vorbei und forderte: »Wenn Sie uns jetzt bitte unsere Arbeit tun lassen. Sonst lasse ich Ihren Patienten ins Präsidium schaffen.«

Daraufhin zog der Arzt sich zurück. Dicht gefolgt von Simon Pauli trat Wegener ein. Die Tür wieder zu schließen überließ er dem Frischling.

Im Zimmer standen zwei Betten, nur eines war belegt. Markus Behrend lag mit dem Gesicht zur Wand, schlief jedoch nicht, wie sich gleich darauf zeigte. Als Wegener näher kam, drehte er den Kopf und schaute ihm mit einer Leidensmiene entgegen.

Wegener nahm zwei Stühle, stellte sie neben das Bett und setzte sich. Simon Pauli folgte seinem Beispiel und zückte sein Notizbuch, während Wegener sich bereits vorbeugte. Ohne sich vorzustellen oder einleitend ein paar Worte zum Zweck ihres Besuchs zu verlieren, begann er: »Wir können es kurz machen, Herr Behrend. Uns liegt die Aussage eines Mannes vor …«

Es war ein Genuss zu sehen, wie es in den wässrig blauen Augen zu flackern begann.

»… der von Ihnen erpresst wurde, weil er ein Verhältnis mit Ihrer Mutter hatte.«

Das Flackern griff auf sämtliche Gesichtsmuskeln über, breitete sich aus wie ein Buschfeuer.

»Dieser Mann ist über einen weiteren Fall informiert und

überzeugt, dass es noch mehr Opfer gibt. Aber wir sind jetzt nicht hier, weil gegen Sie Anklage erhoben wurde. Vorerst wollen wir von Ihnen nur die Namen der restlichen Erpressungsopfer wissen.«

Die Made drückte sich tiefer ins Kissen, wurde klein und irgendwie runzelig und schüttelte den Kopf.

»Herr Behrend.« Wegener legte Nachdruck in die Stimme. »Vielleicht denken Sie noch einmal nach. Ihre Mutter wurde auf bestialische Weise umgebracht. Ich hoffe doch sehr, dass Sie nicht beabsichtigen, daraus Kapital zu schlagen.«

Das Heulen kam unvermittelt. Obwohl Wegener keinen Blick von dem zuckenden, teigigen Gesicht ließ, fuhr er beim ersten Ton zusammen. Simon Pauli rutschte vor Schreck der Stift quer über eine noch leere Seite in seinem Notizbuch.

»Reißen Sie sich gefälligst zusammen«, fuhr Wegener das heulende Elend im Bett an. Er war nahe daran, auszuholen und mit der flachen Hand zuzuschlagen, einmal rechts und einmal links auf die dicken Backen. Sie erinnerten ihn unvermittelt an das pausbäckige Gesicht seiner Schwester, was den Drang noch verstärkte. »Wenn Sie hier eine Show abziehen wollen – wir können auch anders. Wäre es Ihnen lieber, wenn wir Sie mitnehmen? Sie sind ja nicht ernsthaft krank.«

»Ich habe einen Schock«, wimmerte Behrend.

»Was Sie nicht sagen«, erwiderte Wegener. »Aber gut, wenn Sie zu schockiert sind, um uns hier ein paar Fragen zu beantworten, können wir Sie ins Gefängnishospital verlegen lassen. Die Erpressungen sind uns bekannt. Und wenn uns eine Straftat zur Kenntnis gebracht wird, müssen wir ermitteln. Wo wir die Straftäter derweil unterbringen, liegt im Ermessen des Haftrichters, der bei schwerwiegenden Straftaten und einem Wiederholungstäter bestimmt kein Auge zudrückt.«

Die Augen ängstlich geweitet, biss Behrend sich auf die Lippen und leckte kurz mit der Zungenspitze darüber. Wegener fühlte, wie dieser Anblick seinen Magen umdrehte. Aber seine Stimme hatte er unter Kontrolle, sie war kühl, fest und energisch: »Also, Herr Behrend, wir hören.«

Zuerst kam ein Krächzen, dann ein Räuspern und endlich die Auskunft: »Da war sonst keiner mehr, wirklich nicht. Ich habe es nur bei Holfert und bei Gilles versucht. Meine Mutter wollte mir ja kein Geld geben. Wir wohnen so weit draußen, da braucht man ein Auto. Holfert hat gezahlt, aber er war sauer, hat bei ihr Theater gemacht. Und Gilles ist gleich zu ihr gerannt. Der hatte es gerade nötig. Das perverse Schwein.«

Behrend richtete sich ein wenig auf, stützte den massigen Oberkörper mit einem Arm ab. In seinen Augen flackerte es immer noch, auch seine Stimme zitterte.

»Würde mich nicht wundern, wenn Gilles meine Mutter auf dem Gewissen hat. Fragen Sie ihn doch mal, was er immer mit ihr gemacht hat. Wir haben es unten oft genug gehört. Aber sie ließ nichts auf ihn kommen. Wegen dem Brief hat sie mir die Hölle heiß gemacht. Wollte mich anzeigen, meine eigene Mutter. Was in ihrem Bett passiert, geht mich nichts an, sagte sie. Danach habe ich mich nicht mehr um die Kerle gekümmert, die sie mit nach oben nahm.«

»Sie hat ja auch keinen mehr mit hinaufgenommen«, sagte Wegener.

»Für ein paar Wochen nicht«, bestätigte Behrend. »Aber danach wieder, so ab März. Wo hätte sie es denn sonst mit denen treiben sollen? In der Bar oder im Restaurant?«

»Dann wissen Sie also, wer in der Nacht von Sonntag auf Montag bei Ihrer Mutter war«, mutmaßte Wegener.

Behrend legte sich wieder zurück und schüttelte den Kopf auf dem Kissen. »Zuletzt war Gilles der Favorit, mehr weiß ich nicht.«

»Zuletzt wohl kaum«, widersprach Wegener. »Sie hat ihn Anfang des Jahres abserviert.«

»Das hat sie öfter gemacht«, erklärte Behrend. »Aber nach ein paar Wochen ließ sie ihn doch wieder ran. Ich habe mich wirklich nicht mehr darum gekümmert, wollte meinen Job behalten. Sie hat gedroht, uns beide, mich und Ute, auf die Straße zu setzen. Sie wäre nicht verpflichtet, mich zu beschäftigen und Ute schon gar nicht, bestimmt nicht nach solchen Verfehlungen, hat sie gesagt. Und so ein mieses Schwein nahm sie in Schutz.«

Auf weitere Fragen bestätigte er im Wesentlichen, was Ute Hanning tags zuvor zum Sonntagabend und der Nacht gesagt hatte. Einen Film wollte er sich angesehen haben.

»Wie hieß der Film?«

»Weiß ich nicht mehr, ich habe gezappt und bin da reingeraten. Das war so ein alter Karate-Schinken mit Bruce Lee.«

Gehört hatte er angeblich nichts von dem, was zum gleichen Zeitpunkt in der Wohnung seiner Mutter vorgegangen war.

»Ich hatte den Fernseher ziemlich laut gestellt, mit Absicht. Ich wollte nichts von oben hören. Wenn man nichts mitbekommt, wird man auch nicht neugierig. Ute macht sich immer Ohropax rein. Als ich um zwei ins Bett gegangen bin, war oben alles ruhig.«

»Wenn Sie den Fernseher mit Absicht laut gestellt haben, müssen Sie doch gehört haben, dass jemand bei Ihrer Mutter war«, schlussfolgerte Wegener.

»Nein, ich konnte mir nur denken, dass sie nicht allein war, weil sie mich so schnell abgewürgt hat, als ich Bescheid sagte, dass wir in der Küche fertig sind. Ich wollte noch fragen, ob sie einverstanden ist, dass wir montags nach Köln fahren. Aber es standen noch zwei Männer am Tresen. Da hatte sie für mich keine Zeit.«

»Kannten Sie die beiden Männer?«

Behrend schüttelte wieder den Kopf. »Mit den Gästen hatte ich nichts zu tun. Ich war immer nur in der Küche.«

Simon Pauli hatte fleißig mitgeschrieben. Als sie die Station verließen, resümierte er: »Das deckt sich im Großen und Ganzen mit dem, was wir von der Hanning gehört haben. Nur von Ohropax hat sie nichts gesagt.«

Darauf ging Wegener nicht ein. »Woher will Behrend wissen, was genau Gilles mit seiner Mutter angestellt hat?«, fragte er stattdessen und wiederholte: »*Wir haben es unten oft genug gehört.* Was zum Teufel haben sie denn gehört?«

»Vielleicht hat Frau Behrend manchmal geschrien«, vermutete Simon Pauli. »Bei dem Kram, der da im Schubfach lag, waren genug Sachen, die richtig wehtun.«

»Fang nicht wieder an, sie mit Dreck zu bewerfen«, wurde Wegener grob. »Denk nach, ehe du den Mund aufmachst. Du warst bei der Obduktion dabei. Gab es Spuren von dem Kram an ihr?«

»Nein«, räumte Simon Pauli ein. »Aber ...«

»Kein Aber«, schnitt Wegener ihm das Wort ab. »Marisa Behrend war eine normal veranlagte Frau. Ende der Diskussion.«

»Woher wollen Sie denn wissen, wie die Frau veranlagt war?«, fragte Simon Pauli.

»Ende der Diskussion, hatte ich gesagt.« Es klang bedrohlich. Simon Pauli zuckte mit den Schultern und schwieg.

Reuther

Wegener wollte noch einmal mit Gilles reden. Aber auf dem Weg zu dessen Praxis wurden sie von Viehofs Sekretärin zurück ins Präsidium beordert mit dem Hinweis, es sei dringend.

Der Kriminalrat war nicht allein in seinem Büro. Doktor Klaus Reuther, Landrat und oberster Dienstherr der Polizei, leistete ihm Gesellschaft. Worüber die beiden Männer sich bis zum Eintreffen der beiden mit dem Fall betrauten Ermittler – so drückte Viehof es aus – unterhalten hatten, lag auf der Hand. Nur hatte Viehof nicht mit sämtlichen Details aufwarten können.

Außer dem Schreibtisch mit dem wuchtigen Chefsessel dahinter gab es in Viehofs Büro noch eine kleine Sitzgruppe, wo Reuther Platz genommen hatte. Simon Pauli setzte sich ohne Scheu dazu. Sehr zu Viehofs Missfallen zog Wegener sich an eins der Fenster zurück und hockte sich auf die Fensterbank. Nur zur Sicherheit, um etwas Abstand zwischen sich und den Mann zu bringen, der Marisa zu ihren Lebzeiten in den Armen gehalten hatte. Er hätte keine Garantie übernehmen können, dass er ruhig blieb, wenn Reuther davon erzählte. Und das spürte er deutlich.

Viehof hatte tatsächlich Kaffee und einen Aschenbecher für den Landrat geordert. Dabei war es überflüssig, Vergleichsmaterial zu sammeln. Reuther machte gar nicht erst den Versuch, eine Liebesbeziehung mit Marisa Behrend zu leugnen, obwohl Viehof ihn darauf hinwies, er sei nicht verpflichtet, Auskünfte zu geben.

»Ich brauche keine Belehrung über meine Rechte«, erklärte Reuther. »Ich bin aus freien Stücken hier, um Fragen zu stellen und Fragen zu beantworten.« Wahrscheinlich hatte er sich das auch in genau der Reihenfolge vorgestellt. Erst mal hören, was die Jungs schon in Erfahrung gebracht hatten, ehe man selbst die Karten auf den Tisch legte.

Wegener ließ ihn nicht aus den Augen und wartete auf die Wut. Doch die blieb aus. Reuthers Haltung erinnerte ihn an Agnes Kalwin, die hatte so ähnlich gesessen mit hängenden Schultern und verweintem Gesicht. Die Miene des Landrats wirkte zwar gefasst, etwas anderes durfte man bei einem Politiker auch kaum erwarten. Aber dass er sich aufrecht hielt, konnte man nicht behaupten.

In knappen Worten schilderte Wegener das Szenario, das sich in Marisas Schlafzimmer dargeboten hatte, und zählte auf, was an Beweismaterial sichergestellt worden war. In Reuthers Gesicht zuckte es wiederholt, ob vor Schmerz, Scham, Zorn oder Trauer hätte Wegener nicht sagen können.

Als er zum Ende kam, schluckte der Landrat trocken, ehe er erklärte: »Einige der Fingerabdrücke dürften von mir sein. Ich war in der Nacht zum Montag bei Frau Behrend und habe ihre Wohnung gegen drei Uhr morgens verlassen. Obwohl ich es nicht ausdrücklich betonen möchte, muss ich das wohl. Als ich ging, lebte Frau Behrend noch.«

Was laut dem Obduktionsbefund nicht sein konnte. Simon Pauli räusperte sich verhalten, zückte sein Notizbuch und blätterte demonstrativ darin. Viehof gab dem Frischling mit einem unwilligen Wink zu verstehen, er solle jetzt bloß keinen Vortrag halten.

»Welche Temperatur herrschte im Schlafzimmer, als Sie gingen?«, fragte Wegener und wunderte sich, wie ruhig und sachlich seine Stimme klang.

Der Sinn dieser Frage schien sich Reuther nicht zu erschließen. »Temperatur?«, wiederholte er verständnislos.

»War es zu warm oder zu kalt?«

»Weder noch. Es war angenehm. Die Wohnung ist klimatisiert.«

»Das ist uns bekannt«, sagte Wegener. »Und welche Temperatur empfinden Sie in einem Schlafzimmer als angenehm?«

»Zum Schlafen mag ich es kühl«, erklärte Reuther. »Da sind die empfohlenen achtzehn Grad genau richtig. Aber ich war nicht da, um zu schlafen.«

»Also war es wärmer als achtzehn Grad.«

»Ich denke schon«, sagte Reuther. »Ich habe die Temperatur nicht gemessen. Warum ist das so wichtig?«

Die Antwort darauf blieb Wegener ihm schuldig, näherte sich stattdessen den kritischen Bereichen. »Wie ich eben anführte, wurden als Fesseln schwarze Seidenbänder benutzt. Haben Sie diese Bänder auch bei anderen Gelegenheiten verwendet?«

»Ich habe überhaupt nichts *verwendet*«, begehrte Reuther auf. »Weder bei dieser noch bei einer anderen Gelegenheit.« Es klang entschieden, entrüstet und endgültig. »Ich habe nicht einmal Bänder zu Gesicht bekommen. Wenn ich mit einer Frau schlafe, brauche ich keine Hilfsmittel oder Stimulanzien.«

»Sie haben in der Nacht zum Montag also auch keinen der anderen Gegenstände benutzt, weder den Dildo noch die Kugeln?«, bohrte Wegener trotzdem nach.

Reuthers Antwort kam kurz und bestimmt. »Nein.«

»Ein Kondom?«

»Nein.«

Viehof und Pauli hörten nur zu, obwohl Pauli anzusehen war, dass es ihm in den Fingern juckte, sein Notizbuch einzusetzen.

»Seit wann bestand Ihr Verhältnis zu Marisa Behrend?«, wechselte Wegener noch einmal das Thema.

»Seit Ende März.«

»Sie sind verheiratet.«

»Nein. Das heißt, ja, noch. Meine Frau und ich leben getrennt. Was aber nicht auf meine Beziehung zu Frau Behrend zurückzuführen ist. Davon weiß meine Frau gar nichts.«

»Wer weiß denn von dieser Beziehung?«

»Niemand – wir waren sehr vorsichtig.«

»Nicht vorsichtig genug«, erklärte Wegener. »Sie wurden in einer eindeutigen Situation mit Marisa Behrend gesehen. Und uns liegt die Aussage eines Mannes vor, der wegen seiner Beziehung zu Frau Behrend erpresst wurde. Dieser Mann wusste von einer weiteren Erpressung, Frau Behrend hat selbst mit ihm darüber gesprochen. Sind Sie ebenfalls erpresst worden?«

Reuther runzelte unwillig die Stirn, ehe er den Kopf schüttelte und kühl erwiderte: »Damit hätten wir dann ja geklärt, dass Marisa Behrend eine Frau von zweifelhaftem Ruf mit häufig wechselnden Männerbekanntschaften war.«

»Das steht nicht zur Debatte«, sagte Wegener ungewollt grob.

»Vielleicht können wir uns weitere Peinlichkeiten ersparen, wenn ich Ihnen etwas mehr über meine Beziehung zu Frau Behrend erzähle und den Verlauf des fraglichen Abends sowie der Nacht schildere, bis zu dem Augenblick, wo ich Frau Behrend verlassen habe«, bot Reuther an. »Einverstanden?«

Wegener nickte, und Reuther begann.

6. Teil

Marisa

Kennengelernt hatte Klaus Reuther sie vor vier Jahren, als er gezwungenermaßen zur Grundsteinlegung für das neue Amtsgericht der Stadt Heimberg antreten musste und der Bürgermeister vorschlug, das Ereignis abends im *Waldschlösschen* zu begießen. Man konnte in seiner Position nicht immer Nein sagen.

Das war sein erster Aufenthalt in der Bar. Die Atmosphäre gefiel ihm, sodass er danach selbst gern ins *Waldschlösschen* einlud, wenn es im kleinen Kreis etwas zu besprechen gab und nicht zu förmlich werden sollte. Wiederholt führte er auch seine Frau ins Restaurant.

Die Inhaberin war für ihn lange Zeit eine dieser oberflächlichen Bekanntschaften, wie er viele pflegte. Bis zu dem Tag im März, an dem seine Frau ihm morgens eine Szene machte, weil er tags zuvor parteiintern zugestimmt hatte, bei der nächsten Wahl als Abgeordneter zu kandidieren. Abends wollten einige Parteifreunde darauf anstoßen, im *Waldschlösschen*.

Klaus Reuther erinnerte sich noch sehr gut an die lange Unterhaltung, die er an jenem Abend, vielmehr in der Nacht, mit Marisa geführt hatte, als alle anderen längst wieder fort waren und er sich nicht aufraffen konnte, seinen Fahrer zu bestellen und sich heimbringen zu lassen, weil er befürchtete, dass ihm dort die nächste Szene bevorstünde.

Fast gegen seinen Willen hatte er begonnen, über seine Ehe und seine Probleme daheim zu sprechen. Es war ganz und gar nicht seine Art. Und ständig tickte da ein Alarmsignal in seinem Hinterkopf. Es kursierten Gerüchte, flüchtige Bemerkungen, Namen von Männern, die im Zusammenhang mit Marisa Behrend nur mit einem vielsagenden Lächeln genannt wurden. Und da kam er ihr ausgerechnet mit einer derart abgedroschenen Phrase. *Meine Frau versteht mich nicht.* Obwohl genau das in seinem Fall den Tatsachen entsprach, hätte er ebenso gut fragen können: »Kann ich heute Nacht bei dir bleiben?« So kam es ihm zumindest vor.

Ihre Art verführte einfach zur Offenheit. Der Rest ergab sich.

Dass sich am vergangenen Sonntagabend noch etwas ergeben würde, hatte er allerdings nicht erwartet.

Während der Woche war sein Terminkalender randvoll. Er nahm sich zwar ein paarmal vor, Marisa anzurufen und ein Treffen zu vereinbaren. Nicht im *Waldschlösschen* – sie waren wirklich sehr vorsichtig. Mal einen halben Nachmittag in Köln, mal eine Stunde in einem kleinen Hotel hinter der niederländischen Grenze. Hin und wieder ein Treffen in freier Natur. Es gab einige verschwiegene Fleckchen in der näheren Umgebung. Tagsüber konnte sie es immer einrichten. Er leider nicht. Und eigentlich wollte er auch nicht mehr.

Er wollte sich stattdessen darum bemühen, seine Frau zur Rückkehr zu bewegen. Und sei es nur der Kinder wegen. Natürlich war das nicht die beste Voraussetzung für eine funktionierende Ehe. Aber von seinen politischen Ambitionen hatte seine Frau schon vor der Hochzeit gewusst. Da hatte ihr das noch gefallen. Nun hieß es: »Berlin ist nicht die Stadt, in der ich meine Kinder aufwachsen lassen möchte. Schlag dir das Bundestagsmandat lieber aus dem Kopf.«

Auf gar keinen Fall. Sie musste doch nicht mit nach Berlin. Er konnte pendeln, andere taten das auch.

Marisa schien seit Wochen zu ahnen, was in ihm vorging. Sie hatte wirklich ein Gespür für Probleme, Gewissenskonflikte, für alles, was einem Mann so zusetzte. Am Freitag rief sie ihn spätabends noch an. »Hast du ein bisschen Zeit?«

»Leider nur ein bisschen«, antwortete er.

Sie seufzte vernehmlich. »Das dachte ich mir schon. Ich kann mich auch nicht über einen Mangel an Arbeit beklagen, mache nur gerade Pause. Ab und zu sollte der Mensch etwas essen.«

Es vergingen einige Sekunden, in denen sie vielleicht darauf wartete, etwas mehr von ihm zu hören. Als nichts kam, sagte sie: »Ich wage kaum zu fragen, wie es morgen bei dir aussieht.«

»Eng«, sagte er und zählte einige seiner Termine auf.

Sie seufzte wieder. »Schade, ich hatte auf eine halbe Stunde am Nachmittag gehofft. Mit einem Rendezvous im Wald wäre ich schon vollauf zufrieden.«

»Hör auf.« Jetzt war er es, der seufzte. Es dachte sich leicht, die Beziehung zu beenden. Aber wenn er ihre Stimme hörte und sich erinnerte, wie es bisher noch jedes Mal mit ihr gewesen war... Es hatte etwas von einem Sog oder einer Sucht. »Noch so eine Bemerkung, und die Benefizveranstaltung zugunsten der Kinderkrebshilfe findet morgen Nachmittag ohne mich statt.«

»Das kann ich nicht verantworten«, sagte sie bemüht scherzhaft. »Aber wir sollten uns bald mal wieder sehen und offen miteinander reden, findest du nicht?«

Im Grunde hatte sie recht. Eine Erklärung sei das Mindeste, dachte er, und das sei er ihr schuldig. Ihr sagen, dass sie für ihn keine flüchtige Affäre gewesen war, dass er ihr dankbar war für das, was sie ihm gegeben hatte. Dass er aber auch an seine Familie denken musste, an seine Verantwortung gegenüber der Partei und so weiter. Und dass es sowieso vorbei sei, wenn er nach Berlin ginge.

»Was ist mit Sonntagabend?«, fragte er.

»Die Tische im Restaurant sind seit Wochen ausgebucht. Ob wir auch in der Bar eindecken müssen, kann ich noch nicht sagen. Wenn ja, kann ich mich nicht für eine halbe Stunde davonstehlen.«

»Das musst du auch nicht«, sagte er. »Ich komme in die Bar. So gegen zehn, einverstanden? Wenn sich die Möglichkeit ergibt zu reden, nutzen wir sie. Es darf nur nicht zu spät werden. Ich habe am Montag einen frühen Termin.«

»Einverstanden«, sagte sie.

Es wurde halb elf, weil er sich erst kurz nach zehn von einem Künstlerstammtisch loseisen konnte. Während der Fahrt legte er sich schon einmal die Worte zurecht, die er ihr sagen wollte. Dann die Enttäuschung, als er die Bar betrat. Die vier Tische besetzt, zwei Männer am Tresen.

Den Älteren kannte er. Professor Meersen, Chefarzt am Kreiskrankenhaus. Den jüngeren Mann in Meersens Begleitung, der so unverschämt mit Marisa flirtete und ihre Hand betatschte, kannte er nicht, hätte sich ihm aber gern vorgestellt als ein Mann, dem nicht gefiel, was da vor seinen Augen abging.

Seine Reaktion überraschte ihn und machte ihm klar, dass Marisa ihm alles andere als gleichgültig war, auch wenn er in den letzten Wochen hart daran gearbeitet hatte, sie das glauben zu lassen und vor allem sich selbst davon zu überzeugen.

Wenn das ihre Art war, ihm zu zeigen, dass er sich getrost um seine Ehe oder den Bundestag bemühen könne, weil sie bereits einen Nachfolger für ihn im Auge hatte … Wahrscheinlich bildete sie sich auch noch ein, ihm auf die Weise den Schlussstrich zu erleichtern.

Am liebsten hätte er auf dem Absatz kehrtgemacht, aber das hätte nur Nährstoff für Spekulationen gegeben. Also nahm er die Einladung des Heimberger Bürgermeisters an, setzte sich zu den vier Männern an den Tisch und war dankbar, dass sie sich über ein paar Umweltschützer ereiferten. So fragte ihn wenigstens keiner, was er um diese Zeit noch im *Waldschlösschen* wollte.

Gewiss kein Seeigelsüppchen, auch kein Scheibchen von der köstlichen Pastete. Marisa hätte gar nicht betonen müssen, die Küche sei geschlossen und der Koch schon auf dem Heimweg. Er hatte sich am Künstlerstammtisch verköstigt und war satt. Diesmal hatten die Kulturschaffenden bei einem recht passablen Italiener versucht, etwas Geld vom Kreis für ihre Projekte lockerzumachen.

Das Dessert-Angebot lehnte er aus anderen Gründen ab. Marisa meinte ja nicht, dass er sich am Dessertwagen im Restaurant bedienen solle. Sie war das Dessert. Und das konnte er sich unter den gegebenen Voraussetzungen nicht leisten. Wollte er auch nicht. Sollte sie sich doch dem Kerl in Meersens Begleitung an den Hals werfen.

Aber dann zog er dieses Zettelchen aus der Zigarilloschachtel, die sie ihm an den Tisch brachte. »Bitte bleib und lass mich das erklären. Es ist nicht so, wie es aussieht.« Natürlich nicht. Noch so eine abgedroschene Phrase. Warum fiel nicht mal ihr in solch einer Situation etwas Originelles ein? Trotzdem war er gespannt auf ihre Erklärung.

Es ging auf zwölf zu, als er sich endlich von den vier Männern loseisen konnte. Er schaffte es knapp, seinen Wagen vom Parkplatz über die Brücke zu fahren, ehe die restlichen Gäste das *Waldschlösschen* verließen. Dann wartete er, rauchte einen Zigarillo und wartete weiter, bis sie die Hintertür öffnete und aus dem hell erleuchteten Rechteck signalisierte, die Luft sei rein.

»Ich dachte schon, du wärst nach Hause gefahren«, sagte sie, als er nahe genug war. »Als ich deinen Wagen nicht mehr…«

Weiter ließ er sie nicht kommen, zog sie an sich und küsste sie unbeherrscht.

»Hoppla«, sagte sie, als er sie wieder freigab. »Da ist aber jemand ausgehungert.«

»Was erwartest du, wenn ich nicht mal einen Löffel Suppe oder etwas Pastete bekomme?«, erwiderte er. »Was meinen Wagen angeht – hätte ich den vorne stehen lassen sollen, damit sich morgen halb Heimberg das Maul zerreißt? Ich habe schon befürchtet, dass deine Küchenhilfe neugierig wird. Als sie den Müll rausbrachte, spähte sie sehr interessiert in meine Richtung. Aber gesehen haben kann sie mich nicht. Und jetzt möchte ich deine Erklärung hören.«

»Hoppla«, sagte sie noch einmal und betrachtete ihn nachdenklich. »Du bist ja eifersüchtig.«

»Bin ich nicht«, widersprach er.

»Komm erst mal rein«, sagte sie und gab die Tür frei. »Ich wärme uns die Suppe auf. Sie ist gut, ich habe um acht schon probiert und mich den ganzen Abend auf die zweite Portion gefreut.«

Bis Viertel vor eins saßen sie in der Restaurantküche, aßen Seeigelsuppe und Brot, tranken etwas dazu, sie Wein, er Wasser, weil er noch heimfahren musste und montags den frühen Termin hatte. Über ihren Tresenflirt sprach sie nicht. Er mochte auch nicht fragen, fühlte sich verunsichert, eine Empfindung, die ihm überhaupt nicht vertraut war.

Eifersüchtig? Er doch nicht. Wieso sollte er eifersüchtig sein, nur weil eine Frau, der er ohnehin den Laufpass geben wollte, die er offiziell gar nicht näher kennen durfte, wenn er es politisch noch ein Stück weiterbringen wollte, nur weil diese Frau einem anderen gestattete, ihre Hand zu betatschen und sie anzuschmachten?

Aber wenn nicht Eifersucht, was hatte er dann empfunden?

Diese plötzliche Wut, der Frust und das Bedürfnis, den Typen von der Bar weg nach draußen zu zerren und ihm dort unmissverständlich klarzumachen, dass er in einem Revier wilderte, in dem er nichts zu suchen hatte.

Sie beobachtete ihn die ganze Zeit, während sie aßen. Wenn ihre Blicke sich trafen, lächelte sie. Und jedes Mal hatte er das Gefühl, dass sie aufmerksam den Kampf verfolgte, den er in seinem Innern mit sich selbst ausfocht.

Eifersucht? Ja, verflucht! Was denn sonst!

Schließlich wechselten sie auf leisen Sohlen ins Dachgeschoss. Einen Rest Brunello di Montalcino aus der Bar nahmen sie mit. Die Flasche trug er. Sie hielt in einer Hand ihren Wohnungsschlüssel und in der anderen ein Bündel Geldscheine. Im ersten Stock lief der Fernseher ziemlich laut. Sie legte trotzdem einen Finger an die Lippen, bis sie ihre Tür aufgeschlossen hatte.

»Erst die Pflicht«, sagte sie und brachte das Geld ins Arbeitszimmer, während er zwei Gläser aus der Küche holte. Bei der Tür zum Wohnzimmer trafen sie wieder zusammen.

»Und jetzt die Erklärung«, sagte er.

Sie ging vor ihm her zur Couch, setzte sich, schlug die Beine übereinander und schaute zu, wie er den Rotwein auf die beiden Gläser verteilte.

»Das lohnt ja kaum noch«, stellte sie fest.

»Mehr kann ich mir auch nicht leisten«, sagte er, zog sein Jackett aus, legte es in einen Sessel und setzte sich neben sie. »Ich will mich nicht betrinken.«

»Was willst du dann?«

»Zuerst deine Erklärung hören und dann mit dir ins Bett.«

»Vielleicht ziehst du es nach meiner Erklärung vor, dich sofort zu verabschieden«, sagte sie.

Das tat er nicht, obwohl sie ihn beinahe erdrückte mit ihrer Offenheit. Dabei sprach sie nur über Gilles, ihren Bruder, ihren

Sohn, die Zeit in Frankfurt und die Zeit in Köln. Das war schon mehr als genug. Trotzdem folgte er ihr danach ins Bad, als sie sich abschminken und frisch machen wollte, ehe sie ins Schlafzimmer wechselten. Er stieg mit ihr in die Dusche und zeigte ihr dort zum ersten Mal, was er wollte, was er sich aber eigentlich nicht leisten konnte. Im Schlafzimmer zeigte er es ihr noch einmal.

Als er sie verließ, war es wenige Minuten nach drei. Sie lag auf dem Bett, nackt, schön, aufgewühlt und ein bisschen ängstlich. »Täuscht mich mein Gefühl, oder war es wirklich das letzte Mal?«, fragte sie, als er zur Tür ging.

Er drehte sich noch einmal zu ihr um. »Ich weiß es nicht«, gestand er. »Ich rufe dich an, wenn ich das alles verarbeitet habe.«

»Es war noch nicht alles«, sagte sie und bat: »Sei lieb, schließ die Haustür ab, und wirf den Schlüssel in den Postkasten.«

Balanceakt

Jedes Wort von Klaus Reuther nährte in Rolf Wegener das nagende Gefühl, etwas Einmaliges verloren zu haben. Unwiederbringlich. Reuther litt, es war deutlich zu hören, obwohl er seine Stimme gut unter Kontrolle hatte. Aber ein Mann, der selbst litt wie ein getretener Hund, hörte es eben. Reuther trauerte und durfte es nicht offen zeigen. Sie empfanden wohl beide dasselbe.

Mehrfach war Wegener versucht, Reuther zu unterbrechen, bei dem einen oder anderen Detail nachzuhaken. Er hielt sich zurück. Was spielte es denn noch für eine Rolle, ob Marisas Unterwäsche im Schlafzimmer oder im Bad zurückgeblieben war? Oder ob sie nach dem Duschen frische Wäsche angezogen hatte? Nichtige Details. Beim großen Ganzen musste er nicht nachfragen. Jedes Wort entsprach seiner eigenen Vorstellung, fühlte sich so an, als hätte er diese Nacht mit ihr erlebt.

So war es gewesen, genauso. Angefangen bei Reuthers Wut und Eifersucht auf Terbruck bis hin zum Liebesspiel in ihrem Bad und dem Schlafzimmer. Ihm war sie doch auch an der Hintertür erschienen, um zu ihm ins Auto zu schlüpfen, wo sie sich dann leider in Luft aufgelöst hatte.

Irgendwann löste er sich von der Fensterbank, drehte sich um und schaute hinaus, um es aushalten zu können. Weil es diesen kleinen, aber entscheidenden Unterschied zwischen ihm und dem Landrat gab. Er hätte sie nach ihrem Geständnis nicht alleine gelassen. Auf gar keinen Fall hätte er das getan. Und wäre er bei ihr gewesen in dieser Nacht, würde sie noch leben.

»Ich habe das Schlüsseletui draußen in den Postkasten geworfen«, kam Reuther zum Ende, »meinen Wagen geholt. Dann bin ich nach Hause gefahren.«

Simon Pauli hatte sich wieder eifrig Notizen gemacht. Weil weder Viehof noch Wegener sofort reagierten, fragte er: »Haben Sie das öfter so gemacht mit dem Schlüsseletui?«

»Ich war nicht so oft in dieser Wohnung, wie Sie zu glauben scheinen, junger Mann«, erwiderte Reuther kühl.

»Ist es möglich, dass Sie beobachtet wurden, als Sie das Haus verließen?«

Reuther betrachtete den Frischling genervt. »Wer sollte mich denn da draußen um drei Uhr nachts beobachtet haben?«

»Jemand, der an Frau Behrend interessiert war«, antwortete Simon Pauli. »Jemand, der sich für diese Nacht selbst Hoffnungen gemacht hatte und enttäuscht wurde.«

Reuther hob die Schultern. »Ich habe niemanden gesehen. Aber ich habe auch nicht erwartet, jemanden zu sehen. Es regnete in Strömen. Da hält sich doch niemand freiwillig …«

Er brach ab, als ihm bewusst zu werden schien, dass alles nur eine Frage der Motivation war.

»Hätte man das Etui durch den Schlitz erreichen und wieder aus dem Kasten nehmen können?«, wollte Simon Pauli wissen.

Viehofs Blicke gingen zwischen Wegeners Rücken und Paulis Notizbuch hin und her. Er hatte die Stirn gerunzelt, schien nicht zu wissen, ob er Pauli unterstützen oder bremsen sollte.

»Ich weiß es nicht«, sagte Reuther. »Möglich, dass man mit der Hand durch den Schlitz passt. Probieren Sie es doch einfach aus.« Man hörte ihm an, dass er mit seiner Beherrschung am Ende war.

»Ja«, sagte Viehof, »das sollten wir tun. Ich danke Ihnen, Herr Doktor Reuther, für Ihr Erscheinen und für Ihre Offenheit.«

Nachdem der Landrat das Büro verlassen hatte, sagte Simon Pauli: »Also auf mich wirkte er glaubwürdig.«

Viehof lachte freudlos. »Glaubwürdig wirken viele Politiker, das müssen sie auch, sonst wählt sie nämlich keiner.«

»Aber wenn Frau Behrend in der Restaurantküche noch eine Portion Suppe mit Brot gegessen hat, ehe sie hinauf in die Wohnung gegangen sind, können wir den Todeszeitpunkt wieder in die frühen Morgenstunden verlegen«, sagte Simon Pauli. »Da wäre Doktor Reuther weg gewesen. Frau Wimmer hat sofort auf den frühen Morgen getippt. Und so umsichtig, wie Frau Wimmer in der Wohnung gearbeitet hat, kann ich mir eigentlich nicht vorstellen, dass sie für die Verletzungen ...«

»Ja, ja.« Viehof winkte genervt ab und betrachtete erneut Wegeners Rücken mit immer noch gerunzelter Stirn. »Was meinst du dazu, Rolf?«

Wegener stand unverändert am Fenster und schaute ins Freie. »Reuther war es nicht«, sagte er, ohne sich umzudrehen.

Dieser Ansicht war Viehof ja schon vorher gewesen. Weshalb hätte er jetzt widersprechen oder nachhaken sollen? »Das heißt, wir sind wieder am Anfang«, stellte der Kriminalrat fest. »Was ist mit dem Geld? Wurde das sichergestellt?«

»Welches Geld?« Wegener wusste in dem Moment gar nicht, wovon die Rede war. Den kleinen Hinweis in Reuthers Bericht hatte er glatt überhört.

»Das Bündel Scheine, das Marisa aus der Bar mit nach oben genommen und ins Arbeitszimmer gebracht hat«, sagte Viehof unwillig. »Hast du überhaupt zugehört? Ein paarmal hatte ich den Eindruck, du träumst da nur so vor dich hin.«

Ehe Wegener darauf antworten konnte, erklärte Pauli: »Im Schreibtisch stand eine kleine Stahlkassette. Sie war ordnungsgemäß verschlossen. Es bestand keine Veranlassung, sie zu überprüfen. Wir hatten auch keinen Schlüssel.«

»Was?«, fuhr Viehof auf und polterte los, ohne den Blick von Wegener zu lassen. »Für eine kleine Kassette braucht man doch keinen Schlüssel. Die stellt man sicher, indem man sie mitnimmt. Den ganzen Schweinkram habt ihr eingesackt. Und eine Kassette, in der sich außer Geld auch wertvolle Schmuckstücke befinden könnten, lasst ihr zurück. Eine bodenlose Schlamperei ist das.«

»So wie die Frau dalag«, versuchte Pauli eine Rechtfertigung, »ist keiner auf den Gedanken gekommen, sich um ihr Geld oder ihren Schmuck zu kümmern. Wir wussten ja gar nicht, dass eine größere Summe in der Wohnung …«

Mit einem herrischen Wink brachte Viehof ihn zum Schweigen. »Schafft diese Kassette her, und das ganze Volk dazu. Die will ich alle hier im Präsidium sehen.«

Wegener reagierte nicht. Simon Pauli erkundigte sich: »Meinen Sie alle, die am Sonntagabend in der Bar waren, oder alle, die …«

Viehof drosch noch einmal auf die Luft ein, würgte Pauli damit ab und fragte mit erhobener Stimme: »Herr Wegener?« Das *Herr* über Gebühr betont, die Stirn in regelrechte Ackerfurchen gezogen, die Lippen kurz aufeinanderpressend, weil Wegener sich nicht rührte. Er wiederholte die Anrede: »Herr Wegener, sind Sie eingeschlafen? Wenn Sie uns noch einen Augenblick Ihre Aufmerksamkeit schenken könnten, wäre ich Ihnen sehr verbunden.«

Da endlich drehte Wegener sich um. Er sah müde aus, die Gesichtshaut fahl und grau, was der Bartschatten noch unterstrich.

»Alles in Ordnung, Rolf?«, fragte Viehof nun mit besorgtem Unterton.

Wegener nickte.

Viehof warf einen raschen Blick auf seine Armbanduhr. »Fast

fünf«, stellte er fest. »Morgen liegt wahrscheinlich der schriftliche Obduktionsbericht vor. Ich hätte das also nach Möglichkeit gerne heute noch geklärt, damit die Verletzungen nicht an uns hängenbleiben. Was umsichtige Arbeit angeht, vertraue ich …«

Er sprach nicht weiter, musterte Wegener aufmerksam, der seinerseits in irgendwelche Sphären zu spähen schien, die außer ihm niemand einsehen konnte. »Bist du wirklich in Ordnung, Rolf?«

»Ja.« Wegener stieß sich vom Fenster ab. »Ich habe Magenschmerzen, aber die sind auszuhalten. Ich fahre raus und überprüfe den Postkasten. Wenn man von außen hineingreifen kann, sollten wir uns Terbruck vornehmen. Er hatte Zeit genug, zurückzukommen und draußen zu warten, bis Reuther weg war.«

»Terbruck steht nicht zur Debatte«, sagte Viehof bestimmt. »Fahr raus, überprüf den Kasten, und bring diese Kassette mit.«

Wegener ging zur Tür, Simon Pauli wollte sich ihm anschließen. Viehof hielt ihn zurück: »Das schafft Herr Wegener allein. Sie sehen zu, dass Sie Zeisig und Winkelmeier auftreiben. Danach vertiefen wir beide uns mal in Ihr Notizbuch.«

Simon Pauli hörte das mit Erleichterung. Es klang doch so, als wolle Viehof die Sache nun in seine Hände nehmen. Dass Wegener zurzeit nicht voll einsatzfähig war, konnte ihm nicht verborgen geblieben sein. Und inzwischen musste er auch erkannt haben, in welche Situation er sich mit seinem Freundschaftsdienst manövriert hatte.

Eine Viertelstunde später stellte Wegener seinen BMW auf dem Parkplatz beim *Waldschlösschen* ab, gleich neben den silberfarbenen Peugeot. Für einen Augenblick stellte er sich vor, dass sie in ihren Wagen stieg und losfuhr, um ihn irgendwo zu treffen, voller Erwartung, randvoll mit Sehnsucht und diesem Vibrieren in der Magengrube, das ihn selbst überkam, wenn er nur an sie dachte.

Der Postkasten war schnell überprüft. Er konnte hineingreifen, schürfte sich allerdings leicht den Handrücken auf. Einem Mann mit schmaleren Händen würde das nicht passieren. Im Geist sah er Terbrucks Hände vor sich, lang und feingliedrig.

Seine tastenden Finger berührten den Metallboden des Kastens. Zur Probe warf er einen Kiesel hinein, den er gleich neben dem Plattenweg zur Tür aufhob, zwängte seine Hand noch einmal durch den Schlitz und fischte den Stein wieder heraus, nachdem er ihn mehrfach hin und her geschoben hatte, ehe er ihn zwischen zwei Fingern zu fassen bekam. Mit einem Schlüsseletui wäre es viel einfacher.

Er behielt den Kiesel in der Hand, drückte auf den unteren Klingelknopf und wartete einige Sekunden, ehe ihm einfiel, dass auf dem Parkplatz nur Marisas Wagen stand. Das Herzgesicht war demnach nicht zu Hause.

Er wollte schon zurück zum Parkplatz, als ihm auch wieder einfiel, dass er eine Kassette holen sollte und eigentlich noch aus einem anderen Grund hergekommen war. Dass er sich aber allein für die Kassette Marisas Lederetui mit ihren Schlüsseln beim Erkennungsdienst hätte abholen können. Dass er daran nicht gedacht hatte …

Hinein kam er trotzdem, trug immer noch Agnes Kalwins abgewetztes Mäppchen bei sich. Er schloss auf, stieg rasch hinauf in den zweiten Stock, steckte den Schlüssel ins Schloss und öffnete die Tür. Der Geruch in der Wohnung hatte sich verändert, das fiel ihm sofort auf. Es roch intensiver nach Marisas Parfüm als montags. Wahrscheinlich weil der Kleiderhaufen immer noch auf dem Bett lag.

Er räumte die Sachen zurück in den Schrank, nahm seine Uhr wieder an sich, kontrollierte noch schnell die anderen Räume.

Es beruhigte ihn zu sehen, dass sich nichts verändert hatte. Und er war zufrieden mit sich, als er die Wohnungstür von außen wieder hinter sich zuzog.

Jetzt hatte er die Sache wirklich im Griff, meinte er und machte noch einen Abstecher zum Einkaufszentrum. Es gab da einen Stand, an dem man binnen kürzester Zeit Schuhe neu besohlen, Messer und Scheren schleifen und Duplikate von Schlüsseln anfertigen lassen konnte. Der junge Mann mit der roten Schürze stellte keine Fragen. Er schaute sich nur die beiden Schlüssel an, die Wegener ihm vorlegte, nickte und murmelte etwas von drei Minuten. So viel zu Sicherheitsschlössern, dachte Wegener und nahm auf einem gepolsterten Hocker Platz.

Nachdem auch das erledigt war, fuhr er zum Krankenhaus. *Terbruck steht nicht zur Debatte.* Für Viehof vielleicht nicht, der kannte ja auch nicht sämtliche Einzelheiten des Falls.

Auf Station drei hörte er von einer Krankenschwester, Doktor Terbruck habe sich den Nachmittag freigenommen. Die Privatadresse wollte die Schwester ihm nicht verraten. Angeblich kannte sie die gar nicht.

Er wusste genau, dass sie ihn belog. Es machte ihn wütend. Aber er schaffte es, ruhig zu bleiben, fragte nach dem Personalbüro. Die Schwester schickte ihn zur Verwaltung ins Erdgeschoss. Den Raum fand er auf Anhieb, und noch bevor er den Schreibtisch einer älteren Angestellten erreicht hatte, zückte er seinen Dienstausweis.

Die Frau machte einen sehr verschüchterten Eindruck, stotterte herum, ob er nicht lieber zuerst mit dem Chefarzt sprechen wolle. Zeitverschwendung! Zuerst trommelte er nur mit den Fingerspitzen auf die Schreibtischplatte, dann schlug er mit der Faust auf das Holz. »Das ist ein Dienstausweis der Kriminalpolizei!«

Die Frau machte sich ganz klein. Es schien, als wollte sie unter den Tisch kriechen.

»Und ich bin nicht zu meinem Vergnügen hier! Ich bin hier, um einen Mann festzunehmen, der unter dringendem Mordverdacht steht. Also bitte!«

»Augenblick«, hauchte die Frau ängstlich und griff mit zitternden Händen zum Telefon.

Es dauerte nur Sekunden, bis sie erklärte: »Sie möchten bitte zu Professor Meersen kommen. Gehen Sie rechts den Gang hinunter. Es ist die letzte Tür auf der linken Seite.«

Meersen hielt den Telefonhörer bereits in der Hand, als Wegener eintrat. Wortlos hielt Meersen ihm den Hörer hin. Und Viehof verlangte, er solle sofort zurückkommen. Es sei dringend.

Was konnte denn dringender sein, als einen Mann festzunehmen, der Leben zerstörte? Und warum, verdammt, ließ man ihn nicht seine Arbeit tun? Ein Teil von ihm ärgerte sich über die Behinderung, der andere Teil begriff, was ihm bevorstand, und ging bereits in Deckung.

Viehof empfing ihn hinter dem Schreibtisch sitzend, kleine Blitze auf dem Gesicht, vorerst nur ein Wetterleuchten.

»Jetzt verrate mir doch mal, was du getrieben hast, Rolf?«

»Ich habe den Briefkasten überprüft.«

»Im Krankenhaus?«

»Nein, beim *Waldschlösschen.*« Der Sarkasmus in Viehofs Ton entging ihm völlig. Er streckte seine Hand aus, zeigte die kleine Schürfwunde auf seinem Handrücken. »Für einen Mann mit schmalen Händen ist es kein Problem, hineinzugreifen und ein Schlüsseletui herauszunehmen. Wenn Terbruck draußen gewartet hat, wegen des Regens wahrscheinlich im Auto, sonst hätten wir im Treppenhaus und wohl auch in der Wohnung Spuren …«

Viehof unterbrach ihn mit einer unwilligen Geste. »Terbruck vergessen wir jetzt mal. Wir haben nämlich andere Sorgen. Du warst kaum weg, da bekam ich Besuch von Ute Hanning. Ich war zwar durch Beckmann schon vorgewarnt, aber er hatte mir die pikanten Details verschwiegen. Die Hanning nahm kein Blatt vor den Mund, als sie euer Zusammentreffen in Marisas Schlafzimmer schilderte. Und davon hatte ich mich gerade erholt, da rief Meersen an, weil du den wilden Mann spielst. Bist du noch bei Trost, Rolf? Was fällt dir ein, im Krankenhaus herumzutoben?«

Mit jedem Satz war Viehofs Stimme etwas lauter geworden, zuletzt brüllte er wie ein Choleriker. »Wie kommst du dazu, mit einer Festnahme zu drohen? Gegen Terbruck liegt nichts vor. Der Mann hat einen Doktortitel und raucht Zigarillos, das ist alles. Für deine fixe Idee kann man ihn nicht verantwortlich machen. Was ist los mit dir, Rolf? Verdammt noch mal, was ist denn los mit dir?«

Wegener duckte sich, so wie er es früher als Kind oft gemacht hatte – und immer vergebens.

Viehof wütete weiter, schlug mit der flachen Hand auf den braunen Umschlag, der vor ihm auf dem Tisch lag, wie Wegener jetzt erst bemerkte: »Du kutschierst mit Tatortfotos in der Gegend herum! Verteilst diesen Dreck in Marisas Schlafzimmer und holst dir auf ihrem Bett einen runter? Ich hoffe doch stark, dass die Hanning sich diese Geschichte aus den Fingern saugt, um dich kaltzustellen! Ich wüsste nur gerne den Grund, warum sie etwas gegen dich hat.«

»Ich habe ihr nichts getan«, sagte Wegener und hob einen Arm, um seinen Kopf zu schützen. Der grässliche Holzlöffel drosch auf ihn ein. Er spürte die Schläge so schmerzhaft klar, wie er Viehof vor sich sah, wiegte sich vor und zurück, um den Hieben auszuweichen.

Viehof betrachtete ihn mit Befremden, aber noch war nicht alles gesagt. »Ich will jetzt, verdammt noch mal, genau wissen, was du mit diesen Fotos in der Wohnung zu suchen hattest! Danach hab ich dich schon mal gefragt, da hast du gesagt, du hättest etwas gesucht und gefunden. Was denn zum Teufel? Warum ist es nicht bei den Beweismitteln? Warum gibt es keinen Bericht?«

Viehof schwieg sekundenlang, war verunsichert, wusste nicht, wie er Wegeners Haltung einschätzen sollte. Der vors Gesicht gehobene Arm, das Wiegen, der zwischen die Schultern gezogene, gesenkte Kopf. So benahmen sich Kinder, die Prügel erwarteten, das war Viehof wohl bekannt. Sollte wahrscheinlich ein Scherz sein. Aber nach blöden Scherzen war ihm in dieser Situation nicht. »Ich warte, Rolf«, sagte er in normaler Lautstärke. »Was hast du gestern mit den Fotos in Marisas Wohnung gemacht?«

Wegener blinzelte gegen seine Erinnerungen an, raffte alles zusammen, was an klaren Gedanken verfügbar war. Gestern? Gestern hatte er Ellen gelehrt, was Angst war. Aber das interessierte Viehof kaum. Und vorher war das Herzgesicht ihm dumm gekommen. Das wusste Viehof offenbar schon. Und davor … Jetzt fiel es ihm ein. »Ich hab mich noch mal umgesehen und festgestellt, dass die Kugeln auf dem Laken nicht gerollt sind.«

»Verstehe«, sagte Viehof ohne wirklich zu verstehen, worum es überhaupt ging und wie bedeutsam das war. »Und was schließt du daraus?«

»Die wurden hingelegt, nachdem sich auf dem Bett nichts mehr bewegt hat.«

»Aha«, sagte Viehof. »Mit welchen Schlüsseln bist du denn in die Wohnung gekommen? Marisas Etui hat die Hanning dir bei der Gelegenheit doch erst ausgehändigt, oder? Und das liegt jetzt unten bei Kathi.«

»Ich hab die Schlüssel von der Putzfrau«, gestand Wegener und senkte den Kopf wieder.

»Her damit«, verlangte Viehof.

Wegener zog das abgewetzte Mäppchen aus der Hosentasche und legte es vor Viehof auf den Schreibtisch. Der registrierte nun auch endlich, dass Wegener mit leeren Händen vor ihm stand. »Wo ist die Kassette?«

Als die Antwort ausblieb, Wegener den Kopf nur noch ein Stückchen tiefer senkte, stieß Viehof zischend die Luft aus und stellte mit resignierendem Unterton fest: »Du hast sie nicht geholt. Was, zum Teufel, hast du da getrieben? Hast du nur den Postkasten überprüft?«

Sicherheitshalber nickte Wegener. Jetzt auch noch zuzugeben, dass er in der Wohnung gewesen war, das Bett abgeräumt und seine Uhr von dem Glastisch genommen hatte ... Er hätte es nicht ausgehalten, wenn Viehof noch einmal losgepoltert hätte.

Viehof legte beide Hände vors Gesicht, rieb über Wangen und Augenlider, dann seufzte er. »Super. Und jetzt nehmen wir mal an, die Kassette ist leer, Rolf. An wem, glaubst du wohl, bleibt das hängen, wenn sich herumspricht, dass du zweimal allein in dieser Wohnung warst? Und es wird sich herumsprechen, dafür wird dieses Biest sorgen, das garantiere ich dir.«

Wegener zuckte mit den Achseln. Warum sollte ihn noch interessieren, was an ihm hängen blieb? Ihm war schon so viel angehängt worden: der Tod seiner Schwester, Ellens Tripper. Auf Geld, das er nicht genommen hatte, kam es nicht mehr an.

Viehof seufzte noch einmal vernehmlich und sagte: »Zeisig hat die Putzfrau hergeholt. Sie sind in deinem Büro. Da ist es weniger einschüchternd als im Verhörraum. Du hast die erste Aussage der Frau gehört, leider keine Notizen gemacht. Also bitte, setz dich einfach dazu, hör dir an, was die Frau sagt. Wenn es Ungereimtheiten gibt, reicht ein Wink an Pauli. Misch dich nicht ein, lass den Jungen machen, er macht seine Sache nämlich gut. Und reiß dich zusammen, Rolf. Tu dir und mir den Gefallen und halt deinen Kopf beisammen.«

Wegener nickte noch im Hinausgehen. Viehof schaute ihm nach und fragte sich, ob es nicht besser wäre, ihn von dem Fall abzuziehen. Leider war das nicht so einfach, immerhin leitete Wegener das zuständige Kommissariat. Da hätte man ihn schon vom Dienst suspendieren müssen. Dafür brauchte es eine gravierende Verfehlung, die es bisher nicht gab. Und wer sollte ihn auf die Schnelle ersetzen? Pauli? Der Kommissar z. A. war neben Wegener der Einzige, der sämtliche Fakten kannte und den Durchblick hatte. Und Pauli sah vermutlich klarer als Wegener.

Wegener erwartete, Zeisig und Pauli mit der Putzfrau anzutreffen, aber der Frischling war alleine mit ihr, saß hinter Wegeners Schreibtisch, als gehöre er auf diesen Platz. Man hatte ihm einen Laptop zur Verfügung gestellt, damit er nicht auch noch Wegeners Computer benutzen musste, um Agnes Kalwins Aussage schriftlich festzuhalten.

Als Wegener eintrat, schaute Pauli auf, wollte offenbar etwas sagen. Wegener winkte mit einer müden Handbewegung ab und zog sich ans Fenster zurück, wie er es bei Reuthers Aussage auch getan hatte. Sein Rücken schmerzte von den imaginären Schlägen, die er in Viehofs Büro eingesteckt hatte. Seine Schultern und die Nackenmuskulatur waren total verspannt. Vom Nacken aus zog die Spannung wie mit Eisenstäben getrieben in den Kopf. Anfallartig zuckten ihm Stiche durch den gesamten Schädel, manche davon trafen das linke Auge, stießen wie glühende Nadeln hinein.

Pauli nickte Agnes Kalwin zu, sie möge fortfahren. Die Frau war völlig in Schwarz gekleidet, ihr Gesicht eingefallen und genauso grau wie Wegeners Miene. Im Gegensatz zu den beiden wirkte Pauli wie das blühende Leben.

Mit brüchiger Stimme und Blick auf Wegener erklärte Agnes Kalwin: »Das hatte ich Ihrem Kollegen schon gesagt. Ich weiß nicht, wer in der Nacht zum Montag bei Marisa gewesen sein könnte.«

Auf Paulis frischem und vor Eifer rosigem Gesicht erschien ein freudloses Lächeln. »Das wissen wir inzwischen, Frau Kalwin. Der Mann hat sich freiwillig bei uns gemeldet.«

Im ersten Moment schien sie erstaunt, dann begann sie zu lächeln. »Er ist ein netter Mensch«, murmelte sie gerade noch laut genug, um verstanden zu werden. »Er hat mich angerufen und gefragt, ob ich irgendetwas brauche. Dann hat er geweint. Ich konnte es deutlich hören.« Ihre Augen füllten sich mit Tränen, als sie mit erstickter Stimme hinzufügte: »Etwas anderes kann man auch nicht mehr tun, nur noch weinen.«

Pauli ließ ihr einen Augenblick Zeit, ihre Fassung wiederzugewinnen. Dann fragte er: »Wer hatte sonst noch einen Schlüssel zur Wohnung?«

»Niemand.« Nach kurzem Zögern fügte sie hinzu: »Früher hatte Markus einen. Den hat Marisa ihm weggenommen. Er konnte ja immer rein, zu jeder Tages- und Nachtzeit. Da sind hässliche Dinge vorgefallen. Aber darüber möchte ich nicht sprechen.«

Obwohl Pauli ihr begreiflich zu machen versuchte, wie wichtig gerade die hässlichen Dinge waren, blieb sie dabei: »Das sage ich nicht. Das ist mir zu peinlich.«

Aus diesem Hinweis zog Pauli den Schluss: »Dann muss ich davon ausgehen, dass Markus Behrend die Wohnung seiner Mutter auch betrat, wenn sie nicht alleine war.«

»Ja, wenn Sie es so ausdrücken möchten.« Agnes Kalwin hob unbehaglich die Schultern, ließ sie wieder sinken. »Aber es war nicht Markus. Er ist nicht wirklich schlecht, wissen Sie, er ist nur schwach. Er hat Marisa viel Kummer gemacht, aber es war nie wirklich seine Schuld. Immer hat Ute ihn aufgehetzt. Wenn Ute ihm was sagt, dann ist das für ihn wie das Amen in der Kirche.«

Nachdem alles aufgenommen und ausgedruckt worden war, unterschrieb Agnes Kalwin mit sichtlicher Erleichterung.

Wegener stand immer noch am Fenster und schaute hinaus, ohne etwas anderes zu sehen als schwarze Seidenbänder und den makellosen Körper auf dem Satinlaken. Er fragte sich, ob der intensivere Parfümduft wirklich nur von den Kleidungsstücken auf dem Bett ausgegangen war. Oder ob Marisa irgendwo in der Wohnung auf ihn gewartet hatte, weil sie wusste, dass er sie nicht verlassen würde, wie Reuther es in der Nacht getan hatte.

Halt deinen Kopf beisammen. Leichter gesagt als getan. Er bemühte sich ja, aber er konnte nichts mehr halten. Irgendwo in ihm war etwas gebrochen, ein Schutzwall vermutlich, hinter dem sich im Laufe der Jahre der gesamte Dreck und Unrat angestaut hatte, der ihm seit frühster Kindheit zugemutet worden war. Aber auch all die Sehnsüchte und unerfüllten Bedürfnisse. Und nun sickerte das alles durch Risse und Brüche im Wall. Von dem, was hinter ihm gesprochen worden war, hatte er nichts mitbekommen.

Als Agnes Kalwin zur Tür ging, drehte er sich endlich um und stieß sich vom Fenster ab. »War's das?«

Pauli schüttelte den Kopf. »Herr Winkelmeier ist unterwegs, um Gilles abzuholen. Wir brauchen alle Aussagen schriftlich. Mit meinem Notizbuch würden wir beim Staatsanwalt keinen Eindruck schinden, sagte Herr Viehof. Mit Gilles habe ich ja auch gar nicht gesprochen.«

Am liebsten hätte Wegener sich in eine Ecke gelegt, den schmerzenden Kopf auf ein weiches Kissen gebettet. So eins, wie in Marisas Schlafzimmer auf dem Boden gelegen hatte. Und dann den Rinnsalen in seinem Innern freien Lauf gelassen, bis sich der Dreck und die Sehnsucht zu einer Sturzflut vereinigten und ihn mitrissen. Aber er konnte Gilles doch nicht dem Frischling überlassen.

Sie verließen das Büro gemeinsam, stiegen ein Stockwerk höher, um Kalwins Aussage bei Viehof abzuliefern. Der Kriminalrat wollte alles auf seinem Tisch haben. Winkelmeier und Gilles waren noch nicht eingetroffen. Und Viehofs sonst immer aufgeräumt wirkender Schreibtisch war bedeckt mit einer Menge Papier und den Fotos, die Kathi Wimmer geschossen hatte. Paulis Notizbuch lag ebenfalls da.

Nachdem Viehof die Aussage überflogen hatte, drückte er Pauli das Notizbuch zusammen mit Kalwins Schlüsselmäppchen in die Finger und befahl: »Fahren Sie mit Zeisig raus zum *Waldschlösschen* und holen Sie die Kassette aus dem Schreibtisch. Frau Hanning bringen Sie auch gleich mit.«

Eine Erklärung, warum Wegener den simplen Auftrag nicht erledigt hatte, bot Viehof nicht, fügte nur mit verstohlenem Blick auf Wegener hinzu: »Es geht mir keiner mehr alleine in diese Wohnung.«

Nachdem Pauli wieder draußen war, erkundigte Viehof sich: »Immer noch Magenschmerzen?«

»Nicht der Rede wert«, sagte Wegener.

»Heißt das, du bist aufnahmefähig?«

»Sicher«, sagte Wegener.

Daraufhin nahm Viehof einen Bericht zur Hand und verlangte: »Dann lass uns das mal schnell durchgehen. Die KTU hat einen Zahn zugelegt. An dem Bademantel haben sie nichts von Bedeutung gefunden, ein paar Fasern, vermutlich von Marisas Unterwäsche, und Spuren einer parfümierten Körperlotion. Die dürfte sie auch selber benutzt haben.«

Wegener nickte zustimmend.

Viehof fuhr fort: Anhaftungen von Polyethylen an Hals und Gesichtshaut der Toten. Kathi Wimmer hatte diese Spuren gesichert, auf Kathi war eben Verlass. Auf Laken und Matratze waren Urin und Spermien nachgewiesen worden. Urin passte zum Tod durch Ersticken. Des Weiteren hatte Kathi Wimmer einige Schamhaare ausgekämmt, die aber noch nicht zugeordnet waren. Außerdem hatte Kathis akribische Arbeit im Wohnzimmer einige kurze, glatte, dunkle Kopfhaare zutage gefördert, die eindeutig nicht von Marisa stammten.

»Reuther«, sagte Wegener.

Diesmal nickte Viehof. »Und jetzt wird es interessant«, sagte er und nahm ein weiteres Blatt vom Schreibtisch.

Wegener hörte endlich, dass die Verletzungen unter den Fingernägeln und die Analfissuren postmortal entstanden waren. Den Rest hatte er schon von Simon Pauli oder Kathi Wimmer gehört. Keine Fingerabdrücke auf der Kondomhülle. Spermien an den Liebeskugeln, eine samenabtötende Substanz und die Abdrücke von Gummihandschuhen mit geriffelten Fingerkuppen am Dildo.

»Kathi verwahrt sich strikt dagegen, Marisa verletzt zu haben«, kam Viehof zum Schluss. »Das kann ich mir auch nicht vorstellen. Wenn Reuther nichts von dem Kram und auch kein Kondom benutzt hat …«

»War nach ihm noch einer da«, brachte Wegener es auf den Punkt und war mit einem Schlag wieder hellwach. »Und zwar einer, der zu wissen glaubte, wie man Spuren vermeidet und einen Tatort manipuliert. Was sage ich denn die ganze Zeit, Edgar? Jemand hat draußen gelauert, bis Reuther weg war. Wenn das Schlüsseletui nicht im Postkasten gelegen hätte, hätte dieser Jemand eben geklingelt. Marisa wäre nach unten gekommen und hätte geöffnet im Glauben, dass Reuther etwas vergessen hat.«

»Möglich«, sagte Viehof. »Aber jetzt komm mir nicht wieder mit Terbruck.«

Musste Wegener doch, weil er bei all dem Dreck, der sich bereits am Fuße des gebrochenen Schutzwalls in seinem Innern angesammelt hatte, sonst keinen sah. Wie denn auch, mit dem schmerzenden Schädel und den Blitzen, die ihm immer noch ins linke Auge schossen? Aber er sah trotzdem klar.

Marisa hatte mit Terbruck eine Show abziehen wollen, um sich Gilles vom Leib zu halten. Aber Terbruck hatte es ernst genommen, sich Hoffnungen gemacht. Terbruck fühlte sich um die Früchte seiner Bemühungen betrogen, das wollte er nicht akzeptieren. Mit Gummihandschuhen, wie man sie zum Putzen anzog, weil Latexhandschuhe viel eher auf einen Arzt hingewiesen hätten, rächte Terbruck sich für die Zurückweisung.

Eine gestellte Szene. Das Arrangement auf dem Bett diente nur dem Zweck, Marisa in den Dreck zu ziehen. Und wer außer Terbruck hätte dazu eine Veranlassung gehabt?

Viehof wollte das nicht einsehen. »Warum hast du dich nur so an dem Mann festgebissen, Rolf? Hast du eine persönliche Rechnung mit ihm offen?«

Ja, aber das tat hier nichts zur Sache.

»Du bist nicht mehr objektiv, Rolf.«

Da irrte Viehof sich gewaltig. Wenn hier überhaupt noch jemand objektiv war, dann er. Weil er als Einziger wusste, dass Terbruck ein Sadist war, ein herzloses Monster, das mit jungenhaftem Lächeln Hoffnungen, Träume, Leben zerstörte.

Gilles

Das Eintreffen von Winkelmeier und Gilles beendete die fruchtlose Debatte. Viehof schickte den Oberkommissar gleich wieder los, um die Aussagen von Meersen und Terbruck aufzunehmen und unterschreiben zu lassen. Das konnte man wirklich nicht Wegener überlassen. Ins Präsidium, wo sie Wegener hätten begegnen können, mussten sich beide Herren ebenso wenig bemühen.

Darüber hinaus musste sich auch nicht unbedingt im Präsidium herumsprechen, dass der Kriminalrat sich von einem Bekannten hatte bequatschen lassen, einen Skandal zu vermeiden, wodurch ein kaltblütiger Mord beinahe als Herzversagen unter die Erde gebracht worden wäre.

Angesichts der merkwürdigen Verfassung, in der Wegener sich befand, hatte Viehof die Vernehmung von Gilles eigentlich Winkelmeier übertragen wollen. Aber der plauderte im Kollegenkreis manchmal unbedacht drauflos. Und welchen Mist sollte Wegener unter Aufsicht bauen? Viehof beabsichtigte, ihm nicht von der Seite zu weichen, und raffte Fotos und Berichte zusammen.

Sie wechselten zu dritt aus seinem Büro in den Verhörraum, damit Gilles sich erst gar nicht der Illusion einer gemütlichen Plauderstunde hingab. In der Überzeugung, dass Wegener die Vernehmung führen würde, bestand Viehof darauf, die Befragung aufzuzeichnen. Gilles war einverstanden. Aber Wegener lehnte sich an eine Wand, verschränkte die Arme vor der Brust und stand nur da wie abgeschaltet.

So fühlte er sich auch. Es ging auf und ab in ihm. Auf kurze Schübe von Energie folgte die totale Leere. Er hätte Viehof sagen müssen, dass es für ihn um viel mehr ging als eine tote Frau. Für ihn ging es um die Vernichtung der allerletzten Hoffnung, von der er nicht einmal gewusst hatte, dass sie existierte, bis sie ausgestreckt auf dunkelblauem Satin lag und ihre Putzfrau sagte: »Sie mochte Männer.« Und er war immer nur vorbeigefahren. Wie hätte Viehof begreifen sollen, was das nun für ihn bedeutete?

Wegeners neuerliche Apathie stellte Viehof vor die Wahl, auf einen Mitschnitt zu verzichten oder sich als Duzfreund eines Verdächtigen zu outen. Er entschied sich für den Verzicht, was Gilles mit einem kleinen Schmunzeln zur Kenntnis nahm.

Viehof war ohnehin auf hundertachtzig, die winzige Zurschaustellung von Spott und Überheblichkeit trieb seinen Blutdruck noch weiter in die Höhe. Man konnte förmlich zusehen, wie sich die Sonnenbräune in seinem Gesicht weiter verdunkelte.

»Fangen wir an«, sagte er.

Gilles wiederholte im Wesentlichen, was er Wegener erzählt hatte. Langjährige Liebesbeziehung, die Marisa zu Jahresbeginn beendet hatte und so weiter.

»Warum?«, blaffte Viehof.

Gilles zuckte zusammen und warf Wegener einen Blick zu, als erhoffe er sich dessen Eingreifen. »Warum?«, wiederholte er gedehnt. »Marisa war zwanzig Jahre jünger als ich. Vielleicht wollte sie frei sein für einen jüngeren Mann.«

»War es nicht eher so, dass Marisa die Nase voll hatte und nicht noch länger perverse Spielchen über sich ergehen lassen wollte?«, fragte Viehof, schnappte sich ein paar Fotos und fächerte sie vor Gilles auseinander. Wegener wollte nicht hinschauen, tat es trotzdem: eine Peitsche, Klemmen mit spitzen Zacken und anderen Kram aus dem Schubfach.

»Bisher bist du nämlich der Einzige, der behauptet hat, dass Marisa derartige Praktiken schätzte«, erklärte Viehof. »Dein Nachfolger wusste nichts davon, er bezeichnete Marisa als normal empfindende Frau, die es keineswegs schätzte, an ihr Bett gefesselt und gewürgt zu werden.«

»Eine Erklärung beweist nichts«, sagte Gilles. »Politiker geben tagtäglich Erklärungen ab, die das Papier nicht wert sind, auf das sie anschließend gedruckt werden.«

Er weiß es, dachte Wegener, der Sauhund weiß von Reuther und wollte mir weismachen …

Viehof dachte dasselbe, an seiner rechten Schläfe begann gut sichtbar eine Ader zu pochen. Fast im gleichen Takt trommelten seine Fingerspitzen auf Papiere und Fotos, die noch vor ihm auf dem Tisch lagen.

Im Gegensatz zu Viehof blieb Gilles ruhig. »Ich habe es schon mehrfach gesagt, Edgar, aber ich wiederhole es gerne noch einmal, wenn es bisher nicht bis zu dir durchgedrungen ist. Ich habe Marisa nicht getötet. Wäre ich der Täter, hätte ich dich nicht angerufen. Ich hätte nur einen Totenschein ausgestellt. Frau Kalwin hätte mir dafür Hände und Füße geküsst. Es wäre mir ein Leichtes gewesen, die Sache zu vertuschen. Darauf habe ich verzichtet, in Marisas Interesse.«

»Marisas Interesse?«, wiederholte Viehof. »Du hast noch nie andere Interessen als deine eigenen verfolgt, Walter. Du hast mich angerufen, weil du gedacht hast, du könntest zwei Fliegen mit einer Klatsche schlagen. Du konntest Marisa nicht mehr haben, und ein anderer sollte sie nicht haben. Also hast du sie erstickt und angenommen, wir würden deinen Nachfolger für dich an die Wand nageln. Du bist doch davon ausgegangen, dass wir bald herausfinden, wer bei ihr war, *ehe* sie starb. *Ehe,* Walter, nicht *als*.«

»Denk von mir aus, was du willst«, sagte Gilles. »Aber versuch nicht, mir Marisas Tod in die Schuhe zu schieben.«

»Wir schieben nicht«, konterte Viehof. »Wir suchen ein Motiv und Beweise. Fangen wir mal mit dem Motiv an.«

Er fischte eine Kopie des Erpresserbriefes aus den Papieren, schob sie über den Tisch zu Gilles hinüber. »Ein Arzt mit sadistischen Neigungen ist für seine Patienten nicht tragbar. Wenn das an die Öffentlichkeit gedrungen wäre, hättest du deine Praxis dichtmachen können. Jeder, den du bei einer Untersuchung mal gezwickt hast, hätte dir eine böse Absicht unterstellt.«

Gilles warf erneut einen Blick zu Wegener hinüber und betonte: »Auch das habe ich schon einmal gesagt. Marisa hat diesen Brief nicht geschrieben. Sie war darüber ebenso entsetzt wie ich. Und ich war nicht der Einzige, der erpresst wurde.«

»Aber der Einzige mit einer sadistischen Veranlagung«, beharrte Viehof. »Wer wusste denn sonst noch davon? Hast du hin und wieder jemanden mitgebracht? Eine Menage à trois der etwas anderen Art? Vielleicht war das der Grund für Marisas Entschluss, dir ein für alle Mal den Laufpass zu geben. Ein Folterknecht ist schon übel, zwei sind definitiv zu viel für eine Frau, die abends als strahlende Schönheit in ihrer Bar stehen will.«

Gilles zögerte, schien nicht sicher, ob er darauf antworten sollte. Es sah so aus, als wäge er sorgfältig das Für und Wider ab. Schließlich sagte er: »Ute Hanning hat uns einmal überrascht – sie stand plötzlich in der Schlafzimmertür.«

Als der Name fiel, stieß Wegener sich von der Wand ab und kam zum Tisch. »Und hat was gesehen?«, fragte er und fügte als Erklärung für Viehof hinzu: »Marisa hat Frau Kalwin davon erzählt.«

Für Gilles klang das so, als sei ohnehin schon mehr bekannt, als er zugeben wollte. Er hob die Achseln zu einer resignierenden Geste. »Was wohl? Wenn Sie es bereits wissen, ersparen wir uns doch die Einzelheiten.«

Viehof war einverstanden, dass Wegener die weitere Befragung übernahm. Endlich schaltete er das Aufnahmegerät ein.

»Tut mir leid«, bedauerte Wegener. »Ich kann uns nichts ersparen. Wir brauchen die Einzelheiten aus Ihrem Mund. Ich könnte es Ihnen zwar vorsprechen, aber dann könnten Sie später behaupten, Sie hätten mir nachgeplappert, damit wir Sie in Ruhe lassen.«

Es dauerte noch fast zwei Minuten, ehe Gilles den Mund aufmachte. Von den sadistischen Spielzeugen aus dem Schubfach wollte er nichts zum Einsatz gebracht haben. »Diese Sachen habe ich nicht mal angeschafft«, sagte er. »Ich bin kein Sadist.«

Auf sein Konto gingen demnach nur die Kugeln, der Dildo und die Seidenbänder. Das räumte er auch ein, ebenso den Gebrauch des Gürtels.

Als Gilles beschrieb, wie er den Gürtel eingesetzt und dass er zu diesem Zweck über Marisas Leib gehockt hatte, vergewisserte Wegener sich: »Sie haben Marisa mit dem Gürtel ihres eigenen Bademantels erdrosselt?« Seine Stimme klang ruhig und sachlich. Doch gleichzeitig wurden seine Wangen feucht. Er weinte und bemerkte es nicht einmal.

»Nein. Ich habe sie leicht gewürgt, aber ich habe sie nicht erdrosselt. Es ist mehr als neun Monate her. Es war ein Spiel, ich habe …«

»Warum der Gürtel?«, fiel Wegener ihm ins Wort. »Warum nicht eines von den anderen Bändern? Es waren doch sechs.«

Gilles' Gesicht war eine unbewegte Maske. »Zu dem Zeitpunkt, als Ute Hanning uns überraschte, noch nicht. Die beiden anderen Bänder habe ich erst später angeschafft. Aber sie waren nicht für den Hals gedacht. Ich habe Marisa mit dem Gürtel auch nur …«

Unvermittelt brach ihm die Stimme. Sekundenlang war es still im Raum, dann fasste Gilles sich wieder. »Das war eine Ausnahme. Es – war nicht üblich. Ich habe das – normalerweise nicht gemacht, nur sehr selten.«

Sein Stottern traf Wegener mehr als das Geständnis. Plötzlich stand er neben Gilles auf der anderen Seite des Tisches, wusste gar nicht, wie er dahin gekommen war. Mit einer Hand umschloss er die Kehle des Arztes, die andere Hand schoss vor, zur Faust geballt, und knallte Gilles ans Kinn.

Viehof, der eben noch halbwegs erleichtert zugehört hatte, war so verblüfft, dass er erst mit Verzögerung vom Stuhl in die Höhe kam: »Rolf!«

Wegener zuckte zusammen, als hätte man ihn geschlagen. Er schüttelte sich leicht, ließ Gilles los und ging wieder zur Wand.

Hinter ihm rieb Gilles seinen Hals, bewegte den Unterkiefer, als wolle er feststellen, ob etwas gebrochen war.

Eigentlich hätte man das Verhör jetzt abbrechen müssen. Aber daran dachte Viehof nicht im Traum. Er tat vielmehr so, als sei nichts Außergewöhnliches vorgefallen, brachte die Sache zum Ende, indem er noch einmal zusammenfasste, was Gilles vor dem Angriff von sich gegeben hatte, und fragte: »Und diese Szene hat Ute Hanning von der Tür aus beobachtet?«

Gilles nickte. »Zwei Monate später bekam ich diesen Brief. Es war völlig klar, wer ihn geschrieben hatte.«

Sie hatten nicht viel in der Hand, praktisch keine Sachbeweise gegen Gilles. Trotzdem erklärte Viehof ihn für festgenommen unter dem dringenden Verdacht, Marisa Behrend getötet zu haben. Er rief zwei Beamte der Schutzpolizei, die Gilles fürs Erste in eine Gewahrsamszelle brachten.

Viehof

Nachdem Marisas langjähriger Liebhaber abgeführt worden war, raffte Viehof erneut Papiere und Fotos zusammen und kehrte zurück in sein Büro. Wegener schloss sich ihm an, ohne ausdrücklich dazu aufgefordert worden zu sein. Er hätte nicht gewusst, wohin er sonst gehen könnte.

Viehofs Sekretärin lächelte ihn an. Er lächelte zurück, alles schien wie immer, alles nur Show, nur Lug und Trug. Er drückte die Verbindungstür hinter sich zu, lehnte sich mit dem Rücken dagegen, als brauche er Halt oder Schutz von hinten, und verschränkte als Barrikade vorne wieder die Arme vor der Brust.

»Sag mal, Rolf«, begann Viehof, legte Fotos und Berichte auf seinem Schreibtisch ab. »Bist du so engagiert, weil du Marisa kanntest? Pauli machte eine Andeutung in die Richtung, war sich seiner Sache aber nicht sicher.«

Wegener antwortete nicht.

Viehof runzelte die Stirn, betrachtete ihn sekundenlang, ehe er erklärte: »Ich halte es für besser, wenn du jetzt nach Hause fährst, Rolf. Schlaf dich mal richtig aus. Du hast gute Arbeit geleistet.« Mit einem kleinen, unfrohen Lachen fügte er hinzu: »Wenn man bedenkt, unter welchen Bedingungen ich dich habe arbeiten lassen, kann man wirklich nicht meckern. – Und bevor ich das vergesse, die polnischen Kollegen haben ein Geständnis von Swetlanas ehemaligem Freund bekommen und Beweise sichern können. Es gab Spuren am und im Tatfahrzeug. Jetzt geht es nur noch darum, ob der Kerl hier oder in Polen vor Gericht gestellt wird. Aber das sollen die Staatsanwälte mal unter sich ausmachen.«

Auch darauf kam keine Reaktion, nicht mal ein zufriedenes Lächeln. Viehof schob Papiere und Fotos zusammen, formte zwei akkurate Vierecke und sprach in bedächtigem Ton weiter: »Ich glaube nicht, dass Gilles dich belangen wird. Wenn er es versucht – ich bin ja auch noch da. Und ich habe nichts gesehen. Also mach dir deswegen keine Gedanken. Wir haben alles beisammen. Den Rest können Winkelmeier und Zeisig übernehmen.«

»Nein«, sagte Wegener endlich und wiederholte tonlos: »Nein.«

»Warum nicht, wenn ich fragen darf?« Viehof flüchtete sich in den für ihn typischen Sarkasmus, weil ihm sonst nichts einfiel. »Verletzt es deinen persönlichen Ehrgeiz oder sonstige Gefühle, wenn Winkelmeier und Zeisig …?«

»Nein«, sagte Wegener zum dritten Mal und erklärte endlich, wie es gemeint war. »Ich kannte Marisa nicht, als sie noch lebte. Ich bin jeden zweiten Samstag an ihr vorbeigefahren, immer nur auf der Landstraße vorbei.«

»Ich hatte dir das *Waldschlösschen* aber mehr als einmal empfohlen«, erinnerte Viehof. »Und jetzt erzähl mir nicht, du hättest dir das nicht leisten können. Ich weiß, was du verdienst, Rolf, und ich weiß, wie bescheiden du lebst. Zweizimmerwohnung in der Feldstraße, ein gebrauchter BMW. Da wäre so ein Abstecher hin und wieder doch locker drin gewesen.«

Viehof legte eine kleine Pause ein, überlegte sich die nächsten Sätze, wollte es nicht zu hart machen. Jedem konnten unter Stress mal die Nerven durchgehen.

»Wir beide sind immer gut miteinander ausgekommen, Rolf«, sprach er nach ein paar Sekunden weiter. »Das soll auch so bleiben. Ich sehe, dass dir die Sache gewaltig an die Nieren geht, aber ich will das nicht aufbauschen. Es kommt schon mal vor, dass ein Mann übers Ziel hinausschießt.«

Er hantierte weiter mit den Papieren herum, häufte nun Berichte auf Fotos. »Nur liegen bereits zwei Beschwerden gegen dich vor. Eine weitere möchte ich nicht riskieren. Deshalb halte ich es für das Beste, wenn Winkelmeier und Zeisig den Rest übernehmen. Eigentlich wäre es ja sowieso …«

Er brach ab, als es an die Tür klopfte. Nach seiner Aufforderung kamen Zeisig und Pauli herein. Pauli stellte mit betretener Miene eine kleine Stahlkassette auf den Schreibtisch. Das passende Schlüsselchen hatten sie auch im Schreibtisch gefunden – und natürlich schon nachgesehen. Das sprach niemand aus.

Pauli schaute nur wie ein armer Sünder aus der Wäsche, als er erklärte: »Den Einträgen im Laptop nach müssten ungefähr viertausend Euro drin sein.« Man sah ihm an, dass er dachte, diese viertausend wären wohl immer noch drin, wenn er die Kassette gleich am Montag sichergestellt hätte.

»Frau Hanning haben wir nicht angetroffen«, sagte Zeisig.

Viehof nickte und schickte Zeisig weiter zum Krankenhaus. »Wahrscheinlich ist Frau Hanning bei Herrn Behrend. Wenn nicht, taucht sie garantiert bald dort auf. Also warten Sie eine Weile. Ich will die Frau heute noch hier sehen. Und wenn es zehn Minuten vor Mitternacht ist.«

Zeisig ging wieder. Viehof steckte das Schlüsselchen ins Schloss und drehte es um. Pauli warf Wegener einen hilflosen Blick zu. Viehof hob den Deckel an. In der Kassette befanden sich einige Papiere. Der Kraftfahrzeugbrief für den Peugeot, eine Expertise für ein Schmuckstück und ähnliche Unterlagen.

Viehof zog hörbar die Luft ein und fluchte unbeherrscht: »Verdammte Scheiße. Das hat uns noch gefehlt.«

Dann schaute er Wegener an. »Es bleibt bei dem, was ich eben sagte, Rolf. Die Hanning nehme ich mir persönlich vor. Fahr nach Hause und schlaf dich mal richtig aus. Wenn du dir morgen freinehmen willst, von mir aus. Du kannst auch gern ein paar Tage Urlaub nehmen – oder lass dich krankschreiben.«

»Bringen Sie etwa Herrn Wegener mit dem fehlenden Geld in Verbindung?«, meldete sich Pauli zu Wort. »Das ist lächerlich. Der Schlüssel war im selben Schubfach wie die Kassette. Ich habe ihn am Montag übersehen, als ich das Arbeitszimmer kontrolliert habe. Wenn ich ...«

»Das ist genauso lächerlich, wie mit Fäusten auf einen Mann loszugehen«, wurde er von Viehof unterbrochen.

»Herr Wegener ist nicht mit Fäusten auf Terbruck losgegangen«, stellte Pauli richtig, schaute kurz zu Wegener hin, wunderte sich, dass er nicht selbst etwas zu seiner Verteidigung beitrug. »Er hat ihn nur ein bisschen hart angefasst. Ich war schließlich dabei.«

»Und eben war ich dabei...«, sagte Viehof und wies auf dir Tür. »Tschüss, Rolf.«

Mit letzter Kraft

Natürlich fuhr Rolf Wegener nicht nach Hause. Als er den Motor anließ, flüsterte neben ihm ein Junge von sieben Jahren: »Wenn ich groß bin, werde ich auch Polizist. Dann sperre ich alle Mistkerle und Bastarde ein, die kleine Mädchen totmachen.« Mit Einsperren war es in diesem Fall aber nicht getan. Nur wer tot war, konnte nicht mehr reden, konnte keinem Richter, keinem Staatsanwalt und auch sonst niemandem erzählen, wie es gewesen war mit Marisa.

Gilles oder Terbruck? Einer von beiden musste der Täter sein. Er war nur nicht mehr sicher, welcher. Gilles konnte er fürs Erste abhaken, an den kam er so schnell nicht mehr heran. Also fuhr er zum Krankenhaus. Weil Zeisig sich ebenfalls dort herumtrieb und er nicht gesehen werden wollte, parkte er seinen BMW in einer Seitenstraße. Dann schlich er länger als eine Stunde um den Komplex herum. Das Martinshorn eines Ambulanzwagens brachte ihm die Sinnlosigkeit seines Tuns schließlich zu Bewusstsein.

Wahrscheinlich war Terbruck längst zu Hause. Da sollte er auch hin. Er war erschöpft, fühlte sich krank und elend. Ein paar Stunden Schlaf waren vermutlich nicht die schlechteste Lösung. Aber als er sich auf den Heimweg machen wollte, fand er seinen Wagen nicht wieder, wusste beim besten Willen nicht mehr, wo er den BMW abgestellt hatte.

Also ging er zu Fuß, es waren nur knappe vier Kilometer bis zur Feldstraße. Ellens Rußschleuder stand nicht auf dem Parkplatz. War auch besser so. Wie immer standen innerhalb der Wohnung alle Türen offen. Er schaute kurz in die einzelnen Räume, kniff die Augen zusammen, weil ihn das Licht störte. Es war zwar schon acht Uhr vorbei, aber überall noch so entsetzlich hell.

Und die Zimmer erschienen so groß, sogar die Küche, in der nun wirklich nicht viel Platz war, kam ihm riesig vor. Bei der Tür stehend fühlte er sich ganz verloren. Das konnte er nicht ertragen. Das Bad war der kleinste Raum. Und hinter der Tür dort war neben der Wanne noch eine Lücke, zu schmal, um eine Dusche einzubauen, aber groß genug, um sich hineinzuhocken. Das tat er, saß auf dem kalten Steinboden, zog die Knie bis unter das Kinn hoch, legte den Kopf mit einer Wange auf die Knie und schlang beide Arme um die Unterschenkel.

So hatte er als Kind oft gesessen, in irgendeiner Ecke, erfüllt von der Hoffnung, dass Mutter ihn nicht fand. Und gleichzeitig gepeinigt vom Bewusstsein, dass sie ihn immer aufspürte. Sie brauchte nur ihre Stimme, um ihn aufzuscheuchen.

»Wenn du nicht augenblicklich zum Vorschein kommst, dann erlebst du dein blaues Wunder, du kleiner Dreckskerl.«

Die Wunder waren nicht blau. Blau, violett, grün und gelb waren nur sein Rücken, Arme und Beine, manchmal auch die Stirn.

»Da habe ich mich gestoßen, Frau Mahlzig.«

Frau Mahlzig war seine Lehrerin gewesen, von der ersten bis zur vierten Klasse.

»Ich bin die Treppe runtergefallen, Frau Mahlzig.«

»Du scheinst oft über deine eigenen Füße zu fallen, Rolf. Wenn das so weitergeht, muss ich mal mit deiner Mutter reden.«

Um Gottes willen, nein! Es hätte ihre Wut ins Uferlose gesteigert. Und er hatte doch nur sie. Gab sich so viel Mühe, sie zu lieben und ihr alles recht zu machen, nur für ein gutes Wort von ihr. Sie hatte durchaus gute Worte. *Mein Herzchen, mein Engelchen, meine Süße, mein Sonnenschein*. Und für ihn …

»Ich weiß ganz genau, dass ich heute Morgen noch einen Zehnmarkschein in der Tasche hatte.«

»Ich habe ihn nicht genommen, Mutter, wirklich nicht.« Die reine Wahrheit, er konnte sie gar nicht belügen.

»Ach nein? Dann willst du mir jetzt sicher erzählen, deine Schwester hätte mich bestohlen. Sonst war ja niemand hier.«

Und dafür gab es dann die doppelte Tracht Prügel. *»Mach, dass du in dein Zimmer kommst. Ich will dich nicht mehr sehen, du verlogener Bastard. Wer lügt, der stiehlt auch.«*

Die Stimme seiner Mutter vermischte sich mit Viehofs Stimme. Ähnliche Worte, die gleiche Wut. Sie schrien, brüllten, tobten gegeneinander und dann gemeinsam gegen ihn an. Er fühlte, wie seine Wangen feucht wurden, begann sich langsam vor und zurück zu wiegen, immer nur vor und zurück. Sie hassten ihn. Alle. Und der einzige Mensch, der ihn hätte lieben oder auch nur mögen können, war tot.

Der Schmerz nahm ihm den Atem. Und es war nicht allein der Schmerz in seinem Kopf, alles in ihm brannte. Nur war es ein kaltes Feuer. Es war fast, als ob er mit der Haut an vereistem Metall festhing. Er versuchte dagegen anzukämpfen, bemühte sich, die Tränen einzudämmen. Es gelang ihm nicht. Im Rücken spürte er die kalte, geflieste Wand, unter sich den Boden. Und links eine Wand und rechts die Wanne. Und alles war kalt.

Jetzt ein schönes heißes Bad, um die Kälte aus dem Innern zu vertreiben. Dafür hätte er aufstehen müssen, das schaffte er nicht.

Und mitten hinein in seine Hilflosigkeit und Not drang plötzlich das Geräusch eines Schlüssels, der im Türschloss gedreht wurde. Gleich darauf hörte er die Stimmen. Ellen sagte: »Nimm die Finger weg. Das läuft nicht mehr. Hier in der Wohnung bestimmt nicht. Meinst du, ich bin bescheuert? Blut und Wasser habe ich geschwitzt beim Gedanken, dass er nur eine halbe Stunde früher hätte heimkommen müssen.«

Er hielt den Atem an, stellte das Wippen ein, drückte sich tiefer in die Ecke und zog die Beine noch enger an den Leib, damit die Tür nicht gegen seine Schuhe stieß, falls Ellen sie weiter aufdrückte. Aber Ellen wollte nicht ins Bad. Er hörte, dass sie ins Schlafzimmer ging, gefolgt von der Person, zu der sie gerade gesprochen hatte.

Die Person lachte unsicher und verlegen. »Letzten Sonntag hast du noch behauptet, du steckst dir deinen Alten mit links in die Tasche.«

Eine junge Stimme, aber keine von den Weibern, mit denen Ellen am Dienstag nach Pfingsten hier gewesen war. Diesmal war ein Mann bei ihr, ein junger Mann.

»Deinen Alten!« Er hatte es gehört, wirklich verstanden hatte er es nicht. Er war doch nicht alt mit seinen zweiundvierzig Jahren.

Ellen lachte ebenfalls, nicht fröhlich, nicht so wie ihr Singen gestern. War das wirklich erst gestern gewesen? Ihm kam es vor, als seien Jahre vergangen seitdem.

»Letzten Sonntag war letzten Sonntag, und heute ist heute. Hör mit der Fummelei auf und stell den Koffer da hin.«

»Eh.« Er hörte nur die Stimme, aber er sah förmlich, wie der junge Mann die Hände ausstreckte und abwehrte. »Reg dich ab. Warum sollte ich denn noch mit reinkommen?«

»Weil er nicht da ist und ich keinen Bock hatte, meinen Koffer selbst zu schleppen«, sagte Ellen. »Ich dachte, das hättest du gerafft. Aber du bist genauso dämlich wie alle anderen, die nur mit ihrem Schwanz denken.«

»Das muss ich mir von dir nicht sagen lassen.« Ein Anflug von Protest. Flüchtig dachte Wegener, gut so, Junge, wehr dich.

»Zwingt dich doch keiner«, sagte Ellen. »Geh einfach.«

Aber er ging nicht, dieser Junge, er stellte nur fest: »Wenn du deinen Alten genauso behandelst, kann man ihm nicht verübeln, wenn er hin und wieder austickt.«

Ellen gab eine Antwort, die Wegener nicht verstand. Danach war es eine Weile still. Vielleicht hatte sie sich entschuldigt. Vielleicht gab es sogar einen Kuss zur Versöhnung. Es war schwer vorstellbar, aber als der Junge wieder sprach, klang seine Stimme friedlich und sachlich.

»Warum hast du eigentlich Janets Angebot abgelehnt? Wäre doch nicht schlecht, für ein paar Tage bei ihr unterzukommen. Du könntest dir in Ruhe eine eigene Bude suchen.«

»Und dann?« Das war der blanke Hohn.

Der Junge hörte das wohl auch. »Ich dachte ja nur«, sagte er. »Heute Mittag hast du mir noch erklärt, wie viel Schiss du hast. Und jetzt bist du wieder hier. Dabei kannst du hier nicht mal mehr gefahrlos ficken. Wenn er dich nämlich dabei erwischt, geht er dir garantiert richtig an die Kehle.«

»Der nicht.«

»Was macht dich so sicher?«

»Er hätte mich gestern kaltmachen können, hat aber nur ein bisschen Dampf abgelassen.«

»Beim ersten Versuch hat jeder Hemmungen«, meinte der Junge altklug. »Beim zweiten Mal ist es leichter. An deiner Stelle würde ich zusehen, dass ich hier rauskomme. Und wenn ich draußen wäre, würde ich bestimmt nicht am nächsten Tag zurückgehen. Du hättest doch vorerst bei Janet bleiben können.«

»Und dann?«, fragte Ellen noch einmal. Eine Antwort bekam sie nicht. Aber sie gab eine. »Hast du schon mal auf einem Schlafsessel gepennt? Mir hat eine Nacht gereicht. Genauso gut hätte ich auf dem Boden liegen können. Und eine eigene Bude? Denkst du, ich bin blöd genug, mich mit meinen paar Kröten durchzuhungern? Unterhalt muss er mir nur vorübergehend zahlen, wenn überhaupt, sind ja keine Kinder da. Da wird jeder Richter entscheiden, dass ich auch ganztags arbeiten kann. Frag mal Janet, wie das läuft. Sie hat's mir ausführlich erklärt.«

»Ja, und?«

Diese junge Stimme war ihm sympathisch. Obwohl ein Gefühl ihm sagte, dass er hinausgehen und den Mann, zu dem sie gehörte, verprügeln müsste.

»Die würden dich doch ganztags nehmen in dem Bio-Laden«, sagte diese sympathische, ahnungslose Stimme. »Dann wärst du frei, müsstest keine Angst mehr haben, dass er dich mit einem anderen im Bett erwischt. Also, ich an deiner Stelle ...«

»Also, ich an deiner Stelle«, unterbrach Ellen ihn kalt, »würde jetzt meine Klappe halten, bevor ich noch mehr Scheiße rede. Mirko, ich bin nicht blöd genug, mich für dieses Arschloch den ganzen Tag in den Laden oder sonst wohin zu stellen. Ich habe es jetzt ganz angenehm, oder nicht? Eine Wohnung, für die ich nicht zahlen muss, genug Zeit für meine Interessen. Genauso habe ich mir mein Leben immer vorgestellt. Und frei bin ich. Ich kann machen, was ich will, und tu das auch. Oder siehst du das anders?«

Was der Junge darauf antwortete, hörte Wegener nicht mehr. Es rauschte plötzlich so in seinen Ohren. Der Schutzwall in seinem Innern war endgültig gebrochen, wie ein tosender Wasserfall stürzte der Dreck der letzten Jahre durch seine Hirnwindungen in die Tiefe.

Auf den Wannenrand und gegen die Wand gestützt, kam er mühsam in die Höhe. Er war steif von der Kälte, die ihn von außen durchdrungen und sich mit der Kälte im Innern vermischt hatte. Als er endlich aufrecht stand, lehnte er sich noch einmal kurz gegen die Wand, um sein Gleichgewicht zu finden. Dann trat er wie ein Schatten aus dem Bad in den schmalen Flur.

Später

Bei der Haustür kam ihm ein Mann entgegen. Er konnte ihn nicht einordnen, ein Nachbar vermutlich. Der Mann grüßte freundlich. Rolf Wegener erwiderte den Gruß und zwang sich ein Lächeln ins Gesicht. Er war frisch geduscht und umgezogen, trug Freizeitkleidung: Jeans, Poloshirt und eine leichte Windjacke. Und hinten im Hosenbund steckte die Walther P99.

Seine Hände schmerzten, als hätte sie jemand mit einem Hammer bearbeitet. In seinem Kopf dröhnte die Stimme seiner Mutter so schrill wie eine Sirene. *»Du hast sie auf dem Gewissen, und wenn du hundertmal das Gegenteil behauptest, du dreckiger, kleiner Bastard. Du hast sie umgebracht.«*

»Wie geht's Ihrer Frau?«, fragte der Mann.

»Sie ist für ein paar Tage zu ihrer Mutter gefahren«, behauptete er, ohne sich dafür zu schämen. Ellen wusste doch gar nicht, wo ihre Mutter sich aufhielt. Im Gegensatz zu ihm. Er wusste genau, wo seine Mutter und seine Schwester lagen.

»Ich habe sie nicht gestoßen, Mutter, wirklich nicht. Sie hat sich losgerissen.«

»Lüg mich nicht an, du Mistkerl! Du hast immer darauf gewartet, ihr etwas anzutun. Glaubst du, ich weiß das nicht? Ich musste nur für fünf Minuten aus dem Haus gehen, schon bist du über sie hergefallen. Wie oft hat sie …«

»Ach«, wunderte sich der Mann. »Ohne Auto?«

»Sie hat lieber den Zug genommen«, sagte Wegener. »Bei dem Verkehr heutzutage.«

Er hielt Ellens Autoschlüssel in der Hand.

»Da sagen Sie wohl was«, erwiderte der Mann. »Aber mit der Bahn fährt man auch nicht immer schneller. Neulich hat meine Schwiegermutter eine ganze Nacht in …«

Ein Nachbar, natürlich ein Nachbar. Meurer aus dem dritten Stock, fiel Wegener ein. Und plötzlich wusste er auch wieder, wo er seinen BMW abgestellt hatte.

»Schönen Abend noch«, wünschte Meurer, nachdem er etwas von Dresden und dem dortigen Bahnhof erzählt hatte.

»Gleichfalls«, sagte Wegener. Dann trennten sich ihre Wege. Meurer stieg die Treppe hinauf, Wegener verließ das Haus.

Ellens Rußschleuder schlingerte leicht, als er vom Parkplatz auf die Straße steuerte. Es ging auf Mitternacht zu. In der Stadt herrschte kaum noch Verkehr. Er kam zügig voran, tauschte die Autos, fuhr weiter, nahm die tückische Kurve beim Einkaufszentrum mit quietschenden Reifen, brachte den BMW anschließend nur mühsam wieder unter Kontrolle. Von da an fuhr er etwas bedächtiger. In einem Acker zu landen war nicht Sinn der Sache.

Drei Kilometer Landstraße, dann die Abzweigung. Ein Stück weiter schimmerte Licht durchs Grün der Baumkronen. Gut. Das Herzgesicht war daheim. Ob Viehof sie sich vorgenommen und wieder nach Hause geschickt hatte? Natürlich. Mit welcher Begründung hätte Viehof das Biest festhalten und zu Gilles in eine der Gewahrsamszellen stecken sollen? Es war zwar eine strafbare Handlung, Leute zu erpressen. Aber solange man einen festen Wohnsitz hatte …

Während er sich ausmalte, wie er Ute Hanning zur Rechenschaft ziehen, ihr ein für alle Mal klarmachen würde, dass es auch für kleine Mädchen Grenzen gab, verlor er erneut die Kontrolle über seinen Kopf. Eine Flut von Erinnerungen ergoss sich in sein Bewusstsein. Ellen in einem Krankenhausbett, den Kopf zur Wand gedreht, das Kissen feucht von Tränen.

»Ich will kein Kind adoptieren, Rolf. Ich will selbst eins bekommen. Ich will fühlen, wie es in mir wächst, wie es sich bewegt. Ich will es auf die Welt bringen. Verstehst du das nicht?«

Terbruck im weißen Kittel, ein jugendliches Gesicht, schmale Hände, die vermutlich, ohne Blessuren davonzutragen, in einen Postkasten greifen konnten, um ein Lederetui herauszufischen. Seine Hände dagegen waren zerschrammt und aufgeschürft. Er hatte Ellen nicht den versprochenen Genickschuss verpasst. Das hätte doch Krach gemacht.

Schwarze Seidenbänder und eine leere Geldkassette. Das schadenfrohe Gesicht seiner Schwester. *»Das sage ich Mama.«*

Sein Rücken verkrampfte sich erneut in dumpfem Schmerz. Er biss die Zähne aufeinander und kämpfte tapfer dagegen an. Nur nicht weinen. Tränen hatten nie etwas geändert.

»Wehr dich doch, Junge. Wie willst du ein Mann werden, wenn du dir von einem kleinen Mädchen alles gefallen lässt?«

Wer hatte das gesagt? Nicht Opa Schulte, der hatte gewusst, dass es jedes Mal für ihn nur schlimmer wurde, wenn er sich wehrte. Aber egal, wer es damals gesagt hatte, er hatte recht. *»Wehr dich doch, Junge.«* Man durfte sich nicht alles gefallen lassen, musste sich wehren, auf die Gefahr hin, dass man den Kürzeren zog.

Ein melodisches Klingeln holte ihn zurück. Sekundenlang horchte er dem Geräusch hinterher, es wiederholte sich. Danach hörte er ein Klopfen, spürte den pochenden Schmerz in den Fingerknöcheln und registrierte, dass er bereits im Treppenhaus vor einer Tür stand.

Schritte näherten sich. Die Tür ging auf, und das herzförmige Gesicht seiner Schwester starrte ihn feindselig an.

»Sie schon wieder«, sagte Ute Hanning. »Was wollen Sie denn jetzt rekonstruieren, mitten in der Nacht?« Sie trug ein T-Shirt und Shorts, beide Teile konnten auch ein Schlafanzug sein. Keine

Socken oder Sandalen an den Füßen, vielleicht war sie gerade im Begriff gewesen, ins Bett zu steigen. Vielleicht hatte er sie aus dem Bett geklopft – spät genug war es.

Er schaute sie an, bis sie unter seinem Blick den Kopf senkte. Dann griff er nach ihrem Handgelenk, zog sie ins Treppenhaus und hinter sich her die Stufen zum Dachgeschoss hinauf.

»Wir beide«, sagte er dabei, »rekonstruieren jetzt die Wahrheit. Fangen wir mit dem Geld aus der Kassette an. Ich habe es nicht genommen.«

Antwort bekam er nicht, aber er hatte ja auch nichts gefragt.

Als er mit dem nachgemachten Schlüssel die Wohnungstür öffnete und die Diele betrat, schlug ihm das Herz wie ein Hammer gegen die Rippen. Die Tür zum Schlafzimmer stand unverändert offen. Aber der Parfümduft war nicht mehr so intensiv wie am Nachmittag.

Das Herzgesicht am Handgelenk hinter sich herziehend, ging er auf die Tür zu. Er fühlte schwachen Widerstand; sich ihm heftig zu widersetzen, wagte sie anscheinend nicht. Das nötigte ihm ein spöttisches Lächeln ab. Am Ende waren sie alle gleich. Wenn es hart auf hart kam, wurden sie devot, sogar Ellen.

Unter dem Türrahmen blieb er stehen und schaute zum nackten Bett. Für den Bruchteil einer Sekunde blitzte noch einmal das Bild in seinem Hirn auf. Vier schwarze Seidenbänder und dazwischen die Frau, die Männer mochte.

»Welches Geld?«, fragte Ute Hanning dicht hinter ihm. »Ich weiß gar nicht, wovon Sie reden, Mann.«

»Nicht so wichtig«, sagte er. »Hauptsache, ich weiß es.«

Er zeigte mit der freien Hand auf die nackte Matratze. »Da lag sie«, sagte er. »Vielleicht war sie erleichtert, weil sie dem Mann, den sie liebte, eine Menge aus ihrer Vergangenheit erzählt hatte. Vielleicht war sie aber auch traurig, weil sie nicht wusste, wie es nun weitergehen würde. Ob der Mann den Mumm hatte, sich zu ihr zu bekennen. Unter uns, das hätte er nie getan. Aber es gab einen, den hätte es nicht gekümmert, wie und wovon sie früher gelebt hatte, einen, der selbst eine Menge Dreck und Elend hatte schlucken müssen. Der hätte sie nur umso mehr geliebt, weil sie trotz ihrer schlechten Erfahrungen Männer mochte.«

Ute Hanning versuchte nun energischer, ihr Handgelenk aus seinem Griff zu befreien. »Mann«, sagte sie abfällig, »Sie sind vielleicht ein Spinner. Wenn es von Ihrer Sorte bei der Polizei noch mehr gibt, muss man sich über nichts wundern. Lassen Sie mich los, sonst kriegen Sie mächtige Schwierigkeiten.«

»Willst du dich wieder über mich beschweren?«, fragte er. »Das ist überflüssig, ich bin bereits in mächtigen Schwierigkeiten. Ich werde verdächtigt, Marisa bestohlen zu haben. Aber wir beide wissen, dass ich kein Dieb bin, nicht wahr?«

»Wollen Sie damit andeuten, ich hätte Marisa beklaut?«, fragte sie ihrerseits. »Wann soll ich das denn getan haben? Als ich das Schlüsseletui im Briefkasten gefunden habe, waren Sie schon hier, und ich habe es Ihnen sofort raufgebracht.«

Ja, daran erinnerte er sich. Und es bedeutete theoretisch, dass sie das Geld nicht genommen haben konnte. Dann hatte der Mörder es wohl eingesteckt.

Er nickte versonnen. »Weißt du eigentlich, dass du meiner Schwester sehr ähnlich bist? – Nein, woher solltest du das wissen? Sie war ein hübsches Kind, ein bildschönes Kind, haben damals alle gesagt. Aus ihr wäre bestimmt eine schöne Frau geworden. Aber sie geriet unter einen Lastwagen, als sie fünf war. Danach war sie nur noch Matsch.«

»Grässlich«, kommentierte Ute Hanning.

Er winkte lässig ab. »Es sah nicht schön aus, aber es war ein Ekelpaket weniger. Sie hat jedenfalls keinem Mann das Leben zur Hölle gemacht. Schlimm war nur, dass es hieß, ich hätte sie gestoßen. Dabei hatte ich nur ihre Hand losgelassen. So, siehst du, genauso.«

Er ließ ihr Gelenk los. Ute Hanning schluckte trocken und rieb über die Haut, die er umklammert hatte. »Mann«, stieß sie hervor. »Sie sind wirklich nicht ganz dicht. Warum erzählen Sie mir das?«

»Du hast recht«, sagte er. »Es tut überhaupt nichts zur Sache. Bleiben wir beim Thema. Auf dem Bett da ist eine Frau gestorben. Und ich bin nicht mehr hundertprozentig sicher, wer sie getötet hat. Zwei Kerle stehen zur Auswahl. Leider darf ich mich mit keinem von beiden beschäftigen, weil sich so ein kleines, verlogenes Miststück, wie meine Schwester eins war, über mich beschwert und dabei dreist gelogen hat.«

Jetzt starrte Ute Hanning ihn aus ängstlich geweiteten Augen an. Das gefiel ihm. »Kleines, verlogenes Miststück«, wiederholte er. »Was hast du dir dabei gedacht, zu behaupten, ich hätte auf Marisas Bett onaniert?«

Unvermittelt schlug er zu, aber nicht sehr fest. Er legte längst nicht so viel Kraft in diesen Schlag wie in die Schläge, die er zuvor in seiner Wohnung ausgeteilt hatte. Seine Faust traf nur ihre Kinnspitze, trotzdem verdrehte sie die Augen und sackte in sich zusammen. Vermutlich hatte er sich verschätzt, was die Kraft anging. Er fing sie auf, bevor sie zu Boden stürzte.

Beinahe sanft legte er sie auf der Matratze ab, schaute sekundenlang auf sie hinunter. Sie sah wirklich aus wie seine Schwester. Dann öffnete er seine Gürtelschnalle und zog das glatte Leder aus den Schlaufen am Hosenbund. Mit wenigen Griffen hatte er ihre Hände zusammengebunden und ans Kopfteil des Bettes gefesselt. Natürlich war das nur ein Provisorium.

Als sie wieder zu sich kam, versuchte sie, sich zu befreien, warf den Körper hin und her, schrie, tobte, fluchte und beschimpfte ihn. Er achtete nicht auf ihr Gezeter, suchte in den Schubfächern von Kommode und Highboard nach geeignetem Material. Die beiden Bänder waren leider nicht mehr da. Er wusste nicht, wo er die gelassen hatte. Aber mit zweien wäre er ohnehin nicht ausgekommen, er wollte alles perfekt machen.

Strümpfe fand er, mehrere Paar schwarze Nylonstrümpfe. Sie waren sehr dehnbar. Zwei Paar nahm er und ging damit zurück zum Bett, setzte sich rittlings auf ihre Hüften, hielt sie so auf der Matratze fest und deckte ihren Mund mit einer Hand ab.

»Spar deinen Atem«, sagte er. »Es ist niemand in der Nähe, der dich hören und dir helfen könnte. Es ist nicht so wie Sonntagnacht. Aber wenn du vernünftig bist, passiert dir nichts. Ich will nur eine Antwort von dir. Wer hat Marisa getötet?«

Er wartete sekundenlang, hob die Hand über ihrem Mund ein wenig an. Statt ihm zu antworten, versuchte sie in seine Finger zu beißen. Er schlug ihr leicht gegen die Wange. »Kleines Miststück«, sagte er wieder.

Vorsichtig, und ihr Gesicht nicht aus den Augen lassend, löste er den Gürtel vom Kopfteil, behielt ihre Handgelenke in einer Faust, wie er es tags zuvor mit Ellen gemacht hatte. Dann schlang er den ersten Strumpf um ihren rechten Arm, schob den linken unter sein Knie und drückte ihn auf die Matratze, während er den rechten ans Kopfteil fesselte. Er sah, wie sie die Augen aufriss, spürte, wie sie versuchte, ihn von ihren Hüften abzuschütteln. Ihr Körper ruckte hin und her, ohne etwas zu bewirken.

Jetzt kam der zweite Arm an die Reihe. Nachdem er auch den festgebunden hatte, drehte er sich auf ihr herum und widmete sich ihren strampelnden Beinen. Danach stieg er herunter und zog den Ledergürtel lässig durch seine Handfläche.

»Ich frage dich jetzt noch einmal«, sagte er. »Wer hat Marisa umgebracht? Du hast ihn gesehen, da bin ich sicher. Er kam lautlos mit ihrem Schlüssel hier herein, aber Marisa ist garantiert aufgewacht, als sie angegriffen wurde. Hat sie geschrien? Um Hilfe gerufen? Sich gegen ihren Mörder gewehrt? Natürlich hat sie das getan. Und du musst es gehört haben. Sie starb nämlich erst gegen Morgen. Da war das Gewitter vorbei und der alte Karate-Schinken mit Bruce Lee ebenso. Und jetzt erzähl mir nichts von Ohropax. Vielleicht hast du nicht begriffen, was hier tatsächlich passierte. Aber du wolltest wissen, wer bei ihr war, hast aufgepasst, als er das Haus verließ, hast ihn dir genau angesehen, nicht wahr? Und als es dann hieß, dass Marisa tot ist, hast du nur noch überlegt, wie viel ihm dein Schweigen wert sein könnte. Mord ist eine andere Hausnummer als ein bisschen Sadismus, oder? Aber du wirst keinen Cent bekommen. Du kannst froh sein, wenn du dafür nicht in den Knast gehst.«

Wieder ließ er etliche Sekunden verstreichen, hob nur die Hand mit dem Gürtel, als hole er zu einem Hieb aus. »Ich könnte den Namen aus dir herausprügeln«, sagte er. »Aber ich weiß etwas Besseres.«

Ute Hanning stieß unartikulierte Laute aus, als er den Gürtel unter ihrem Nacken durchzog. Er schaute mit ausdrucksloser Miene auf sie hinunter und erklärte unwillig: »Ich will nicht dein Gebrüll hören, nur den Namen des Kerls, der Marisa auf dem Gewissen hat.«

Dann zog er zu, nur ganz leicht für den Anfang. Sie sollte nicht sterben, sondern reden. Und es tat so gut, das Begreifen in ihren Augen zu sehen, das Entsetzen. Statt Gebrüll und unflätiger Beschimpfungen oder irgendwelcher Frechheiten nur noch ihr Röcheln zu hören.

Anfang und Ende

Als er den Parkplatz in der Feldstraße erreichte, war es längst hell. Die Uhr am Armaturenbrett zeigte wenige Minuten nach sechs. Er war müde, anders als am vergangenen Abend. Diesmal fühlte er sich nicht hohl, nicht ausgebrannt oder total erschöpft. Er war einfach nur müde wie nach einem langen, anstrengenden Tag und unzähligen Überstunden.

Er sehnte sich nach seinem Bett. Aber etwas hielt ihn davon ab, dem Automatismus zu folgen: Motor ausschalten, aussteigen, ins Haus gehen, Wohnung betreten. Sein Kopf war weitgehend klar. Die Gedanken folgten logisch aufeinander, kamen nur in umgekehrter Reihenfolge, als liefe die Zeit rückwärts.

Er erinnerte sich an die Fahrt über die Landstraße von Niederfelden nach Heimberg. Auf dem Friedhof war er gewesen, hatte die halbe Nacht an dem Doppelgrab gestanden und nichts weiter gesehen als das Flämmchen in der Grableuchte. Bis im wahrsten Sinne des Wortes der Morgen graute, den Marmorblock aus dem Grauen schälte und den Engel, unter dem ein Name eingraviert war. Der seiner Schwester. Der Anfang!

Und als die Sonne aufging, war über dem eingemeißelten Hinweis »Unvergessen« ein anderer Name erschienen. »Marisa.« Das Ende!

Was immer in den letzten Tagen in ihm vorgegangen sein mochte, es war vorbei. Das fühlte er deutlich. Alles war vorbei, wie nach einer Explosion. Die Staubwolke verzog sich und gab den Blick auf die Trümmer frei. Und er stand mitten darin.

Nun funktionierte seine Erinnerung auch in zeitlich richtiger Folge. Viehof hatte ihn nach Hause geschickt – gestern Abend. Und da war dieser Junge gewesen, höchstens Anfang zwanzig, so einen konnte man ja noch nicht als Mann bezeichnen. Mit vor Schreck bleichem Gesicht und entsetzt geweiteten Augen hatte der Junge ihn angestarrt und etwas gestammelt, das wie »Scheiße« klang, als er aus dem Bad in den Flur getreten war.

Und als er mit der Hand zur Tür wies, wie Viehof es zuvor auch getan hatte, nahm der Junge seine Beine in die Hand. Und Ellen rief: »Das sieht dir ähnlich, du feiger Hund.« Und dann …

Er hatte Ellen geschlagen. Wie oft, wusste er nicht. Für jede Demütigung einen Schlag, es waren viele Demütigungen gewesen in den letzten Jahren. Irgendwann hatte Ellen am Boden gelegen und sich nicht mehr gerührt. Ihr blutiges, bis zur Unkenntlichkeit verquollenes und aufgeplatztes Gesicht hatte ihn ernüchtert und ihn für den Bruchteil einer Sekunde noch einmal an den Straßenrand gestellt. Das Kreischen der Bremsen, ein hysterischer Schrei: »Das Kind, um Gottes willen, das Kind!«

Dann war es plötzlich still. Er stand ganz allein auf der einen Straßenseite. Und auf der anderen Seite sammelte sich eine kleine Menschentraube um den Lastwagen mit dem Anhänger voller Briketts. Von seiner Schwester war nichts zu sehen. Und er fühlte sich grenzenlos erleichtert. Es hielt nur nicht lange vor.

Damals nicht.

Gestern Abend auch nicht.

Er hatte geduscht, sich umgezogen, die Walther genommen und gehofft, Marisa zu sehen und noch einmal aufgefordert zu werden, bei ihr zu bleiben. Sollten sich doch Viehof, der Frischling und die anderen ihre Köpfe zerbrechen und herausfinden, ob nun Gilles oder Terbruck …

Aber Marisa ließ sich nicht blicken. Nur das Herzgesicht war da. Ihr nervtötendes Geschrei, ihre Flüche und Beschimpfungen. Anschließend das Röcheln, danach die Forderung: »Hau bloß ab, du verrückter Hund. Hol dir Gilles. Und lass mich in Ruhe.«

»Gilles haben wir schon«, hatte er gesagt und den Gürtel zum zweiten Mal zugezogen. Und die Enttäuschung gespürt, weil er einen anderen Namen hören wollte. Terbruck. Aber den hatte sie ihm nicht genannt, auch nicht nach dem dritten oder vierten Mal. Am Ende hatte sie nur noch geröchelt und schließlich den Kopf einfach zur Seite gedreht, so wie Ellen damals im Krankenhaus.

Da war er gegangen.

Der Motor lief noch. Er musste hineingehen, sich um Ellen kümmern. Aber er konnte nicht, weil er wusste, was er in der Wohnung vorfinden würde. Viehof, dachte er, ließ den Wagen zurückrollen und wendete auf dem Parkplatz.

Viehof war nicht zu Hause. Das erschwerte die Sache. Es wäre leichter gewesen zu reden, wenn man dabei in einem gemütlichen Wohnzimmer gesessen hätte, statt in Viehofs Büro im Präsidium. Aber Viehofs Frau schickte ihn genau dort hin.

»Er ist schon um sieben in der Frühe los«, sagte Viehofs Frau mit einem bedeutsamen Lächeln. »Wollte einen Staatsanwalt aus dem Bett scheuchen. Für eine Festnahme im Krankenhaus.«

Hatte Viehof sich doch noch den Richtigen geholt!

Der Triumph blieb aus. Inzwischen war es Viertel nach acht. Er wusste nicht, wo die letzten beiden Stunden geblieben waren. Hatte er die Zeit auf dem Parkplatz in der Feldstraße vertrödelt? Das Haus angeschaut und sich nicht hineingetraut?

Feiger Hund, dachte er und ekelte sich vor sich selbst.

Auf der Fahrt zum Präsidium überkam ihn wieder das Gefühl

von völliger Leere. Aber so musste es sich wohl auch anfühlen, wenn alles vorbei war.

Viehof war nicht in seinem Büro. Die Sekretärin schickte ihn nach unten zum Verhörraum. Schon im Korridor hörte er Viehofs Stimme. »Wir haben nicht zwei Tage lang auf unseren Hintern gesessen. Es liegen eindeutige Beweise gegen Sie vor.«

Seine Hand schwebte über der Türklinke. In der Leere spross nun doch ein leiser Triumph. Er wartete auf eine Antwort, auf Terbrucks Stimme. Aber es kam nichts.

Viehof sprach weiter: »Wir haben die Laborergebnisse. Wir haben die Aussage des Mannes, der in der Nacht bei Ihrer Mutter war. Wir haben sogar die Aussage des Mannes, der diese Bänder angeschafft hat ...«

Der Rest rauschte an ihm vorbei. *Mutter?* Hatte Viehof gerade Mutter gesagt? Instinktiv schüttelte er den Kopf. Festnahme im Krankenhaus. Das konnte ja wohl nicht wahr sein. Sie hatten sich die Made geholt. Endlich schaffte er es, die Klinke niederzudrücken, öffnete die Tür und setzte ein verlegenes Lächeln auf.

Viehof stand neben dem Tisch, schaute erst mit einem überraschten, dann mit einem unwilligen Ausdruck zu ihm hin. Simon Pauli saß auf der einen Seite des Tisches, er wirkte ebenfalls überrascht, aber auch zufrieden und stolz. Und auf der anderen Seite des Tisches hockte tatsächlich die Made, vornean auf der Stuhlkante, in sich zusammengesunken.

Viehofs Miene wurde undurchdringlich. Er bedeutete ihm mit einem Wink, die Tür wieder zu schließen, von außen.

Wegener tat ihm den Gefallen, blieb jedoch vor der Tür stehen, hörte weiter zu, verstand aber immer nur, was Viehof sagte. Die Made sprach so leise, dass nichts davon auf den Korridor drang.

Es dauerte fast eine Stunde. Dann kam Viehof heraus. Ein anderer Viehof, jovial, fast heiter.

Wegener räusperte sich mehrfach. »Hast du ein paar Minuten

Zeit, Edgar?«, begann er. »Ich habe …« Er brach ab, räusperte sich erneut. Es war nicht so einfach, wie er sich das vorgestellt hatte.

Viehof schaute ihn abwartend und auffordernd an.

»Ich habe …«, wiederholte er, brach erneut ab, schluckte trocken und schaffte es danach endlich, den Satz zu Ende zu bringen: »… großen Mist gebaut, sogar zweimal.«

Viehof nickte, als wisse er längst Bescheid, bemühte sich wieder um die undurchdringliche Miene, obwohl der Erfolg ihm das unmöglich machte. »So kann man das ausdrücken, ja. Aber das klären wir später.«

Dann breitete sich die gesamte Durchschlagskraft der Nachricht, die er zu bieten hatte, auf Viehofs Miene aus. »Das Wichtigste zuerst. Wir haben ein Geständnis. Wie viel es wert ist, wird sich noch zeigen. Behrend behauptet, Hanning war es. Wahrscheinlich wird sie das Gegenteil behaupten. Wir werden sehen. Ich kümmere mich sofort um den Haftbefehl. Das Beste wird sein, wenn du Pauli begleitest. Dafür brauchen wir nicht eigens die Wache zu bemühen. Schafft mir dieses Weib her. Zeisig ist das gestern nicht gelungen.«

»Das geht nicht, ich …«, begann Wegener von Neuem.

Nun winkte Viehof etwas gereizt ab. »Rolf, ich sagte, über deine Dummheiten reden wir später. Wir haben den Fall ohne großen Aufwand geklärt. Jetzt wollen wir nicht im Nachhinein ein paar unerfreuliche Szenen aufbauschen. Wenn die Hanning ihr Maul noch mal aufreißen und dich in irgendeiner Weise beschuldigen sollte – darüber können wir jetzt lachen. Nach allem, was Behrend gegen sie vorgebracht hat, glaubt ihr kein Mensch mehr.«

Kurz darauf saß Rolf Wegener neben Simon Pauli in einem Streifenwagen. Pauli fuhr und war rührend bemüht, die Peinlichkeit zu überbrücken und sein Licht unter den Scheffel zu stellen. Er redete wie ein Wasserfall.

»In Betracht gezogen habe ich das schon am Dienstagmorgen, als mir die Kratzer an Hannings Armen auffielen. Und weil Sie am Montag gesagt hatten, der Brief aus dem Schreibtisch hätte nichts mit Frau Behrends Tod zu tun. Hatte er aber eigentlich doch. Er war mit Absicht platziert worden, um den Verdacht auf Gilles zu lenken. Die zwei hatten keine Ahnung von der Affäre mit Reuther. Die haben auf Gilles abgezielt, und er hat das schnell begriffen. Ich meine, so wie die Frau dalag. Deshalb hat er Herrn Viehof angerufen, weil er dachte …«

Die Worte rauschten an Wegener vorbei. Was Gilles gedacht hatte, interessierte ihn nicht. Als sie die Stadtgrenze passierten, griff er zum Funkgerät und spürte den irritierten Blick, den Simon Pauli ihm von der Seite zuwarf. Die Zentrale meldete sich.

»Schicken Sie Notarzt und RTW in die Feldstraße zwei«, sagte Wegener. »Die Wohnung im Erdgeschoss links. Es wird niemand öffnen. Die Tür muss aufgebrochen werden.«

»Scheiße«, murmelte Simon Pauli tonlos. Er hatte auf Anhieb begriffen und biss sich auf die Unterlippe.

Wegener zuckte mit den Achseln, betrachtete seine wunden Knöchel und lächelte, als wolle er sich entschuldigen. »Vielleicht hab ich es ja nicht geschafft, dem zähen Biest das Licht auszuprügeln. Erzähl mal weiter.«

Simon Pauli brauchte ein Weilchen, um seine Sprache wiederzufinden. Und die Stimme aus dem Funkgerät forderte wiederholt eine vollständige und ordnungsgemäße Meldung.

»Verdammt noch mal!«, fuhr Wegener die Kollegen an. »Tut, was euch aufgetragen wurde, und gebt mir durch, was ihr in der Wohnung vorfindet. Ich laufe euch nicht weg.«

»Da ist nicht mehr viel zu erzählen«, startete Simon Pauli endlich den Versuch, seine Erschütterung zu kaschieren. »Herr Viehof hat Behrend unter Druck gesetzt und geblufft. Er hat ihm erklärt, die Hanning hätte sich abgesetzt, deshalb bliebe die Sache wohl an ihm alleine hängen. Das musste Behrend glauben, weil die Hanning nicht mehr bei ihm gewesen war. Also hat Behrend ...«

Simon Pauli sprach wie ein Automat, schaute mit zuckendem Gesicht nach vorne auf die Landstraße. »Sie haben Ihre Frau doch nicht wirklich ...«

»Ich weiß es nicht«, sagte Wegener. »Ich weiß nur, dass ich sie entsetzlich verprügelt habe, und dass sie sich irgendwann nicht mehr bewegte. Jetzt red schon weiter. Ich will es genau wissen. Was haben die Schweine mit Marisa gemacht? Und warum?«

»Was die gemacht haben, wissen Sie doch schon«, begehrte Simon Pauli auf. »Und warum? Können Sie sich das nicht denken? Weil sie Geld wollten, schicke Möbel, tollen Urlaub. Weil es mit den Erpressungen nicht funktioniert hatte, und weil sie zu dämlich waren, zu begreifen, dass der Umsatz des *Waldschlösschens* an Frau Behrend gekoppelt war. Behrend behauptete, den Plan, seine Mutter zu beseitigen und den Laden zu übernehmen, hätte die Hanning schon gefasst, nachdem sie Zeugin der Szene geworden war, die Gilles beschrieben hat. Den hatten sie voll und ganz einkalkuliert, obwohl sie wussten, dass er nicht mehr zur Debatte stand. Aber gerade das machte ihn ja verdächtig. Sie gingen davon aus, dass Frau Kalwin nicht die Polizei, sondern Gilles rufen würde. Und sie dachten, der würde ohne großes Lamento einen Totenschein ausstellen, Herzversagen oder so. Aber für den Fall, dass es nicht so funktionierte, wie sie sich das vorstellte, hatte die Hanning Vorsichtsmaßnahmen getroffen.«

Als Simon Pauli schilderte, wie das Herzgesicht und die Made vorgegangen waren, fühlte Wegener eine merkwürdige Art von Genugtuung, fast schon Zufriedenheit für den zweiten Schritt, den er in der Nacht zu weit gegangen war.

Einen Gummianzug hatte Ute Hanning angezogen, um keine Fasern und Epithelzellen an der Leiche zu hinterlassen. Wie verräterisch solche Spuren sind, wussten sie aus diversen Fernsehserien. Die Gummihandschuhe aus dem Sexshop, wo sie Peitsche, Klemmen und den Anzug gekauft hatte, waren ihr aber zu teuer gewesen. Mit einem nachgemachten Wohnungsschlüssel eingedrungen und der schlafenden Marisa eine Plastiktüte über den Kopf gezogen, sich rittlings auf ihren Brustkorb gesetzt.

»Behrend behauptete steif und fest, er wäre an dem Mord nicht beteiligt gewesen. Er hätte helfen sollen, es aber nicht geschafft, seiner Mutter die Hände festzuhalten. Erst nachdem sie die Hanning gekratzt hatte, will er zwei Handtücher aus dem Bad geholt haben, aber nur auf Befehl. Damit hat die Hanning dann Frau Behrends Gelenke aufs Laken gedrückt. Genauso wie Herr Felten es mir bei der Obduktion erklärt hat. Man soll nicht glauben, was die alles aus dem Fernseher gelernt haben.«

Wegener nickte und spürte Resignation. Er taugte nicht mal mehr für seinen Job. Der Frischling hatte ihn mehrfach mit der Nase auf das Herzgesicht gestoßen, und er hatte darüber hinweggesehen.

Simon Pauli sprach weiter über den Gürtel des Bademantels. Der Toten um den Hals gelegt und zugezogen. Aber nicht lange und nicht kräftig genug, um ausgeprägte Drosselmarken zu hinterlassen. Wer wusste denn schon, wie lange man eine Tote drosseln musste?

Ihre Fingernägel mit einer spitzen Nagelfeile gereinigt, dabei die empfindliche Haut verletzt. Das Kondom über den Dildo gezogen, eine brutale Vergewaltigung vorgetäuscht, noch kurz mit den Kugeln gespielt und schließlich die Seidenbänder um ihre Gelenke geschlungen.

»Herr Viehof sagte, so eine Kaltblütigkeit sei ihm noch nicht untergekommen«, schloss Simon Pauli, schwieg für ein paar Sekunden und fragte dann unwillig: »Mein Gott, wie lange brauchen die denn bis zur Feldstraße?«

Wegener zuckte mit den Achseln.

Sie erreichten den Parkplatz beim *Waldschlösschen*. Simon Pauli hielt neben dem dunkelblauen Hyundai und meinte: »Sieht so aus, als sei die Hanning daheim.«

»Geh schon vor«, sagte Wegener. »Ich frage in der Zentrale nach, ob die inzwischen in der Wohnung sind.«

Simon Pauli stieg aus und verschwand um die Hausecke. Als Wegener ihm ein paar Minuten später folgte, fühlte er sich kein bisschen leichter. Tot war Ellen nicht, es wusste aber keiner, ob sie überleben würde.

Pauli hatte die Haustür offen gelassen. Er stand vor der Wohnungstür im ersten Stock und schaute ihm gespannt entgegen.

»Sie sind schon mit ihr auf dem Weg zu einem Platz, wo der Hubschrauber landen kann«, sagte Wegener.

Pauli wirkte erleichtert, klopfte gegen die Tür und flüsterte: »Die macht nicht auf.«

»Kann sie auch nicht«, sagte Wegener, ging an ihm vorbei und stieg hinauf in den zweiten Stock. Dort zog er den nachgemachten Schlüssel aus der Hosentasche und einen verschlossenen Briefumschlag aus einer Innentasche der Windjacke. Den Umschlag hatte er in der Nacht aus Marisas Schreibtisch genommen und sein Testament hineingesteckt.

Vor der Tür oben drückte er Pauli den Umschlag in die Finger und bat: »Den gibst du gleich Viehof. Tust du mir den Gefallen?«

»Sicher«, sagte Simon Pauli. »Was ist das denn?«

»Meine Kündigung«, sagte Wegener und öffnete die Wohnungstür. Schon in der Diele roch er ihr Parfüm. Pauli drängte sich an ihm vorbei zum Schlafzimmer, hatte aber keine Augen für Marisa.

Sie stand auf der Fensterseite neben dem Bett, vom Tageslicht eingerahmt wie die Madonna vom Heiligenschein schaute sie auf den Körper in Shorts und T-Shirt hinab, der auf der nackten

Matratze lag. Arme und Beine gespreizt. Um jedes Gelenk ein Strumpf geknotet. Ein Ledergürtel war fest um den Hals gezurrt. Vom Gesicht war nicht viel zu erkennen. Es wurde größtenteils von den blonden Haaren verdeckt.

»Dummes Ding«, sagte Marisa und lächelte ihn an. »An alles hatte sie gedacht, nur dich hat sie nicht einkalkuliert.«

Und den Frischling nicht, dachte Wegener, sprach es aber nicht aus, um Simon Pauli nicht stutzig zu machen. Er war sicher, dass Marisa ihn auch so verstand.

Simon Pauli beugte sich über den Körper auf der Matratze, legte einen Finger an die nach oben gewandte Seite des Halses, schüttelte den Kopf und schaute zu Wegener hin.

»Waren Sie das?«, fragte er stockend.

Und Marisa wollte wissen: »Bleibst du jetzt bei mir?«

»Ja«, antwortete Wegener und erwiderte ihr Lächeln.

Sie löste sich vom Bett, kam um das Fußende herum auf ihn zu. »Für immer und alle Zeiten?«

»So ein Wahnsinn«, murmelte Simon Pauli hilflos.

»Ja«, sagte Wegener.

»Was machen wir denn jetzt?«, wollte Simon Pauli wissen.

Im Vorbeigehen strich Marisa kaum merklich über Wegeners Arm, sagte noch: »Ich warte bei der Brücke auf dich.« Dann verschwand sie durch die Diele im Treppenhaus.

»Du wartest hier«, sagte Wegener ruhig. »Ruf die Kollegen an und gib durch, dass es Arbeit gibt. Ich geh runter und rauche noch eine Zigarette, einverstanden?«

Als Simon Pauli nickte, drehte Rolf Wegener sich um und folgte ihr ins Freie.

Ende